本书为教育部人文社会科学研究项目

"古代文论中的草木象喻批评研究"

(项目编号:13YJC751057)的成果

# 古代文论中的草木象喻批评研究

王顺娣 著

浙江工商大学出版社·杭州

**图书在版编目(CIP)数据**

古代文论中的草木象喻批评研究 / 王顺娣著. —杭州 : 浙江工商大学出版社,2019.12

ISBN 978-7-5178-3522-6

Ⅰ. ①古… Ⅱ. ①王… Ⅲ. ①中国文学－古代文论—研究 Ⅳ. ①I206.2

中国版本图书馆 CIP 数据核字(2019)第 228989 号

# 古代文论中的草木象喻批评研究
**GUDAI WENLUN ZHONG DE CAOMU XIANGYU PIPING YANJIU**

王顺娣 著

| | | |
|---|---|---|
| 责任编辑 | 王 英 | |
| 封面设计 | 王妤驰 | |
| 责任印制 | 包建辉 | |
| 出版发行 | 浙江工商大学出版社 | |
| | (杭州市教工路 198 号 邮政编码 310012) | |
| | (E-mail:zjgsupress@163.com) | |
| | (网址:http://www.zjgsupress.com) | |
| | 电话:0571-88904980,88831806(传真) | |
| 排 版 | 杭州朝曦图文设计有限公司 | |
| 印 刷 | 虎彩印艺股份有限公司 | |
| 开 本 | 710mm×1000mm 1/16 | |
| 印 张 | 16.75 | |
| 字 数 | 231 千 | |
| 版 印 次 | 2019 年 12 月第 1 版 2019 年 12 月第 1 次印刷 | |
| 书 号 | ISBN 978-7-5178-3522-6 | |
| 定 价 | 55.00 元 | |

# 目录

# 第一章　草木象喻批评界说

## 第一节　草木象喻批评的界定

自古以来，评诗论文并非易事，古代文学家对此早有共识。晚唐司空图在《与李生论诗书》中云："文之难，而诗之更难尤。"[①]意思是说，评论散文很难，评论诗歌就更难了。清代叶燮《原诗·内篇（下）》也说："我今与子以诗言诗，子固未能知也。"[②]这是说，叶氏想跟人探讨诗歌，却发现以诗论诗，让对方理解起来很难。在感慨评论之难后，他们都不约而同地选择了通过意象进行比喻的方式作为有效的批评手段。如司空图说："古今之喻多矣。而愚以为辨于味而后可以言诗也。"叶燮亦云："不若借事物以譬之，而可晓然矣。"并通过比喻建构出自己的理论体系。

司空图以饮食之味喻诗，建立起"韵味"说，作为诗歌审美理想的标准：

> 江岭之南，凡足资于适口者，若醯，非不酸也，止于酸而已；若
> 鹾，非不咸也，止于咸而已。华之人以充饥而遽辍者，知其咸酸之

---

① 郭绍虞辑注：《诗品集解·续诗品注》，人民文学出版社 1963 年版，第 47 页。本书关于司空图所引内容均来自这一版本，后不再注明。

② 转引自李壮鹰主编，党圣元分册主编：《中华古文论释林·清代上卷》，北京大学版出社 2011 年版，第 298 页。本书关于叶燮所引内容均来自这一版本，后不再注明。

外,醇美者有所乏耳。彼江岭之人,习之而不辨也,宜哉。诗贯六义,则讽喻、抑扬、渟蓄、温雅,皆在其间矣。然直致所得,以格自奇。前辈诸集,亦不专工于此,翘其下者也?王右丞、韦苏州澄澹精致,格在其中,岂妨于遒举哉?贾浪仙诚有警句,视其全篇,意思殊馁,大抵附于寒涩,方可致才,亦为体之不备也,翘其下者哉?噫!近而不浮,远而不尽,然后可以言韵外之致耳……盖绝句之作,本于诣极。此外千变万状,不知所以神而自神也,岂容易哉?今足下之诗,时辈固有难色,倘复以全美为工,即知味外之旨矣。

用食物的味道比拟艺术,早在先秦就已频繁出现,如《论语·述而》记载,孔子在齐闻韶乐后,三月不知肉味,说:"不图为乐之至于斯也。"[①]以听完韶乐的感受盖过香滋的肉味,来形容韶乐动人优雅、余味悠长的美感。《老子》(第三十五章)曰:"乐与饵,过客止,道之出口,淡乎其无味,视之不足见,听之不足闻,用之不足既。"[②]这是以音乐、美食之美感的有限性反衬"道"之味的无限性,以此提倡艺术作品的无味之味。至钟嵘《诗品》更是提出"滋味"说:"五言居文词之要,是众作之有滋味者也,故云会于流俗。"将"滋味"视为重要的审美准则。"干之以风力,润之以丹彩,使味之者无极,闻之者动心,是诗之至也。"所谓"滋味"就是既要有充实有力的思想内容(风力),又要有优美的文辞(丹彩),"滋味"成为文学理论批评的重要美学范畴。而司空图在前人的基础上,继续以饮食之味喻诗,进一步拓展、生化出新的美学观念和美学范畴。在他看来,诗歌能不能称为美不在于其是否具有味道,而是在于味道是否过于单一。若像江岭以南一带的口味那样,要么一味地咸,要么一味地酸,而没有咸酸之外的味道,这样的饮食,这样

---

① (美)安乐哲·罗思文:《〈论语〉的哲学诠释》,中国社会科学出版社2003年版,第109页。本书关于《论语》所引内容均来自这一版本,后不再注明。

② 刘兆英:《老子新释》,上海古籍出版社2009年版,第107页。本书关于老子所引内容均来自这一版本,后不再注明。

的诗歌，是不具有什么美感的，是经不起欣赏的。所以，真正美的诗歌，应该除了咸酸之味，还要有咸酸之外的味道，即如"讽喻、抑扬、渟蓄、温雅"等不同醇厚的味道贯穿其间。由此，司空图又提出了以饮食为喻的新的美学范畴"味外之旨""韵外之致"，并将其作为重要的论诗准则和诗歌审美理想。如他在《与极浦书》中提出的"象外之象，景外之景"，在《二十四诗品·含蓄》中所说的"不着一字，尽得风流"等，都是提倡诗歌要有咸酸之外的味、味外之味，与"味外之旨""韵外之致"的美学意蕴是一致的。

清人叶燮则以建造房子拟诗，诗歌的创作、结构的变化、评判标准、诗歌继承与创新的关系等无一不以房子这一形象进行类比：

> 今有人焉，拥数万金而谋起一大宅，门堂楼庑，将无一不极轮奂之美。是宅也，必非凭空结撰，如海上之蜃，如三山之云气，以为楼台，将必有所托基焉。而其基必不于荒江、穷壑、负郭、僻巷、湫隘、卑湿之地，将必于平直高敞、水可舟楫、陆可车马者，然后始基而经营之，大厦乃可次第而成。我谓作诗者，亦必先有诗之基焉。诗之基，其人之胸襟是也。有胸襟，然后能载其性情、智慧、聪明、才辨以出，随遇发生，随生即盛。千古诗人推杜甫，其诗随所遇之人之境之事之物，无处不发其思君王、忧祸乱、悲时日、念友朋、吊古人、怀远道，凡欢愉、幽愁、离合、今昔之感，一一触类而起，因遇得题，因题达情，因情敷句，皆因甫有其胸襟以为基……余又尝谓晋王羲之独以法书立极，非文辞作手也。兰亭之集，时贵名流毕会；使时手为序，必极力铺写，谀美万端，决无一语稍涉荒凉者。而羲之此序，寥寥数语，托意于仰观俯察，宇宙万汇，系之感忆，而极于死生之痛。则羲之之胸襟，又何如也！由是言之，有是胸襟以为基，而后可以为诗文。

房子的比喻也可上溯到先秦，《论语·先进》中，子曰："由也升堂矣，未入于室也。"古代房屋结构中，堂是正厅，室是内室，先入门，次升堂，最后入室,孔子认为子路的治学工夫已有一定火候,但还未达到最高阶段,故云已升堂未入室。钟嵘《诗品》引用此喻来形容曹植的诗歌成就和地位,使得房子这一比喻真正富有美学意义:"其源出于《国风》。骨气奇高,词采华茂,情兼雅怨,体被文质,粲溢今古,卓尔不群。……故孔氏之门如用诗,则公干升堂,思王入室,景阳、潘、陆,自可坐于廊庑之间矣。"①曹植的诗歌极其符合钟嵘"滋味"说的审美标准:风力(骨气奇高)和丹彩(词彩华茂)兼具,故被钟嵘列于第一品(最高品级)。以房子为喻,若说张协、潘岳、陆机(景阳、潘、陆)属入门阶段(坐于厢房之间),那刘桢(子干)可以说是处于升堂位置,而曹植(思王)就已臻于入室的最高境界了。钟嵘运用传统的房子比喻来突出曹植的诗歌地位,以此强调其"滋味"说的诗歌审美理想。至清代,叶燮继续沿用房子的比喻,不过,他首先从房子的建造层面论证诗歌创作主体的基本要求,对房子的比喻进行一定程度的改造。在他看来,房子的落成,地基至关重要。若地基不稳,房子建造得再怎么富丽堂皇,高大威严,也会腐烂不可支,一朝之间轰然倒塌。同样,对于诗歌的创作,创作主体的胸襟就像房子的地基一样,必须宽广深厚,有见识,有深度,才能支撑起诗歌的结构,丰富诗歌的内在意蕴。接着,他又创造性地改造了孔子"登堂入室"的传统比喻:

　　然余更有进:此作室者,自始基以至设色,其为宅也,既成而无余事矣。然自康衢而登其门,于是而堂、而中门,又于是而中堂、而后堂、而闺阁、而曲房、而宾席东厨之室,非不井然秩然也;然使今日造一宅焉如是,明日易一地而更造一宅焉,而亦如是,将百十其宅,而无不皆如是,则亦可厌极矣。其道在于善变化。变化岂易语哉! 终不可易曲房于堂之前、易中堂于楼之后,入门即见厨,而联宾坐于闺阁也。惟数者一一各得其所,而悉出于天然

---

　　① 吕德申:《钟嵘〈诗品〉校释》,北京大学出版社 2000 年版,第 32 页。本书关于钟嵘所引内容均来自这一版本,后不再注明。

位置,终无相踵沓出之病,是之谓变化。变化而不失其正,千古诗人惟杜甫为能。高、岑、王、孟诸子,设色止矣,皆未可语以变化也。夫作诗者,至能成一家之言足矣。此犹清、任、和三子之圣,各极其至;而集大成,圣而不可知之之谓神,惟夫子。杜甫,诗之神者也。夫惟神,乃能变化。子言"多读古人之诗而求工于诗"者,乃囿于今之称诗者论也。

这里,叶燮突破了以房子内部的不同结构比喻治学、诗歌成就的不同地位和阶段的传统意义,他从诗歌创作规律的高度引用房子的比喻进行创造性的论证和发挥。他认为,诗歌的结构就像房子的结构一样,都具有一定的模式,正如房子要由康衢之路登门进堂,入中门中堂,而后后堂闺阁等,"无不井然秩然",诗歌也要遵循一定的结构模式,比如诗歌的起承转合、平仄声律、韵脚变化和句式要求等,都会有一定的模式和规则。但如果完全拘泥于模式毫无变化,则未免万人一口,面目可憎,"可厌极矣"。当然,若是完全不顾结构模式,一味地随意改变,就像随意改变房子的内部结构一样,"易曲房于堂之前、易中堂于楼之后,入门即见厨,而联宾坐于闺阁",终究也是不妥的。所以要"善变化",灵活变化,在遵循模式和无穷变化之间寻找平衡点,于房子而言,门、堂、楼、室等"一一各得其所",处于正当位置,同时又"悉出于天然位置",各处的建造显得天然、自然;于诗歌而言,既要遵循一定的结构模式,又要令诗题、诗意、诗句、诗法等出于自然,这样才能"变化而不失其正"。这样,传统的房子的比喻又生发出新的意义。

这种或以味道或以房子来形象比喻文学创作、鉴赏问题的批评方法就是象喻批评。可以看出,象喻批评在古代文论史上富有极强的生命力,它已经成为古人评诗论文、建构理论体系的一种重要的批评方法。

学界关于象喻批评的称谓有多种说法,如"比喻的品题""比喻式文学批评""象征的批评""比物取象""象喻""象喻批评""意象批评法""意象式批评""意象思维""以象譬喻""形象批评""意象喻示""形象性概念"。看似眼花缭乱,个个不同,无从把握,实则互相之间并无抵牾,只是侧重点不同。这些称谓大体看来遵循两条思路:一条思路重在强调批评方法的载体(内容)——物、象、意象、意象式、形象、形象化;另一条思路则突出批评方法的手段(形式)——比喻、比喻式、喻式、譬喻、象征、比、取。我们采用"象喻批评"的说法,恰好能够兼容二者,借象而喻,取象比类,以具体意象譬喻、象征、比类、暗示文学理论观念。

值得一提的是,对象喻批评的批评对象及其研究范围的理解,学界的看法前后发生过巨大的转变。早期学界一般认为其批评对象大多局限在作品的风格风貌上,认为象喻批评就是以象为喻,具体形象地形容作品的风格风貌,故而他们常用的字眼是风格、风韵、风神、意味、意蕴等。例如:

> (象喻式批评)以生动具体、含蓄隽永的形象暗示批评的内在风神和整体韵味,在诱发读者联想和美感的同时,显示出浓郁的审美意味。①

> (象喻批评)是指文学批评家通过以形象做比喻的方式把对文学作品内在风神的领悟、抽象玄奥的精神特征和幽微深邃的情感体验物化或人化或禅化为可以直观的感官形象或可以体悟的精神意象,是通过追求"象外之象"的审美意境而实现自我价值和自我感受的文学批评样式。②

> (意象批评法)就是把意象引入文学批评中,用具体的意象喻示抽象的风格观念。③

> "意象批评"法,就是指以具体的意象,表达抽象的理念,以揭

---

① 张永昊、贾岸:《中国古代象喻式批评的演变轨迹及其功能》,《文史哲》1995 年第 4 期,第 81—86 页。

② 吴果中:《象喻批评的渊源探辨》,《湖南商学院学报》2004 年第 3 期,第 102 页。

③ 刘天利:《略论〈二十四诗品〉的意象批评模式》,《浙江大学学报》2002 年第 3 期,第 57 页。

示作者的风格所在。①

意象批评，是指运用意象的形式，对所品赏与论评对象的审美意味、风格特征、艺术技巧、成就高下等进行形象化评说的一种批评方法。②

我们把象喻批评定义为，文学批评家用生动具体的形象来比喻和阐释批评对象的内在意蕴或整体风格的一种文学批评样式。③

这些关于象喻批评的定义虽然林林总总，五花八门，却鲜明地显示出一个共通倾向：象喻批评正是以象为喻，用具体生动的形象来揭示、呈现作者作品的风格，故他们的表述大多都会出现"风格""风韵""风神"等词。这实际上折射出将象喻批评局限于隐喻修辞范畴的流行观念，而这样的局限又使得人们将其研究对象及范围多限于那些旨在探讨及评论文学风格的文论之作上，比如钟嵘《诗品》、司空图《二十四诗品》以及一些诗话词话等，反而忽略了陆机《文赋》、刘勰《文心雕龙》、叶燮《原诗》等重要的文论专著，这其实是不全面的。不过，以蔡镇楚、夏静等为代表的学者对象喻批评的批评对象则有另外的解释：

"象喻"思维是中国传统艺术发端的根本运思之法，据此不仅可以追溯文学艺术的起源，而且可以从根本上说明人文创造中形象思维与审美观照的一般特征。文学创作离不开"象喻"思维，文论传统的形成也离不开"象喻"思维。"象喻"思维统摄了文学审美意象产生的全过程，包括艺术创作逻辑起点之"观物取象"、艺

---

① 张伯伟：《中国古代文学批评方法研究》，中华书局 2002 年版，第 198 页。

② 胡建次：《中国古代文学批评意象的承传》，《郑州大学学报》2001 年第 1 期，第 116 页。

③ 方祥勇：《中国古代象喻批评方法研究》，《广西师范学院》，2010 级硕士论文。

术创作心理机制之"立象见意"、艺术审美鉴赏之"象外之象"等。"象喻"思维所具有的理论普适性与逻辑品格,为文学艺术理论的形成提供了一种阐释方法,并以思维取径上的相同与精神实质上的互通,衍生出或关联到"以象比德""取象比类""感物言志""比兴""得意忘象""缘情托物""借景言情""托物起兴"等艺术传统。①

批评意象是指存在于文学批评活动中,用于传达某种文学理念或批评观点的意象。②

从总体而论,中国文学批评方法中的"意象批评"即以比喻之法评论文学作品及其风格流派等等。"不仅以比喻论诗""比喻还用之于论诗法、句法""以比喻评论诗体""以比喻之评论古文""尤为重要者,是古代文学批评中的生命之喻"。③

中国传统的文学批评在话语表达上有着自己突出的特点,这就是用"比物取象"的诗性言说方式来传达鉴赏者和批评者对审美对象的审美感受和审美评判。④

很明显,象喻批评的批评对象已由风格、风貌扩展到文学观念、文学创作理论、文学鉴赏及文论话语形态等文学理论活动的各个层面。这种变化实际上又折射出象喻观念的转变:不再将象喻局限于修辞学概念,而是视为一种思维模式,一种运思方法。21 世纪初期以来,西方隐喻理论的输入与理解,为象喻的研究注入了新鲜的空气。学者们逐渐意识到象喻不仅是一种修辞手法,更是一种思维模式。如季广茂《隐喻视野中的诗性传统》正是在梳理了西方隐喻理论中的替换论、情感论、语义论和语用论之后,才指出"隐喻的功能不仅仅是修饰,而且包括创造,创造新的感觉、景象和境

---

① 夏静:《古代文论中的象喻传统》,《文艺研究》2010 年第 6 期,第 49 页。
② 高文强:《"批评意象"刍议》,《中国文论》2014 年第 0 期,第 176—182 页。
③ 蔡镇楚:《中国文学批评史》,中华书局 2005 年版,第 16—17 页。
④ 邓新华:《传统批评中"比物取象"的诗性言说方式》,《三峡大学学报》2003 年第 3 期,第 27 页。

界","本书所理解的隐喻是文化学意义上的宏隐喻,它不同于修辞学意义上的微隐喻。隐喻并非单纯的语言现象和文体现象,而是外延广阔、内涵丰富的文化现象。它是在彼类事物的暗示之下感知、体验、想象、理解、谈论此类事物的心理行为、语言行为和文化行为……具有认知性、创造性、独特性和暗示性"①。又如张沛《隐喻的生命》也是在西方隐喻理论的视野的观照下来审视隐喻的,开篇即指出:"在大多数人看来,'隐喻'纯粹是一个修辞学概念,它表示一种与'明喻''借喻'并列并行的比喻类型。对于中国读者来说,往往还存在着另一认识误区,即将中国固有的'隐—喻'范畴、作为修辞学术语的'隐喻'及西文'metaphor'一词的汉语对译相混淆。这三种'隐喻'的内涵是很不一样的。前者可以说是'比兴''意象''意境'等古典诗学范畴的基型,而后者(大众理解的'隐喻'修辞)在修辞层面上与'隐—喻'或'metaphor'相对应;至于'metaphor',它在当代隐喻研究者那里已成为'隐喻性'的化身而统率着庞大的修辞学、诗学、语言学、认知哲学诸'隐喻家族'。本文所说的'隐喻'兼顾三者,因此把它称为'喻'或者'譬喻'也许更为恰当。"②两位学者都是从更宏观、更广大的视野观照象喻,认为象喻并不局限于修辞层面,而是扩展到了具有认知意义的思维层面。从这种角度出发,象喻批评所关涉的对象就不再局限于修辞学意义,而是遍及创作、鉴赏、观念、理论等文学活动各层面。

　　黑格尔说:"一个定义的意义和它的全部证明只存在于它的发展里,这就是说,定义只是发展过程里产生出来的结果。"对于"象喻批评",我们理应持有发展的动态眼光,将其置于古代文论的发展长河中去观照。考察中国古代文论的实际发展情形,我们发现,象喻批评的运用极其普遍和广泛,它关涉文学观念、创作技巧、语言艺术等各种文学活动领域,远非仅仅在文

① 季广茂:《隐喻视野中的诗性传统》,高等教育出版社 1998 年版,第 40—52 页。
② 张沛:《隐喻的生命》,北京大学出版社 2004 年版,第 1 页。

学风格层面。如在创作上,陆机《文赋》以"浮天渊以安流,濯下泉而潜浸"①的天河地泉之遨游比拟艺术构思自由无端的境界,以"谢朝华于已披,启夕秀于未振"的朝花夕秀之不同态度表明文学创作的创新观念;李沂《秋星阁诗话》以"作而不改,是食有刺栗与青皮胡桃也"②的栗子胡桃之剥皮而食宣称创作修改的必要性;袁枚《随园诗话》则以"如水中著盐,但知盐味,不见盐质"③形容用典巧妙的最高境界。在文学观念上,白居易《与元九书》曰"诗者,根情、苗言、华声、实义"④,以树的形象界定诗歌,强调情感内容的重要性;李贽提出"童心说",以儿童的纯真之心比喻文学创作要表达真正的感情;钟惺则宣扬"活物说",以活的有机物形容文学作品的巨大开放性和生命力。要之,象喻批评几乎覆盖文学理论、批评鉴赏及创作反映出来的文学观念等一切领域,是一种富有生命力的艺术批评方法,我们应该将象喻批评视为古代文论的一种根本运思方法,认识到象喻批评对整个中国古代文论生成的重要作用。

基于此,我们认为,所谓象喻批评是指其批评话语中广泛存在的以象为主体,以象征、类比、暗示、比喻、隐喻的方式进行文学理论活动的一种批评方法。那么,所谓草木象喻批评,即指以草木意象为主体,以象征、类比、暗示、比喻、隐喻的方式展开文学理论活动的一种批评方法。这里的草木是花草树木、果叶子实的总称,草木象喻批评的批评对象遍及文学观念、文学创作理论、文学鉴赏理论及文论话语形态等文学理论各项活动,它是象喻批评的一种典型的批评样式。

---

① 转引自李壮鹰主编,陈玉强、林英德分册主编:《中华古文论释林·魏晋南北朝卷》,北京大学出版社2011年版,第61页。本书关于陆机所引内容均来自这一版本,后不再注明。

② 申骏:《中国历代诗话词话选粹(下)》,光明日报出版社1999年版,第437页。

③ 袁枚:《随园诗话》,浙江古籍出版社2000年版,第150页。本书关于袁枚《随园诗话》所引内容均来这一版本,后不再注明。

④ 转引自李壮鹰主编,唐晓敏分册主编:《中华古文论释林·隋唐五代卷》,北京大学出版社2011年版,第305页。

# 第二节　草木象喻批评的研究现状及其意义

　　学界对象喻批评较为系统的研究始于钱锺书先生，1937 年他发表《中国固有的文学批评的一个特点》一文，提出人化批评，实即一种典型的象喻批评。此后，罗根泽、郭绍虞、王运熙等学者纷纷注意到钟嵘《诗品》"流风回雪""落花依草"的经典象喻和司空图《二十四诗品》"雾余水畔、红杏在林"的境界式象喻，在同名著作中不约而同地做出分析，并渐升至理论探讨。如罗根泽《中国文学批评史》称之为"比喻的品题"①，即以比喻的方法形容诗赋的体性和诗人的风格；郭绍虞《中国文学批评史》则称之为"象征的批评"②，即以形象化的语言品诗论文，并指出它在晚唐司空图《二十四诗品》"集其大成"。1964 年，叶嘉莹《钟嵘〈诗品〉评诗之理论标准及其实践》从生命情态等方面分析钟嵘《诗品》中的象喻批评，将象喻批评的研究提升到一个更高的层次。1980 年，罗宗强《我国古代诗歌风格论中的一个问题》归纳出象喻批评具有传神、美感联想、含义模糊性等特点，研究渐趋深入。1984 年，陈国球《论诗论史上一个常见的象喻："镜花水月"》探讨具体的象喻批评，扩展了象喻批评的研究内容。20 世纪 90 年代以后，学界对象喻批评有了更多的认识与思考，相关的研究成果卓著，带来了象喻批评研究的繁荣。其研究焦点和成果主要体现在以下两个层面：

　　一是从理论层面探究象喻批评的特征、发展及其作用等问题。曹旭专著《诗品研究》(1998)指出象喻批评的重要特征在于"形象的喻示"。张伯伟《中国古代文学批评方法研究》(2002)一书辟专章讨论象喻批评的概念、思想基础、发展特征及评价与意义等问题，很多观点都富有启发性。蔡镇楚、刘畅《论意象批评》(2007)注意到象喻批评具有多样性、排比性和比较

---

　　①　罗根泽：《中国文学批评史》，上海书店出版社 2003 年版。
　　②　郭绍虞：《中国文学批评史》，商务印书馆 2010 年版。

性的特点,认为这是西方学院式的"艰难的批评"无可比拟的,其理论分析十分精深。许伯卿《比喻式文学批评初探》(2000)、吴果中《论象喻批评》(2001)、胡建次《中国古代诗歌意象批评的发展及其特征》(2005)等追溯了象喻批评的发展史,扩展了象喻批评的研究内容。夏静《古代文论中的"象喻"传统》(2010)和《"象喻"思维论》(2012)突出象喻批评的认知背景,对其知识谱系、形上意涵、价值取向及文论传统等方面都做出了精到分析,思路更为开阔。

二是对象喻批评做个案研究,包括三方面。其一,对某个或某类具体、典型的象喻批评展开考察,如吴承学《生命之喻——论中国古代关于文学艺术人化的批评》(1994)、吴中胜《文学如水——中国古代文论以水喻文批评》(2004)、陈金刚和陈军《饮食譬喻:古代文论的一道独特风景》(2008)、黄鸣奋《论以兵喻文》(2006)和《以医喻文刍议》(2008)、古风《丝织锦绣与文学审美关系初探》(2007)和《"以锦喻文"现象与中国文学审美批评》(2009)、闫月珍《器物之喻与中国文学批评——以〈文心雕龙〉为中心》(2014)和《容器之喻——中国文学批评的一个特点》(2014)等,成为相关研究的代表;其二,对某部、某篇或某人文论作品中的象喻批评进行探讨,如刘天利《略论〈二十四诗品〉的意象批评模式》(2002)、刘笑敢《关于〈老子〉雌性比喻的诠释问题》(2003)、阮堂明《论苏轼对"水"的诗意表现与美学阐发》(2007)、倪梁敏《论金圣叹的意象批评》(2008)、古风《刘勰对于"锦绣"审美模子的具体运用》(2008)、宫婕《〈文心雕龙〉意象批评发微》(2015)等,成为象喻批评研究的重要成果之一;其三,对某个时代的象喻批评展开研讨,如潘殊闲《宋代文学批评的象喻特色研究》(2014)一书对象喻批评进行了断代史研究,从而做出了重要贡献。

可以说,这是目前关于象喻批评研究的一个总趋势,代表一种新的潮流,它对我们理解与把握我国长期忽视的中国文学审美批评的特质有着至关重要的作用。然而,到目前为止,学界对具有广大普适性、深蕴哲理性、审美性与情感性的草木象喻批评尚未进行任何专门的研究,正如古风所"发掘和提炼出的'以锦喻文'现象,实质上就是一种典型的文学审美批评"，草木象喻批评实质上也是一种典型的文学审美批评，应当引起足够的重视。与此相反，学界对具体文学作品中草木意象的研究却方兴未艾，成果蔚然。如学者对《诗经》中草木象喻进行专门考察的论文、论著就有数十种，其中论著有吴厚炎《〈诗经〉草木汇考》、深圳一石《美人如诗草木如织：〈诗经〉里的植物》、宁以安《草木有本心·〈诗经〉植物札记》等，论文有陈鹏程《简论〈诗经〉中的草意象》、车艳妮《〈诗经〉花意象浅析》、韩雨笑《〈诗经〉中植物意象与爱情的关系》等。又如程杰率领诸弟子对中国花卉、树木，如梅、荷、杏、竹、槐等进行专项探讨，出版了《中国梅花审美文化研究》《中国杨柳审美文化研究》《中国古代文学桃花题材与意象研究》等系列论著，硕果累累。与古代文论中草木象喻批评研究的冷清沉寂相比，这种冰火两重天的不平衡状况亟待改善。基于此，本书旨在对草木象喻批评进行整合研究，在对其建立起广义文学理论批评的广阔视野的基础上，致力于考察草木象喻批评的发展演变、思想基础、审美内涵、类型及其意义等问题。

　　值得一提的是，有一些论文、著作虽未直接以象喻批评为研究对象，但通过对象喻思维的深入讨论给予我们参考。如朱光潜《诗论》(1943)、闻一多《说鱼》(1945)、朱自清《诗言志辨》(1947)、钱锺书《管锥编》(1979)、赵沛霖《兴的源起——历史积淀与诗歌艺术》(1987)、季广茂《隐喻视野中的诗性传统》(1998)、张沛《隐喻的生命》(2004)、刘怀荣《赋比兴与中国诗学研究》(2007)、耿占春《隐喻》(2007)和《失去象征的世界》(2008)等。它们一般都汇通中西方隐喻研究成果，或从发生学的角度，或以本体论为视点，或基于当前的文学现状，对中国的隐喻传统展开多元化、创造性的探讨，于我们的草木象喻批评研究不无启发之功。

　　此外，国外关于隐喻的研究成果也硕果累累，其中较为突出的有亚里士多德《修辞学》(中译本，1991)、维柯《新科学》(中译本，1989)、特伦斯·霍克斯《论隐喻》(中译本，1992)、海德格尔《在通向语言的途中》(中译本，1997)、列维-布留尔《原始思维》(中译本，1981)、莱柯夫和约翰逊《我们赖以生存的隐喻》(1980)等。他们的研究汇通语言、思维、文化诸领域，思维缜密、思路开阔，体现出跨学科、多维度的研究风格，值得我们借鉴。

本书首次对中国古代文论中的草木象喻批评进行整合研究,发前人所未发,在某种程度上,显示出一种全方位的新的思考与新的突破。而就其具体的研究意义而言,主要有以下几个方面:

首先,挖掘中国草木象喻批评理论的民族特色,推动文学审美批评的研究。

对古代草木象喻批评做出全面性、系统化的专门研究,不仅可以更好地理解草木象喻批评的本质特征、生成机制、叙述程序、地位与意义等核心问题,也可以通过大量实例展现草木象喻批评在文学理论批评史演进中的阶段性面貌,同时还可以体现它对古代文论多层次、多向度的建构性作用,从而形成一套相对完整的多维度的中国古代草木象喻批评的理论谱系,真正把握草木象喻批评作为一种典型文学审美批评的"中国特色",而这正是当下文学理论研究中较为欠缺的。很多学者对此早有敏锐之见。如古风《"以锦喻文"现象与中国文学审美批评》一文中说:"长期以来,国内外学界在对中国古代文学批评史的研究中,忽视了对'审美批评'的关注和研究。20世纪出版了数十种中国古代文学批评史,但是没有一种谈到'审美批评'。在这些各类'古代文学批评史'中几乎没有'审美批评'的位置。"①钟振振《古代文学的审美本位》一文也指出:"当代的中国古典文学研究,几十年来成绩斐然,有目共睹。如果说还有什么遗憾的话,私意以为最大的遗憾恰在于'审美'研究开展得不够充分。"②对文学审美批评研究的匮乏表示出深深的忧虑。在各种古代文学批评方法中,象喻批评无疑最能展示批评主体的审美发现与创造,而草木象喻批评又是其中最为典型的一种。因此,对草木象喻批评的系统研究,意在提升中国文学审美批评研究的理论高度,发掘我国文论批评的"中国特色"。基于此,对作为文学审美批评之一的草木象喻批评做出系统的研究,也就具有了一定程度上的填补空白的

---

① 古风:《"以锦喻文"现象与中国文学审美批评》,《中国社会科学》2009年第1期,第169页。

② 钟振振:《古代文学的审美本位》,《文学遗产》2014年第1期,第140页。

意义,且有利于为我国文学审美批评提供相应的理论支撑。

其次,树立草木象喻批评的整体观,更为深切地了解我国古代文论的本质特征与内在规律。

对草木象喻批评的整体观照,既可以总结古代文论话语形态及文论传统的生成特点,也可以重新审视言与意、心与物等核心范畴之间内在关系的生成规律,从而细化和深化我们对古代文论的本质特征、古代文学审美批评实质与内在规律的认识与理解。草木象喻批评不但在古代文论中有着广泛的存在,而且随着文论意识的发展与成熟,愈来愈成为中国古代文论中不可或缺的有机组成部分,对文论的建设有着重要的核心作用。自先秦伊始,大量纯粹的草木用语被移用到文学活动中,成为文学理论批评的常用术语,如描摹创作行为的,有草创、生花之笔等,当然更多是用来形容文学作品风格、特征与情状的,如秀、华、英、蕙、香、枯、松、脆、苍、峭、芜、芳、朴、柔、艳等,甚至还有一些演化成重要的文论范畴,如含蓄、根本、枝干等。大至核心的基本理论问题,小到些微的细节之处,古代文论家都惯于运用草木象喻批评来说明、强调。总之,对草木象喻批评的研究,不但能够深化我们对草木象喻批评的认识,也加强了我们对古代文学审美批评的理解。

最后,考察草木象喻批评的中西异同及其现代传承情况,真正实现我国古代文论的“二贯通”——古今贯通、中西贯通——为中国古代文论屹立于世界文论之林做好强有力的支撑,同时也对中国现代文论正面临的重度失语的困境有所助益。

一方面,草木象喻批评在西方同样有着广泛的存在,因其哲学基础、文学观念的不同,使得中西方的草木象喻批评存在较大的差异。通过对这方面的考察,比较中西方草木象喻批评各自的结构肌理,探究异同,既能凸显中国古代草木象喻批评的民族特色,又能求同存异,贯通中西。另一方面,草木象喻批评在我国近代、现代乃至当代文论中依然保持着强大的活力和生命力,生生不息。古代草木象喻批评的理论精髓在近代、现代文论中不但得到了较好的传承,而且这种现代传承又绝非泥古不化、故步自封的简单沿袭。比如台湾专栏作家陈克环根据宋人欧阳修"如食橄榄"的绝妙象喻，创造了"橄榄诗"一词，专指那些形式简单、用字平实，却富有言外之意的现代诗，并据此推衍出诗歌的上、中、下三品：上品为橄榄诗，中品为板栗诗，下品为桑葚诗。这既是对古人草木象喻传统的传承，又并非亦步亦趋的模仿，而是根据诗歌的发展变化不断地有所丰富和创造。总之，通过对古代草木象喻批评的理论考察和个案研究，建构草木象喻批评的理论谱系，予以现代化的科学阐释。运用这个具有现代化品格的理论谱系观照西方与近代、现代文论中的象喻批评，考察它与西方文论的异同及其现代传承特点、演变规律，力求在象喻批评的框架下将中国文论与西方文论、古代文论与现代文论打通，真正做好内在对接与贯通，实现中国古代文论的现代转换，使其成为世界文论宝库的重要组成部分。

当今社会日益走向以信息业为主的新科技时代，信息技术的迅猛发展对文学批评造成了前所未有的冲击和挑战，在强压面前，文学批评愈来愈力不从心，丧失了生机。谢有顺在《文学批评的现状及其可能性》一文中宣称："不过是几年时间，文学批评便已沦为文学界的贱民，不断有人站出来宣告，文学批评正在走向终结，或者文学批评已死。"①检阅相关文章，可以发现，诸如"失语""失范""萎缩""困境""堕落""扭曲""挤压"等用来描摹文学批评现状的词随处可见，文学批评真正陷入了困境。如何走出困境，令文学批评重焕生机，我想，向传统文论汲取资源、挖掘传统文论中象喻批评内蕴的独特美学内涵不失为其中一种有效途径。原因有两点。一是古代象喻批评蕴有无限的审美张力和创造性，于当今文学批评不无启示意义。刘熙载将《庄子》比作空中捉鸟，"捉不住则飞去"；将俗文比作捉死鸟，"鸟既死矣，犹待捉哉"②。一个"飞鸟"象喻生动道出《庄子》那种空灵散文所内蕴的无限审美张力，"死鸟"象喻则形象地说明了俗文的滞拙、沉闷、了无生

① 谢有顺：《文学批评的现状及其可能性》，《文学教育》（上半月）2009年第8期，第4页。

② 王水照：《历代文话（第7册）》，复旦大学出版社2007年版，第5592页。

气,既有审美感悟,也有智性顿悟。王尔德说:"批评,在这个字眼的最高意义上说,恰恰是创造性。"①象喻批评无疑最能展示主体的审美发现与创造。二是作为一种传统的文学批评方法,象喻批评一直保持着自己的活力,在古代文论之后,又继续存活于近代、现代乃至当代的历代文论中,瓜瓞至今,绵绵不绝。臧克家在谈到毛泽东认为诗歌不应当专制时,就运用了"飞鸟"象喻:"谈诗,谈百花齐放……话题像活泼的小鸟,它不停留在一棵树上。"②总之,本书对草木象喻批评展开全面、系统的研究,有效发掘我国文论批评的"中国特色",有利于摆脱当前文学批评沦为"文学界的贱民"的尴尬困境,抗衡信息时代媒介批评强烈的颠覆性现状。

# 第三节 草木象喻批评的基本特征

作为一种富有中国特色的文学批评方法,草木象喻批评主要体现出两大基本特征。

## 、深厚的审美性

真正的文学批评应是审美的。洪治纲指出:"从学科的自律性要求来说,文学批评的功能主要在于有效的艺术阐释、独到的审美发现以及富有启迪性的审美创造。"③贺仲明也说:"真正优秀的文学批评并不单调枯燥,而是具有自己独特的美学魅力,它蕴含敏锐的思想和尖锐的针砭。同时,也可以包含流畅的思绪、优美的结构和赏心悦目的文字。它是在逻辑、理

---

① 转引自赵澧、徐京安:《唯美主义》,中国人民大学出版社 1988 年版,第 159 页。

② 臧乐源:《臧克家与毛泽东》,《文史哲》2007 年第 1 期,第 40 页。

③ 洪治纲:《信息时代:文学批评的挑战与选择》,《南方文坛》2010 年第 6 期,第 21 页。

性的世界里跋涉,同时也是在美的天空里遨游。"①如何让单调枯燥的文学批评绽放"美的天空"的花朵?草木象喻批评不失为其中最有效的、最典型的,也是文论家最乐于接受的一种方式。

我们说草木象喻批评是一种具有审美性的文学批评。这里,"审美性"意味着它不是传达文学观念的工具、媒介,而是具有鉴赏性、品味性的。朱光潜先生曾把只知求证、考索而不知欣赏、体味的批评家称之为考据家,认为"他们好比食品化学专家,把一席菜的来源、成分及烹调方法研究得有条有理之后,便袖手旁观,不肯染指"②,令人趣味索然。与之相比,我们认为草木象喻批评就好比美食家,能令人在大快朵颐之际细细品味,回味无穷,具有浓厚的审美性。

首先,所用草木象喻本身就有审美意蕴。我们知道,距离是使事物成为审美对象的内在原因,事物离现实功利越远,就越容易引起审美知觉。正如瑞士心理学家布洛所举的经典例子。海上航行的轮船遇上大的浓雾,船上的人知道船极有可能出事,担心自己的生命安全,对身边眼前之景很少能产生美感;而岸上的人望着海上的船,在雾中时隐时现,显出一种平常少见的景观,觉得特别有诗情画意,美感油然而生。船在雾中是美的,但船上人与现实利害太近,不可能产生美感;岸上人离现实利害较远,从而产生美感。在现实中,草木作为自然事物,相对社会事物来说,离现实功利较远,故更易引起人们的审美兴趣,更有审美意蕴。叶嘉莹对此也曾有类似分析,其《几首咏花的诗和一些有关诗歌的话》一文曾论及"花"何以"成为感人之物中最重要的一种"时,认为除了"花的颜色、香气、姿态,都最具有引人之力"的极浅明的原因之外,"更为重要的原因,我以为是花所予人的生命感最深切也最完整的缘故。无生之物的风、云、月、露,固然不能与之相提并论,有生之物的禽、鸟、虫、鱼,似乎也不能与之等视齐观。因为风、

① 贺仲明:《批评的美丽——汪政、晓华批评论》,《当代作家评论》2003 年第 4 期,第 51 页。

② 朱光潜:《诗论》,上海古籍出版社 2001 年版,第 47 页。

云、月、露的变幻,虽或者与人之生命的某一点、某一面有相似而足以唤起感应之处,但它们终是无生之物,与人之间的距离,毕竟较为疏远。至于禽、鸟、虫、鱼等有生之物,与人的距离自然较为切近,但过近的距离又往往会使人对之产生一种现实的利害得失之念,因而不免损及美感的联想。而花则介于二者之间,所以能保有一种恰到好处的适当之距离。它一方面近到足以唤起人亲切的共感,一方面又远到足以使人保留一种美化和幻想的余裕"①。比如司空图《二十四诗品》以"雾馀水畔,红杏在林"形容"绮丽"品,以"幽人空山,过雨采苹"比喻"自然"品,以"水流花开,清露未晞"比拟"缜密"品,这些草木象喻都离现实功利较远,当它们呈现出来时,一下子就把人们带入远离现实功利的美妙意境中,引起审美知觉。

其实,又何止于花呢。花草树木于人而言,都葆有这种审美距离。所以,当文论家引入花草树木意象展开文论言说时,自然会切实地蒙上一层审美的光环。如南宋朱熹曾言:"西汉文字皆梳枝大叶,此语妙矣!而解者颇少。夫疏枝大叶非简略之谓,能于紧要处着精神,遂不暇及琐屑也。"②"解者颇少"一语道出草木象喻引发的生疏隔膜,感叹"胡越"之异,然而一旦领略其要旨,则有醍醐灌顶之感,细加体味,更会拍案惊起,自然言"妙"。又如元人刘将孙《如禅集序》云:"今夫山川草木,风烟云月,皆有耳目所共知识,其入于吾语也,使人爽然而得其味于意外焉,悠然而悟其境于言外焉。"③认为草木象喻总是令人含咀不尽,把玩不尽。近代张廉卿也曾引归震川"树上天生花"的草木之喻,由衷赞赏:"斯言真有味哉!"④

其次,文论家对草木象喻的运用一般都会经过精心构思,尽可能采用对偶、华丽的形式表达出来,能够产生吟咏不尽的滋味。徐寅《雅道机要》中说:"凡为诗须搜觅,未得句,先须令意在象前,象生意后,斯为上手矣。

---

① 叶嘉莹:《迦陵论诗丛稿》,北京大学出版社 2008 年版,第 137 页。

② 王水照:《历代文论(第 4 册)》,复旦大学出版社 2007 年版,第 3916 页。

③ 转引自成复旺:《神与物游——论中国传统审美方式》,人民文学出版社 1989 年版,第 183 页。

④ 王水照:《历代文论(第 7 册)》,复旦大学出版社 2007 年版,第 6979 页。

不得一向只构物象,属对全无意味。"注重物象经营传达的意味,这虽然说
的是诗人写诗文的创作状态,却也可视为文论家创作理论时的心境,因为
很多时候古代文学家与文论家往往兼为一体,他们总是将文论当作文学作
品来写,注重形式上的美感,如陆机《文赋》、杜甫《戏为六绝句》、司空图《二
十四诗品》等无不如此。其余文论之作,随意翻检,也可见出文论家对草木
物象的精心经营,仔细咀嚼,尤有意味。如陈祚明《采菽堂古诗选》评阴铿
的诗如"春风披扇,时花弄色,好鸟斗声,一景百媚";顾起纶《国雅品》称高
子业的诗"若磊磊乔松,凌风迥秀,响振虚谷"①;谢榛《诵孙中丞山甫全集赋
得长歌寄赠》称赞黔南词人"丽如丛桃蒸晓霞,清如片月蘸秋水"②,其《诗家
直说》评初唐、盛唐诸作"秀拔如孤峰峭壁""明净如乱山积雪""芳润如露蕙
春兰"③。

最后,草木意象喻体与批评本体的审美张力通过三段式的逻辑模式典
型地呈现出来,这里借助刘勰的《文心雕龙》加以说明。第一层次是"物虽
胡越"④,在这一阶段,批评喻体和本体之间差异巨大,有若胡越之别,存在
较强的突兀感;第二层次是"合则肝胆"⑤,在最初的矛盾冲撞之后,以异求
同,找到二者间内在的、深层的相似点,产生新的统一,给人启迪与感悟;第
三层次是"秘响旁通","隐也者,文外之重旨者也。……夫隐之为体,义主
文外,秘响旁通,伏采隐发"。喻体和本体,经过矛盾冲撞、契合统一之后,
互相之间蕴含着无穷的折射,又进一步地相互交融,生发出多重意蕴,就像
神秘的音响从旁边传出,像潜伏的文采在暗中闪耀,交相生发,含蕴无限。

① 转引自丁福保:《历代诗话续编》,中华书局1983年版,第1109页。本书关于
顾起纶《国雅品》所引内容均来自这一版本,后不再注明。

② 转引自李壮鹰主编、黄卓越分册主编:《中华古文论释林·明代下卷》,北京大
学出版社2011年版,第77页。

③ 同上,第74页。

④ 刘勰著,周振甫译注:《〈文心雕龙〉译注》,江苏教育出版社2006年版,第513
页。

⑤ 同上,第513页。

我们以谢榛《四溟诗话》（卷三）中的剥皮之喻进行分析：

> 章给事景南过余曰："子尝云：'诗能剥皮，句法愈奇。'何谓也？"曰："譬如天宝间李谪仙、杜拾遗、高常侍、岑嘉州、王右丞、贾舍人相与结社，每分题课诗，一时宁无优劣？或兴高者先得警策处，援笔立就，自能擅场。如秋间偶过园亭，梨枣正熟，即摘取戢之，聊解饥渴，殊觉爽快人意。或有作，读之阃阃然，尚隔一间，如摘胡桃并栗，须三剥其皮，乃得佳味，凡诗文有剥皮者，不经宿点窜，未见精工。欧阳永叔作《醉翁亭记》，亦用此法。"①

诗能剥皮？初次看到，不知何谓，故有人发问："何谓也？"以"剥皮"来喻"句法"，风马牛不相及，实在是"胡越"之两物，冲突重重，这是象喻批评的第一层次。原来，胡桃并栗，须剥去皮层，细细品尝，"乃得佳味"，正像诗文句法，不仔细咀嚼，终究如皮隔了一层，无法体味其中的精微之妙。在这异如"胡越"的两物之间找到如此绝妙的相似点，不禁令人折服，正所谓"合则肝胆"，这是象喻批评的第二层次。再进一步，谢榛以果实为喻，乃是提倡一种对诗文涵泳咀嚼、品味揣摩的鉴赏方式，不由得让人想起宋人强调余味、回味的"橄榄""茶"之喻，真可谓是"秘响旁通、伏生隐发"，余味无穷。这是象喻批评的第三层次。总之，三个层次一波三折，跌宕起伏，回味悠长。

## 二、巨大的创造性

真正的文学批评也应当是有创造性的。谢有顺说："批评也是写作，一种有生命和感悟的写作，然而，更多的人，却把它变成了一门死的学问或审判的武器，里面除了空洞的学术词语的堆砌和貌似庄严实则可疑的价值判

---

① 转引自丁福保：《历代诗话续编》，中华书局 1983 年版，第 1185 页。本书关于谢榛《四溟诗话》所引内容均来自这一版本，后不再注明。

断,并没有多少属于批评家自己的个人发现和精神洞察力。"①丧失了创造性,文学批评便沦为机械的武器、工具,自然也就没有多少生命力和影响力可言。

现代隐喻理论认为,在隐喻过程中,喻源概念的一些特定蕴含在人类经验的基础上,有选择地"投射"到目标概念隐喻上,形成新的概念隐喻,促成新的意义的产生。亚里士多德《修辞学》早就指出:"当诗人用'枯萎的树干'来比喻老年,他使用了'失去了青春'这样一个两方面都共有的概念,来给我们表达了一种新的思想、新的事实。"这种新的思想、新的事实就是隐喻的创造性,它不仅"可以扩展语言群体的词汇,更重要的是它帮助我们构建我们的思维和概念系统"。正是在这个意义上,理查兹认为隐喻是"掌握生命的一种能力",莱柯夫与约翰逊将隐喻视为"我们赖以生存的隐喻"。

中国古代文论中的草木象喻批评就是创造性批评,是能够不断产生"新的思想、新的事实"的富有生命力的文学批评。文论家运用草木象喻进行文论批评,并不仅仅意味着把理论观念说得通俗易懂一些,生动形象一点,让读者更易接受和信服。

首先,文论家往往会赋予草木隐喻双重或多重意义,使得草木象喻批评不断产生新的文论意蕴。

以草木隐喻文论,本身就会使得本不相干的二者发生交集,产生一个有如亚里士多德所说的"两方面都共有的概念",表达一种新的思想、新的意义。而这些草木隐喻,往往又经过文论家的精挑细选,被赋予双重或多重内蕴,其文论意义就更加丰富了。比如《荀子·儒效》:"绥绥兮其有文章也。"②"绥绥"意谓草木花之美丽繁盛,用草木花的美比拟文学作品,表达文学作品应当富有形式美的"新的思想、新的事实"。再如刘勰《文心雕龙》之

---

① 谢有顺:《文学批评的现状及其可能性——代主持人语》,《文艺争鸣》2009年第8期,第4页。

② 方勇、李波译注:《荀子》,中华书局2011年版,第102页。本书关于《荀子》所引内容均来自这一版本,后不再注明。

"原道"篇中的"草木贲华"的隐喻："傍及万品，动植皆文……草木贲华，无待锦匠之奇。夫岂外饰，盖自然耳。"①这其中就富有丰富的隐喻内涵：第一，文章就像草木披缀鲜花那样争芳斗艳、美不胜收，富有形式美；第二，文章的这种美，就像草木的美一样是自然生成，而非外饰的；第三，草木隐喻富有本体意义。作为开篇，"原道"自然起着提纲挈领的作用，是我们理解刘勰核心文论思想的一把锁钥。"原道"意谓"文根源于道"，这里的"道"是指"宇宙万事万物的自然规律"，即"自然之道"。"原道"开首即言："文之为德也大矣，与天地并生者何哉？夫玄黄色杂，方圆体分；日月叠璧，以垂丽天之象；山川焕绮，以铺理地之形。"把客观存在的自然之文与作为意识形态的文章或文学的"人文"相提并论，一开始就建立起天、地、文三者合一的大宇宙系统模式，在大宇宙系统模式下，草木之美（文）就是文章之美，不再是"文如草木"的比拟性，而是"文是草木"的同一性，草木与文同源合一，都追求自然美，草木贲华的隐喻由此富有深刻的本体论意义。所以，在刘勰看来，天之"日月叠璧"是文，地之"山川焕绮"是文，人之"心生言立"也是文，它们都根源于自然之道，这也就是他的"草木贲华"隐喻的本体论意义。

其次，同一草木隐喻，不同文论家通过主观经营，能使其生发出不同的文论意义，从而体现出草木象喻批评的创造性。

一些典型的草木隐喻往往会被不同时代的文论家辗转运用，但这些看似雷同的草木隐喻往往能够生发出完全不同的文论意义。如"芙蓉"象喻，最为典型的见于钟嵘《诗品》："谢（灵运，笔者注）诗如芙蓉出水，颜（延之，笔者注）诗如错彩镂金。"这是以清水芙蓉比喻谢诗的明丽自然。宋人魏庆之《诗人玉屑》曰："（王维诗，笔者注）秋水芙蕖，倚风自笑。"②这里的芙蓉喻境颇有佛禅寂寥圆融、明妙安乐之境。清人沈祥龙说："'娇'者，如出水芙蓉，亭亭可爱也。徒以嫣媚为娇，则其韵近俗也。"这是以芙蓉美景强调清

---

① 刘勰著，周振甫译注：《〈文心雕龙〉译注》，江苏教育出版社 2006 年版，第 54 页。

② 魏庆之编，王仲闻校勘：《诗人玉屑（上）》，上海古籍出版社 1978 年版，第 18 页。本书关于魏庆之《诗人玉屑》所引内容均来自这一版本，后不再注明。

雅脱俗。

面对一个草木象喻,我们可以从草木的完整性(根、芽、茎、花、实、叶的融为一体)去理解,也可以就其中的某一个方面去解读;我们可以视其为某一文体的发展过程,也可以作为某一文论领域的具体表现。总之,它能够孕育、生发出丰富且多层次的内涵、观念。比如,同是以花为喻,不同的花所生发的隐喻义是不同的,甚至截然相反。"清水出芙蓉"象征自然清丽之美,李白《经乱离后天恩流夜郎忆旧游书怀赠江夏韦太守良宰》云:"清水出芙蓉,天然去雕饰。"①秾桃艳李体现妖娆富丽之美,司空图《二十四诗品·纤秾》曰:"碧桃满树,风日水滨。"②秋菊冬梅则是含蓄蕴藉之美,包恢《书徐致远无弦稿后》言:"诗有表里浅深……犹之花焉……夫以四时之花,其华彩光焰漏泄呈露者,名品固非一,若春兰夏莲,秋菊冬梅,则皆意味风韵、含蓄蕴藉而与众花异者。惟其似之,是以爱之。"③此外,陈善《扪虱新话》引林倅语:"诗有格有韵,故自不同。如渊明诗是其格高,谢灵运池塘春草之句乃其韵胜也。格高似梅花,韵胜似海棠花。"④"花"之喻可用来描摹难以区分、表述的相近美学范畴。曹尔堪:"词之为体……如夭桃繁杏,而诗则劲松贞柏也。""花"之喻还具有区别文体特征的功能。

总之,草木象喻批评潜在的生发力是无穷的,其指引的文论内涵亦是无尽的,借用孙绍振《论审美感知和逻辑变异》一文中的比喻,草木象喻批评与文论观念之间的关系"不是岸上的风景和水中倒影的那种关系,而是像植物的地下根须与地上的茎叶花果之间的关系……在情感的根须上哪怕只有微量的变化,都会被感觉放大乃至变态地以不对称的形态表现出来"。

要之,中国古代文论中的草木象喻批评既富有审美张力,又具有巨大

---

① 林东海注:《李白诗选注》,上海远东出版社 2011 年版,第 229 页。

② 司空图、袁枚著,郭绍虞辑注:《诗品集解 续诗品注》,人民文学出版社 2005 年版,第 7 页。

③ 蒋述卓、洪柏昭、魏中林等:《宋代文艺理论集成》,中国社会科学出版社 2000 年版,第 1037 页。

④ 陈善:《扪虱新话(1—2 册)》,中华书局 1985 年版,第 49 页。

的创造性。从根本上来说,挖掘秘响旁通的审美张力其实就是创造,新思想、新意义不断产生引发的正是读者的审美感悟,审美与创造犹如一体之两面,相伴相生、相辅相成、内在相通,共同建构我国古代文论中草木象喻批评的基本特征。

# 第二章　草木象喻批评的形成根源

　　草木象喻批评出现的时间很早,至少在先秦时期就已发轫。如《诗经·魏风·园有桃》:"园有桃,其实之肴。心之忧矣,我歌且谣……园有棘,其实之食。心之忧矣,聊以行国。"①鲜红的桃子可做美肴佳品,酸甜的枣子可让人充饥,我满腹经纶、才华横溢却无人问津,故而忧愤难当、愁肠百结。这是以桃树、枣树的生有所用、适得其所,反衬自己的怀才不遇、忧国伤时,其批评意义已非常明显。《论语·宪问》更是出现已经高度抽象化的批评用词——"草创":"为命,裨谌草创之,世叔讨论之,行人子羽修饰之,东里子产润色之。""草"原是高等植物中栽培植物以外的草本植物的统称,引申为粗糙、不细致,这里比喻郑国大夫裨谌将公文初步完成的工作。"草创"一词由此成为表示"起草、起拟"的特定内涵的批评术语,如《汉书·司马迁传》的"草创未就,适会此祸"②中的"草创"正是这个意思。

　　任何文学观念、理论思想都是在一定的社会历史文化背景下产生和发展的。要探讨草木象喻批评的形成根源,必须追溯到先秦时期包括原始时期的文化思想背景和历史条件。本章主要通过哲学根源、经济基础、文化传统及草木与文的天然联系等角度进行探讨。

---

　　①　周振甫译注:《诗经译注》,中华书局 2002 年版,第 151 页。本书关于《诗经》所引内容均来自这一版本,后不再注明。

　　②　班固著,赵一生点校:《汉书》,浙江古籍出版社 2000 年版,第 846 页。本书关于班固《汉书》所引内容均来自这一版本,后不再注明。

# 第一节　象喻思维:草木象喻批评形成的思想依据

一说起原始的思维方式,不少人就会想到神秘互渗律,认为在原始人天人合一的思维模式下,宇宙世界呈现出万物同构、万物有灵的泛联系性。在他们的意识中一切事物都可以互相关联作用,他们以象为工具,以象与象之间的神秘世界和天人感应把握世界,如布留尔《原始思维》一书中所说,土人们把突如其来的旱害归咎于天主教传教士的登陆;摩图人把流行的胸膜炎怪罪于餐厅上挂着的维多利亚女皇的大幅肖像;一个人在路上看见一条蛇从树上掉到面前,即使他是在明天甚至下星期才得知他儿子在昆士兰死了,也一定会把这两件事联系起来。"在这个之后,所以因为这个",原始人这种以象为中介的神秘互渗律主要体现在至少两件事或两种关系的理解上,那么,当原始人最初面对单件事物时,他们的思维状态会是什么样的呢?

要具体探讨原始思维的产生是一项艰巨的工作,因为必须追溯到至少三百万年前的原始人的思维状态,可原始思维随着原始人退出历史舞台,早已消失得无影无踪,无从寻找。学者刘文英于此发掘有功,着力甚深。他首先试图从原始人的脑颅化石入手,但是"原始人的头脑只是原始思维的体质条件或生理条件。仅仅根据脑组织的发展状况,还不能对其思维内容和思维方式做出明确的判断"[1]。接着转向原始人的语言材料,然而"有关原始语言研究的现状,令人十分遗憾。原始语言到底是什么时候产生的? 首先是手势语言还是音节语言? 有没有手势语言? 这类问题至今仍然争论不休。北京猿人的语言状况怎样? 尼安德特人的语言状况怎样?现在人们的估计出入很大,缺少令人信服的证据"[2]。至于原始人的社会组

---

① 范鹏总:《陇上学人文存·刘文英卷》,甘肃人民出版社 2010 年版,第 5 页。
② 同上,第 5 页。

织,同样由于"原始人的社会组织及其交往方式如何影响原始人的思维方式,本身就是一个极其复杂的问题。这两者之间有没有什么对应关系,或有什么样的对应关系,这些问题现在并不清楚"①。最后认为原始人留下的石器工具可以较为精准地反映出原始人的思维状况和思维水平,因为"原始工具是原始人当时思维活动的外化和物化",是原始思维最深刻的客观基础。根据工具的制作过程,可以反过来把握工具制作者的思维状况,而且,石器工具不像那些用树木做成的木质工具或用兽骨、兽角制成的骨质和角质工具,会受到大自然的风化腐蚀而变形、变质。原始思维的第一阶段是旧石器时代早期原始人的思维,就是我们通常所说的猿人或直立人的思维,那么,他们在最初制作石器工具时,呈现出的思维状态是什么样的呢? 刘文英先生对此有着非常详细精到的阐述:

> 毫无疑义,为了使一块石头出现刃缘或尖头而用另一块石头去打击,必须使手的打击动作和当前的感觉、知觉之间保持协调……我们认为,实现这种协调与控制手的动作的东西,就是猿人头脑中那种有刃缘或尖头的石头的意象。这种意象最初可能来自一些天然的石器,而后在反复使用和制造石器的过程中不断得到强化。然而不管怎样,只有这种意象和意象活动,才能赋予手的动作以目的性;只有这种意象和意象活动,才能驱使手为达到目的而动作;只有这种意象和意象活动,才能支配感觉、知觉注意手的操作方式和节奏。从信息功能来看,这种意象和意象活动既能摄取信息、储存信息,又能加工信息和输出信息,因而大脑在进行体外信息反馈的过程中同时也进行着脑内的信息反馈。这也就是大脑通过意象处理信息的过程,亦即猿人的思维过程。②

---

① 范鹏总:《陇上学人文存·刘文英卷》,甘肃人民出版社 2010 年版,第 6 页。
② 同上,第 14 页。

尽管猿人直接打制石器的生产技术极为简单，尽管他们头脑中的意象是模糊、混沌的，但毕竟体现出意象对原始人发生动作的指令作用，原始人最初思维同样也是一种意象思维，所以刘文英明确指出："自从原始思维产生以后，意象一直是唯一的思维形式。"①原始思维体现出浓厚的尚象意识。

夏商时期，我国处于巫术文化时代，受认识能力和科技水平的限制，面对强大的自然力，古人感受到自身的渺小和无能，认为自然力充满了神秘感，进而发展成自然崇拜，产生了对至上的天帝（上帝）、自然、神祇和祖先崇拜的思想。如《诗经·商颂》："天命玄鸟，降而生商。"《礼记·表记》："殷人尊神，率民以事神，先鬼而后礼。"②由图腾之象到鬼神之象，意象在古人沟通人神关系或祭祀仪式活动中，都占有极其重要的地位和作用。据《左传·宣公三年》载："楚子伐陆浑之戎，遂至于雒，观兵于周疆。定王使王孙满劳楚子，楚子问鼎之大小轻重焉。对曰：'在德不在鼎。昔夏之方有德也，远方图物，贡金九牧，铸鼎象物，百物而为之备，使民知神奸，故民入川泽山林，不逢不若。螭魅魍魉，莫能逢之。用能协于上下，以承天休。"这就是所谓的"九鼎"。据学者考证，九鼎的建造应该是在夏朝。所谓"铸鼎象物"，就是说通过"鼎"这种造型艺术的形象形式来将事物描摹出来。《吕氏春秋》中多有记述，如"周鼎著象"（"慎势"篇）、"周鼎著鼠"（"达郁"篇）、"周鼎著倕（指人）"（"离谓"篇）等，描摹的是客观自然存在之象，也是主观人心营构之象，如"饕餮"（"先识"篇）。③ 饕餮是一种有头无身能食人的想象中的奇异猛兽，由两个或两个以上的动物组合而成，常见的动物有羊、牛、犀、鹿、猪、象等，形成一种威严、神秘不可侵犯的风格，即"狞厉之美"。所以，它虽然是一种主观虚幻之象，其实也是在客观物象的基础上加工而成的，但开始超越对客观事物的机械模仿，指向事物蕴含的情感意蕴、内在风神，

---

① 范鹏总：《陇上学人文存·刘文英卷》，甘肃人民出版社 2010 年版，第 53 页。

② 杨天宇译注：《礼记译注》（上、下），上海古籍出版社 1997 年版，第 938 页。本书关于《礼记》所引内容均来自这一版本，后不再注明。

③ 许维遹撰，梁运华整理：《吕氏春秋集释》，中华书局 2016 年版，第 405 页。本书关于《吕氏春秋》所引内容均来自这一版本，后不再注明。

体现出尚象思维的高级阶段走向。

　　成书于殷周之际、西周初年的《易经》是集巫术文化之大成的理论总结,同样也体现出浓厚的象喻思维模式。《周易·系辞》曰:"古者包牺氏之王天下也,仰则观象于天,俯则观法天地,观鸟兽之文,与地之宜,近取诸身,远取诸物,于是始作八卦,以通神明之德,以类万物之情。"①"圣人有以见天下之赜,而拟诸其形容,象其物宜,是故谓之象。"②这是说圣人通过对宇宙自然、天地万物的观照创造易象(八卦),以此来解释自然万物,沟通神人关系。所以,唐代孔颖达在《周易正义》中说:"《易》者象也,物无不可象也。"③从本质上看,人类生活在一个"象"组成的世界里,显示出中国文化的独特面貌。《周易·系辞》明确提出象和意的内在联系:

　　　　子曰:"书不尽言,言不尽意。"然则,圣人之意,其不可见乎?子曰:"圣人立象以尽意,设卦以尽情伪,系辞焉以尽其言。变而通之以尽利,鼓之舞之以尽神。"④

　　"立象以尽意",就是通过"象"来表达圣人复杂细微的意念和思想。《周易》的"象"包括卦、爻象和卦、爻辞两部分。如"鼎"卦:"鼎,象也。以木巽火,烹饪也。""木上有火,鼎。君子以正位凝命。"这是以木上面烧着火,象征鼎器在烹饪食物,表达圣人君子应当对此效法,端正稳固身心的位置,严守自己的使命;又如"姤"卦:"九五:以杞包瓜,含章。""杞"指杞柳,枝条常用于编外箱、笼、篮等物,这是以细长柔软的柳条包扎甜瓜,隐喻君子美好、高尚的修养。又九五之爻正居上卦中位,恰好亦象征人秉含中正之德。又"大过"卦:"九二:枯杨生梯,老夫得其女妻,无不利。""梯"是植物的嫩

　　①　伏羲《图解周易》,万卷出版公司2008年版,第351页。
　　②　同上,第339页。
　　③　王弼编著:《周易正义》,中国致公出版社2009年版,第5页。
　　④　周振甫译注:《周易译注》,中华书局1991年版,第249页。本书关于《周易》所引内容均来自这一版本,后不再注明。

芽,特指杨柳的新生枝叶,这是说枯萎的杨树长出新枝,比喻老汉娶得年轻的妻子,说明虽然阳刚过甚,却仍能与阴柔结合,表达对生机重现、生命力强的事物的赞美。再如"大过"卦象辞:"泽灭木,大过,君子以独立不惧,遁世无闷。"大泽淹没了树木,即是大过,圣人君子突遇变动仍应勇毅独立,无所畏惧,这是以"木"的意象宣扬圣人君子应当具有临危不惧的高贵品质。总之,《周易》表达的思想包罗万象、复杂精微,从个人修养、内在心理、社会人事到国家政治、生活哲理等层面,无不以"象"来揭示、暗示、比拟、象征。

　　象喻思维同样深入道家思想。老庄以道为本,认为"道"是宇宙本根和万物运行的根本法则。他们对"道"的阐述同样离不开"象"及"象喻思维"。如老子以"大象"言"道":"执大象,天下往。"(《老子》第三十五章)"大音希声,大象无形,道隐无名。"(《老子》第四十一章)庄子以"象罔"言道:"黄帝游乎赤水之北,登乎昆仑之丘而南望。还归,遗其玄珠。使知索之而不得,使离朱索之而不得,使吃诟索之而不得也。乃使象罔,象罔得之。黄帝曰:'异哉,象罔乃可以得之乎?'"(《庄子·天地篇》)并且出现大量象征"道"的具体意象,如《老子》中有水、谷、母、婴儿、阴,《庄子》中有鲲、玄珠、屎溺、蝼蚁、稊稗、瓦甓等,可见其象喻思维的丰富与成熟。老庄"象"与"道"的结合,将龟象、易象提升到哲学层面,确立了其形而上的意义,使得"象"兼具自然之象、社会人事之象和观念本体之象等多重内蕴,其多义性与歧义性构成一个庞大的语义系统与思想空间。更重要的是,老庄以象言道,更突出"道"的虚无之状,如"道之为物,惟恍惟惚。惚兮恍兮,其中有象;恍兮惚兮,其中有物"(《老子》第二十一章),"是谓无状之状,无物之象,是谓惚恍"(《老子》第十四章)。而庄子所说的象罔状态即是一种似有若无、恍惚朦胧的状态:"心困焉而不能知,口辟焉而不能言。"[①]这些都将引向对言外之意、象外之象的深度追求。所谓"荃者所以在鱼,得鱼而忘荃;蹄者所以在兔,得兔而忘蹄;言者所以在意,得意而忘言"(《庄子·外物》),直接启示了后

---

　　① 　陈鼓应注译:《庄子今注今译》(上、下),中华书局1983年版,第539页。本书关于《庄子》所引内容均来自这一版本,后不再注明。

世重在探求言外之意、象外之意的意境论的建构。

儒学的思维模式也体现出浓厚的象喻思维,其核心在于它与德教礼乐文化的关系,认为"象"通礼乐,以"象"比德,重视"象"在社会伦理规范方面的巨大作用。《论语·雍也》曰:"夫仁者,己欲立而立人,己欲达而达人。能近取譬,可谓仁之方也矣。"通过近取诸象的方式以譬伦理道德,这在先秦儒学中比比皆是,如《论语·为政》:"为政以德,譬如北辰,居其所而众星共之。"《论语·子罕》:"子在川上曰:逝者如斯夫。"又《孟子》:"圣人治天下,使有菽粟如水火。菽粟如水火,而民焉有不仁者乎?"[①]其中"北辰""水""菽粟"等象都用来比喻儒家的礼乐政教、伦理道德等内容,带有浓厚的道德色彩,由此形成象通礼乐、以象比德的政教推衍模式。

综上所述,从原始时代开始,尚象思维已见端倪。从"铸鼎象物"到"立象尽意",又经以象比德和得意忘象,古人正是借助"象"的解释和推衍所形成的符号系统来表征世界的本质和意义,尚象思维成为古人一种基本的运思方式。自然,古人对文学理论批评的认识与理解也会自发自觉地通过"象喻思维"的方式,这就是古代文论中草木象喻批评产生的哲学基础和思想基础。

## 第二节　人与草木的天然关联:
## 草木象喻批评勃兴的前提基础

如果说原始时期尚象思维的产生使得古人很早就建立了以"象"表征世界的思维方式,那么,草木与人的密切关联则是草木象喻批评在先秦时期即已勃兴的依据。

根据达尔文的生物进化论原理,地球上生物的发生发展无不遵循着由

---

① 孙业成注译:《孟子译注》,百花洲文艺出版社 2010 年版,第 263 页。本书关于《孟子》所引内容均来自这一版本,后不再注明。

简单到复杂、由水生到陆生、由低等到高等这样一个漫长的螺旋式上升的演化过程。从 35 亿年前开始到 4 亿年前的志留纪晚期，地球上就出现了简单的原始植物——低等的菌类和藻类，我们通常把这一时期称为菌藻植物时代。此后，植物界通过漫长的遗传变异、自然选择，历经蕨类植物时代、裸子植物时代，至被子植物时代，植物不断稳固发展，形成高度繁盛的局面，呈现出现代面貌，故这一时期又被称为新生代，距今有 6500 万年的历史。直到现在，被子植物仍然是地球上种类最多、分布最广、适应性最强的优势类群。

　　人类历史到底有多长？一般而言，研究人类起源的直接证据来自化石。我们都坚信，人类是由古猿转变而来的，所以人类学家总是运用比较解剖学的方法去研究各种古猿化石和人类化石，测定他们的相对年代和绝对年代，从而确定人类化石的距今年代，这也就是人类产生的历史。随着猿人化石不断被发现，人类产生的历史也在被不断地更新与更正，早在 1891 年在印度尼西亚发现的爪哇猿人，距今有 60 万至 80 万年的历史；1929 年在我国周口店发现的北京猿人，距今约有 20 万至 70 万年的历史，这两种猿人曾一度被公认是最早的人类。中华人民共和国成立后，考古工作者先后在陕西蓝田和云南元谋发现猿人化石，蓝田猿人距今约 100 万年，元谋猿人距今约 170 万年，这将之前对人类产生的历史认知从几十万年推前到 170 万年。而近 30—40 年来，考古学家在非洲大陆发现许多猿人化石，使得人类产生的历史时间又被翻新，不断在推前：1972 年在肯尼亚发现的猿人头骨、腿骨化石和石器，测定年代为距今 260 万年；1973 年，有报告说埃塞俄比亚发现的猿人化石，距今约 300 万年或 300 万年以前，将人类历史延长到 300 万年；之后，又有研究表明，古猿转变为人类始祖的时间在 700 万年前，而大约在新生代第三纪渐新世后期（3000 万年前）最早出现的猿类，可能是人类和现代猿人的共同祖先。不管怎样，与 6500 万年前即已出现被子植物的繁盛期相较，可以断定，人类产生伊始，植物就已经很成熟丰富了。所以，人类产生之际，面对蓬勃生长的植物，在当时没有工具或工具异常落后的情况下，他们最初的物质生产活动就是简单的采集了。这是维持当时人类生存、生活、发展的最基本活动。我国第一部诗歌总集《诗经》就多次记载了这类采集活动,如从《采蘩》《采萍》《采芑》《采菽》《采薇》《采绿》等篇名就可见这类采集活动的繁盛。又《诗经》中的诗句"参差荇菜,左右采之"(《关雎》)、"采采卷耳,不盈顷筐"(《卷耳》)、"采采芣苢,薄言采之"(《芣苢》)、"彼采葛兮,一日不见,如三月兮!彼采萧兮,一日不见,如三秋兮!彼采艾兮,一日不见,如三岁兮!"(《采葛》)、"采菽采菽,筐之筥之……觱沸槛泉,言采其芹"(《采菽》)等,对当时的采集活动均有频繁的叙述。采集活动的频繁与丰富,说明植物草木于人的生产、生活的重要性越来越大,草木与人的关系越来越密切。

我国农耕自然经济的生产方式进一步确立了草木与人的关联。农耕自然经济是我国自古以来主要的经济生产方式。人类在早期阶段,由于生产力和生产工具的落后,基本上只能被动地适应当时自然的环境,故而自然环境在当时对人类活动几乎起着决定性的作用。

我国领土辽阔,这为农业发展提供了丰厚的土壤基础。不仅如此,我国的气候条件也非常优越,我国大部分地区处于中纬度,气候温和,又位于全球最大的陆地——欧亚大陆的东部和全球最大的海洋——太平洋的西岸,处于季风气候带,雨量充沛,温度和水分条件配合良好,为发展农业提供了适宜的条件。[①] 总之,优越的地理生态环境和温和的自然条件孕育了华夏民族以农耕经济为主体的经济生产形态。其核心是新石器时代的黄河中下游地区,这一带气候温和、雨水充足,土壤较为疏松且肥沃,特别适宜农作物尤其是粟、稷的生长和人类的生活。与此同时,长江中下游的屈家岭文化及钱塘江流域的河姆渡文化,也都伴生了农耕自然经济的生产方式,如河姆渡原始居民已使用磨制石器,用耒耜耕地,种植水稻。

先秦的文献资料也大量显示出祖先们以农耕自然经济为主的辛勤耕耘的时代痕迹,如《论语·宪问》中说:"禹、稷躬稼而有天下。"这是说大禹、

---

① 教育部高教司组编,张岱年、方克立主编:《中国文化概论(修订版)》,北京师范大学出版社 2008 年版,第 22 页。

后稷他们受尧舜命整治山川，教民耕种。尤其是后稷，他原名弃，儿童时期就对农作物感兴趣，长大后更是常去田野中研究农作物的生长习性和规律。帝尧听说后，就任命他为后稷（即农官）。上任后的他，积极引导人们适应并利用不同的时令去播种不同的农作物，极大地促进了原始农业的发展，贡献巨大。

　　总之，我国以农耕自然经济为主的经济生产方式使得古人与自然草木建立起了深厚的天然关系，自然草木在古人的生活、生产中占有极其重要的地位。这样，在象喻思维方式的作用下，其用来表征世界的象自然更多的是自然之象了。比如《弹歌》历来被认为是我国最早的一首诗，只有简短的八个字：

　　　　断竹，续竹；飞土，逐肉。

　　这首诗描述了制作工具及狩猎的过程，"竹"就是竹子，"断竹""续竹"就是把竹子折断再接续起来制成弹弓去追逐野兽，这是古人生存获得物质基础的主要方式，可见，植物对于古人的重要性。最早的一首诗就将植物写进去，也足见植物与文学存在天然的密切联系。

　　进一步看，植物在先秦时期各文学典籍中出现频繁。作为中国先秦时代文化记录的总汇——"十三经"，其内容包括了文学、史学、经学、艺术、礼俗制度等，宏大丰富、影响深远。"经"即"经典"，可见古人对其地位的重视。"十三经"中，除了《孝经》之外，经经都有植物，潘富俊《草木缘情——中国古典文学中的植物世界》[①]一书有详细列表，兹摘引如表 2-2：

---

　　① 潘富俊：《草木缘情——中国古典文学中的植物世界》，商务印书馆 2016 年版，第 10 页。

表 2-2　典籍中出现的植物种类

| 书名 | 全书植物种类 | 植物种类举例 | 备注 |
|---|---|---|---|
| 《周易》 | 14 | 杨、竹、桑、棘、杞、蓍、蒺藜 | |
| 《尚书》 | 33 | 黍、粟、桐、梓、橘、柚 | |
| 《诗经》 | 138 | 荇菜等 | |
| 《周礼》 | 58 | 梅、桃、榛、菱、芡、萧、茅等 | |
| 《仪礼》 | 35 | 蒲、栗、葛、枣、茅、葵等 | |
| 《礼记》 | 88 | 桑、柘、蓍、竹、莞、麻、菅、蒯等 | 原经文 5 种 |
| 《春秋左氏传》 | 53 | 竹、桃、桑、棠棣、粟、黍、麦、稻等 | |
| 《春秋公羊传》 | 11 | 李、梅、菽、粟、黍、麦等 | 原经文 5 种,内文 8 种 |
| 《春秋榖梁传》 | 16 | 李、梅、菽、粟、黍、麦等 | 原经文 5 种,内文 12 种 |
| 《论语》 | 12 | 松、柏、竹、栗、麻、瓠、瓜、藻、稻、黍、粟、姜 | |
| 《孝经》 | 0 | | |
| 《尔雅》 | 254 | 山韭等 | 《释草》188 种《释木》66 种 |
| 《孟子》 | 23 | 杞柳、竹、童、木秋、酸枣、枣、粟、黍、稻等 | |

从所引的植物种类来看,11 种至 254 种不等,说明在当时至少有 254 种植物是经古人确认并赋予名字的,反映出植物与人、文的深切关联。

再从所引述的植物内容来看,植物的影响遍及人的生活、经济、政治、精神、宗教等各层面。以《诗经》为例,其中出现的植物有用于食用的,如黍、小麦、枣、菽、粟、大豆、葫芦、瓜、棠梨、桃、稻、枸杞、粱等作为主要的粮食作物及蔬菜瓜果多次出现,其中黍类有 17 篇,枣有 12 篇,小麦 9 篇,大豆 7 篇,棠梨、稻、枸杞等也有 5 篇以上。这些植物一般都是在当时就已被广为栽培。如《邶风·谷风》:"采葑采菲,无以下体。""葑即芜菁,菲即萝卜。"《王风·黍离》:"彼黍离离,彼稷之苗。"而《鄘风·载驰》中的"我行其野,芃芃其麦"、《小雅·甫田》的"黍稷稻粱,农夫之庆",以及《大雅·生民》中的"荏菽旆旆"等,更是对当时农作物进行栽培的礼赞与歌颂。《诗经》中还出现了许多野生蔬菜,据统计,野菜的种类高达 30 种,其中有苍耳(卷耳)、车前草(苤苢)、蒿类(蒌、蘩、艾、蒿、蔚)、蕨、野豌豆(薇)、田字草(萍)、蕴藻(藻)、苦菜(荼)、荠菜(荠)、萹蓄(竹)、荻(菼)、萝藦(芄兰)、甘草(苓)、锦葵(苀)、冬葵(葵)、紫云英(苕)、香蒲(蒲)、栝楼(果赢)、藜(莱)、播娘蒿(莪)、苦荬菜(苣)、羊蹄(蓫)、旋花(葍)、水芹(芹)、石龙芮(堇)、水蓼(蓼)、莼菜(茆)等,<sup>①</sup>极其丰富。除了食用之外,《诗经》中的植物还用于衣用染料、建筑舟车、器物工具等,如《周南·葛覃》:"葛之覃兮,施于中谷,维叶莫莫。是刈是濩,为𫄨为绤,服之无斁。"𫄨是细葛布,绤为粗葛布,是当时主要的织布原料。《邶风·柏舟》:"泛彼柏舟,亦泛其流。"《鄘风·柏舟》:"泛彼柏舟,在彼中河。"柏木是当时用来造船的主要材料。此外,《诗经》中的植物还超越其原初含义,建立起象征意义。或用植物表达辟邪之义,如《召南·采𬞟》:"于以采藻? 于彼行潦。"其中"藻"为水草,具有厌辟火灾的象征意义,是以人们常在屋梁上雕绘藻纹用以压制火灾。或用植物象征善恶伦理,如《小雅·大田》:"既坚既好,不稂不莠。""稂"为狼尾草,"莠"即狗尾草,比喻不成材或没有出息的人。《鄘风·墙有茨》:"墙有茨,不可埽也。""墙有茨,不可襄也。""墙有茨,不可束也。"这里的"茨"即现在所说的蒺藜,其繁生的果实布满锐刺,常刺伤人足,以此比喻暗中使坏的小人。或用植物表达思亲情怀,如《小雅·蓼莪》:"蓼蓼者莪,匪莪伊蒿。哀哀父母,生我劬劳。蓼蓼者莪,匪莪伊蔚。哀哀父母,生我劳瘁。"莪即播娘蒿,嫩茎叶可以食用,引申为有用的人才;蒿和蔚都是野生杂草,引申为没有成就的庸才。这是说父母生我养我,希望我能成才,我却一事无成,白白辜负父母的殷切期望,强烈表现出对父母的悲悼与怀思。可以看出,《诗经》中的植物均体现出丰富的情感内容和情感色彩。

---

① 潘富俊:《草木缘情——中国古典文学中的植物世界》,商务印书馆 2016 年版,第 47 页。

　　不过，与植物在经书中的频繁出现相反，道家典籍所涉及的植物却非常少。《老子》提到的真正的植物只有一种——荆棘："以道佐人主者，不以兵强天下，其事好还。师之所处，荆棘生焉。大军之后，必有凶年。"老子强调治国以道，反对武力，认为大战之后，必有荒年。"荆棘"即荆棘丛生的地方，比喻被军队扰乱所造成的如荒漠般的国家。《庄子》涉及的植物要丰富些，《庄子·内篇》有树，如榆（榆树）、枋（檀木）、樗树、梧桐、栎社树、冥灵和大椿（皆为远古之树）；有草，如蓬（蓬草）、蒿（蒿草），其中，蓬出现的次数较多，有3次；有蔬菜，如大瓠（大葫芦）；还有水果，如柤、梨、橘、柚。《庄子·外篇》有树，如桔槔、竹、柘、棘、枳、枸、柟、梓、豫章；有草，如蛙蟆之衣（青苔）、陵舄鸟（车前草）、乌足（车前草的变种）、羊奚（草名）。《庄子·杂篇》有野果，如茅粟、橡粟；有蔬菜，如葱、韭；有树，如深榛（荆棘丛）、松柏；有药材，如堇（又名紫堇）、桔梗、鸡雍（鸡头草）、零（猪苓）等；有各种芦苇，如萑、苇、兼葭；有香草，如苞苴；有织布原料，如苴（粗麻布）；还有用于建造房子的植物，如《庄子·杂篇·让王》中的"原宪居鲁，环堵之室，茨以生草，蓬户不完，桑以为枢"，以茅草盖屋顶，以蓬草编门户，以桑树条作门枢。有意思的是，"内篇""外篇""杂篇"中的植物全然不同，几乎没有任何交叠之处，确乎出于不同人之手。

　　总的来看，无论是植物的种类还是数目，道家典籍确实比不上经书，但这并不意味着植物和道家典籍没有什么联系。事实上，老庄也会提到植物，只不过他们是以另外一种形式进行表达。例如《老子》（第七十六章）："人之生也柔弱，其死也坚强。万物草木之生也柔脆，其死也枯槁。故坚强者死之徒，柔弱者生之徒。是以兵强则灭，木强则折。强大处下，柔弱处上。"以草木初生柔脆、死后枯槁，以及枝干坚强的处于下、柔弱的处于上的常见之理，宣扬柔弱胜刚强的哲理思想。这里的"草木"已不像《诗经》那样罗列大量具体的植物名称，而是植物的总称或是抽象化了的和植物相关的东西，如"根""朴"等。其中，"根"在《老子》中出现了5次，如第十六章中有曰："致虚极，守静笃。万物并作，吾以观复。夫物芸芸，各复归其根。归根曰静，静曰复命。"这是说万事万物的发展都有其自身的规律，从生长到死亡,再生长到再死亡,生生不息、循环往复,以至于无穷,都遵循着这个规律。他提出"归根"的哲学概念,主张回归到一切存在的根源,指一种完全寂静的状态。"朴"在《老子》中出现了 7 次,次数最多,含义最丰富。第十五章中的"敦兮,其若朴",第二十八章中的"朴散则为器",其中"朴"都指未加工的原本,主张事物以原初状态出现。第十九章中的"见素抱朴",第二十八章中的"知其荣,守其辱,为天下谷。为天下谷,常德乃足,复归于朴",第三十七章中的"道常无为而无不为……吾将镇之以无名之朴。无名之朴亦将不欲,不欲以静,天下将自定",其中的"朴"都是"道"的代名词,宣扬单纯无为、道法自然的观念。可见,老子提到的植物大多为植物总称或将其抽象化,超越其具体的植物名称,正是为了以植物的普遍性宣扬道的哲学意义。

　　《庄子》也存在类似之处,如《庄子·外篇·知北游》中的"欲复归根……此之谓本根,可以观于天矣",也提出归根思想;《庄子·内篇·应帝王》中的"雕琢复朴",《庄子·外篇·马蹄》中的"同乎无欲,是谓素朴",其中"朴"即道。《庄子·外篇·马蹄》中的"纯朴不残,孰为牺尊"和"夫残朴以为器,工匠之罪也;毁道德以为仁义,圣人之过也",其中"朴"即未经雕琢加工过的原木。不过,具体来看,《庄子》对植物的表达方式及运用又与《老子》有很大不同:

　　　　蜩与学鸠笑之曰:"我决起而飞,抢榆枋,时则不至而控于地而已矣,奚以之九万里而南为?"适莽苍者,三餐而反,腹犹果然;适百里者,宿舂粮;适千里者,三月聚粮。之二虫又何知!

　　　　小知不及大知,小年不及大年。奚以知其然也?朝菌不知晦朔,蟪蛄不知春秋,此小年也。楚之南有冥灵者,以五百岁为春,五百岁为秋;上古有大椿者,以八千岁为春,八千岁为秋。而彭祖乃今以久特闻,众人匹之,不亦悲乎!

　　为了突出大鹏鸟的广阔无碍、优游自在、无穷无尽,认识到蝉和斑鸠的渺小浅陋、自鸣得意,庄子将神话中的冥灵树、大椿和现实中的榆树、檀树做对比。冥灵树以五百年为一个春季,五百年为一个秋季;大椿树更是以八千年为一个春季,八千年为一个秋季,极尽夸张之能事,带有强烈的主观色彩。又如:

> 匠石之齐,至于曲辕,见栎社树。其大蔽数千牛,絜之百围,其高临山十仞而后有枝,其可以为舟者旁十数。观者如市,匠伯不顾,遂行不辍。弟子厌观之,走及匠石,曰:"自吾执斧斤以随夫子,未尝见材如此其美也。先生不肯视,行不辍,何邪?"曰:"已矣,勿言之矣! 散木也。以为舟则沉,以为棺椁则速腐,以为器则速毁,以为门户则液樠,以为柱则蠹,是不材之木也。无所可用,故能若是之寿。"匠石归,栎社见梦曰:"女将恶乎比予哉? 若将比予于文木邪? 夫柤梨橘柚果蓏之属,实熟则剥,剥则辱。大枝折,小枝泄。此以其能苦其生者也。故不终其天年而中道夭,自掊击于世俗者也。物莫不若是。且予求无所可用久矣! 几死,乃今得之,为予大用。使予也而有用,且得有此大也邪? 且也若与予也皆物也,奈何哉其相物也? 而几死之散人,又恶知散木!"

栎树在古代一直被奉为土地神。庄子这里居然以栎树托梦说话的形式来说明全身远害在于以无用为大用的道理:若柤梨橘柚之类因其果实成熟而受尽敲打枝折之苦,不能享尽天年,只有充当社树,挂着社树的招牌,才能免于斤斧之患,保全天年。总之,《庄子》中的植物大多通过寓言的方式来传达抽象的哲理,寓言本身就具有形象生动、夸张的文学特征,这使得其中的植物既富有强烈的主观色彩,又体现出浓厚的形而上意味,而这与老子较为纯粹的形而上意味有着很大不同。

通过对人类发生发展史和先秦主要典籍中植物现象的梳理,我们发现,在以农耕自然经济为主的经济生产方式的作用下,先秦时期植物和文学就已建立起极其深厚的密切联系,这使得古人象喻思维中所运用的象大多是植物草木之象，这也是草木象喻批评勃兴的前提基础。

# 第三节　文学批评的诗性传统：
# 草木象喻批评繁荣的文化语境

何谓诗性传统？"诗性"一词源于 18 世纪意大利学者维柯的著作《新科学》，特指原始人类在思维方式、生命意识和艺术精神等方面的特性。中国学者林雪铃根据维柯在《新科学》中的论证，在《以"启发诗性思维"为导向的新诗教学设计及其实作成果分析》一文中对诗性思维做出了这样的阐述："诗性思维，又称原始思维，意指人类儿童时期所具有的特殊思考方式。其特征为主客不分，运用想象力将主观情感过渡到客观事物上，使客观事物成为主观情感的载体，从而创造出一个心物合融的主体境界。"这种通过"想象力"的作用浸润主观情感的客观事物就是"意象"，具体可感而又浑融统一，它是诗性思维的重要表现手段和典型标志。

我国的汉字就具有浓厚的意象性，体现出伟大的诗性特征。美国语言心理学家欧内斯特·范罗诺萨说，汉语是世界上最优美、最理想、最富于诗性的语言。他进一步认为，汉语在其自身发展中，由于其象形文学有贴近"自然"的特殊"及物性"，而且这种字体构造方式后先相续。基本精神从未中断，所以至今仍然"葆有原始的活气"，这也决定了汉语是世界上最优美、最理想的诗性语言。这里说语言具有的这种贴近自然的特殊及物性其实就是意象性，它们就像一幅幅生动可感的图画一样，既形象具体，又富有情感。如汉字"人"，就像是一个叉开腿的人，"口"是张开的嘴巴，"日"的篆文像圆圆的太阳，"月"是悬在空中的月牙，"鱼"是一尾有鱼头、鱼身、鱼尾的游鱼，"门"就是左右两扇门，还有一些字形结构复杂的文字传达的情感就更丰富了，如"孀"字，有学者解释道，这是说一个寡妇内心如霜打，又加以"双"音，意为看到别人出双入对，其内心的感受更是格外凄凉，该字不仅兼意，还蕴有情感。传说的"仓颉造字，天雨粟，鬼夜哭"，正道出汉字具有与天地相通、感天动地的情感意味。汉字不是没有生命的符号,而是富有灵性和情感的生命体。

我国现代伟大爱国主义者、杰出诗人和学者闻一多先生曾说,中国文化奠基于《诗经》,也定型于《诗经》。《诗经》是我国第一部诗歌总集,收录了西周初年至春秋中叶(前11世纪至前6世纪)500年间的诗歌共305首。《诗经》主要是抒情言志之作,它关注社会现实,内容丰富,反映劳动与生活、爱情与亲情、战争与徭役、压迫与反抗、风俗与婚姻、祭祖与宴会,甚至还包括天象、地貌、动物、植物等方方面面,故其所抒发的情感具有非常深切的社会内涵和蕴意。在艺术形式上,《诗经》中赋、比、兴交相运用的表现手法,双声叠韵的用字方法,重章叠句的句式结构,也使得《诗经》的思想情感内容更加浓郁醇厚、感情深沉,并体现出复沓回环的音乐美和整体美。如《诗经·摽有梅》,写一位待嫁姑娘渴望爱情、寻觅夫婿的急切心理。如何体现这种"急切"的主观情感?诗人以枝头梅子不断落地直至空余枝头来体现青春易逝和及时追求婚恋的情感,枝头梅子由留七成到剩三成直至空无,既写出了对时光流逝、青春老去的不舍和无奈,又富有层次和动感,其情感意象是完满浑融、丰富浓厚的。司马迁《太史公自序》中评说:"《诗》记山川、溪谷、禽兽、草木、牝牡、雌雄,故长于风。"正道出《诗经》的意象化即诗性的特征。要之,与西方古希腊以戏剧为主而重叙事、重理性的文化传统不同,我国《诗经》重抒情、重感性、重整体,由此形成中国的诗性文化传统,并历经2000多年的浸润,成为一种文化基因融入中华文明的血液,不光对后世的文学艺术,对社会、政治、生活、交际等各方面也都有着非常深刻的影响。

早在春秋末期,孔子就曾说过:"不学诗,无以言。"他鼓励年轻人要学《诗经》,因为它"可以兴,可以观,可以群,可以怨"。所谓"兴",孔安国解释说"引譬连类",朱熹曰"感发志意",指触物激发感染情志。"观"即观察政治社会、风俗风气,如郑玄释曰"观风俗之盛衰",朱熹曰"考见得失"。"群"即沟通情感,相互切磋,团结和谐。如孔安国释曰"群众相切磋",朱熹曰"和而不流"。"怨"即批评讽刺,批评、指责为政者在社会政治方面的过失,也包含一般的哀怨。孔安国释曰"怨刺上政"，朱熹曰"怨而不怒"。足见，《诗经》在当时的文学艺术、社会政治等方面的重要性，显示出强大的文学功能和社会功能。再进一步看，这一时期，人们在政治、外交、聚会等公开场合，就频繁地赋诗进行交往，他们通过摘引《诗经》中的句子曲折委婉地表达自己的思想、志向、趣味和感情，《诗经》于当时有着非常重要的作用和影响。如《左传·定公九年》云：

> 郑驷歂杀邓析，而用其《竹刑》。君子谓子然："于是不忠。苟有可以加于国家者，弃其邪可也。《静女》之三章，取彤管焉。《竿旄》'何以告之'，取其忠也。故用其道，不弃其人。《诗》云：'蔽芾甘棠，勿剪勿伐，召伯所茇。'思其人，犹爱其树，况用其道而不恤其人乎？子然无以劝能矣。"

《竹刑》，为邓析所创，他把自己所制定的法律条文逐款撰写在竹简上，故得其名。《竹刑》是春秋晚期代表与奴隶主阶级对抗的新兴地主阶级利益的法律先驱，它主张刑名之治，刑法公开化，这种以法治国的政治主张自然引发郑国贵族们的极度不满，以致邓析后被代表贵族利益的驷歂所杀。这里针对驷歂杀邓析却采用其制定的刑律一事，君子的观点是取其益而弃其邪，就像《邶风·静女》虽为男女私约之诗，但其可用书写之用的彤管之笔却不能因此而被厌弃。《召南·甘棠》中，既然思念召公，对与他的经历有关的杜梨树也不要轻易去毁坏。又如《左传·文公十三年》中曰：

> 郑伯与公宴于棐。子家赋《鸿雁》。季文子曰："寡君未免于此。"文子赋《四月》。子家赋《载驰》之四章，文子赋《采薇》之四章。郑伯拜，公答拜。

鲁文公十三年，鲁文公如晋会盟，回国时路经卫国，应卫国的请求，与晋国讲和，鲁文公只好折返。再度返回时又经郑国，郑穆公设宴招待，向鲁文公提出了同样的要求。全程都是郑国执政大夫子家和鲁国正卿季文子两人通过引用《诗经》中的句子来完成此项外交活动。子家赋《鸿雁》中"鸿雁于飞,肃肃其羽。之子于征,劬劳于野。爰及矜人,哀此鳏寡"的诗句,希望鲁文公能可怜他们去向晋国求和,季文子一开始引《四月》诗句"四月维夏,六月徂暑。先祖匪人,胡宁忍予"拒绝,推脱鲁文公要赶紧回去祭祖了。子家又赋《载驰》诗句"控于大邦,谁因谁极",表达为他们去和晋国求和的热切愿望,最后,季文子引用《采薇》的诗句"戎车既驾,四牡业业。岂敢定居,一月三捷",同意了他们的请求。故"郑伯拜,公答拜"。

据统计,《左传》中类似这样的赋诗言志的记载达 70 余次之多,足见其普遍性。赋诗在当时已经不是偶尔为之,而是成为一种习惯;不是一种修辞手段,而是一种话语方式。而赋诗行为本身的庄严雅致、诗歌语言的含蓄婉转等都造就了当时政治文化的诗性倾向。正如有学者感慨而说的:"(赋诗言志)将外交上的沟通、谅解、妥协乃至勾结用诗的形式加以暗示,含而不露,无疑比赤裸裸地和盘托出显得更优雅、更蕴藉,更不失风度,更富于外交色彩,这真是世界诗歌史和外交史上绝无仅有的奇观。"①

同样,《诗经》对当时的文学理论批评也产生了深远的影响,它的诗性特征造就了我国文学理论批评的诗性特征,并成为一大传统稳固地传承下来。我国古代文人集作家与理论家于一身,把文学理论批评当成美文来写,善于运用各种意象进行隐喻阐发,使得文学理论批评具有浓厚的诗性倾向。作为中国文论之开端的先秦文论,无论是孔孟为代表的儒家文化,还是老庄为代表的道家文化,抑或《诗经》《周易》等先秦典籍中潜藏的文论思想都善于借助自然中具体存在的事物或情状来阐释抽象的文论观念。如孔子的文质论是以君子的外在形貌和内在品质关系为隐喻的,老子的平淡观是将道和具体的饮食之味做对比而产生的,等等,都为中国文论奠定了一个诗性传统的基调。从文论的存在形式上看,其体式有诗序、诗品、文赋、诗格、诗话、词话、曲话、文话、赋话、四六话、论诗诗、论诗绝句、小说评

---

① 萧华荣:《中国诗学思想史》,华东师范大学出版社 1996 年版,第 14—15 页。

点,其本身就具有诗文的形式美,并都习惯运用大量生动形象的意象进行
譬喻言说,如钟嵘《诗品》评梁中书郎邱迟的诗——"邱诗点缀映媚,似落花
依草"。即使是最具理论形态和思辨色彩、体大思精的《文心雕龙》,也采用
注重对仗、意象精营的骈文形式写作,自然充满了诗性的基质。如他论神
思,形象地说"登山则情满于山,观海则意溢于海";论风骨,则曰"故辞之待
骨,如体之树骸;情之含风,犹形之包气"。其中的草木象喻批评充满了诗
性的特征。

　　要之,《诗经》带来了中国文化的诗性传统,也带来了中国文论批评的
诗性特征,而草木象喻批评正是一种充满意象化的诗性言说,故而在这样
的文化土壤和文化语境的滋养下,草木象喻批评能够不断汲取养料,蓬勃
发展。

# 第三章　草木象喻批评的历史演变及其特点

　　作为一种具有民族特色的文学审美批评方法,草木象喻批评既有古老的源头,又在不同的历史发展时期呈现出不同的形态特征。树立草木象喻批评发展历程的整体观,进而归纳它在各个历史时期呈现的不同特点,能够更好地认识与把握草木象喻批评的整体特征及其意义。

## 第一节　先秦:草木象喻批评的发生

　　在中国古代天人合一的哲学思维模式下,人与自然和谐同一,万物一体,自然草木与人在社会、政治、生活和文化等多个层面都建立起了非常深厚的密切关系,产生了多方面的互动和影响。

　　先秦时期的文论是我国古代文论的开端。在这个发轫期,草木象喻批评即已开始生根、发芽,最为典型的是《诗经·魏风·园有桃》:

　　　　园有桃,其实之肴。心之忧矣,我歌且谣……园有棘,其实之食。心之忧矣,聊以行国。

　　鲜红的桃子可做美肴佳品,酸甜的枣子可让人充饥,而我满腹经纶、才华横溢却无人问津,故而忧愤难当、愁肠百结。这是以桃树、枣树的生有所用、适得其所,反衬自己的怀才不遇、忧国伤时。引申到文论上,就是由桃树、酸枣树(棘)的果实推及人内心的忧愁,从而引发作品传达情感要由心生发的文学观念。

又如《荀子·儒效》：

　　修修兮其用统类之行也，绥绥兮其有文章也，熙熙兮其乐人
之大书臧也，隐隐兮其恐人之不当也；如是，则可谓圣人矣。

这是赞扬圣人的美好德行，"绥"为"蕤"的假借字，《说文解字》曰："蕤，
草木华垂貌。""蕤蕤"二字意谓草木花之美丽繁盛，以此比拟圣人美好又深
厚的礼仪。引申到文论上，就是说作家要有良好的修养，才能创作出美好
的文章。

可以看出，先秦时期，草木象喻并不是在纯粹的文论层面上说的，而是
裹挟在文化的大摇篮里，并不具有独立性，这是由当时的文学地位和性质
所决定的。先秦时期，文学本身并不具有独立自主的地位，"文学"一词最
早见于《论语》，《论语·先进》曰："文学：子游、子夏。"这里"文学"是作为孔
门四科之一，指包罗万象、天开地阔的大学问，而非纯粹意义上的文学。对
此，郭延礼《中国文学精神》一书中做了较为全面的概括："先秦时期，'文
学'的含义主要是在三个方面使用的。一是沿用《论语》的含义，指具有文
章博学的才能和修养；二是指典籍文献，像《荀子·性恶》中'今人之化师
法、积文学、道礼义者为君子'……三是指文章博学之人……这个含义即后
来的儒生。"这种泛文学化的现象，为社会发展的终极原因所致，"从根本上
说，是生产力发展水平的低下，制约着精神文化的发展……当人们还在为
填饱肚子而奔忙的时候，一切精神的创造，都必须能为社会提供直接的用
处……人们并不把它们（指远古时期的原始歌谣，笔者注）看成是重要的精
神产品，只是从实用角度加以判断"①，这充分体现出文学发展以社会发展
为前提。

先秦时期这种泛文学化的现象直接导致了这一时期的文论并不具有

---

　　① 郭延礼：《中国文学精神》，山东教育出版社 2003 年版。

独立性,它包裹在文化的大摇篮里,许多目前看来熠熠生辉的文论观点其时都并非自觉而发,而是附属于政治、伦理、经济、哲学等意识形态中,比如孔子提出的"尽善尽美",我们认为这是完美诠释了文学作品要内容和形式兼顾的文论观点,实则孔子是针对君子的完善品格发论的;《周易·贲卦》对朴素美的追求,我们认为它开启了我国悠久的崇尚平淡美的审美风潮,而其本质上却是一部占筮之书,是为卜卦作依据的。总之,先秦时期,人们对文学、文论的认识远未达到独立自觉的高度,但它所生发的影响是巨大而深刻的。孔子的"尽善尽美"说所形成的"内容与形式"的二分法直接启迪了之后乃至现在的文论家对作品的解读模式,比如钟嵘评价列于上品的曹植诗"骨气奇高,词采华茂",他在《诗品序》中提出最富滋味的作品是"干之以风力,润之以丹采",便都是着眼于内容和形式两方面。苏轼认为好的文学作品除了辞达意之外,还要"文不可胜用",既有充实的内容,又要有用不尽的文采。

这一时期的草木象喻批评也是如此。就实际情况而言,它并不是为文学而发,不属于文学理论,但从此后的发展来看,它对文学理论的影响深远,具有文学理论的重要价值。比如不管是《诗经》的桃棘之喻,还是《荀子》的蕤蕤之喻,它们一开始都不是为文学而发,但对后世文论产生了非常重要的影响,如桃棘之喻,直接引发了后世的情实论,为其提供重要的理论资源,成为草木象喻批评的重要内涵。如王充《论衡》:"有实核于内,有皮壳于外。文墨辞说,士之荣叶、皮壳也。实诚在胸臆,文墨著竹帛,外内表里,自相副称。意奋而笔纵,故文见而实露也。"①又如刘勰《文心雕龙》:"夫桃李不言而成蹊,有实存也;男子树兰而不芳,无其情也。夫以草木之微,依情待实;况乎文章,述志为本。"这都借草木果实内含之道理,提倡写文章要有感而发,以情为本,反对矫情浮华,这些显然根源于《诗经》中的桃棘之喻。而荀子的蕤蕤之喻也被后世文论家纷纷沿用,如司马相如《封禅文》中

①  王充著,陈蒲清点校:《论衡》,岳麓书社 2006 年版,第 178 页。本书关于王充《论衡》所引内容均来自这一版本,后不再注明。

的"纷纶威蕤,湮灭而不称者,不可胜数"[①],形容历代君王封禅文的繁盛丰厚;陆机《文赋》中的"纷威蕤以飚遝",比拟灵感来临之际,文思滚涌而来,应接不暇。这些显然都沿用了荀子"蕤"字的含义,但又被赋予了文论内涵,具有文论意义。

罗根泽有一段评论庄子学说的话:"综上(庄子的,笔者注)各种言论,都不是为文学而发。但后世言文学者,每斟酌其意趣,挹取其论旨,由是在文学理论上,遂有不可磨灭的价值。"[②]这虽然是针对庄子个人学说而言,却可视为对这一时期整体学说的代表性看法。自然,这一时期的草木象喻批评也典型地呈现出这种特征:它们不是为文学而发,本不属于文学理论,却被后世相继引用,又具有了文学理论的价值,并且影响深远。若将整个古代文论的发展比作一棵大树的话,那么这一时期就好比是稚嫩却又茁壮的萌芽期。

值得一提的是,从文论的角度看,先秦时期的草木象喻批评由于不具有独立自主性,确实显得稚嫩而不成熟,但从思维的角度看,这一时期的草木象喻思维非常丰富,不仅有了初步的隐喻理论,在隐喻实践上也有很大发展,为草木象喻批评在后世的发展奠定了较为坚实的理论基础。这也是我们认为先秦时期草木象喻批评在萌芽期即能茁壮成长的一大原因。

冠居"群经之首"的《周易》,是我国古代一部奇特的哲学专著,它被奉为古代中国一切思想的圭臬,其中就包含了源远流长的隐喻思想。《周易·系辞(下)》提出"观物取象""象其物宜",认为取自物象的八卦"以类万物之情",意思是说通过隐喻,具体物象和本质意义之间就能够搭起一座沟通的桥梁,这就使得隐喻具有了认知意义。如《乾卦·象辞》中的"天行健,君子以自强不息",通过隐喻的思维方式,使得"天"之具象臻于"自强不息"的本质意义。美国学者田辰山也曾指出《周易》中的"通"和"变"的辩证思

---

① 李孝中、侯柯芳注译:《司马相如作品注译》,四川人民出版社 2007 年版,第70—80 页。本书关于司马相如《封禅文》所引内容均来自这一版本,后不再注明。

② 罗根泽:《中国文学批评史》,中华书局 1962 年版,第 64 页。

维正是来自"阖户谓之坤,辟户谓之乾,一阖一辟谓之变,往来不穷谓之通"①的门户开关隐喻系统。隐喻思想也得到了先秦诸子的认可和阐扬,如《墨子·小取》曰:"辟(通'譬')也者,举也(通'他')物而以明之也。"②其中,"明之"二字表明了隐喻的认知本质,接续了象喻批评的认知传统;"他物"意谓隐喻两端的性质应是不同类的,最先注意到隐喻构成要素的基本要求,开刘勰"物虽胡越,合则肝胆"理论的先河。先秦诸子还在不同层面上挖掘隐喻的"认知—创造"意义。如《论语·雍也》中的"能近取譬,可谓仁之方也矣",这是在道德修身层面上;《周礼·春官·大师》郑注说"比见今之失,不敢斥言,取比类以言之",则是在政治修辞层面上。可以看出,先秦时期,古人就注重隐喻,形成了一些初步的理论思想。

在隐喻实践上,以我国第一部诗歌总集《诗经》为例,从隐喻系统、隐喻内涵、隐喻手法等方面深入探讨《诗经》中丰富多蕴的草木隐喻现象,以此观照先秦时期草木象喻思维在具体运用上的发展情形。

## 一、多层面的隐喻系统

耿占春《隐喻》一书中说:"隐喻在人类的精神存在中,牢牢地保留着人与自然的原始关联。""隐喻的基础是:人与自然的基本相似性,或人与大地的视同对等。"③这在思维的原初阶段,更是如此。面对草木,古人仿佛置身于一个多姿多彩的生灵世界,草木世界就是人的世界。以草木喻人之美丽的形体容貌,应是《诗经》中最为常见的。草木的那一摇一动就是人的一颦一笑,草木的色彩形状就是人的衣服形貌,所以《卫风·硕人》中的"手如柔荑",以白茅的嫩芽形容硕人双手之柔嫩;《小雅·车舝》中的"析其柞薪,其叶湑兮",将柔嫩鲜艳的绿叶比作美丽可爱的新妇;《周南·樛木》中的"南

---

① (美)田辰山著,萧延中译:《中国辩证法:从〈易经〉到马克思主义》,中国人民大学出版社 2008 年版,第 22 页。

② 墨翟著,王学典编译:《墨子》,中国纺织出版社 2007 年版,第 238 页。本书关于《墨子》所引内容均来自这一版本,后不再注明。

③ 耿占春:《隐喻》,河南大学出版社 2007 年版,第 4 页。

有樛木,葛藟累之。乐只君子,福履绥之",则是把高大粗壮的樛木比作健硕威武的男子。当然,人们更容易被草木的精华——那鲜艳灿烂的花朵所吸引,故而更多的是以花喻人。如《郑风·有女同车》中的"有女同车,颜如舜华""有女同行,颜如舜英",把女子比作奔放的木槿花;《陈风·东门之枌》中的"视尔如荍",又把女子比作优雅的荆葵花;《郑风·出其东门》中的"有女如荼",则把女子比作素洁的白茅花;等等。这极为常见。这较早地形成了草木的性别隐喻系统,即惯常上以树木喻男子,花草喻女子,如《邶风·简兮》中的"山有榛,隰有苓。云谁之思?西方美人",《郑风·山有扶苏》中的"山有扶苏,隰有荷华。不见子都,乃见狂且",等等,几成共识。

可贵的是,诗人们也没有完全拘泥于成见,一味因袭,而是根据情感发展的需要有所创变,如《陈风·泽陂》:

> 彼泽之陂,有蒲与荷。有美一人,伤如之何。寤寐无为,涕泗滂沱。
>
> 彼泽之陂,有蒲与蕳。有美一人,硕大且卷。寤寐无为,中心悁悁。
>
> 彼泽之陂,有蒲菡萏。有美一人,硕大且俨。寤寐无为,辗转伏枕。

蒲是香蒲,兰指兰草,菡萏是莲花。按理说,三者应属女性隐喻范畴,但由于这首诗是写一位女子对一位小伙子的思念,而该女子恰在水泽边,情意迸发,不可遏制,故而所触所见,皆成情思,不再故作曲折地罗织隐喻之物,这样处理反而更能体现女子那自然而然涌起的强烈的思念之情。当然,也有以树木喻女子的,如《小雅·车舝》,全诗共五章,皆以男子的口吻写娶妻途中的喜乐及对佳偶的思慕之情。最后一章"高山仰止,景行行止。四牡骈骈,六辔如琴。觏尔新婚,以慰我心",这既是叙事、写景,同时也是比喻,将新妇那美丽的形体和坚贞的德行比作巍峨的高山和宽广的大路那样令人敬仰、向往。

其次,《诗经》中的草木多有隐喻人的品格风范的伦理意义,具有伦理隐喻系统。如《卫风·淇奥》:"瞻彼淇奥,绿竹猗猗。有匪君子,如切如磋,如琢如磨。"《小雅·南山有台》:"南山有栲,北山有杻……乐只君子,德音是茂。"《小雅·颊弁》:"茑与女萝,施于松柏……既见君子,庶几说怿。"那挺拔秀逸、骨骼清奇的青青竹子,那高大伟岸、坚贞不屈的强壮劲树,那终年长青、阳刚坚韧的笔直松柏,都是人世间拥有各种美德的贤人君子的伦理象征。学者范三畏分析《小雅·湛露》一诗说:"就其深层意蕴而言,宗庙周围的丰草、杞棘和桐椅,也许依次暗示血缘的由疏及亲;然而更可能是隐喻宴饮者的品德风范;既然'载考'呼应'丰草','载'义为充盈,而'丰'指繁茂,那么'杞棘'之有刺而结实难道能与君子的既坦荡光明(显)又诚悫忠信(允)无涉? 更不用说桐椅之实的'离离'——既累累繁盛又历历分明——与君子们一个个醉不失态风度依然优美如仪(与《宾之初筵》的狂醉可对看)的关系了。"[①]可见,《诗经》已充分注意到草木的伦理层面的隐喻含义了。不仅如此,《诗经》还注意到通过不同草木的对比来深化隐喻的伦理意义,如《小雅·鹤鸣》中有这样四句:"爰有树檀,其下维萚……爰有树檀,其下维穀。"檀树枝叶浓密,高大威武,古人可用于造车,这里比作贤人;而"萚"意为枯落的枝叶,"穀"是又矮又细的楮树,毛传即云:"穀,恶木也。"均喻为小人,这样就与檀树有了鲜明的对比意义。

再次,《诗经》中的草木还隐喻社会人事方面,具有社会人事隐喻系统。如国家政治方面,《商颂·殷武》曰"陟彼景山,松柏丸丸",以茂盛长青、挺拔参天的松柏比喻殷武丁的中兴业绩永垂不朽;《大雅·桑柔》云"菀彼桑柔,其下侯旬。捋采其刘,瘼此下民",则掇取桑叶采尽枝干秃这个画面形容百姓受剥夺之深,不胜其苦。再如人事情感方面,《小雅·小弁》曰"譬彼坏木,疾用无枝。心之忧矣,宁莫之知?",以长不出枝条的病树强调自己在人世间的孤苦无依。

---

① 姜亮夫、夏传才、赵逵夫、郭维森等:《先秦诗鉴赏辞典》,上海辞书出版社 1998年版,第 351 页。

总之,《诗经》中的草木意象涵盖面非常广泛,遍及人的性别、形体容貌、伦理道德及社会人事等多层面的隐喻系统,具有极大的表现容量。

## 二、多重性的隐喻内涵

关于隐喻的多重性内涵,钱锺书先生早有精辟的理论,他在《管锥篇》中说道:"比喻有两柄而复多边,盖事物一而已,然非止一性一能,遂不限于一功一效。取譬者用以或别,着眼因殊,指(denotatum)同而旨(significatum)则异,故一事物之象可以孑立应多,守常处变。"①盖一种事物具有多种特性,不同特性又展现出不同功能,故能以一喻多,具有多重性、多义性的隐喻内涵。而这种特点在我国第一部诗歌总集——《诗经》的草木隐喻中就早已出现。比如《周南·桃夭》:

> 桃之夭夭,灼灼其华。之子于归,宜室其家。
> 桃之夭夭,有蕡其华。之子于归,宜其家室。
> 桃之夭夭,其叶蓁蓁。之子于归,宜其家人。

这是一首祝贺年青姑娘出嫁的诗,整首诗以桃起兴作喻,而桃树又能开花、结果、发叶,故以花之鲜艳喻新娘的年青娇美,果之肥硕喻新娘婚后早生贵子,叶之茂盛喻新娘家庭兴旺发达,由花开到结果,再由果落到叶盛,所喻诗意渐次变化,富有层次感。又如《王风·扬之水》:

> 扬之水,不流束薪。彼其之子,不与我戍申。怀哉怀哉,曷月予还归哉?
> 扬之水,不流束楚。彼其之子,不与我戍甫。怀哉怀哉,曷月予还归哉?
> 扬之水,不流束蒲。彼其之子,不与我戍许。怀哉怀哉,曷月予还归哉?

这是一首戍边战士思念家中妻子的诗歌。其中,"扬之水,不流束薪"

---

① 钱锺书:《管锥编》,中华书局1979年版,第39页。

"扬之水,不流束楚""扬之水,不流束蒲"中的"柴草"正具有多边之义。首先,置于流水中的一捆捆柴草,既冲流不动,又漂浮不起,比喻战士浓烈且沉重的思家心绪;其次,也以柴草之不被河水冲走喻在家守望的妻子对自己的坚贞,不弃不离。正是这种双向的情感交流,最后战士情不自禁地喊出了心声:"怀哉怀哉?曷月予还归哉?"将夫妻之情和远戍之苦倾泻而出。再如《小雅·节南山》,既以山之险要象征"师尹"权政之枢要,所谓"节彼南山,维石岩岩。赫赫师尹,民具尔瞻",又以山之不平形容"师尹"秉政之不平,所谓"节彼南山,有实其猗。赫赫师尹,不平谓何"。《秦风·蒹葭》中"蒹葭"即指芦苇。一方面,河边芦苇是飘零之物,随风而荡,表达诗人无限的纷乱思绪;另一方面,芦苇又止于其根,牵挂于根,以根喻情,象征诗人坚定而浓烈的情思。

总之,《诗经》中的草木隐喻内蕴丰富,大多都不是单一的。值得一提的是,诗人还注意到了某些草木隐喻的隐性内蕴,极大地挖掘了草木隐喻的艺术表现力,如《王风·中谷有蓷》是一首被离弃妇女自哀自悼的怨歌,诗中写道:"中谷有蓷,暵其干矣。有女仳离,嘅其叹矣。嘅其叹矣,遇人之艰难矣!""中谷有蓷,暵其湿矣。有女仳离,啜其泣矣。啜其泣矣,何嗟及矣!""蓷"即益母草,我们知道,益母草是一味中草药,有益于妇女养生育子,故益母草蕴有婚恋、生育、家庭、夫妻的隐义,体现出诗人对幸福婚姻的渴望,这是一方面。另一方面,益母草的干枯喻示诗人被丈夫离弃,只能自怨自弃,形容枯槁。将促进夫妻感情和有益于生儿育女的药草,与被离弃的妇女放在一起,对比强烈,情感震撼,凸显了作品的艺术张力和审美空间。又如《曹风·下泉》:

> 洌彼下泉,浸彼苞稂。忾我寤叹,念彼周京。
> 洌彼下泉,浸彼苞萧。忾我寤叹,念彼京周。
> 洌彼下泉,浸彼苞蓍。忾我寤叹,念彼京师。
> 芃芃黍苗,阴雨膏之。四国有王,郇伯劳之。

　　这首诗的主题历来较有争议，或取"思治说"，如《毛诗序》说："《下泉》，思治也。曹人疾共公侵刻下民，不得其所，忧而思明王贤伯也。"或取"伤周衰说"，如方玉润《诗经原始》云："此诗之作，所以念周衰伤晋霸也。使周而不衰，则'四国有王'，彼晋虽强，敢擅征伐？"①但从诗歌内容看，前三章以苞稂等草木的腐烂喻周室的衰败，这是可以确定的，而苞稂等的腐烂源于地下泉水的暗流，象征周室衰败起于内乱，地下泉水的寒冷、苞草等的荒凉凋零又为该诗蒙上一层浓浓的悲剧感。

　　可见，《诗经》中草木隐喻的多重性内涵不仅体现在喻义的多义性上，更重要的是它能很好地传达出作品中未明示却暗含的微妙的情感内涵，深化诗歌主题。因此，《诗经》中的草木不再仅仅是自然界中的客观对应物，而是"人心营构之象"，是被情感的因子浸泡过的，具有丰富的心理蕴涵和深刻的情感内容。正如叶嘉莹先生所说："（中国的象喻）不是西方所说的狭义的'象征'或'寓托'，它是有中国特色的，是把你的精神、感情、志意都结合在里边的一种写作的方法。"②

### 三、多向度的隐喻手法

　　隐喻手法即隐喻的表现方法。一般而言，在思维的早期阶段，隐喻手法都是较为简单且单一化的，只有随着思维的不断成熟，隐喻手法才会渐至精巧复杂。然而《诗经》中的隐喻手法并不那么单一化，甚至有些还较为复杂精微，耐人寻味。这表明隐喻思维在先秦时期就有了很大的发展。

　　大体上，我们认为《诗经》中的隐喻主要可分为直喻和曲喻两种。所谓直喻，顾名思义，是一种直接的、正面的隐喻手法；曲喻则是曲折、委婉、复杂之喻。

　　直喻在《诗经》中颇为常见。如《鄘风·墙有茨》："墙有茨，不可埽也。

---

① 方玉润撰，李先耕点校：《诗经原始》（上册），中华书局 1986 年版，第 302 页。

② 叶嘉莹：《风景旧曾谙——叶嘉莹谈诗论词》，广西师范大学出版社 2008 年版，第 124—125 页。

中冓之言,不可道也。所可道也,言之丑也。""茨"即蒺藜,这是以爬墙的蒺藜清扫不掉,直喻宫闱中淫乱的丑事是掩盖不住,抹杀不了的。《小雅·常棣》:"常棣之花,鄂不韡韡。凡今之人,莫如兄弟。"诗中,以常棣花开每两三朵之相互簇拥直喻兄弟之间的彼此相依。《小雅·南有嘉鱼》:"南有樛木,甘瓠累之。君子有酒,嘉宾式燕绥之。"诗中以葫芦藤蔓紧密缠绕高大的树木,直喻亲朋挚友久别重逢时的亲密无间。如此等等,不一而足。

相较而言,《诗经》中的曲喻无疑更富有特色。先看《桧风·隰有苌楚》:

> 隰有苌楚,猗傩其枝。夭之沃沃,乐子之无知!
> 隰有苌楚,猗傩其华。夭之沃沃,乐子之无家!
> 隰有苌楚,猗傩其实。夭之沃沃,乐子之无室!

该诗采用《诗经》典型的结构手法——重章叠句,总共三章,每章二、四句各换一字,重复诉说着一个意思:诗人眼见洼地上羊桃藤柔美多姿,叶色光润,开花结果,生机蓬勃,不觉心有所动,联想到自己的遭际,心情一下子沉重起来,随即发出"人不如草木"的震撼人心之感叹。从形式上看,这种曲喻带有博喻的特点,即以多个喻体对某一事物或某事物的几个方面进行描写。上引《周南·桃夭》分别从桃树的花、果、叶来比喻新娘美貌、婚后育子及家庭昌盛即属博喻。从内容上看,这种曲喻还带有反喻的特征,即从相反、否定的角度设喻,但又不像普通修辞中的反喻那样直接采用"并非""不像""不是"之类的否定词,所以它表达出来的情感更加深沉,更加耐人寻味。与此类似的还有《唐风·杕杜》:

> 有杕之杜,其叶湑湑。独行踽踽。岂无他人,不如我同父。
> 嗟行之人,胡不比焉?人无兄弟,胡不佽焉?
> 有杕之杜,其叶菁菁。独行睘睘。岂无他人,不如我同姓。
> 嗟行之人,胡不比焉?人无兄弟,胡不佽焉?

全诗二章,同样采用复沓章法。二章起首均用一株孤孤单单的赤棠树(即杜)起兴,与同样孤孤单单的诗人对照,既相映成趣,又相对生愁。更进一层,赤棠树虽孤单,却还有繁枝密叶(其叶湑湑、其叶菁菁)作伴,自己却茕茕孑立,孤苦无依,自然又生出"人不如草木"之叹,这与《隰有苌楚》中的曲喻有着同工之妙。

再来看《陈风·防有鹊巢》:

> 防有鹊巢,邛有旨苕。谁侜予美?心焉忉忉。
> 中唐有甓,邛有旨鹝。谁侜予美?心焉惕惕。

这首诗最引人注目的是它所采用的奇特比喻:"防有鹊巢"(喜鹊搭巢在河堤)、"邛有旨苕"(紫云英长在山坡上)、"中唐有甓"(用瓦片来铺路)、"邛有旨鹝"(在山坡上栽绶草),但事实上,喜鹊搭巢在树上,不可能搭到河堤上;紫云英是阴湿植物,长不到高高的山坡上;铺路的是泥土、地砖,绝不是瓦片;绶草生长在水边,山坡上是栽不活的。用自然界绝不可能发生的现象,来比喻人世间绝不可能出现的情变,故"心焉忉忉""心焉惕惕",而这种担心是多余的,真正的爱情是坚贞不移的,全诗的意味显得更加深长。这种虚构之喻对后世的影响较大,如汉古诗《上邪》:"上邪!我欲与君相知,长命无绝衰。山无陵,江水为竭。冬雷震震夏雨雪,天地合,乃敢与君绝!"其隐喻思维模式便直接源于此。

此外,《诗经》中的曲喻还有引喻,如《大雅·荡》之末章:

> 文王曰咨,咨女殷商!人亦有言:"颠沛之揭,枝叶未有害,本实先拨。"殷鉴不远,在夏后之世。

诗中引用的这句谚语的意思是,大树已经倒塌,那么,枝叶虽然暂时没有损害,但树根已坏,已很难活长久了。诗人以此告诫周厉王应当亡羊补牢,不要大祸临头还浑然不觉。

还有谐音之喻,如《召南·摽有梅》中的"摽有梅,其实七兮。求我庶士,迨其吉兮"。其中,"梅"谐音"媒",曲折表达"青春易逝,追求婚恋及时"之义。又如《秦风·黄鸟》中的"交交黄鸟,止于棘"。其中,"棘"谐音"急",切实营造一种紧迫、悲哀、凄苦的氛围。

总之,《诗经》中的草木隐喻体现在多层面的隐喻系统、多重性的隐喻内涵和多向度的隐喻手法三个方面,既成系统,又富有特色,显示出较为成熟的发展状态。由于草木象喻思维的成熟发展,在这一时期,一些典型、常用的具体的草木用语已出现高度抽象化、普遍化的现象,如"树""草""木""本""末""英"等词,或为草木总名,或为草木的某个部位,都是特有的草木用语。但早在先秦时期,其中一些词的词性就已开始发生变化。如《广韵》释"树",曰"木总名也"。《说文系传》曰"树,木生植之总名"。"树"原为名词,在《孟子·滕文公下》"所食之粟,伯夷之所树与?"中,"树"为种植之义,转为动词。不仅如此,《诗·周颂·有瞽》中的"崇牙树羽"、《左传·成公二年》中的"树德而济同欲焉"、《管子·权修》中的"终身之计,莫如树人"[①]、《荀子·富国》中的"如是,则人有树事之患,而有争功之祸矣",都使"树"由具体的种植之义转为抽象的培养、建立之义,其间分明经历了以草木隐喻人类行为模式,进而从象喻本体中剥离出来转至抽象的思维过程。其他的草木常用词亦是如此,如《论语》中的"草创"、《冯谖客孟尝君》中的"食以草具",是将草之芜杂秽生隐喻文章的初步完成和食物的粗糙。《庄子》中的"呆若木鸡",是将木之立于地上隐喻鸡的木然呆立。《论语·学而》中的"君子务本"、《礼记·大学》中的"物有本末,事有始终"、《孟子·梁惠王上》中的"盖亦反其本矣"、《孟子》中的"不揣其本,而齐其末"、《周书·武顺》中的"元首末要",是将树木的有根有梢之象隐喻事物的主次之分,有根源有末节。荀子《佹诗》中的"恐失世英",是将花作为草木之精华隐喻有德行、有才华的士子,诸如此类。草木在经过隐喻的思维方式之后,又进一步地从象喻本体中剥离出来,综合形成概念、判断的抽象认识,为此后进入文论

---

① 周瀚光、朱幼文、戴洪才:《管子直解》,复旦大学出版社 2000 年版,第 45 页。

领域,甚至上升为文论范畴奠定了基础。

# 第二节 两汉:偏向伦理实用的发展

这一时期汉人的文学观念较先秦有了很大发展,出现了"文章""文辞"等比较纯粹的文学概念,相应地,他们的草木象喻批评也具有了较为纯粹的文论意义,主要表现在以下三个方面:

第一,草木象喻批评开始进入具有初步探索意义的文论领域,并且运用得较为普遍。比如桓宽《盐铁论·遵道》"文繁如春华"、班固《汉书·叙传》"摛藻如春华"、《汉书·扬雄传》"顾而作《太玄》五千文,支叶扶疏"等,其中的"春华"即春花,以春天百花盛开、繁茂蓬勃比拟文章文辞的美,以大树枝叶的繁茂、高下疏密有致形容扬雄洋洋洒洒的五千文。这些都是在文论领域内自觉地运用草木象喻批评,呈现出一定的美学内涵。此外,汉人还特别善于运用草木隐喻来说明学习、生活之道,宣扬思想观念,如汉初刘安《淮南子》从道家的"无为"论出发,认为"枝叶美者害根茎""木之大者害其条"[①],以枝叶过于繁茂会损害根茎的吸收与成长,树枝过于粗大会损害它的高度,主张自然、无为,反对刻意地求美、求巧。《礼记·学记》曰:"善问者如攻坚木,先其易者,后其节目,及其久也,相说以解,不善问者反此。"此中以劈硬木头要先从容易劈开的地方下手,最后再劈其关节处的例子,比喻善于向人提问请教的人,总是先易后难,给治学之人以深刻警示。这些都说明草木象喻批评在汉代得到很大的发展,运用得较为普遍。

第二,这一时期汉人对隐喻有了更为丰富的理论探讨,并自觉地将理论与实践结合起来。比如汉初淮南王刘安就对隐喻有诸多认识与见解,其《淮南子·要略》中的"假象取耦,以相譬喻""假譬取象,异类殊形",客观地

---

① 刘康德:《淮南子直解》,复旦大学出版社 2001 年版,第 770 页。本书关于《淮南子》所引内容均来自这一版本,后不再注明。

指出"施喻者要善于寻找不同客观物象之间的相似点构成隐喻";又"物之可以喻意象形者,乃以穿通窒滞,决渎壅塞,引人之意,系之无极,乃以明物类之感,同气之应,阴阳之合,形埒之朕,所以令人远观博见者也""言天地四时而不引譬援类,则不知精微",以及"知大略而不知譬喻,则无以推明事",认为要洞察事物的精细微妙,要"远观博见",看得远看得博。隐喻是其中不可或缺的重要思维方式,刘安对隐喻的重要作用可谓殷殷强调,所以其《淮南子》一书采用了大量的比喻手法,运用了大量的比喻事类,说明各种事理,层层推进,极尽能事,其中就包含了许多具体生动的草木隐喻,如《淮南子·说山训》中的"泰山之容,巍巍然高,去之千里,不见埵堁,远之故也""兰生幽谷,不为莫服而不芳",又《淮南子·说林训》中的"檀根非椅枝""兰生而芳,少自其质,长而愈明""再生者不获,华大早者不胥时落""冬冰可折,夏木可结,时难得而易失。木方茂盛,终日采而不知;秋风下霜,一夕而殚"。此外,司马迁《史记》说:"其称文小而其指极大,举类迩而见义远。"①王充《论衡》全面继承了儒家"象通礼乐""以象比德"的传统。其"自纪"篇曰:"何以为辩?喻深为浅。何以为智?喻难为易。贤圣铨才之所宜,故文能为深浅之差。"这些理论都更为具体地探讨了隐喻重要的认知特征:化深奥为浅显,浅显又潜寓深奥之义。不仅如此,他们在具体的写作中也有意识地运用隐喻,做到隐喻理论和隐喻实践的结合。

第三,先秦时期就已抽象化的草木用语,随着文学观念意识的增强,在这一时期进入文论领域,成为固定的文论话语。比如扬雄《法言·吾子》:"或问君子尚辞乎?曰:君子事之为尚。事胜辞则伉,辞胜事则赋,事辞称则经。足言足容,德之藻矣。"②其中的"藻"原义是泛指生长在水中的植物,包括某些水生的挺水植物,这里是指华丽、华美,是说君子具有华美彬盛的道德品质,已被抽象化了。又"圣人虎别,其文炳也。君子豹别,其文蔚

---

① 司马迁:《史记》,岳麓书社 1988 年版,第 627 页。

② 叶朗总主编,李欣复分册主编:《中国历代美学文库·秦汉卷(中)》,高等教育出版社 2003 年版,第 294 页。

也"，其中"蔚"原是草木茂盛之义，这里借指文章文采的满目华丽。班固《〈离骚〉序》曰："然其(指屈原)文弘博丽雅，为辞赋宗。后世莫不斟酌其英华，则象其从容。"①其中的"英华"原指美好的草木，这里形容屈原文章的精华。如此等等，不一而足。

　　不过，这一时期草木象喻批评的最大特点是，其时呈现出的浓厚的思想意识文化色彩。西汉武帝时，出于社会政治的需要，董仲舒在天人感应的基础上，鼓吹"得一端而博达之"(《春秋繁露·楚庄王》)、"推物之类"(《春秋繁露·天地阴阳》)、"得一而应万，类之治也"(《春秋繁露·天地施》)，②认为"国家将有失道之败，而天乃先出灾害以谴告之"(《举贤良对策一》)，将人事政治与天道运行强行附会扭合在一起，并"罢黜百家，独尊儒术"，创建了"人副天数""天人交感""同类相动"的"国教"经学，对儒家经典五经表现出异乎寻常的热情和追求，如汉初陆贾认为五经"承天统地，穷事察微，原情立本，以绪人论，宗诸天地……正风俗，通文雅"③，"乃天道之所立，大义之所行也"(《新语·本行》)。扬雄《法言·吾子》曰："舍舟航而济乎渎者，末矣；舍《五经》而济乎道者，末矣。"匡衡亦云："臣闻《六经》者，圣人所以统天地之心，著善恶之归，明吉凶之分，通人道之正，使不悖于其本性者也。"(《汉书·匡衡传》)直至东汉末年的荀爽还宣称"天地《六经》，其旨一揆"(《延熹九年举至荐对策陈便宜》)。经学在汉代时期的重要性和主体性不言而喻，故徐复观说："经学是两汉学术的骨干，也是支持、规整两汉政治的精神力量。"④

　　在这样的经学氛围下，两汉时期的草木象喻批评也必定打上了深深的经学烙印，呈现出浓厚的道德色彩和实用特征。如韩婴《韩诗外传》中的"根浅则枝叶短，本绝则枝叶枯"，以草木为喻，强调主体要有浓厚的道德修

---

　　①　叶朗总主编、李欣复分册主编：《中国历代美学文库·秦汉卷(中)》，高等教育出版社 2003 年版，第 452 页。

　　②　张沛：《隐喻的生命》，北京大学出版社 2004 年版，第 54 页。

　　③　陆贾：《新语·道基》，上海书店出版社 1996 年版，第 2 页。

　　④　徐复观：《两汉思想史(第 2 卷)》，华东师范大学出版社 2003 年版，第 1 页。

养。值得注意的是,两汉时期的草木象喻批评,在非儒家学派为主流的社会时期和具有反叛性的思想家那里,依然掀起了一股强劲的儒学思潮,前者以《淮南子》为代表,后者以《论衡》为典型,我们分别进行探讨。

汉初时期,百姓流离失所,久乱未安,统治者奉行休养生息政策,其时的思想大多倾向于道家,但儒家思想早已滋入潜生,暗流涌动,汉初刘安《淮南子》中的草木隐喻批评便充分说明了这一点。如《淮南子·说山训》曰:"今日稻生于水,而不能生于湍濑之流;紫芝生于山,而不能生于盘石之上。"这是认为事物各有物性,故要因顺自然,不可忤逆物性,这显然承继道家因性自然的思想。高诱在序中也指出《淮南子》的思想内容以道家为主,"其旨近老子淡泊无为,蹈虚守静,出入经道。言其大也,则焘天载地;说其细也,则沦于无垠;及古今治乱存亡祸福、世间诡异瑰奇之事。其义也著,其文也富,物事之类无所不载。然其大较,归之于道",但他并不一味地追随道家的自然、无为,否定人为之美,认为"百围之木,斩而为牺尊,镂之以剞劂,杂之以青黄,华藻镈鲜,龙蛇虎豹,曲成文章。然其断在沟中,壹比牺尊,沟中之断,则丑美有间也"。他指出,人为的修饰加工是有助于天然本质之美的。当然,"枝叶美者害根茎"(《淮南子·诠言训》),枝叶繁茂的树木,因枝叶消耗而损害它的根部,故而更重要的是要以内容为主,以形式为辅,内容与形式的相适相宜。这些与儒家思想更为一致。在艺术创作方面,《淮南子》虽然也提倡道家的"虚静""物化"思想,但它并不像老庄那样强调"离形去知",摒弃主体一切主观与客观的杂念,而是显示出与儒学思想相一致的内容。一是宣扬主体要有美好清纯的德行。刘安说:"君子之于善也,犹采薪者见一芥掇之,见青葱则拔之。"(《淮南子·说山训》)这是以哪怕是微不足道的细草,也要拔之而后快为喻,倡导君子积小善为大德。故他又言:"水广者鱼大,山高者木修。"(《淮南子·说山训》)"木大者根攫,山高者基扶,蹠巨者志远,体大者节疏。"(《淮南子·说林训》)这是以各种草木意象为喻,说明创作主体具备良好的修养与德行就能产生好文章的道理。二是提倡后天的学习、知识的积累。《淮南子·说林训》云:"累积不辍,可成丘阜。城成于上,木直于下。"就是说,不断地积土筑土,就可以堆成山丘。高大的城墙是由一筐筐土筑成的,高耸入云的大树也是靠它慢慢植入土中的根基的,艺术创作要臻于炉火纯青的境界,也是需要长期的学习和积累的。总之,汉初的《淮南子》虽然以道家思想为主,但由其草木象喻可见,其富有儒家色彩,表明其时儒家思想虽未大行其道,但也暗流涌入,为之后的发展奠定基础。

与淮南王刘安不同,东汉前期的王充历来被学者视为具有反叛精神的异端思想家,在他的代表作《论衡》中,充满了对儒家学说的批判和贬斥,其书主旨"疾虚妄"三字,诤诤之言,如醍醐灌顶般,给人警醒;其书中"问孔"篇、"刺孟"篇,更是直接对孔孟诘问,把矛头指向儒家代表人物,可见其批判精神。尽管如此,王充的思想与儒家学说并非了然无涉,完全反其道而行之。《论衡·变动》曰:"寒温之气,系于天地,而统于阴阳。人事国政,安能动之?"在王充看来,万物与人类都是由元气凝聚而来,是一个"自生""自然"的物质变化过程,不以人的主观意志为转移,所以,"知物由学"(《实知》),人们对客观事物的认识一定要通过后天的学习而获得,"如无闻见,则无所状","任耳目以定情实",通过感觉器官与事物的接触,获得感觉经验,形成对事物的表象认识,而"夫以耳目论,则以虚象为言;虚象效,则以实事为非"(《薄葬》),即停留在感觉经验上的认识还是有限的,所以"是非者,不徒耳目,必开心意"(《薄葬》),只有对感觉经验进行理性的加工整理,才能辨明虚实,判定是非。[①] 总之,王充从其唯物主义元气论和经验论出发,坚决反对主观主义的认识。这样一来,当时汉儒们和神学家们所鼓吹的天人感应论、帝王受命说、有神论等就都遭到了王充有力的批判。"知实"篇说:"圣人不能神而先知;先知之间,不能独见,非徒空说虚言,直以才智准况之工也。事以证验,以效实然。""圣人据象兆、原物类,意而得之。"这里的意思是,圣人并不能神而先知,他们的卓见其实是根据一定的迹象和征兆,考察和追究事物的本源,然后经过推断而得出的结论。这正体现了他朴素的唯物主义认识论。其"知实"篇又指出:"孔子见窍睹微,思虑洞

①  王充著,陈蒲清点校:《论衡》,岳麓书社 2006 年版,第 9 页。

达,材智兼倍,强力不倦,超逾伦等,耳目非有达视之明,知人所不知之状也。"孔子之所以能够察微虑深,超出一般人,是因为他的才智比别人高,而又努力不懈,这显然是对孔子赞赏有加的,可见,王充对于孔孟其实并不是一味地反对,实际上,他对孔子还是非常尊敬的。"本性"篇说:"孔子,道德之祖,诸子之中最卓者。"这是说孔子是道德最高尚的人物,是诸子百家之中最优秀的。"效力"篇中,还把孔子比作"山中巨木"。王充反对和批判的其实是把儒学神学化、先验化或一味盲从的汉儒们和神学家们,他在"问孔"篇和"刺孟"篇中对孔孟屡屡诘问,目的就是提醒世人要认识到孔孟思想其实也存有诸多不当,没有必要神学化,"问孔"篇开宗明义地说:"世之儒者,好信师而是古,以为圣贤所言皆无非,专精讲习,不知间难。"这是说只知一味地泥古不化,不知思考置疑。比如"问孔"篇中指出,孔子对"宰我昼寝"这件事进行批评"朽木不可雕也,粪土之墙,不可污也",认为"昼寝之恶也,小恶也;朽木粪土,败毁不可复成之物,大恶也。责小过以大恶,安能服人?……孔子疾宰予,可谓甚矣!"。这里王充认为孔子过于偏激,有失允当,没有必要把他们当作神一般的圣人,而应本着实事求是的态度。胡适《王充的论衡》也说道:"王充的哲学的动机,只是对于当时种种虚妄和种种迷信的反抗。王充的哲学的方法,只是当时科学精神的表现。"

从王充的草木象喻批评来看,他所体现出的文艺思想与孔孟儒家学说各有相通之处。"别通"篇言:"夫德不优者不能怀远;才不大者不能博见。"这表明他对伦理道德修养的追求。故"超奇"篇曰:"有根株于下,有荣叶于上;有实核于内,有皮壳于外。文墨辞说,士之荣叶、皮壳也。实诚在胸臆,文墨著竹帛,外内表里,自相副称。意奋而笔纵,故文见而实露也。"这里以根深则叶茂的隐喻强调创作主体要具有浓厚的道德修养色彩,而这正是承继了孔孟伦理道德学说。"量知"篇更是在草木隐喻中以伦理道德修养作为区别文吏、儒生的一大要则:"地性生草,山性生木。如地种葵韭,山树枣栗,名曰美园茂林,不复与一恒地庸山比矣。文吏、儒生,有似于此。俱有才能,并用笔墨,而儒生奇有先王之道。先王之道,非徒葵韭枣栗之谓也。""儒生不为非而文吏好为奸者,文吏少道德而儒生多仁义也。""率性"篇:

"夫肥沃墝埆，土地之本性也。肥而沃者性美，树稼丰茂。墝而埆者性恶，深耕细锄，厚加粪壤，勉致人功，以助地力，其树稼与彼肥沃者相似类也。"这是大力强调对德行的追求。王充的这些思想体现出儒家学说在当时的深刻影响。

另一方面体现在与儒家一样，王充也重视文艺的现实作用。"超奇"篇把知识分子分成四大类，前三类即儒生、通人和文人，虽然"入山见木，长短无所不知；入野见草，大小无所不识"，但是"不能伐木以作室屋，采草以和方药，此知草木所不能用也"，而鸿儒则能"精思著文连结篇章"，有益世用，故"夫鸿儒，所谓超而又超者也"。鸿儒在这四大类中是最为高级的，评判的准则就是所写的东西对政治社会是否有现实作用。此外，诸如"同之木也，或梁于宫，或柱于桥"（"幸偶"篇）、"豆麦之种与稻粱殊，然食能去饥"（"率性"篇）等，都体现出"物尽其用"的思想，至如"长数仞之竹，大连抱之木，工技之人裁而用之，或成器而见举持，或遗材而遭废弃。非工技之人有爱憎也，刀斧如有偶然也……"（"幸偶"篇）、"河发昆仑，江起岷山，水力盛多，滂沛之流，浸下益盛，不得广岸低地，不能通流入乎东海。如岸狭地仰，沟洫决泆，散在丘墟矣。文儒之知，有似于此。文章滂沛，不遭有力之将援引荐举，亦将弃遗于衡门之下……或伐薪于山，轻小之木，合能束之。至于大木，十围以上，引之不能动，推之不能移，则委之于山林，收所束之小木而归。由斯以论，知能之大者，其犹十围以上木也。人力不能举荐，其犹薪者不能推引大木也。孔子周流，无所留止，非圣才不明，道大难行，人不能用也！故夫孔子，山中巨木之类也"（"效力"篇），则表现出英雄无用武之地的感慨。饱学之士，身处其时，若无人举荐，则会英才埋没，正所谓"十围以上"，则"委之于山林"，难有作为。孔子即是如此。他为孔子的生不逢时、不能施展其才华感到深深的悲哀与愤慨。总之，我们从王充的草木象喻批评可以看出其中强烈的实用色彩，表明他对文艺现实作用的重视，这实则与儒家学说存有内在的相通性。

要之，两汉时期，草木象喻批评不论是在隐喻思维的理论特征上，还是在其实践运用上，都有很大的发展。但由于受到这一时期"罢黜百家、独尊儒术"的思想意识形态的影响,草木象喻批评体现出非常鲜明的伦理性和实用性特征,故成为一种极富色彩的文学批评。

# 第三节 魏晋六朝:走向独立自觉的成熟

宗白华先生《美学散步》是这样描述魏晋六朝时期的社会意识形态的:"汉末魏晋六朝是中国政治上最混乱、社会上最苦痛的时代,然而却是精神史上极自由、极解放,最富于智慧、最浓于热情的一个时代。因此也就是最富有艺术精神的一个时代。"①余秋雨先生也曾说魏晋六朝是真正的浊世。东汉末年以来,我国社会就处于极其混乱的时代,国家分裂,战乱连年,统治者荒淫无道,争权夺利,社会空前动荡,先是三国争霸,后是西晋的短暂统一和八王之乱,五胡乱华,东晋和南朝偏安江左,皇室迭代犹如走马灯一样流转不息,儒学思想更是日渐衰微,知识分子政治追求幻灭,转向强烈的艺术追求,随之带来文学的自觉时代以及文论批评的异常繁荣,硕果累累,正所谓"诗人不幸诗家幸"。这一时期出现了我国文学理论历史上的第一篇文论专文——曹丕《典论·论文》,第一篇创作论专文——陆机《文赋》,第一部诗话——钟嵘《诗品》和第一部体大精深的文论巨制——刘勰《文心雕龙》,这些都标志着魏晋六朝时期的文论批评进入了独立自觉的成熟时期。

罗宗强《魏晋南北朝文学思想史》一书中指出,"所谓文学的自觉,核心是它脱离政教",即(文学)"不被用来作为教化的工具,不被有意识地用来明儒家之道"②,"认识自己的独特创作过程,它异于经,异于子,亦异于史。

---

① 宗白华:《论〈世说新语〉和晋人的美》,转引自《美学散步》,上海人民出版社2005年版,第356页。

② 罗宗强:《魏晋南北朝文学思想史》,中华书局1996年版,第459页。

经、子以理,意在明道;史重实录,反对虚构;而文学则以情始,以虚构成"①。
综观这一时期文论家的言论,确实鲜明地体现出这一点。比如曹丕《典
论·论文》认为文章的"不朽""无穷"正在于"寄身于翰墨,见意于篇籍",把
自己的思想情感通过文章永远流传下去。陆机《文赋》直接提出"诗缘情而
绮靡"的文学观点,文章的写作意念是在"悲落叶于劲秋,喜柔条于芳春"的
物动心感中发生的。这些都表明,这一时期人们已经认识到文学与经、史
等是有着本质不同的。罗宗强进一步认为,"文学的自觉"还表现在"重文
学的抒情特质,重文体的表达功能,重视创作过程的独特性,重视文词的美
学特征,重视表现技巧的丰富与完善,都是文学追求自我完美的反映"②。
比如陆机《文赋》讲究骈偶的赋体形式,刘勰的《文心雕龙》以"昔涓子《琴
心》、王孙《巧心》,心哉美矣""古来文章,以雕缛成体"的理由命名。由此,
可看出他们对文学的审美特质的强调和追求。

　　文学的独立自足带来文论批评的独立自足,随之引发的就是草木象喻
批评的独立与成熟。这一时期草木象喻批评的成熟运用,不仅体现在运用
的普遍性和广泛性上。如葛洪《抱朴子》中的草木象喻批评随手拈来,触目
皆是,更重要的是草木象喻批评在内容上有着更为深刻的发展,主要表现
在三个方面。

　　其一,与两汉重视道德性、实用性不同,这一时期的草木喻文更加关注
审美性、情感性。如以草木品人,《世说新语·赏誉》中"王戎云:'太尉神姿
高彻,如瑶林琼树,自然是风尘外物'""世目李元礼:'谡谡如松下风'""瘐
子嵩目和峤:'森森如千丈松'",又"容止"篇,"有人叹王公形茂者云:'濯濯
如春月柳'"。③ 这里不再是对道德、才干的比拟,而是重在对人物姿态、仪
容、风韵和气度的欣赏。又如以草木味文,曹植《前录序》曰:"故君子之作

　　① 罗宗强:《魏晋南北朝文学思想史》,中华书局 1996 年版,第 462 页。
　　② 同上,第 461 页。
　　③ 刘义庆撰,刘孝标注,朱碧莲详解:《世说新语详解(上)》,上海古籍出版社 2013
年版,第 268 页。本书关于《世说新语》所引内容均来自这一版本,后不再注明。

也,俨乎若高山,勃乎若浮云;质素也如秋蓬,摛藻也如春葩。"①这是以高山、秋蓬、春葩等多重审美草木物象形容君子之作,细细体味之际给人巨大的审美享受。钟嵘《诗品》评价诗人诗歌曰:"范诗清便宛转,如流风回雪;丘诗点缀映媚,似落花依草。"意思是,范诗好像流风轻盈,漫天回雪;丘诗恰似花之附草,点点妩媚,确乎美到了极致。"芙蓉出水""落花依草"在这一时期得到了众多文论家辗转引用,这说明他们对这些生动形象、细致又富含巨大美感的经典草木象喻的认可和喜爱。总之,与两汉时期草木象喻批评中"春华""大木""小木""山林"等这些笼统的草木物象相比,这一时期的草木象喻批评更多的是"瑶林""琼树""春月柳""秋蓬""春葩""芙蓉出水""落花依草",不仅在外在形式上更加形象生动、精美细致、丰富多彩,能给人带来更为纯粹意义上的审美愉悦,而且富有情感,是文论家们真正摒弃功利目的面对自然,是人与自然草木的一次真正会心的交流,富有深刻的思想情感。这也表明,这一时期,自然草木与人的关系开始由社会性的外部功利向个体性的内在情感不断深入,具有深刻的美学意义和思想意义。

其二,这一时期,人们借草木喻文不仅提出了更具普遍性的文学理论基本问题,而且渐互系统化。比如陆机《文赋》是讨论文学创作过程的专篇,其草木象喻就遍及创作问题的全过程,自成系统。如论艺术构思,陆机说:"谢朝华于已披,启夕秀于未振。"这里以已开过的朝花比喻古人已述之旧意,以含苞待放的夕秀比喻未经人道的新意,对后者的追求说明陆机主张构思立意要创新。谈艺术传达,陆机则言:"因枝以振叶。"这里以树的布局形容由本及末的文章布局。又"理扶质以立干,文垂条而结繁",以树之质干与枝叶的关系比喻文章的意与辞的关系。讲创作问题,陆机曰:"石韫玉而山辉。""彼榛楛之勿剪,亦蒙荣于集翠。"一方面,玉潜藏在石头里能使整座山变得明媚动人,精妙佳句就好比石中之玉,能使整篇文章生出光彩;

---

① 李壮鹰主编,陈玉强、林英德分册主编:《中华古文论释林·魏晋南北朝卷》,北京大学出版社2011年版,第39页。

另一方面,普通句子虽无亮点,但也不必舍弃,因为一则它们可以反衬精美佳句的秀美,二则它们有了精美佳句的点缀,也可显示出光彩,好比矮丛灌木,因为有了花和翠鸟的点缀,变得光彩四溢了。陆机借草木之理突出句子与平常句子的辩证关系。

其三,一些在汉代就已固化的文论术语,在这一时期,随着文学的自觉,有了更为纯粹的文论意义。如曹丕《典论·论文》:"夫文本同而末异。""本"指文章的基本创作原则相同,"末"指文章的具体表现手法及其风格不同,所谓"奏、议宜雅,书、论宜理,铭、诔尚实,诗、赋欲丽",其"本末"之喻并非针对文学的个别情况而发。他探讨的是文学的基本创作规律和原则问题,具有普遍性,因而显示出更为纯粹的文论意义。此后,"本末"之语为众多文论家交相引用,成为常见的文论术语,如陆机《文赋》中的"恒操末以续颠"、挚虞《文章流别论》中的"今之赋,以事形为本"①、葛洪《抱朴子·外篇·尚博》中的"且夫本不必皆珍,末不必悉薄"和《抱朴子·外篇·循本》中的"巍峨岩岫者,山岳之本也;德行文学者,君子之本也。莫或无本而能立焉。是以欲致其高,必丰其基;欲茂其末,必深其根"②,不胜枚举。

总之,魏晋南北朝时期是我国文学批评史上的一个重要时期,其文学的自觉带来了文论意识的自觉,也使得这一时期的草木象喻批评被更多地运用在审美领域,并且进一步理论化和系统化,臻于成熟,其中最典型、最成熟的便是刘勰《文心雕龙》中的草木隐喻批评。《文心雕龙》中的草木隐喻,有如陆机《文赋》所说的"若中原之有菽",触目所及,显得异常恢宏壮观,对其理论系统的建构有着非常重要的意义,主要体现在以下几个方面。

## 一、"草木贲华,自然成文"——文道合一的本体论

"草木贲华"的隐喻出自《文心雕龙》"原道"篇:"傍及万品,动植皆

---

① 李壮鹰主编,陈玉强、林英德分册主编:《中华古文论释林·魏晋南北朝卷》,北京大学出版社 2011 年版,第 93 页。

② 同上,第 123 页。

文……草木贲华,无待锦匠之奇。夫岂外饰,盖自然耳。"刘勰以草木之鲜花满缀、蔚然成采是自然勃发的结晶来比拟文章之美的自然而发,形象生动、耐人寻味。

但是,刘勰"草木贲华"隐喻的含义并不限于此。我们知道,草木隐喻进入文学理论批评并非创自刘勰,其早在先秦时期就已出现,如《荀子·儒效》曰:"绥绥兮其有文章也。""绥"为"薮"的假借字,比拟文章声律、言辞之美。两汉时期,草木喻文进一步发展,如班固《汉书·叙传》曰:"摛藻如春华。"这里将文辞比作春天开的花。同时,这一时期受到意识形态影响,草木喻文显示出浓厚的实用性和道德色彩,其中王充最为典型,其《论衡》指出:"有根株于下,有荣叶于上。"宣扬只有深厚道德修养的创作主体,才能写出真正的好文章。魏晋南北朝之际,草木喻文走向成熟,更加关注其审美性、情感性。如曹植《前录序》:"故君子之作也,俨乎若高山,勃乎若浮云;质素也如秋蓬,摛藻也如春葩。"这里以高山、秋蓬、春葩等多重审美草木物象形容君子之作,细细体味之际给人巨大的审美享受。至于"芙蓉出水""落花依草"等经典草木隐喻在这一时期更是被众多文论家辗转引用,受到广泛的认可和喜爱。可以看出,上述草木隐喻虽然繁盛如花,但大多局限于将草木与文作比拟的层面,是"文如草木"阶段,而刘勰的"草木贲华"之隐喻则富有更多内蕴。

作为开篇,"原道"篇自然起着提纲挈领的作用,是我们理解刘勰核心文论思想的一把锁钥。"原道"意谓"文根源于道",这里的"道"是指"宇宙万事万物的自然规律",即"自然之道"。"原道"开首即言:"文之为德也大矣,与天地并生者何哉?夫玄黄色杂,方圆体分;日月叠璧,以垂丽天之象;山川焕绮,以铺理地之形。"这里把客观存在的自然之文与作为意识形态的文章或文学的"人文"相提并论,一开始就建立起"天、地、文"三者合一的大宇宙系统模式,使得"草木贲华"的隐喻呈现出更为丰富的内涵:第一,文章就像草木披缀鲜花那样争芳斗艳、美不胜收;第二,文章的这种美,就像草木的美一样是自然生成,而非外饰的;第三,在大宇宙系统模式下,草木之美(文)就是文章之美,不再是"文如草木"的比拟性,而是"文是草木"的同一性,草木与文同源合一,都追求自然美,"草木贲华"的隐喻由此富有深刻的本体论意义。所以,在刘勰看来,天之"日月叠璧",是文;地之"山川焕绮"是文;人之"心生言立",也是文,它们都源于自然之道,这也就是他的"草木贲华"隐喻的本体论意义。

## 二、"文章之用,经典枝条"——宗经尚道的文体论

《文心雕龙》论及的文体数量极其庞大,大大超越曹丕《典论·论文》的8种和陆机《文赋》的10种,竟跃升至34种。一般来说,"体大"容易散漫,流于零乱,就像一盘散沙,虽然满目皆是,却无从托起,令人无所适从;而刘勰却能做到收放自如,将繁杂的文体有效地综合起来,这主要得益于他对草木隐喻的精心运用。

"序志"篇曰:"唯文章之用,实经典之条。"这就将各类文体与经典之间的关系,高屋建瓴地比作枝条与树根关系,具体而言,包含三层意思:其一,各类文体来源于经典,经典即儒家五经:"论、说、辞、序,则《易》统其首;诏、策、章、奏,则《书》发其源;赋、颂、歌、赞,则《诗》立其本;铭、诔、箴、祝,则《礼》总其端;纪、传、铭、檄,则《春秋》为根。"刘勰此论并非随意附会,而是经过仔细研摩,对各种文体的内容、作用、特色、基本格调、流变等有了体悟之后才说的。比如《周易》,"《易》惟谈天,入神致用"。《周易》本来就是专门研究自然变化的道理,语言精深细微,里面有篆辞、象辞、系辞、说卦、序卦、文言等,其特点都在说理论断,所以,刘勰认为以说理论断为主的论、说、辞、序都源于《易》。又如《诗经》,"《诗》主言志……温柔在诵,故最附深衷矣"。《诗经》温柔敦厚,最富情感,自然,以情感抒发为主的赋、颂、歌、赞须以《诗经》为根本。其二,经典犹如树之"根",具有强大的生命力与活力。《宗经》开篇即言:"三极彝训,其书言经。经也者,恒久之至道,不刊之鸿教也……洞性灵之奥区,极文章之骨髓者也。"这是说,经典著作把"天、地、人"三才的道理探索到了极致,是自然之道的深刻体现,因而具有至高无上、不可撼动的权威地位,唯其如此,才能支撑起庞大繁杂的各类文体,正所谓"根柢盘深,枝叶峻茂"。所以,即便是在对"其异如面"、彼此互异的作

家风格的学习上,刘勰也不忘提倡学习经典。他适时地运用草木隐喻说明:"童子雕琢,必先雅制;沿根讨叶,思转自圆。"在初学之际,应当从儒家雅正经籍入手,领会其雅正风格,奠定写作的最初基调;然后,以此为"根",打好基础,不断探索,融会贯通,才能逐渐形成自己独特的艺术风格。其三,对经典的学习、崇尚并非亦步亦趋,不敢越雷池半步,而是汲取精华、综合运用,所以他指出:"文能宗经,体有六义:一则情深而不诡,二则风清而不杂,三则事信而不诞,四则义直而不回,五则体约而不芜,六则文丽而不淫。"在整体上做到这六个方面的要求就可以了。

### 三、"草木之微,依情待实"——以情为本的创作论

发端于《尚书》的诗言志说,中经《诗大序》"情动于中,而形于言"的论述,形成我国古代抒情言志的文学传统,影响甚大。但在骈文盛行的六朝,文人却越来越倾心于追求空洞、华丽的辞藻,在偏离抒情言志的创作道路上渐行渐远。为此,刘勰感叹道:"后之作者,采滥忽真,远弃风雅,近师辞赋,故体情之制日疏,逐文之篇愈盛。故有志深轩冕,而泛咏皋壤;心缠几务,而虚述人外。真宰弗存,翩其反矣。"面对如此严峻的创作现实,刘勰紧接着再次运用草木隐喻提出自己的重要观点:"夫桃李不言而成蹊,有实存也;男子树兰而不芳,无其情也。夫以草木之微,依情待实;况乎文章,述志为本,言与志反,文岂足征?"以桃李无言却能下自成蹊和男子种兰反而艳而不芳做对比,提出"以情为本"的创作论,强调文学创作应当有充实的思想内容。

以草木隐喻探讨具体的文学创作问题,早在东汉,王充就有充分论述。其《论衡·超奇》曰:"有根株于下,有荣叶于上;有实核于内,有皮壳于外。文墨辞说,士之荣叶、皮壳也。实诚在胸臆,文墨著竹帛,外内表里,自相副称。"与之相比,刘勰的草木隐喻显有不同。首先,刘勰明确提出"依情待实",对"情"的强调进一步接续与壮大了我国抒情言志的文学传统;其次,刘勰所提的"实"不像王充那样带有过于浓厚的道德色彩和实用特征;最后,在对文采的认识上,刘勰不像王充那样,本着质朴、真实的创作目的将

雕文饰辞一律斥为"华叶之言",而是能够更加辩证地认识情与采的关系,提出"辩丽本于情性",即文辞的巧妙华丽实则源于情感内容的真挚。所谓"木体实而花萼振",文采并非强加点缀上去的东西,而是充实的情感内容自然生发出来的,正如树木有充实的质体,才能开出鲜艳的花朵一样。刘勰的这种认识无疑更加客观且辩证。

## 四、"声得盐梅,响滑榆槿"——和体抑扬的声律论

周振甫说:"刘勰在创作论里有四个问题是有突出见解的。一个是作品反映生活问题,一个是风骨问题,一个是形象问题,一个是声律问题。"刘勰的声律论集中反映在"声律"篇里,该篇对声律的起源、本质、特征、存在问题及如何把握等都有精到论述,"是齐梁时期声律理论和声律运用研究的重要组成部分,在研究汉语音韵学发展史上具有十分重要的作用"。

在"声律"篇的末尾,刘勰采用了草木隐喻作结:"声得盐梅,响滑榆槿。"盐梅是古代两种重要的调味品,《尚书·说命下》曰:"若作和羹,尔惟盐梅。"说明至少在周代,人们就开始使用盐、梅调味。刘勰首次将它们纳入文学理论批评领域,用来探讨声律问题。盐咸梅酸,两种异味中和协调,产生和谐美妙的新味,声律美亦是如此,"沉则响发而断,飞则声飏不还"。一句之中全用沉抑的仄声字读起来抑而不扬、断而不续;一句之中都是飞扬的平声字读起来又扬而不抑,不能回环。声律美应当讲求平仄异调抑扬顿挫地配合,"左碍而寻右,末滞而讨前",左边有了塞碍,可从右边寻找毛病;末尾阻滞不畅,可从上面去做调整,正好比盐梅异味之间的互相调节。刘勰此论虽与沈约"欲使宫羽相变,低昂互节。若前有浮声,则后须切响。一简之内,音韵尽殊;两句之间,轻重悉异"的说法类似,但由于他引用"盐梅"之喻,使得他的声律论超越了一般的流于形式技巧的层面,指向更为深层的审美层面——滋味,所以他说:"是以声画妍蚩,寄在吟咏,吟咏滋味,流于字句。"这表明他特别注重对文章声律和体抑扬所带来的审美韵味的追求。"响滑榆槿"中的"榆槿"是古代常见的两种植物,《礼记·内则》中就有记载:"菫荁粉榆免薧滫瀡以滑之。"这两种植物的皮含有滑汁,煮菜时用

作使食物柔滑细嫩的调味品。可以看出,刘勰第一次将其挖掘过来用于文论批评,比喻声律对文章的润滑、调节作用,同样也是指向文章的审美滋味的。

## 五、"文之英蕤,有秀有隐"——余味曲包的审美论

如何做到文章吟咏余味无穷?仅有声律上的盐梅调和、榆槿润滑是不够的,刘勰从文章整体出发,着眼于内容和形式两方面,通过草木隐喻进行探讨,其"隐秀"篇云:

> 夫心术之动远矣,文情之变深矣,源奥而派生,根盛而颖峻,是以文之英蕤,有秀有隐。隐也者,文外之重旨者也;秀也者,篇中之独拔者也。隐以复意为工,秀以卓绝为巧,斯乃旧章之懿绩,才情之嘉会也。

由"篇""章"二字可以看出,刘勰着眼于文章整体内容发论。刘勰认为,文学创作的思维活动是广阔邈远的,作品的内容因此富有深刻变化,没有穷尽,就像草木的生长一样,根之深,叶才茂。所以,真正优秀的作品,应当"有秀有隐",既有叶茂之"秀",更有深根之"隐",这样的作品才能内容深刻,含蕴无穷,这里刘勰采用"英蕤"的草木隐喻来说明。"英蕤"合指芬芳美丽的花,嵇康《琴赋》中就有"郁纷纭以独茂兮,飞英蕤于昊苍"[1]之句。分开而解,"英"为花瓣,"蕤"指花草下垂貌,意谓花朵的美并非全然鲜明光晔,展露无遗,而是有所隐藏、隐晦。也许那状溢目前的颜色使人印象深刻,那婀娜多姿的形态也令人浮想联翩,但是那朵朵花瓣下潜藏的若隐若现的阵阵清香及由此诱发出来的种种情思,才是最动人心魄、沁人心脾的,这就是"有秀有隐"。文章的美亦是如此,它不仅反映在声律、文辞的卓绝

---

① 叶朗总主编,谌兆麟、汪裕雄、李中华分册主编:《中国历代美学文库·魏晋南北朝卷(上)》,高等教育出版社 2003 年版,第 123 页。

挺拔上（秀），更体现在那潜藏在秀言之外的咀嚼不尽的文外之意（隐）。这表现出对文学作品含蓄美的强烈追求，实际上探讨的是美学特征问题。

为了进一步说明"隐"的美学特征，刘勰再次借助草木隐喻："纤手丽音，宛乎逸态，若远山之浮烟霭。""隐"就像远山上飘然浮动的烟云雾霭一样，颜色神秘瞬变，却又绚烂多姿，真有种"秘响旁通，伏采潜发"的感觉，"玩之者无穷，味之者不厌矣"。反之，"若篇中乏隐，等宿儒之无学，或一叩而语穷"，没有了文外之意（隐），只会语穷词尽，失之含蓄，味同嚼蜡。

当然，刘勰对"隐"的强调并不意味着忽视"秀"。表面看来，"隐"和"秀"对立矛盾，"隐"是含蓄，"秀"是明朗，"隐"追求艺术表现的含蓄性，"秀"提倡语言风格的明朗性，二者实则相反相成，相伴相生。刘勰辩证对待二者，依然通过草木隐喻发论："凡文集胜篇，不盈十一；篇章秀句，裁可百二：并思合而自逢，非研虑之所求也。或有晦涩为深，虽奥非隐，雕削取巧，虽美非秀矣。故自然会妙，譬卉木之耀英华……英华曜树，浅而炜烨。""秀"好比草木之花朵，鲜明秀丽，"隐"恰似阳光朗照之下，花朵所生发出来的光彩，灵动闪耀，曲尽其妙，它们都是自然生成，合乎妙处的。倘若故弄玄虚、生硬造语，言不"秀"，即便充满了文外之意，也只会走向晦涩难懂，不是真正的"隐"；假如言辞工巧，刻意雕琢，失于"隐"，即使华艳鲜丽，那也仅仅是生硬刻削，惹人生厌。总之，只有自然灵秀，秀发隐义，隐由秀生，这样的作品，才能产生"动心惊耳，逸响笙匏"的动人效果，余味曲包，回味无穷。

## 六、"丽土同性，晞阳异品"——通变创新的发展论

从《周易》开始，古人就重视事物的发展变化，《周易·系辞（下）》曰："易，穷则变，变则通，通则久。"《周易》认为事物要绵延长久，必须有变有通，并提出了较为系统的通变论："化而裁之谓之变，推而行之谓之通。""变"是发展、变革，"通"是继承、推广，以"通"和"变"的辩证关系说明事物矛盾运动的发展规律。

刘勰汲取了《周易》的这种思想，并借助草木隐喻建构其文学发展论，"通变"篇曰："故论文之方，譬诸草木：根干丽土而同性，臭味晞阳而异品

矣。"这是说,文章的写作就像草木的生长一样,草木的根和干都生长在土里,这是植物共通的本性,比如创作要以情为本,各类体裁都有一定的常规,等等,正所谓"设文之体有常",写文章的路数是一定的,写作的时候自然要遵循这些基本的写作原则,这是"通";但是又正像各类植物一样,由于其花、叶、气味吸取阳光的差异而会呈现出不一样的特性和品种;同理,在具体的写作实际中,每位创作者由于他自身知识结构、思想倾向、情感经历甚至学历境遇等因素的不同,使得他们的写作方法千差万别,创作出来的作品自然也特色各异,正所谓"变文之数无方",文章的变化因而是没有穷尽的,这是"变"。在刘勰看来,文章的写作正是在"通"与"变"的无穷的矛盾运动中,不断地发展变化的。为此,刘勰在"通变"篇结尾提出两点通变原则:"参古定法"和"望今制奇"。前者意谓参酌古代的杰作来确定创作的法则,是对前人创作规律的继承,重在"通";后者的意思是根据时代趋势写出具有创新意义的、动人的作品,是着眼于当前形势努力创新,重在"变",只有两相结合,才能"文律运周,日新其业。变则其久,通则不乏"。只有这样,文章的写作才能永葆活力,代代绵延下去。

## 七、"阅过乔阅,以形培塿"——博观通达的批评论

刘勰在批评论方面也借助草木隐喻来建构,其"知音"篇说:"故圆照之象,务先博观。阅乔岳以形培塿……无私于轻重,不偏于憎爱,然后能平理若衡,照辞如镜矣。"这是说,一个领略过高山大岳的人,就不会被小土丘所迷惑而喝彩不已;同理,一个欣赏过优秀作品的人,也不会对一些不起眼的作品表现出过分的不切实际的褒奖,而是能够如天平般称量内容的高下,像镜子般照见文辞的美恶,建立起兼容公允的立场和敏锐的艺术洞察力,从而提出"博观"的批评方法,令人折服。

总之,刘勰《文心雕龙》中的草木隐喻遍及文论中的本体论、文体论、创作论、声律论、审美论、发展论及其批评,可以看出,关于文论中的一些核心的基本问题,刘勰都有意识地运用草木隐喻来说明、考察,草木隐喻由此呈现出重要的理论建构意义。正如美国学者田辰山指出的《周易》中"通"

和"变"的辩证思维来自门户开关隐喻,日本学者今道友信宣称庄子的哲学思维始于巨鸟形象的隐喻一样,我们认为,刘勰《文心雕龙》理论体系的建构始于一棵苍劲有力的生命之树,这棵生命之树始终贯穿于刘勰理论体系的主枝盘干乃至枝枝叶叶,既具有审美感悟和艺术魅力,"保留着艺术作品与宇宙生命现象的原生态,而并未将生命现象完全抽象、挤干成一种单纯的理论概念或问题做纯理论的推导与探讨",又能提升到哲学层面,做形而上学的追溯,"通过形象的隐喻内涵,使艺术本体与大宇宙生命本体融通",富有深刻的本体论意义。

刘勰的草木隐喻批评之所以能显示出如此成熟的状态,与他对隐喻理论的自觉认识是分不开的。在继承先秦两汉的隐喻理论的基础上,刘勰对隐喻的认识有着更为全面且独到的见解。《文心雕龙》专设"比兴"篇,探讨了很多重要的隐喻问题,主要集中在以下三个方面:

第一,"诗人比兴,触物圆览":隐喻的思维特征。

如前所述,隐喻的思维特征在先秦时期就已达成共识,但刘勰在此基础上有了一些新的认识。"诗人比兴,触物圆览"出自"比兴"篇的总结之语,"比兴"即喻或隐喻,这一点早有共识。如朱自清《赋比兴通释》曰:"后世'比兴'连称,'兴'往往就是'譬喻'或'比体'的'比'。"王瑶《说喻》亦言:"考之我国古籍,三百篇之比兴,皆喻也。"这里刘勰以"圆览"二字概括隐喻的思维本质。"览"即观察、体察之意,"圆"则是我国古代传统审美理想和境界的体现,《易经》曰:"乾为天,为圆。"这种对天的崇拜引发人们对"圆"的极度亲和与无比崇尚,"圆"的思想渗入古代文化的方方面面,影响深远。《说文解字》释曰:"圆,圜全也。"由此可知,"圆览"指对事物进行全面、辩证、深入的体悟与观照。所以,在刘勰看来,隐喻不仅是一种认识事物的思维方式,更是一种全面洞察事物本质的运思方法,后种认识则是前人甚少言及的。

"比兴"篇说:"附理者,切类以指事;起情者,依微以拟议。"刘勰进一步从义理和情感两方面把握隐喻的思维本质。前者重在义理的揭示,指通过贴切的类比隐喻让读者明确义理。刘勰举了大量例子佐证,如《诗经》中

"金锡以喻明德,珪璋以譬秀民,螟蛉以类教诲,蜩螗以写号呼,浣衣以拟心忧,席卷以方志固"《离骚》中的"虬龙以喻君子,云霓以譬谗邪"等,这类隐喻主要着眼于形式或结构的相似性,意思较为显豁明朗,且文中本身就有提示,故容易知晓其中的隐喻之义。后者偏于情感的挖掘,指依照含义隐微的事物来寄托情意,这类隐喻重在情调、气氛的相合,故而显得隐蔽晦涩,要借助前人注释才能懂得。如他分析《关雎》中的隐喻时说:"关雎有别,故后妃方德;尸鸠贞一,故夫人象义。义取其贞,无疑于夷禽;德贵其别,不嫌于鸷鸟;明而未融,故发注而后见也。"由关雎、尸鸠引申出忠诚坚贞的德行内涵,意思并不显豁,需要借助注疏才得以理解,但这也正是隐喻隐微寄托功能的体现。刘勰的这个例子尽管被学者们讥为"附会儒家的一般义理",有附会穿凿之嫌,但这并不妨碍我们从理论意义上理解与把握刘勰的隐喻观。在刘勰看来,《诗经》之所以"六义环深""最附深衷",能够产生如此深厚精密而又文意周到之内蕴,正是得益于大量"藻辞谲喻"的运用。

第二,"拟容取心,断辞必敢":隐喻的工作机制。

隐喻如何做到全面、精微之"圆览"？刘勰接着提出"拟容取心,断辞必敢",对隐喻的工作机制进行阐发。

"拟容"一词源自《周易·系辞(上)》:"圣人有以见天下之赜,而拟诸其形容,象其物宜,是故谓之象……拟之而后言,议之而后动,拟议以成其变化。""容"即世间万物万象,人世百态,自然万物,纷纭繁杂,圣人却能通过对物的本质的形容、比拟来把握该物,这就是"拟容"。可以看出,这种观点对隐喻工作机制的认识只强调了人对物的规摹、形容的一面,着重突出物的积极、核心作用,对心的构建作用的认识是不够的。此后,《周易·系辞》曰:"近取诸身,远取诸物。"《墨子·小取》称:"辟(通'譬')也者,举也(通'他')物而以明之也。"《周礼·春官·大司乐》郑注言,"兴者,以善物喻善事者",对隐喻工作机制的认识无不如此。

刘勰则不拘于此,在说到"拟容"之后,紧接着就提出"取心",强调心的改造、构建作用。他将二者并联,就能较好地从心物交融的层面上去认识隐喻的工作机制。实际上,刘勰是最早认识到心与物双向运动的文论家,其"物色"篇说:"写气图貌,既随物以宛转;属采附声,亦与心而徘徊。"在具体的创作中,我们既随着自然景物的变化而变化,穷形尽相地描摹其神形气貌,又需结合自己内心的思想情感而细心琢磨,恰到好处地安排其辞采音节,从而生发无限的艺术魅力。正如王元化《释〈物色篇〉心物交融说》一文指出,刘勰的心物交融说,一方面,"不是消极地、被动地屈服于自然",而是"根据艺术构思的要求去改造自然";另一方面,"自然对于作家来说是具有独立性的,它以自己的发展规律去约束作家的主观随意性,要求作家的想象活动服从于客观真实,从而使作家的艺术创造遵循现实逻辑轨道而展开"。在刘勰看来,隐喻正是在"拟容"和"取心"的双向交流运动中展开的,一方面,"物以貌求",或以貌比形,或以物比理,或以声比心,或以响比辩,或以容比物,从物的外在的方方面面去做类比,做到随物以婉转的"拟容";另一方面,又能"心以理应",依微起情,环譬讥讽,在含义微隐的事物中寄托深藏之情意,两方面相互发明、相互佐证,大大拓展了隐喻内涵的广度与深度。所以,在刘勰看来,"刻鹄类鹜,则无所取焉",即一味追求外在形貌的类似是不行的;相反,"物虽胡越,合则肝胆",就是说,假使超越外在形态的局限,达到内在的契合,即使像胡越两地人那般不同,却能令人如肝胆般相亲。刘勰的这一见解,比之挚虞《文章流别论》中的"夫假象过大,则与类相远"[①],更为通脱辩证。

第三,"攒杂咏歌,如川之涣":隐喻的审美功能。

先秦至汉,隐喻作为思维方式的观念深入人心,从《周易》"近取诸物,远取诸身"、《礼记·学记》"比物丑类"、墨子"辟(通'譬')也者,举也(通'他')而物以明之也"、荀子"分别以喻之,譬称以明之",到"假譬取象""象通礼乐",可以说形成了隐喻的认知传统,由此引发了对隐喻更多层面的认识与思考。如《论语·雍也》中的"能近取譬,可谓仁之方也矣",这是重在

---

① 李壮鹰主编,陈玉强、林英德分册主编:《中华古文论释林·魏晋南北朝卷》,北京大学出版社2011年版,第93页。

隐喻道德修身层面的功能;《周礼·春官·大师》郑注曰"比见今之失,不敢斥言,取比类以言之",这是重在隐喻政治修辞层面的功能。而刘勰对隐喻功能的认识却独独超于前人,富有创见。

《文心雕龙》"比兴"篇说:"攒杂咏歌,如川之涣。"《说文解字》释曰:"涣,流散也。"《诗经·郑风·溱洧》云:"溱与洧方涣涣兮。""涣"又有盛大之意。两层意思看似相异对立,实则相反相成。《周易·涣卦·象辞》曰:"风行水上,涣。"风在水上行,出入无阻,推波助澜,浩浩荡荡,气势何其盛大,但只有将长期积囤下来的污垢冲刷干净,才能真正焕发生机,故《序卦传》云:"说而后散之,故受之以涣。"只有通过水的流散冲刷,将污垢消除,水面才会鲜明光洁,形成真正盛大浩瀚的水势,这也就是刘勰所说的"川之涣",他以此为喻,正是为了说明精确凝练的隐喻,能够增进文章的气势和感染力,使得文章文辞犹如河水流动般生动,富有生气,这就赋予了隐喻强烈的审美—鉴赏意义,超越了前人对隐喻功能停留在认知、修辞等层面的认识,这在文学批评理论史上具有开创性的意义。

刘勰在"比兴"篇中还具体列举了隐喻的审美功能:"至于扬班之伦,曹刘以下,图状山川,影写云物,莫不织综比义,以敷其华,惊听回视,资此效绩。又安仁《萤赋》云,'流金在沙'。季鹰《杂诗》云,'青条若总翠'。皆其义者也。"这是盛赞扬雄、曹植等人的作品具有"惊听回视"的强大感染力和动人效果,"资此效绩",实则全靠隐喻显示其功效成绩,这正是隐喻审美本质的体现。

总之,刘勰《文心雕龙》中的草木隐喻遍及本体论、文体论、创作论、声律论、审美论、发展论及其批评论,触及文论中一些核心的基本问题,理论意义重大。不仅如此,刘勰在隐喻理论上也颇有建树。他所说的"触物圆览"更为透彻地揭示了隐喻的认知本质,"如川之涣"则道出隐喻的审美特征,由此构建起隐喻的双重本质,富有民族特色,影响深远。刘勰对草木象喻批评及隐喻理论的认识,既有对前人的继承,又有自己的变革与拓展,既全面周到,又不乏新见与创见,由此显得更为系统、精密。张沛《隐喻的生命》称刘勰为"此一隐喻研究阶段的集大成者"。刘勰由此也成为魏晋南北朝时期草木隐喻理论最为成熟的典型代表。

## 第四节　唐代:天开地阔的诗化

　　唐代是我国封建社会的中坚时期。政治上,国家稳定,领土开阔,国势强盛,唐太宗、唐高宗之时"国势之盛,旷古无两",突厥、回纥相继来朝,东南亚小国纷纷朝贡。王维《和贾舍人早朝大明宫之作》诗"九天阊阖开宫殿,万国衣冠拜冕旒",兹以为证;经济上,国家富庶,仓廪充实,人口增多,京杭大运河加强国内的南北交流,丝绸之路又促进海内外的沟通,杜甫《忆昔二首(其一)》诗"忆昔开元全盛日,小邑犹藏万家室,稻米流脂粟米白,公私仓廪俱丰实",是为写照;文化上,文教昌盛,名家如云,体制完备,风神各异,王安石曾说,"世间好语言,已被老杜道尽;世间俗语言,已被乐天道尽"①。鲁迅《致杨霁云》一文"我以为一切好诗,到唐已被做完,此后倘非能翻出如来掌心之'齐天大圣',大可不必动手"②,对唐诗叹为观止。由此观照,唐代政治、经济、文化均至全盛,处于中国封建社会的鼎盛时期,蓬勃向上的社会风貌、积极进取的时代精神、恢宏富丽的审美情趣,形成了与汉代相辉映的"唐人气象""大唐帝国""盛唐气象""意气风发""气势恢宏""积极进取""昂扬向上"等一系列形容唐代的溢美之词不绝于耳。

　　但是,在这流光溢彩、繁荣华盛的光环背后,却隐藏着巨大的黑洞,唐代文化的繁荣,说到底主要是指诗歌的繁荣,故其有"诗的国度""诗歌高峰"之誉,而它在哲学思想、诗学理论上其实是比较欠缺和薄弱的。这一点随着研究的深入,已愈来愈为学者所意识到。如葛兆光《思想史的写法——中国思想史导论》一书中就明确指出哲学思想在唐代的断层:"关于

---

　　① 转引自申骏:《中国历代诗话词话选粹(下)》,光明日报出版社 1999 年版,第136 页。

　　② 鲁迅:《致杨霁云》,转引自周楠本:《鲁迅文学书简》,天津人民出版社 2006 年版。

唐代思想,尤其是七至八世纪两百年间,以儒学为中心的主流知识状况和思想形态在普通生活世界的影响,在很多思想史或哲学史著作中几乎是空白。我们看比较有影响的几部著作,1916 年谢无量的《中国哲学史》,从第六章'文中子'、第七章'唐代哲学总论'、第八章'唐代佛教略述',就一下子到了第九章'韩愈'……冯友兰的《中国哲学史》,这部至今还影响着研究者的著作,对于隋唐,也是在仅仅叙述了隋唐佛学思想后,在第十章对七至八世纪的主流意识形态,则简略地用数百字叙述了隋代王通之后,一下子就跳到了中唐的韩愈。"①

当今学者蒲震元和尚永亮也明确指出唐代诗学理论的滞后状态,蒲震元《中国文学批评史》一书中说:"(唐代)难得有钟嵘、刘勰。"尚永亮《唐代诗歌的多元观照》一书阐述得更为具体:"唐代是诗的国度,而非诗学的温床。关于唐诗,人们已说了很多;关于唐代诗学,系统论述者却不多见……试看与唐代上下相邻的六朝和两宋,其诗学论著在数量上均远过唐代。""与如火如荼的唐诗创作相比,唐代诗学总体上处于滞后状态……在有唐一代,真正做到在创作之初即有明确、完备的理论主张,并以之指导创作实践的,严格来说,恐怕只有中唐时代的白居易一人而已……唐代诗学欠缺理论上的系统性和深密度,除元兢《诗髓脑》、王昌龄《诗格》、皎然《诗式》等少数论著差强人意外,大部分诗学观点都较零散、杂乱,类似南朝刘勰《文心雕龙》这种体大思精的著作是压根没有的,即使如宋代《沧浪诗话》这种系统的评诗之作也难得见到"②。可以感受到,南朝文学理论的那种大一统的高度系统性和深密度在唐代文学理论中已难以为继,不复存在了。

总之,哲学思想的薄弱和诗学理论的滞后使得唐代在高度的系统性和深密度的文论建设上先天不足,但事物是充满了辩证的两面性的,对于唐代文论而言,少了理性的思辨,就多了感性的体悟,少了严密的系统性,就

---

① 葛兆光:《思想史的写法——中国思想史导论》,复旦大学出版社 2004 年版,第72—73 页。

② 尚永亮:《唐代诗歌的多元观照》,湖北人民出版社 2005 年版,第 3—4 页。

多了诗意的审美性,尤其唐代文人大多集创作者与文论家于一身,所以唐代诗人所葆有的那种热情爽朗、天真乐观、大气开放、富于幻想和重直观感受的精神就深深地影响到他们的诗学理论上,"使他们对诗歌的抽象感知更多地注入形象化的、诗意的色彩",从而富有强烈的诗性精神。比如杜甫《戏为六绝句》、司空图《二十四诗品》均以"以诗论诗"的形式出现,形式灵活,言简意丰,既含蓄深沉,又富有十足的美感,耐人寻味,其他的文论虽然不是以诗歌形式出现,但在具体的句式上注重对偶、声律和文采,同样诗意十足,如殷璠《河岳英灵集》评王维"词秀调雅,意新理惬,在泉为珠,着壁成绘,一字一句,皆出常境",高仲武《中兴间气集》评张众甫"婉媚绮错,巧用文字",皎然《诗式》阐述"诗有四深"——"气象氤氲,由深于体势;意度盘礴,由深于作用;用律不滞,由深于声对;用事不直,由深于义类",李翱《答朱载言书》称赞六经之词"浩乎若江海,高乎若丘山,赫乎若日火,包乎若天地",等等,无不体现出强烈的诗性特征。

　　同样,这一时期的草木象喻批评也体现出强烈的诗性特征,它们不像刘勰《文心雕龙》中的草木象喻批评那样富有宏大的体系性和系统性,而是语词华丽、句式整齐,寓意丁言,寄味丁意,处处追求　种含蓄蕴藉、言有尽而意无穷的审美效果。如李白《经乱离后天恩流夜郎忆旧游书怀赠江夏韦太守良宰》中说"清水出芙蓉,天然去雕饰",高仲武《中兴间气集》评韩翃"芙蓉出水,足未多也",权德舆《送灵澈上人庐山回归沃州序》称灵澈上人"其变也,如松风相韵,冰玉相叩,层峦千仞,下有金碧,纵鄙夫之目,初不敢视"①,皎然《诗式》赞谢灵运"其华艳,如百叶芙蓉,菡萏照水"②。皎然论诗主创新,把抄引他人字句比作"厕丽玉于瓦石,殖芳芷于败兰"。他不谈各类风格,"静:非如松风不动,林狖未鸣,乃谓意中之静。远:非如渺渺望水,

　　①　李壮鹰主编,唐晓敏分册主编:《中华古文论释林·隋唐五代卷》,北京大学出版社 2011 年版,第 256 页。
　　②　皎然著,李壮鹰校注:《诗式校注》,人民文学出版社 2003 年版,第 64 页。本书关于皎然《诗式》所引内容均来自这一版本,后不再注明。

杳杳看山,乃谓意中之远",等等,其草木象喻皆精致工巧,含咀深长。至如皇甫湜《谕业》中"燕公之文,如梗木柟枝,缔构大厦,上栋下宇,孕育气象,可以燮阴阳而阅寒暑,坐天子而朝群后""独孤尚书之文,如危峰绝壁,穿倚霄汉,长松怪石,倾倒溪壑,然而略无和畅,雅德者避之""故友沈谏议之文,则如隼击鹰扬,灭没空碧,崇兰繁荣,曜英扬蕤,虽迅举秀擢,而能沛艾绝景"①,更是鳞次栉比,情致委婉,令人目不暇接。

到了晚唐司空图《二十四诗品》,全诗共二十四首,纯用四言句,每首共十二句,整齐划一,其中运用了大量的草木象喻批评,并加入了人、物等很多其他要素,意象纷纭,变化莫测,更具情境性和动态性,蔚为大观。漫步于《二十四诗品》中的草木象喻,我们看到美人在满树碧桃下漫步("纤秾"品),之子在绿林野屋中独步("沈著"品),畸人手把着芙蓉空游("高古"品),佳士在落花修竹中赏雨饮酒("典雅"品),真人在千寻巫峡下饮真茹强("劲健"品),雅士在杏林水畔边伴客弹琴("绮丽"品),幽人在雨后空山里听琴采萍("自然"品),又在碧松之荫荷樵听琴("实境"品),可人在娟娟群松下步履寻幽("清奇"品),壮士在萧萧落叶中慨然拂剑("悲慨"品),狂人海山苍苍濯足扶桑("豪放"品),高人御风蓬叶凌风驭气("飘逸"品)。在这一幅幅动态十足、情景相生的草木画面中,我们对司空图所构筑的美学风格和审美意境有了最真切且最诗意的体味与把握。这里选出其中三品进行具体感受。

第一,"纤秾"品:

> 采采流水,蓬蓬远春,窈窕深谷,时见美人。碧桃满树,风日水滨。
> 柳阴路曲,流莺比邻。乘之愈往,识之愈真,如将不尽,与古为新。

---

① 李壮鹰主编,唐晓敏分册主编:《中华古文论释林·隋唐五代卷》,北京大学出版社 2011 年版,第 467 页。

《皋兰课业本》评道："此言纤秾秾华，仍有真骨，乃非俗艳。"①所谓纤秾，并非极尽绮丽华美、繁富丰茂，而是风和日暖，春光明媚，水流潺潺，泉声叮咚，碧桃垂枝，绿柳成荫，群莺飞舞，幽谷美人，时隐时现，既明艳秀丽，又毫无人工雕琢之痕迹，也无浅俗鄙俚之丑态，一派天机造化，韵味无穷。

第二，"典雅"品：

> 玉壶买春，赏雨茅屋，坐中佳士，左右修竹。白云初晴，幽鸟相逐。
> 眠琴绿荫，上有飞瀑。落花无言，人淡如菊，书之岁华，其曰可读。

幽静肃穆的修竹林中，"佳士"正坐在茅屋里酌酒赏雨。俄顷雨过天晴，飞鸟相逐，"佳士"在绿荫之下赏菊品酒，酒酣之际，默然眠琴于绿荫之下，一如陶渊明之抚无弦琴，不必有琴音而自有琴趣；亦如陶渊明之得意忘言，无须用语言而与自然谐和合一。故而所谓"典雅"，并非只是典雅飘逸的外在风姿而已，它更看重的是对世俗的一切纷扰早已弃绝，心与道契而顺乎天然，故无忧无虑，潇洒自然，②就像陶渊明赏菊那样，心无廓碍故能无车马之喧闹，物化同一故能与飞鸟相与还，实现真正的天人合一。

第三，"清奇"品：

> 娟娟群松，下有漪流。晴雪满汀，隔溪渔舟。可人如玉，步屟寻幽。
> 载瞻载止，空碧悠悠。神出古异，澹不可收。如月之曙，如气之秋。

漪流绕着群松，回旋流转。天气初晴，小雪覆盖着沙滩，河的对岸，停泊着一叶渔舟。月光清明，风景幽静，可人如白玉般高洁，或行或止，仰望

----

① 司空图、袁枚著，郭绍虞辑注：《诗品集解 续诗品注》，人民文学出版社 1963 年版，第 7 页。

② 张少康、刘三富：《中国文学理论批评发展史（上）》，北京大学出版社 1995 年版，第 454 页。

蓝天,清逸悠悠。这就是"清奇",它像黎明前的月光那样洁净,又像初秋时的天气那样清秀,既高雅奇特,又风度恬淡。

尤可注意的是,我们知道,以文艺功能来看,唐代文论出现了政教中心论和审美中心论,前者以白居易、韩愈为代表,注重思想内容,强调反映社会现实;后者以皎然、司空图为典型,阐发艺术特征与规律,探讨表现手法,追求审美。审美中心论者以艺术审美为中心,他们的草木象喻批评具有诗性特征自不待言,而在这一时期,政教中心论者的草木象喻批评也同样诗性十足,体现出共通的鲜明特征。如白居易《与元九书》以草木象喻来界定诗歌:"诗者,根情、苗言、华声、实义。"每以两个字铺陈而来,掷地有声,回味深长。又如韩愈《答李翊书》:"将蕲至于古之立言者,则无望其速成,无诱于势利,养其根而俟其实,加其膏而希其光。根之茂者其实遂,膏之沃者其光晔,仁义之人,其言蔼如也。"①其《答尉迟生书》:"夫所谓文者,必有诸其中,是故君子慎其实;实之美恶,其发也不掩,本深而末茂,形大而声宏。"②韩愈门人李翱《答朱载言书》:"如山有恒华嵩衡焉,其同者高也;其草木之荣,不必均也。如渎有淮济河江焉,其同者出源到海也,其曲直深浅、色黄白,不必均也。"③这些都注意到运用对偶、骈俪的手法来建构他们的草木象喻批评,气象浑厚,精彩动人,给人无穷的回味。

从实质上来讲,唐代草木象喻批评的诗性特征与唐代文论"象外之象、景外之景"的核心思想是相通的,二者达于内在的契合。"象外之象、景外之景"虽由晚唐司空图提出,但早在唐初殷璠就已提出类似的观点,并经由刘禹锡、皎然等人的不断发扬壮大,最后至司空图集大成,遂成为唐代文论的核心思想。其主要内容就是宣扬言外之意,味外之味,认为诗歌意境要在具体有形的情景描写之外,还要借象征、暗示等手法诱发并创造出无形、

① 李壮鹰主编,唐晓敏分册主编:《中华古文论释林·隋唐五代卷》,北京大学出版社 2011 年版,第 345 页。

② 同上,第 351 页。

③ 同上,第 448 页。

虚幻的艺术境界,给人以无限的审美空间。如殷璠《河岳英灵集》中提出"兴象"说,并以"兴象"作为审美准则评判诗人,批评南朝声律派及其追随者"都无兴象,但贵轻艳",称扬陶翰诗"既多兴象,复备风骨",赞赏孟浩然诗"无论兴象,兼复故实"。他所说的"兴象",重在包含多重意蕴,可以极大地感发人的性灵,使人产生浓厚的审美兴趣,实则强调诗歌要有言外之意,构成含蓄不尽的境界。此后唐代文论家们在此基础上多有发挥,如王昌龄《诗格》曰:"凡诗,物色兼意兴为好,若有物色,无意兴,虽巧亦无处用之。"[①]皎然《诗式》云:"取象曰比,取义曰兴,义即象下之意。""两重意已上,皆文外之旨。"刘禹锡《董氏武陵集纪》曰:"诗者,其文章之蕴邪? 意得而言丧,故微而难能;境生于象外,故精而寡和。"[②]司空图《与李生论诗书》亦云:"江岭之南,凡足资于适口者,若醯,非不酸也,止于酸而已;若鹾,非不咸也,止于咸而已。华之人以充饥而遽辍者,知其咸酸之外,醇美者有所乏耳。"这些都在极力主张透过表层的语义去挖掘丰富的言外之意,拓展无限的审美空间。

　　总之,与其他时代相比,唐代文论中的草木象喻批评虽然数量上较少,也不够系统化,却有着共通的鲜明特征——强烈的诗性精神,他们的草木象喻批评也像唐诗那样"极富于深情、激情,极富于神思、想象。唐人以灵心一片,一往情深于天地万象,俯观仰察之际,遇物触景之会,诗情勃然而兴"[③],故而总能令人萦绕着绵长不尽的情思,荡漾着含咀深长的诗味。而这一点与唐代文论"象外之象、景外之景"的核心主流思想是存有内在的契合性的。

---

　　①　叶朗总主编,王明居、卢永璘分册主编:《中国历代美学文库·隋唐五代卷(上)》,高等教育出版社 2003 年版,第 370 页。

　　②　李壮鹰主编,唐晓敏分册主编:《中华古文论释林·隋唐五代卷》,北京大学出版社 2011 年版,第 429 页。

　　③　胡晓明:《中国诗学之精神》,江西人民出版社 2001 年版,第 132 页。

# 第五节　宋代:沉潜平淡的内敛

其一,从外在形态上看,宋人的草木象喻批评显示出对唐人的模仿和继承的一面。宋人那种排山倒海、气势恢宏的复合草木象喻,与唐人皇甫湜和司空图的相比,有过之而无不及,且多处可见,兹举几例为证。苏轼《文与可飞白赞》赞扬文与可的书法时说:"美哉多乎! 其尽万物之态也。霏霏乎其若轻云之蔽月,翻翻乎其若长风之卷旆也,猗猗乎其若游丝之萦柳絮,袅袅乎其若流水之舞荇带也。"①刘弇《上曾子固先生书》比较唐代散文家和曾巩的风格特征:"韩子之文,如六龙解骖,放足千里,而逸气弥劲,真物外之绝羁也。柳子厚之文,如蒲牢叩鲸钟,骁壶跃俊矢,壮伟健发……吕温之文,如兰榱桂橑,质非不美,正恐不为杞梓家所录。刘禹锡之文,如剔柯棘林,还相影发,而独欠茂密……语其(指曾巩)形似则如白玉般种种浑璞,如青翰客而有秀举,如天骥局影筋理飒洒,如乔松弄之真率径尽,如炙髀联环之运而不穷也……"②《诗人玉屑》引敖陶孙评魏晋以下名诗人:"魏武帝如幽燕老将,气韵沉雄……王右丞如秋水芙蕖,倚风自笑;韦苏州如园客独茧,暗合音徽;孟浩然如洞庭始波,木叶微脱……山谷如陶弘景祗诏入宫,析理谈玄,而松风之梦故在;梅圣俞如关河放溜,瞬息无声;秦少游如时女步春,终伤婉弱;后山如九皋独唳,深林孤芳,冲寂自妍,不求赏识。"各家发挥想象,极尽比喻之能事,所举象喻,多如牛毛,数不胜数,简直令人目眩神迷,这等象喻写法,实是承接唐人而来。

但是,宋人的草木象喻批评又绝非简单的承袭,而是有其鲜明的特色,这主要是由唐宋时代截然不同的物我观照模式所决定的。唐人自由开放,

---

① 苏轼撰,孔凡礼点校:《苏轼文集》(全六册),中华书局 1986 年版,第 614 页。本书关于苏轼所引内容均来自这一版本,后不再注明

② 刘弇:《龙云集》卷十五,转引自《文渊阁四库全书》,影印本。

纵横捭阖,对事物充满热情、诗意,体现出浓郁的审美趣味,日本学者吉川
幸次郎在《燃烧与持续——六朝与唐诗》一文中说:"唐人喜爱的是瞬间燃
烧起来的落日、斜阳、夕阳,便往往被吟唱;在其相反方向上,没有人烟的山
丘、树林、池畔的空气,因为瞬间便能摄住人们的感情,从而也被歌唱。"①故
而唐人的草木象喻批评总是显出强烈的诗性特征,充满了生生不息的生命
力和活力。而宋人则不然,他们普遍性格内敛,精于内省,善于沉思,喜欢
格物,宋太宗赵匡胤的"杯酒释兵权",更是促进了这种转变。吴功正《中国
文学美学》指出:"在整个的中国美学史上,宋代人经过了重大调节。这一
调节机制是从中晚唐就肇其端绪的。其总体特征是趋于内敛、精微、沉潜
的,已经缺少了盛唐的意气风发。"这使得宋人对事物总喜欢以一种哲理的
方式来观照,慢慢地去体悟其内蕴的哲理,与唐人天开地阔的诗化有着很
大的不同。如《二程集》中指出:"宋人'看花',异于常人,自可以观造化之
妙'。"张孝祥《盆池》亦曰:"盆池虽小亦清深,要看澄泓印此心。"一朵寻常
小花,一汪寻常小池,宋人也能从中观悟到宇宙大哲理。又如,同是以庐山
为诗题,李白《望庐山瀑布》说"日照香炉生紫烟,遥看瀑布挂前川",充满了
热情与想象;苏轼《题庐山西壁》则云"不识庐山真面目,只缘身在此山中",
追寻哲思与感悟。在宋人看来,甚至无须什么名山大川,只要能够让人有
所悟,任何事物都是可行的,从而建立起一种"寓意于物"的观物方式。何
梦桂《分阳诸公感寓诗集序》中说道:

> 所谓寓何也? 予尝观之,宇宙间无一非寓。天地至大物,在
> 太虚中亦寓耳。天地犹寓,况万物乎! 故日月星辰寓于天,山川
> 草木寓于地,鸢寓于风,鱼寓于水,蛟龙寓云,蝼蚁寓壤,蠋寓桑,
> 蜩寓菀柳,其所寓大小,不翅泰山毫末、大海碧空之相去,至于适
> 其所适,各足其分而已。今诸君于诗,随寓而适,则天地间何物非
> 吾言之寓乎? 故其往者、复者、作者、止者、荣者、瘁者、蠢者、蛰

---

① (日)吉川幸次郎:《中国诗史》,复旦大学出版社 2001 年版,第 196 页。

者、得者、失者、隆者、污者,一以吾身寓焉。情随寓感,诗随寓得,故凡可兴可观,可群可怨,至于千态万状不可纪极者,皆吾寓中之随形变化者也,又安用拘拘于物之小大,以来漆园老吏之讥乎?①

只要物有所寓,"又安用拘拘于物之小大",这已经是一种彻悟,一种诗意的栖居之道了。苏轼《宝绘堂记》进一步提出了"寓意于物"和"留意于物"的区别:"君子可以寓意于物,而不可以留意于物。寓意于物,虽微物足以为乐,虽尤物不足以为病。留意于物,虽微物足以为病,虽尤物不足以为乐。"所谓"留意于物",其实是一种物质占有,故微不足道之物不快乐,珍贵之物患得患失也不快乐,充满了无休止的功利欲望;而"寓意于物",则是一种精神享受,只要有所寓,并不在意其或微或尤,体现出一种处变不惊、从容淡泊的超功利的审美境界,在诗学上追求自然天成,平淡遂美。关于这一点,笔者《宋代诗学理论研究》一书中论述较详,兹引部分句子如下:"比如在较为繁盛的北宋初期,王禹偁诗学白居易,语调平易,'实开后来宋诗的先声'。诗僧文莹被欧阳修称为'孤闲竺乾格,平淡少陵才'。欧阳修自己的诗也'言多平易疏畅'。梅尧臣称赞林逋诗'平澹遂美,咏之令人忘百事'。胡仔则评梅诗'工于平淡,自成一家',梅也曾自言:'因吟适情性,稍欲到平淡。'苏轼推崇陶渊明,称其诗'质而实绮,癯而实腴',内蕴平淡美,并写了大量的和陶诗。黄庭坚以杜甫夔州以后诗为楷模,赞为'平淡而山高水深';在动荡不堪的南渡之际:陈与义诗尚平淡,胡仔评曰:'陈去非诗,平淡有工。'罗大经也说:'自陈、黄之后,诗人无逾陈简斋,其诗纍简古而发纤,值靖康之乱,崎岖流落,感时恨别,颇有一饭不忘君之意。'陈岩肖《庚溪诗话》(卷下)说,'今观东莱诗,多浑厚平夷,时出雄伟,不见斧凿痕,社中如谢无逸之徒亦然,正如鲁国男子善学柳下惠者也',指出江西诗人吕本中、谢逸诗内蕴平淡美。在国势步趋衰落的南宋中后期,杨万里评尤袤诗云:'尤梁溪之平淡……皆余之所畏者。'杨氏自己的诗在晚年也趋向平淡,陈

_____

① 何梦桂:《潜斋集》卷七,转引自《文渊阁四库全书》,影印本。

贵谊、李道传《谥告》中说:'其(杨万里)晚年所著益复洪深,其为诗始而清新,中而奇逸,终而平淡。'陆游诗被称颂为'入妙文章本平淡,等闲言语变瑰奇'。又如在国将不国的南宋末期,赵汝腾《石屏诗集·序》论戴复古诗:'石屏之诗,平而尚理,工不求异……即之冲淡而语多警。'……刘克庄在《癸水亭观荷花一首》自称'余诗纵枯淡,一扫时世妆'。叶适《跋刘克逊诗》则称扬其弟诗云:'克逊继出,与克庄相上下,然其闲淡寂寞,独自成家。怪伟伏平易之中,趣味在言语之外,两谢、二陆,不足多也。'可以看出,'平淡'的审美理想贯穿于两宋。"①

　　总之,宋人哲理化、寓意于物的观照模式,内敛、平淡、沉潜的性格特征及其平淡美的诗学追求,使得其草木象喻批评形成了鲜明的特点,主要表现在三个方面:其一,从外在物象上看,宋人的草木象喻批评多含有枯、败、干、腐、衰、老、疏、野等字眼。如《苕溪渔隐丛话》引《复斋漫录》张舜民评诗云:"梅圣俞之诗,如深山道人,草衣葛履,王公见之,不觉屈膝。"②陈伯仁《雪岩吟草西塍集·序》自述道:"伯仁学诗,出于随口应声,高下精确,狂无节制,有如败草翻风,枯荷闹雨,低昂疾徐,因势而出,虽欲强之而不可稿,以随日而抄,岂望广传于世?儿曹异日知伯仁得诗之顿其一休一戚,所寓若此,姑缀于草云。"③姚勉《梅涧吟稿序》云:"梅之在涧,其硕人之在涧乎?有诗人于此,踏雪于冻晓,立月于寂宵,无非天地间诗思!郊寒岛瘦,由浅溪横影得之;庾新鲍逸,由疏花冷蕊得之。"④许尹《黄陈诗注原序》曰:"陶渊明、韦苏州之诗,寂寞枯槁,如丛兰幽桂,可宜于山林,而不可置于朝廷之

---

① 　王顺娣:《宋代诗学平淡理论研究》,巴蜀书社 2009 年版,第 37—38 页。

② 　胡仔纂辑,廖德明点校:《苕溪渔隐丛话(后集)》卷三十三,人民文学出版社 1962 年版,第 257 页。本书关于胡仔《苕溪渔隐丛话》所引内容均来自这一版本,后不再注明。

③ 　吴文治:《宋诗话全编(8)》,凤凰出版社 1998 年版,第 8683 页。

④ 　姚勉:《雪坡集》卷三十七,转引自《文渊阁四库全书》,影印本。

上。"①赵汝谈为刘克庄跋云:"公暮年所为诗,比是益精,清实简远,与俗异畛,如宿叶尽脱,而煜然华著于根,使人熟睨不厌。"②如此等等,不一而足。所谓"草衣葛履""寂兰槁桂""疏花冷蕊""枯荷败草""宿叶尽脱",与唐代草木象喻中"出水芙蓉""百叶芙蓉""照水菡萏""满树碧桃""娟娟群松"的巧丽精美相比,宋人的草木象喻在外在物象上确乎有着很大的不同。

其二,从内在含义上看,宋人的草木象喻批评不断呈现出对其特殊的审美趣味和美学风尚——平淡美的追求。这种平淡美不是纯粹的平庸苍白,不是单纯的平实枯槁,而是经过了绚烂多彩而达到的纯熟的表现,是一种内蕴深厚的美。这一点学界颇有共识,如张毅《对理趣与老境美的追求——宋文化成熟时期文学思想的特征》中指出,"平淡是一种老境美"③,认为平淡是历尽沧桑、了洞生死的老境,是绚烂之极归于平淡的老境。韩经太《论宋人平淡诗观的特殊指向与内蕴》④认为江西诗派的"平淡"是空灵妙悟和质实涵养的矛盾统一,其《中国诗学的平淡美理想》一文也指出平淡美是感愤悲伤和风雅澄淡两种既相冲突又相融通的诗美形态的矛盾统一体。⑤ 所以宋人的草木象喻批评虽然多含枯槁、衰老等字眼,却绝非衰飒破败气象,而是枯槁中包含绮丽,衰败中自有力度,有着饱满的精神与气势。以上引宋人的草木象喻批评为例,我们看到,梅圣俞的诗有如在深山道人的粗野之下,潜有令王公在前都屈膝自惭的不凡气度;陈伯仁的诗仿佛在败草枯荷中尽情地翻风闹雨,力扫衰朽;孟郊、贾岛的诗如浅溪横影,庾信、鲍照似疏花冷蕊,各显梅之不同风韵;陶渊明、韦应物的诗虽似兰桂的寂寞

① 许尹:《黄陈诗注原序》,转引自祝尚书:《宋集序跋汇编(第 2 册)》,中华书局 2010 年版,第 729 页。

② 刘克庄:《后村诗话》卷四,转引自《文渊阁四库全书》,影印本。

③ 张毅:《对理趣与老境美的追求——宋文化成熟时期文学思想的特征》,《南开学报》1992 年第 5 期,第 49—55 页。

④ 韩经太:《论宋人平淡诗观的特殊指向与内蕴》,《学术月刊》1990 年第 7 期,第 52—59 页。

⑤ 韩经太:《中国诗学的平淡美理想》,《中国社会科学》1991 年第 3 期,第 173—192 页。

枯槁，却自有一股历久弥芳的幽香；刘克庄的诗则如宿叶尽脱，清实平易，但根实干茂，把玩不厌。总之，由宋人的草木象喻批评可以看出，他们追求的是一种含蕴丰厚的平淡之美，它虽只有"一点红"，却能悟出"无边春"①，因为它"自组丽中来，落其华芬"②，"华丽茂实已在其中"③。包恢《书徐致远无弦稿后》的草木象喻最为精切："诗有表里浅深，人直见其表而浅者，孰为能见其里而深者哉？犹之花焉，凡其华彩光焰，漏泄呈露，晔然尽发于表，而其里索然，绝无余蕴者，浅也。若其意味风韵，含蓄蕴藉，隐然潜寓于里，而其表淡然，若无外饰者，深也。然浅者歆羡常多，而深者玩嗜反少，何也？知花斯知诗矣。……夫以四时之花，其华彩光焰漏泄呈露者，名品固非一，若春兰夏莲，秋菊冬梅，则皆意味风韵、含蓄蕴藉而与众花异者。惟其似之，是以爱之。"④与桃李诸品的华彩光焰、漏泄呈露不同，兰莲梅菊展现的是一种淡然却含蕴无限的蕴藉美，诗歌亦应如此。

与此相应，宋人的文论批评中出现了两个新鲜、特别的草木象喻，一是橄榄。如欧阳修《水谷夜行寄子美圣俞》云："梅翁事清切，石齿漱寒濑。作诗三十年，视我犹后辈。文词愈清新，心意虽老大，譬如妖韶女，老自有余态。近诗尤古硬，咀嚼苦难嘬，初如食橄榄，真味久愈在。"⑤这将梅诗比作橄榄，对其诗的欣赏就好像食橄榄一样，初尝苦涩无比，咀嚼久了，却是"真

---

① 苏轼：《书鄢陵王主簿所画折枝二首》，转引自李壮鹰主编，李春青分册主编：《中华古文论释林·北宋卷》，北京大学出版社 2011 年版，第 363 页。本书关于苏轼所引内容均来自这一版本，后不再注明。

② 葛立方：《韵语阳秋》，转引自何文焕：《历代诗话（下）》，中华书局 1981 年版，第 483 页。

③ 吴可：《藏海诗话》，转引自丁福保：《历代诗话续编（上）》，中华书局 1983 年版，第 331 页。

④ 李壮鹰主编，刘方喜分册主编：《中华古文论释林·南宋金元卷》，北京大学出版社 2011 年版，第 110 页。本书关于包恢《书徐致远无弦稿后》所引内容均来自这一版本，后不再注明。

⑤ 李壮鹰主编，李春青分册主编：《中华古文论释林·北宋卷》，北京大学出版社 2011 年版，第 363 页。

味久愈在"，美味缠绕无边，具有无穷无尽的美感。王立之《王直方诗话》也重申了这一点："欧阳公谓梅圣俞诗，始读之则叹莫能及，后数日，乃渐有味，何止橄榄回味，久方觉永。"北宋琴家成玉磵在《琴论》中评琴调云："盖调子贵淡而有味，如食橄榄。"①可见橄榄之喻在当时文论中运用的普遍性。难怪缪钺《论宋诗》直以它比喻宋诗的总体风格："唐诗以韵胜，故浑雅，而贵酝籍空灵；宋诗以意胜，故精能，而贵深折透辟。唐诗之美在情辞，故丰腴；宋诗之美在气骨，故瘦劲。⋯⋯唐诗如啖荔枝，一颗入口，则甘芳盈颊；宋诗如食橄榄，初觉生涩，而回味隽永。"

二是茶。杨万里《颐庵诗稿序》中说：

> 夫诗何为者也？尚其词而已矣；曰：善诗者去词。然则尚其意而已矣；曰：善诗者去意。然则去词去意，则诗安在乎？曰：去词去意，而诗有在矣。然则诗果焉在？曰：尝食夫饴与荼乎？人孰不饴之嗜也；初而甘，卒而酸。至于荼也，人病其苦也；然苦未既，而不胜其甘。诗亦如是而已矣。昔者暴公谮苏公，苏公刺之；今求其诗，无刺之之词，亦不见刺之之意也，乃曰："二人从行，谁为此祸？"使暴公闻之，未尝指我也，然非我其谁哉？外不敢怒，而其中愧死矣！三百篇之后，此味绝矣；惟晚唐诸子差近之。

一般看来，诗歌就是由词和意组成的。杨万里却认为，好诗必须去词去意，诗歌才可谓真正的存在。他以"饴"和"荼"作喻，"饴"是麦芽糖浆，味极甜；"荼"有二义，一为苦菜，一为茅草上的白花。这里当是苦菜，味极苦。《尔雅·释草》曰："荼，苦菜。"《诗经·谷风》曰："谁谓荼苦。"这里的"荼"即苦菜。杨万里指出，麦芽糖浆初食之际甜蜜无比，尔后酸涩难忍，无法回味。而苦荼开端苦涩，俄顷一阵甘甜，越咀嚼越有味，诗歌就要像食荼一

---

① 成玉：《琴论》，转引自叶朗总主编陈望衡、成立、樊维纲分册主编：《中国历代美学文库·宋辽金卷(下)》，高等教育出版社 2003 年版，第 113 页。

样,使人在理解了词和意之后,能够领悟到词意之外的诗味,而且越品越有味,越读越有劲,"看似枯槁实腴,看似平淡实绮丽"①,这正体现了平淡美的特点。

其三,从欣赏方式上看,宋人的草木象喻批评隐含对宋人特有的鉴赏方式——涵泳的追求。何谓"涵泳",李春青《宋学与宋代文学观念》一书指出,"涵泳"一词,本义指鱼鳖之属深潜于水中活动,诗学意义上的"涵泳"即指鉴赏者欣赏诗歌作品时沉潜于其中仔细、长久玩味的行为活动。宋人于此,多有论述。例如朱熹《朱子语类·雍也篇二》:'乐'字只一般,但要人识得,这须是去做工夫,涵养得久,自然见得。"②邵雍《首尾吟》:"遗味正宜涵泳处,尧夫非是爱吟诗。"③真德秀《问兴立成》:"《三百篇》之诗,虽云难晓,今诸老先生发明其义,了然可知,如能反复涵泳,直可以感发其性情,则所谓兴于诗者,亦未尝不存也。"④张栻:"学者诗,读著似质,却有无限滋味,涵泳愈久,愈觉深长。"吕本中《吕氏童蒙训》:"诗皆思深远而有余意,言有尽而意无穷也。学者当以此等诗常自涵养,自然下笔不同。"⑤张子韶云:"文字有眼目处当涵泳之,使书味存于胸中,则益矣。"具体而言,"涵泳"包含三层意思:一是"平平地涵泳",强调主体心态的平和从容;二是"反复涵泳",突出鉴赏时间的长久和次数的繁多;三是"读著似质,却有无限滋味",要求在对这类"似质"的平淡作品反复品味玩索之后,能够从中生发出无限深远的滋味来。宋人草木象喻批评中追求的涵泳也包含这三方面的内容。如黄庭坚《书陶渊明诗后寄王吉老》在谈到对陶诗的欣赏时说:"血气方刚时,读此诗如嚼枯木。及绵历世事,如决定无所用智,每观此篇,如渴饮水,如

---

① 张少康:《中国文学理论批评史(下)》,北京大学出版社 2005 年版,第 66 页。

② 黎靖德编,王星贤点校:《朱子语类(第 3 册)》,中华书局 1986 年版,第 795 页。

③ 邵雍:《击壤集》卷二十,转引自《文渊阁四库全书》,影印本。

④ 叶朗总主编,陈望衡、成立、樊维纲分册主编:《中国历代美学文库·宋辽金卷(下)》,高等教育出版社 2003 年版,第 484 页。

⑤ 吕本中:《吕氏童蒙训》,转引自李壮鹰主编,李春青分册主编:《中华古文论释林·北宋卷》,北京大学出版社 2011 年版,第 427 页。

欲寐得啜茗,如饥啖汤饼,令人亦有能同味者乎？但恐嚼不破耳。"①"无所用智"的枯木心态,即满含智性却又消解智性,洞察世相而又波澜不惊,正是一种通达超脱的心态,只有这种心态才能真正体悟到陶诗的平淡美。一旦体悟到,则如渴饮水,欲寐啜茗,饥啖汤饼,意味十足。前引宋人较多引用的橄榄、茶之喻,也明显体现出对"涵泳"鉴赏方式的追求。宋人辅广《诗童子问》还提出了较有意思的"下禾种子"之草木象喻:

> 因问学者,每日诵诗,每篇读得几遍？答曰:"也不曾记,只是觉得熟便止。"先生曰:"便是不得这个。须是熟读,文义都晓得了,却涵泳读取百来遍,方得意思,方自见怪。见公等每日说得来干燥,元来不曾熟读,不曾见得那好处。读到精熟处,意思自说不得。如人下禾种子,既下得种子,须是讨水来灌养它,讨粪培拥它,与它锄耘方好,正是下工夫养它处。今只下得个种子了便休,都无耘治培养底工夫,所以意思都不生。如人相见才了便散去,都不曾交一谈,如此何益？与自家都不相入,都恁地干燥。这个贪多不得,读得这一篇,恨不得常熟读此篇,如无那第二篇方好。而今只是贪多,读第一篇了,又要读第二篇;读第二篇了,又要读第三篇。恁地不成读书便是大不敬,读书须是除了那走作底心。"②

读诗诵诗好比下禾种子,不是说种下种子即万事大吉,而是下得种子之后,应要讨水灌养、讨粪培拥,还要细心锄耘,反复料理,如此种子才能健康茁壮地发展,诵诗者也才能真正体味到诗歌"意思"之所在。作者还认为,现在很多人这一篇还未读出意思,就读第二篇,又还要读第三篇,贪多嚼不烂,说到底都是"那走作底心"作祟,心里不虚静平和所导致的。

---

① 黄庭坚:《山谷集》别集卷三,转引自《文渊阁四库全书》,影印本。

② 辅广:《诗童子问》卷首,转引自潘殊闲《宋代文学批评的象喻特色研究》,中国社会科学出版社 2014 年版,第 85 页。

# 第六节　明代：走向个性与精致

　　说到底，文学发展要以社会发展为前提和基础，一个时代的文学及其理论的发展与社会经济的发展状况是息息相关的。明初时期，统治者秉行休养生息政策，减轻百姓负担，生产逐渐恢复，同时也加强中央集权，大力提倡程朱理学，主张"宗经载道"，这一时期的草木象喻批评也呈现出浓厚的复古色彩，以开国文臣宋濂论述最详细、最有力，其《文说赠王生黼》曰："斯文也，果谁之文也？圣贤之文也……故文犹水与木然，导川者不忧流之不延，而恐其源之不深；植木者不忧枝之不蕃，而虑其本之弗培。培其本，深其源，其延且蕃也孰御？……不培其本而抽其枝，弗至于槁且涸，不止也。"①这里以草木的根本与枝叶为喻，论述创作主体道德修养与文章的深厚关系，延续了儒家的草木象喻传统，而他所说的圣贤之文不止于六经，还包括孟子、韩愈等人，其《文原》曰："虽然，六籍者本与根也，迁、固者枝与叶也。此固近代唐子西之论，而予之所见，则有异于是也。六籍之外，当以孟子为宗，韩子次之，欧阳子又次之，此则国之通衢，无榛荆之塞，无蛇虎之祸，可以直趋圣贤之大道。"②方孝孺《谈诗（其三）》："发挥道德乃成文，枝叶何曾离本根。"③又高棅《唐诗品汇》："汉魏骨气虽雄，而菁华不足。晋祖玄虚，宋尚条畅。齐梁以下，但务春华，殊欠秋实。唯李唐作者，可谓大成。"④王偁《唐诗品汇序》："诗自三百篇以降，汉魏质过于文，六朝华浮于实，得二者之中，备风人之体，惟唐诗为然。"这都与当时文坛上强烈的宗唐复古色彩契合。

---

　　①　叶朗总主编，皮朝纲分册主编：《中国历代美学文库·明代卷（上）》，高等教育出版社 2003 年版，第 7—8 页。

　　②　同上，第 3 页。

　　③　同上，第 35 页。

　　④　同上，第 30—31 页。

随着明代社会经济的发展,明代的手工业和城市经济迅速发展起来,随之出现了一个新兴的社会阶层——市民阶层,这给整个明代的社会生活、哲学思想、文学艺术、审美风尚都带来了新的气象,一些适应新生活内容的俗文学样式如戏曲、小说等如雨后春笋般地兴起,体现了个性解放的先声。尤其是自嘉靖、万历到明代末年,资本主义萌芽的迅速发展,使得文人的个人价值和审美个性得到更为有力的凸显,并使其深深地植根于人们的深层意识中。一方面,文学艺术走向市民化、世俗化。新兴的市民阶层崛起,加之李贽、袁宏道等人对个体精神的张扬,带来了文学艺术的世俗化,创作题材上转向描绘世俗的人情物理,抒发世俗生活中个人的包括物欲、情欲在内的情感欲望,突显人的主体意识,如《金瓶梅》。另一方面,日常生活艺术化。明初的日常生活及其生活用品,都不再仅仅满足于简单实用的日常作用,而是既要舒适可用,又要优美可赏,强调其给人以精神上的审美享受。综观有明一代,有名垂千古的明式家具、富有意境的私家园林、雄伟壮丽的皇家苑囿、精致多姿的陶瓷艺术、精益求精的日常饮食、明丽多彩的衣着服饰,其日常生活愈来愈呈现出追求生活的精致与享乐的倾向。比如一个寻常的插花,在明人看来,也是不可等闲视之的:

> 堂供须高瓶大枝,方快人意。若山斋充玩,瓶宜短小,花宜瘦巧。最忌繁杂如缚,又忌花瘦于瓶。须各具意态,得画家写生折枝之妙,方有天趣。瓶忌有环,忌成对,忌小口、瓮肚、瘦足。药缸忌用葫芦,瓶忌妆彩雕花,架忌香烟灯煤熏触,忌油手拈弄,忌猫鼠伤残。忌井水贮瓶,味咸不宜于花。夜则须见天日,忌以插花之水入口,惟梅花秋海棠二种,其毒尤甚,须防之。①

从瓶之形状、妆彩、贮水到花形,都讲究至极,可见明人的精致细密、彰

---

① 叶朗总主编,皮朝纲分册主编:《中国历代美学文库·明代卷(中)》,高等教育出版社 2003 年版,第 481 页。

显个性，这与宋人的内敛、平淡极其不同。

整体上看，在明人的象喻批评中也可见这种变化，如苏伯衡《王生子文字序》的水之象喻批评："天下之至文，孰有加于水乎？水行地中，海为钜，江次之。江出岷山，历瞿唐，过滟滪，下三峡，合汉沔，并沅、湘，吞彭蠡，以趋于海，而轧之排之，鼓之梗之，逆之迫之，受之触之，沮之激之；而为湍为滩，为波为濑，为旋为沦，为漪为涟，为涛为澜；而或蹙或舒，或乱或萦，或徐或疾，或衡或纵，或仰或昂，或大或细；而如云如雾，如縠如带，如轮如洄，如沫如鳞，如焰如帘；而天下之文悉备矣，然何莫非自然也哉。惟其自然，此天下之至文必归诸水也。"[1]水或被轧被排，被沮被激，受到的力不同，呈现出来的样状万千，或为湍为滩，为旋为沦，作者穷尽其力地描绘，尽力说明诗文并非单一、静止的外物本身，而是外物在多种条件的作用下所呈现出的一种特定且自然的情态。类似的观点，明人的草木象喻批评也有，如李梦阳《梅月先生诗序》中说：

> 情者动乎遇者也。幽岩寂滨，深野旷林，百卉既痱，乃有缟焉之英，媚枯缀疏，横斜嵚崎清浅之区，则何遇之不动矣。是故雪益之色，动色则雪；风阐之香，动香则风；日助之颜，动颜则日；云增之韵，动韵则云；月与之神，动神则月；故遇者物也，动者情也。情动则会，心会则契，神契则音，所谓随遇而发者也。"梅月"者，遇乎月者也。遇乎月，则见之目怡，聆之耳悦，嗅之鼻安。口之为吟，手之为诗。诗不言月，月为之色；诗不言梅，梅为之馨。何也？契者，会乎心者也。会由乎动，动由乎遇，然未有不情者也，故曰：情者动乎遇者也。[2]

① 叶朗总主编，皮朝纲分册主编：《中国历代美学文库·明代卷（中）》，高等教育出版社 2003 年版，第 22 页。

② 李壮鹰：《中国古代文论读本》，高等教育出版社 2008 年版，第 301 页。

李梦阳以梅花为例,指出诗情的产生"并非是单纯的梅花,而是梅花在雪、月、风、云等其他因素的干预、影响下所呈现出来的由色、香、颜、韵所组成的立体意象","再从主体上说,他当时所怀的特定心态,适与眼前的立体意象相遇合、相共鸣、相冥契"①,从而才会外化为语言,形成诗文。巧合的是,明人以梅花象喻书法时也有此类看法,如项穆《书法雅言》:"夫梅花有盛开,有半开,有未开,故尔参差不等。若开放已足,岂复有大小混杂者乎?且花之向上、倒下、朝东、面西,犹书有仰伏、俯压、左顾、右盼也。如其一枝过大,一枝过小,多而六瓣,少而四瓣,又焉得谓之梅花耶? 形之相列也,不杂不糅;瓣之五出也,不少不多。由梅观之,可以知书矣。"②书法正如梅花在不同条件下产生的不同情状。要之,个性特征、观物模式等的不同也带来了宋、明草木象喻批评的不同。同样是梅花,宋人平淡、内敛之性格,使得他们眼中的梅花是"淡然若无外饰的",而明人看到的却是不同条件下呈现出来的情致万千、样态各异的动人图景。谢榛《四溟诗话》曾记载好友杜约夫对他的称赏:"子能发情景之蕴,以至极致,沧浪辈未尝道也。"王廷相《与郭价夫学士论诗书》也提倡"缘情以灼""标显色相"③,可见,明人总喜欢从客体外物的不同层面及其在不同条件下的各种变化穷形尽相地做出描绘,希望能达到事物的极致状态,从而给人无尽的回味。

故此,明人的草木象喻批评的最大特征就是更为精致、细密,更具审美性。如顾起纶《国雅品》称高子业诗"若磊磊乔松,凌风迥秀,响振虚谷";王稚登《国朝吴郡丹青志》赞文徵明次子文嘉"竹树扶疏"④,侄子文伯仁"岩峦郁茂";谢榛《诵孙中丞山甫全集赋得长歌寄赠》嘉黔南词人"丽如丛桃蒸晓

---

① 李壮鹰:《中国古代文论读本》,高等教育出版社 2008 年版,第 301 页。
② 叶朗总主编,皮朝纲分册主编:《中国历代美学文库·明代卷(中)》,高等教育出版社 2003 年版,第 308 页。
③ 同上,第 166 页。
④ 同上,第 86 页。

霞,清如片月蘸秋水"①,其《诗家直说》评初唐盛唐诸作"秀拔如孤峰峭壁"
"明净如乱山积雪""芳润如露蕙春兰"。尤为精致的是朱权《太和正音谱·
古今群英乐府格势》中的草木象喻:"王实甫之词,如花间美人。""白无咎之
词,如太华孤峰。孑然独立,岿然挺出,若孤峰之插晴昊,使人莫不仰视
也。""邓玉宾之词,如幽谷芳兰。""范子安之词,如竹里鸣泉。徐甜斋之词,
如桂林秋月。""马九皋之词,如松阴鸣鹤。石子章之词,如蓬莱瑶草。盍西
村之词,如清风爽籁。朱庭玉之词,如百卉争芳。庚吉甫之词,如奇峰散
绮。杨立斋之词,如风烟花柳。杨西庵之词,如花柳芳妍。""元遗山之词,
如穷崖孤松。高文秀之词,如金瓶牡丹。""薛昂夫之词,如雪窗翠竹。顾均
泽之词,如雪中乔木。""不忽麻之词,如闲云出岫。""李文蔚之词,如雪压苍
松。""吴昌龄之词,如庭草交翠。武汉臣之词,如远山叠翠。""马昂夫之词,
如秋兰独茂。梁进之之词,如花里啼莺。纪君祥之词,如雪里梅花。于伯
渊之词,如翠柳黄鹂。""吴仁卿之词,如山间明月。秦简夫之词,如峭壁孤
松。石君宝之词,如罗浮梅雪。赵公辅之词,如空山清啸。""岳伯川之词,
如云林樵响。赵子祥之词,如马嘶芳草。李好古之词,如孤松挂月。陈存
甫之语,如湘江雪竹。""戴善甫之词,如荷花映水。""赵天锡之词,如秋水芙
蕖。尚仲贤之词,如山花献笑。"②以上,几乎都以四字构句,草木象喻铺天
盖地,一草一木在不同的时空条件下尽显各自风姿,以喻文人诗词种种不
同的微妙感受,空灵、通脱、蕴藉、含蓄,让人有种无以复加的感觉,也给人
强烈的审美情感。

　　明代中叶以后,资本主义萌芽的出现和市民阶层的兴起,促使明朝时
人们对个性解放极度高扬,也使得其草木象喻带有浓厚的个性色彩,体现
出对自由、开放、个性、自然的文学观念的追求,这也是明人草木象喻批评

---

　　①　李壮鹰主编,黄卓越分册主编:《中华古文论释林·明代下卷》,北京大学出版
社 2011 年版,第 77 页。
　　②　叶朗总主编,皮朝纲分册主编:《中国历代美学文库·明代卷(上)》,高等教育
出版社 2003 年版,第 47—48 页。

的第二大特征。如徐祯卿《与同年诸翰林论文书》:"譬之草木,地之所植,雨露所濡,坚劲为松柏、椴楠、豫章,艳为桃李,芬馥为兰蕙。自《典》《谟》《风》《雅》,以逮我朝李献吉是也。其山茨、野芳、蔓草,则耕、牧、渔、樵、负贩、委巷、妇孺之猝然出口,贾竖之家书寒暄,语语实际。若夫剪缀缯采成花,为牡丹,为芍药,固不若蔓草之出化工,则今之诗,若文是也。"①以剪彩之牡丹、芍药不及自然生长之蔓草为喻,极言人巧不敌化工。归有光《与沈敬甫》则以此批评其时重华彩雕饰的文学观:"近来颇好剪纸染采之花,遂不知复有树上天生花也。偶见俗子论文,故及之。"②袁宏道《行素园存稿引》亦有类似的草木之喻:"物之传者必以质,文之不传,非曰不工,质不至也。树之不实,非无花叶也;人之不泽,非无肤发也,文章亦尔……古之为文者,刊华而求质,敞精神而学之,唯恐真之不极也……夫质犹面也,以为不华而饰之朱粉,妍者必减,媸者必增也。"③"质"即质朴,袁宏道认为质朴之于文章,就像果实之于大树一样,才能成其器,而非徒有花朵枝叶,以此提倡自然、个性,反对巧饰、拟伪,所以他所主张的趣"如山上之色""得之自然者深"④。袁宏道还以草木象喻建构"一代有一代之文学"的通达、进步的文学观念:"文之不能不古而今也,时使之也。妍媸之质,不逐目而逐时。是故草木之无情也,而鞓红鹤翎,不能不改观于左紫溪绯。唯识时之士为能隤其隤而通其所必变。夫古有古之时,今有今之时,袭古人语言之迹而冒以为古,是处严冬而袭夏之葛者也。"⑤鞓红、鹤翎、左紫、溪绯皆牡丹品种名,其中后两者是牡丹之变种。据欧阳修《洛阳牡丹记》:"潜溪绯者,千叶

---

① 叶朗总主编,皮朝纲分册主编:《中国历代美学文库·明代卷(上)》,高等教育出版社 2003 年版,第 182 页。

② 同上,第 355 页

③ 叶朗总主编,皮朝纲分册主编:《中国历代美学文库·明代卷(中)》,高等教育出版社 2003 年版,第 467 页。

④ 同上,第 469 页。

⑤ 同上,第 473 页。

绯花,出于潜溪寺。""左紫,千叶紫花也……生于豪民左氏家。"①时代变异,牡丹品种也会随着发生变化,这是自然之势,文学亦应随着时代的变化而变化。

明代草木象喻批评的第三个重要特征是大量草木意象呈现出一种奇峭幽深的倾向,这也是由明人追求个性解放所引发的。如谢榛《四溟诗话》评李贺、孟郊:"险怪如夜壑风生,暝岩月堕,时时山精鬼火出焉;苦涩如枯林朔吹,阴崖冻雪,见者靡不惨然。"又王世贞《艺苑卮言》对文人的品评,"刘子高如雨中素馨,虽复嫣然,不作寒梅才树风骨。杨孟载如西湖柳枝,绰约近人,情至之语,风雅扫地","蔡九逵如灌莽中蔷薇,汀际小鸟,时复娟然,一览而已","熊士选如寒蝉乍鸣,疏林早秋,非不清楚,恨乏他致","顾华玉如春原尽花,菶藶不少","高子业如高山鼓琴,沉思忽往,木叶尽脱,石气自青",薛君采"如倩女临池,疏花独笑",陈约之"如过雨残荷,虽尔衰落,嫣然有态",又如"小径落花,衰悴之中,微有委艳"。②上述草木意象大多幽深孤独、冷僻清静,极见明人的覃思苦心。不惟诗文,明人在其他艺术门类中的草木之喻亦是如此,如李开先《画品》讲绘画:"枯。笔如瘠竹槁禾,余烬败秫。""弱。笔无骨力,单薄脆软,如柳条竹笋,水荇秋蓬。"③顾起纶《国雅品》论书法:"其古体如寒流出谷,婉若调轸,音随意适,近体如夕禽触林,矫于避缯,象逐思驰。"杨抡《太古遗音》谈琴声:"琴声幽,琴声幽,十里芦花鸿雁洲。蟋蟀聒开黄菊绽,鹧鸪啼破白苹秋。""琴声娇,琴声娇,玉人回梦愁无聊。弄竹扣窗风飒飒,催花滴砌雨潇潇。"④此等意象很有竟陵派"幽情

①　叶朗总主编,皮朝纲分册主编:《中国历代美学文库·明代卷(中)》,高等教育出版社 2003 年版,第 474 页。

②　叶朗总主编,皮朝纲分册主编:《中国历代美学文库·明代卷(上)》,高等教育出版社 2003 年版,第 483—486 页。本书关于王世贞《艺苑卮言》所引内容均来自这一版本,后不再注明。

③　同上,第 326—327 页。

④　叶朗总主编,皮朝纲分册主编:《中国历代美学文库·明代卷(中)》,高等教育出版社 2003 年版,第 111 页。

单绪、孤行静寂"的风味。

# 第七节　清代：全面总结和理性思考

作为封建王朝的最后一个朝代，清代文论进入了一个回顾、总结与展望的时期。郭绍虞《中国文学批评史》评价这一时期的突出特点时说："清代学术有一特殊的现象……周秦以子称，楚人以骚称，汉人以赋称，魏晋六朝以骈文称，唐人以诗称，宋人以词称，元人以曲称，明人以小说戏曲称，至于清代的文学则于上述各种中间，没有一种比较特殊的足以称为清代的文学，却也没有一种不成为清代的文学。盖由清代文学而言，也是包罗万象而兼有以前各代的特点的。"①张少康从社会经济、政治发展与思想文化演变的角度指出这一时期文论呈现总结特征的根本原因："明清之交，中国封建社会发展已经进入后期，商品经济的发展和城市的繁荣，已经孕育着资本主义因素的萌芽，封建皇权受到了有民主主义和启蒙色彩的反皇权思想的冲击，思想文化领域也激荡着一股反传统的、具有个性解放色彩的新思潮，从李贽、袁宏道到黄宗羲、戴震，都可以鲜明地看出由思想文化到政治观念上的这种新变化。因此，摆在人们面前的是一个很尖锐的问题：中国究竟应该往什么方向发展？在探讨这个问题时，很自然地要从总结历史经验入手。所以从明末清初开始，尽管康熙、乾隆时期政治、经济都达到了一个繁荣发展的新高潮，但是在思想文化领域中这种总结历史经验教训，探讨未来发展方向的工作却从未停止过。所以，在文学理论批评上也表现出了这种特点。"②诚然，从艺术门类看，清人的书、画、诗、词、文、曲、小说一一俱全，且数量不菲。以诗歌来说，清人拥有的诗歌数量动辄上万首，如康

---

① 　郭绍虞：《中国文学批评史》（第 2 版），百花文艺出版社 2008 年版，第 11 页。

② 　张少康：《中国文学理论批评史（下）》（第 2 版），北京大学出版社 2005 年版，第223 页。

熙、乾隆甚至一些毫不知名的诗人,诗歌的数量动辄上万首,而唐代诗人中数量最多被誉为"诗人之冠"的白居易还不足三千首。从文学理论上来看,诗论的主体样式——诗话不仅卷帙浩繁,而且体制相当完备,如劳孝舆《春秋诗话》、费锡璜《汉诗说》、王葆《全唐诗话》、郑方坤《五代诗话》、孙涛《全宋诗话》、周春《辽诗话》、查羲《元人诗说》、程作舟《皇明诗话》、杨际昌《国朝诗话》,自先秦至国朝(清朝),构建了一段完整的诗话历史。又如厉鹗《宋诗纪事》、陈衍《辽诗纪事》《金诗纪事》《元诗经事》、陈田《明诗纪事》,等等,同样也较为完整,充分展现出总结性的集大成特点。

以这一时期的草木象喻批评来论,首先,其集大成的特点体现在草木隐喻阐释的理论问题具有普遍性。清人在对诗文、小说、戏曲、绘画、书法等各类艺术门类的理论批评中可见大量的草木象喻批评,笔者随意摘取,历历可见。如魏际瑞《伯子论文》:"文章大意大势,正如雾中之山,虽未分明,而偏全正侧,胚胎已具。作者保此意势,经营出之,便与初情相肖。若另结构,未免刓员方竹也。"①这是以雾中之山论文意文势。毛先舒《论词》:"然作者初非措意,直如化工生物,笋未出而苞节已具,非寸寸为之也。若先措意,俾刻画愈深,堕恶境矣。此等一经拈出后,便当扫去。"②这是以竹笋之浑成生长喻词意之化工。毛宗岗《读三国志法》:"《三国》一书,有同树异枝、同叶异花、同花异果之妙。作文者以善避为能,又以善犯为能。不犯之而求避之,无所见其避也;惟犯之而后避之,乃见其能避也。"③这是以花果之异同论小说犯避之妙。邹一桂《小山画谱》:"布置得法,多不厌满,少不嫌稀,大势既定,一花一叶,亦有章法。圆朵非无缺处,密叶必间疏枝;无风翻叶不须多,向日背花宜在后;相向不宜面凑,转枝切忌蛇形;石畔栽花,

①　叶朗总主编,杨扬分册主编:《中国历代美学文库·清代卷(中)》,高等教育出版社 2003 年版,第 3 页。

②　同上,第 11 页。

③　同上,第 103 页。

宜空一面;花间集鸟,必在空枝。纵有化裁,不离规矩。"①这是以花叶之布局喻绘画之章法。等等,不一而足。这一时期的文学理论还出现了很多司空图《二十四诗品》的模作,文体范畴却又不限于诗歌,而是普及到词、文、赋等,如顾翰《补诗品》、曾纪泽《演司空表圣诗品二十四首》、马荣祖《文颂》、许奉恩《文品》、魏谦升《二十四赋品》、郭麘《词品》、杨夔生《续词品》、袁枚《续诗品》、江顺诒《补词品》,它们都蕴有大量的草木象喻批评,体现出草木象喻批评在这一时期的全面繁荣。

其次,集大成特点还体现在草木隐喻阐释的理论问题具有系统性。如关于文艺创作规律,郑板桥借鉴苏轼《文与可画筼筜谷偃竹记》中文与可画竹的经验总结出,文艺创作应遵循眼中之竹、胸中之竹和手中之竹三个阶段,这其实就是我们通常所说的文学创作过程的发生阶段、构思阶段和物化阶段。又如在学习路径上,文论家借草木象喻主张一种较为通达、全面的做法。吴伟业《与宋尚木论诗书》说:"夫诗之尊李、杜,文之尚韩、欧,此犹山之有泰、华……无不仰止而取益焉,所不待言者也。使泰山之农人得拳石而宝之,笑终南、太乙为培塿……则庸人皆得而揶揄之矣。"②既强调大家的地位,肯定要向大家学习的态度,同时又指出若满足于对大家一词一句的摹拟、窃取,则无异于"寻条失枝者也"③。袁枚《与稚存论诗书》也表达了类似的看法:"文学韩,诗学杜,犹之游山者必登岱……然使游山观水之人,终身抱一岱一海以自足,而不复知有匡庐、武夷之奇……则亦不过泰山上一樵夫。"④在风格层面上,姚鼐以草木象喻概括两种风格类型:一种是如崇山峻崖,如决大川的阳刚美;另一种则是如清风云霞、幽林曲涧的阴柔

① 叶朗总主编,杨扬分册主编:《中国历代美学文库·清代卷(中)》,高等教育出版社2003年版,第335页。

② 李壮鹰主编,党圣元分册主编:《中华古文论释林·清代上卷》,北京大学出版社2011年版,第83页。

③ 同上,第16页。

④ 李壮鹰主编,党圣元分册主编:《中华古文论释林·清代下卷》,北京大学出版社2011年版,第217页。

美,给人无限的遐想与回味。

最为典型的是叶燮《原诗》利用草木象喻对诗歌发展史的整体建构:"譬诸地之生木然:《三百篇》,则其根;苏李诗,则其萌芽由蘖;建安诗,则生长至于拱把;六朝诗,则有枝叶;唐诗,则枝叶垂荫;宋诗,则能开花,而木之能事方毕。自宋以后之诗,不过花开而谢,花谢而复开。其节次虽层层积累,变换而出;而必不能不从根柢而生者也。故无根,则由蘖何由生? 无由蘖,则拱把何由长? 不由拱把,则何自而有枝叶垂荫、而花开花谢乎? 若曰:审如是,则有其根斯足矣;凡根之所发,不必问也。且有由蘖及拱把,成其为木,斯足矣,其枝叶与花,不必问也。则根特蟠于地而具其体耳,由蘖萌芽仅见其形质耳,拱把仅生长而上达耳;而枝叶垂荫,花开花谢,可遂以已乎? 故止知有根芽者,不知木之全用者也;止知有枝叶与花者,不知木之大本者也。由是言之:诗自《三百篇》以至于今,此中终始相承相成之故,乃豁然明矣。岂可以臆划而妄断者哉!"以树为喻,把《诗经》比作根,不同时期的文学都是在《诗经》基础上生长的不同阶段和状态。在叶燮看来,至宋时,"木之能事已毕",文学的发展周期已近完成,文学的发展规律、基本原则已走向成熟,此后,就是花复开复谢,大概是指各种文体的兴衰更替。

值得注意的是,清代的草木象喻批评虽然具有浓厚的回顾与总结的特点,但并不意味着完全地复古、泥古,没有自己的创见与新变。以叶燮的以树建构诗歌发展历史的象喻批评为例,他以《诗经》为根、以各时期各类文学皆由《诗经》所生发而出的文论观念,最早可溯源于刘勰《文心雕龙》,"唯文章之用,实经典之条","论、说、辞、序,则《易》统其首;诏、策、章、奏,则《书》发其源;赋、颂、歌、赞,则《诗》立其本;铭、诔、箴、祝,则《礼》总其端;纪、传、铭、檄,则《春秋》为根"。这里将各类文体与经典之间的关系,高屋建瓴地比作枝条与树根关系,建立起浓厚的征圣宗经思想。刘勰这种观点在后世得到极大的回应与反响。巧合的是,也有人以草木隐喻来谈论,如裴子野《雕虫论》曰:"古者四始六艺,总而为诗,既形四方之风,且彰君子之志,劝美惩恶,王化本焉。后之作者,思存枝叶,繁华蕴藻,用以自通。若悱恻芳芬,楚骚为之祖,靡漫容与,相如扣其音。由是随声逐影之俦,弃指归而无执。赋诗歌颂,百帙五车,蔡邕等之俳优,扬雄悔为童子。圣人不作,雅郑谁分。其五言为家,则苏、李自出,曹、刘伟其风力,潘、陆固其枝叶。爰及江左,称彼颜、谢,箋绣鞶帨,无取庙堂。宋初迄于元嘉,多为经史,大明之代,实好斯文。高才逸韵,颇谢前哲,波流相尚,滋有笃焉。"①又如刘孝绰《昭明太子集序》:"况复迄纳侍讲,讨论经纪,去圣滋远,愈生穿凿,枝分叶散,殊路俱驰。"②以上均以草木为喻,提倡要规摹圣人经典,否则即"枝分叶散",不成体统,几乎完全追随刘勰的征圣宗经思想。

而清人叶燮的草木隐喻对《诗经》为诗学之根的思想的强调,在形式上确实有对刘勰观念继承的一面,但并非一味地亦步亦趋,而是涵融了自己积极的思考与创见,主要体现在两方面:其一,他注意到根芽与枝叶的辩证关系,提出"大本"说。以往文论家一般将根芽与枝叶视为对立,割裂看待,故而大多只注意并强调根芽的本体地位。叶燮则注意到二者之间的内在统一关系:"故止知有根芽者,不知木之全用者也;止知有枝叶与花者,不知木之大本者也。"所以,他所说的"大本"是指以根芽与枝叶互为前提、相互生发的统一为前提,在此基础上,以根芽为本,而非割裂地、隔绝地、片面地强调根芽的本体地位。无独有偶,戴震《与方希原书》也提出了"大本"说,示与一般根本说的区别:"夫以艺为末,以道为本,诸君子不愿据其末,毕力以求据其本,本既得矣,然后曰:是道也,非艺也。循本末之说,有一末,必有一本。譬诸草木,彼其所见之本,与其末同一株,而根枝殊尔。根固者枝茂。世人事其枝,得朝露而荣,失朝露而瘁,其为荣不久。诸君子事其根,朝露不足以荣瘁之,彼又有所得而荣、所失而瘁者矣。……诸君子之为道也,譬犹仰观泰山,知群山之卑;临视北海,知众流之小。今有人履泰山之巅,跨北海之涯,所见不又悬殊乎哉?足下好道,而肆力古文,必将求其本。

① 李壮鹰主编,陈玉强、林英德分册主编:《中华古文论释林·魏晋南北朝卷》,北京大学出版社 2011 年版,第 389 页。

② 叶朗总主编,谌兆麟、汪裕雄、李中华分册主编:《中国历代美学文库·魏晋南北朝卷(下)》,高等教育出版社 2003 年版,第 341 页。

求其本,更有所谓大本。大本既得矣,然后曰:是道也,非艺也。"①不以道为本,所著之文艺当然不行,但片面地追求所谓的"道",不顾文艺,也不是真正的"道",所以必须首先建立起本与末的内在统一关系,在此基础上,以道为本,以艺为末,这才是"大本"。显然,与前人相比,清朝的人的大本说显得更加客观、辩证。又如叶燮对"美"的论述,不同于大多数人把美的相对性、条件性同美的客观性绝对对立起来的做法,他既看到美的客观性,又认识到美的相对性与条件性,以辩证的观点对待美:"人皆美生而恶死,美香而恶臭,美富贵而恶贫贱。然逄、比之尽忠,死何尝而不美?江总之白首,生何尝不恶?幽兰得粪而肥,臭以成美;海木生香则萎,香反为恶。富贵有时而可恶,贫贱有时而见美,尤易以明。"所谓"幽兰得粪而肥,臭以成美;海木生香则萎,香反为恶",正是以草木为喻,说明美丑的相对性,美与丑在一定条件下可以互相转化,具有辩证性的特点。

其二,叶燮并未拘泥于儒家伦理道德的教化思想,而是建立起客观的审美客体论。其《原诗》曰:"譬之一木一草,其能发生者,理也;其既发生,则事也;既发生之后,夭乔滋植,情状万千,咸有自得之趣,则情也。"这里的"理"是指事物的本质、内在规律,"事"指事物循其"理"而发生发展的过程,"情"则指事物所呈现的情状,总之,文艺所反映的创作客体是理、事、情三者的统一,是形象蕴藉的,是活泼泼的,正如各个历史时期在遵循文学规律发展的基础上所呈现出的不同样态:或为芽,或为枝,或为干,或为叶,或为花,都是由文学之理所生发出来的,新鲜活泼、形象生动的情状,完全不局限于狭隘的伦理道德意义。戴震《与方希原书》也以草木为喻,提出类似的观点:"圣人之道,在六经。汉儒得其制数,失其义理;宋儒得其义理,失其制数。譬有人焉,履泰山之巅,可以言山;有人焉,跨北海之涯,可以言水。二人者不相谋,天地间之巨观,目不全收,其可哉?抑言山也、言水也,时或不尽山之奥、水之奇。奥、奇,山水所有也,不尽之,阙物情也。"创作客体不

① 李壮鹰主编,党圣元分册主编:《中华古文论释林·清代下卷》,北京大学出版社 2011 年版,第 227 页。

仅应有义理,还应有物情,这才是真正的审美客体。

　　总之,虽然位于最后王朝的时运使然,清人的草木象喻批评带有集大成的特点,但他们并没有一味地复古、泥古,而是从中国文学发展的规律出发,积极思考,故其总结亦呈现出客观、辩证、较有深度的特质。

　　综上所述,草木喻文现象滥觞于文论的萌芽时期,《诗经·园有桃》和荀子有关草木象喻的论述已具有明显的文论意义。两汉时期文论家从自己的思想观念层面出发进一步运用草木喻文,以扬雄和王充为代表;魏晋南北朝时期草木喻文现象臻于成熟,不仅体现在文论家善于运用草木象喻品人味诗,还借草木之理系统地论文;唐、宋、明时期的草木喻文深化发展,且各具特色;清代文论家则有意识地以草木象喻对传统诗学及其历史进行总结及思考,使得这一时期的草木喻文带有融通性、系统性等集大成的特点。

# 第四章　草木象喻批评的美学内涵

　　第三章我们对草木象喻批评的发展演变及其特点做了历时观照和整体考察。可以看出，在古代文论的历史长河中，草木象喻批评被运用得极其普遍，草木与文之间早已建立起弥足深切的联系。

　　刘勰《文心雕龙》说："文之为德也大矣，与天地并生者何哉？夫玄黄色杂，方圆体分，日月叠璧，以垂丽天之象；山川焕绮，以铺理地之形：此盖道之文也……心生而言立，言立而文明，自然之道也。傍及万品，动植皆文。"上述论断已包含草木之文与文学之文同源合一的观念，后人多作如是观。如明代宋濂《华川书舍记》云："呜乎！文岂易言哉！日月照耀，风霆流行，云霞卷舒，变化不常者，天之文也。山岳列峙，江河流布，草木发越，神妙莫测者，地之文也。群圣人与天地参，以天地之文发为人文。"草木与文之间的深厚联系使得草木象喻批评所生发的美学内涵愈加深厚，陈廷焯《白雨斋词话》（卷六）曰："托喻不深，树义不厚，不足以言兴，深矣厚矣，而喻可专指，义可强附。"[①]这是说象喻不仅要有深厚的寄托，还要有广泛的意义，古代文论中的草木象喻批评正是如此。以下我们从草木与文内在关系的四个方面对草木象喻批评的美学内涵进行概括。

---

　　① 申骏：《中国历代诗话词话选粹（下）》，光明日报出版社 1999 年版，第 522 页。

# 第一节　形式要素:草木之文与文学之文

"文",最初的写法类似于"爻"字,许慎《说文解字》云:"文,错画也,象交文,凡文之属皆从文。""错画""交文",即交错的笔画,线条与色彩等的交错,错画为文,"就是用不同形态的线条、色彩交错而成的纹样,敷于器物、服饰、旗帜以至身体之上"①,故器物之文、服饰之文、人身之文、文字之文、绘画之文、草木之文、风水之文都是"文",圣人"观物取象"符号化的产物,都是文。草木之文与文学之文从先民开始就建立起天然的同源关系。

最早从理论上对草木之文与文学之文之间的联系进行阐述的是东汉王充,其《论衡·自然》曰:"草木之生,华叶青葱,皆有曲折,象类文章,谓天为文字,复为华叶乎?"这是说草木的生长,花和叶都苍翠茂盛,上面都有曲折的纹脉,就像文字一样,首次从文论意义上建立起草木与文在形式上的类比关系。此后,诸多文论家在这方面进行类比、探析,带来了草木象喻批评的繁荣。草木与文学这种形式上的类比主要有四个方面的内容。

其一,语辞文采。语辞文采是文学作品在形式上的首要因素。

草木森森,花朵累累,草、木、花的繁茂、浓艳不仅给观赏者带来愉悦的审美体验,而且它们在光的作用下,充满了明暗的对比和色彩的变幻,呈现出来的美感更加生动丰富,达到了极致。

文学作为一门语言艺术,对语辞文采自然非常注重。而草、木、花的鲜艳秾丽特别契合讲究华丽辞采的文人的审美要求,故语辞文采是古代文论家运用草木象喻批评时最早注意到的。如前所述,战国荀子《荀子·儒效》中说:"绥绥兮其有文章也。""绥绥"为"蕤蕤"的假借字,"蕤蕤"指草、木、花之繁盛,虽然这里荀子主要是在赞扬圣人美好的礼仪修养,但美好的礼仪修养也包含了美好的语辞,故"绥绥"之草木隐喻也含有以草、木、花之美丽

---

① 叶朗:《中国美学通史1·先秦卷》,江苏人民出版社2014年版,第24页。

繁盛形容圣人言辞之美的蕴意。之后,以草、木、花形容辞采的声音不绝于耳,几成惯例,如汉代王充以"华叶之言"名之,班固则以"春华之藻"称之。世易时移,文章"踵其事而增华,变其本而加厉",文人们越来越醉心于对华丽辞采的追求,相关的草木象喻批评也越来越丰富繁茂,如陆机《文赋》一文用来形容华丽辞藻的草木象喻就有:盛藻、丽藻、浮藻、玉藻、琼花、野荍、芳润、威蕤、朝华、夕秀、林府、翰林、苕发、颖竖、垂条、结繁、芳蕤之馥馥、青条之森森等,令人目不暇接。刘勰《文心雕龙》作为既重视文学创作方面的问题又注重语言的雕刻装饰的文论专著,其草木象喻批评中用来比拟形容华丽辞藻的也不少,如英蕤、荣华、英华、藻绘、舒藻、品藻、草木贲华、英华曜树、枝叶峻茂、文梓共采。明代庄元臣《论学须知》云:"今观阳和动而草木发,青者、碧者、红者、紫者,大者如盘,小者如钱,旖旎者富贵,轻盈者芳妍,斯非天下之至文哉?"①直以草木万千样态比拟文章的华彩繁富,充分说明了文采富丽的多样性。其《文诀》篇又云:"文中有难字,如木之有瘿。"②这是以树干上的疤比拟文章中的难字,形象地强调难解字、难写字给人造成的突兀感,这些都是从语辞要素上对二者所做的形象化的比拟。

其二,声韵格律。声韵格律是古人对诗和骈文在声调、音韵、格律等方面的要求。

草木在风的作用下不仅会发声,而且其声响变幻不尽,层出不穷。庄子曾在《齐物论》中说:

> 夫大块噫气,其名为风。是唯无作,作则万窍怒呺。而独不闻之翏翏乎?山林之畏佳,大木百围之窍穴,似鼻,似口,似耳,似枡,似圈,似臼,似洼者,似污者,激者,謞者,叱者,吸者,叫者,嚎者,宎者,咬者。前者唱于,而随者唱喁。泠风则小和,飘风则大和,厉风济则众窍为虚。而独不见之调调之刁刁乎?

① 王水照:《历代文话(第3册)》,复旦大学出版社2007年版,第2215页。
② 同上,第2284页。

当风掠过山林,与各种草木相互撞击就会发出千万种不同的声响,这些不同的声响使山林演绎出纯天然的交响,犹如一个自然乐队给人们带来无尽的审美享受。而文学在各种器乐(包括朗诵)的演奏下也会发出声响,要使这些声响给听者带来审美享受,就要像草木发声一样自然、不做作,由此对文章诗歌的声调、音韵和格律提出一定的要求。

事实上,古人认为,文章的声调与草木的生长具有天然的同一关系。沈约《答甄公论》一文中说:"昔神农重八卦,卦无不纯,立四象,象无不象。但能作诗,无四声之患,则同诸四象。四象既立,万象生焉;四声既周,群声类焉。经典史籍,唯有五声,而无四声……昔周、孔所以不论四声者,正以春为阳中,德泽不偏,既平声之象;夏草木茂盛,炎炽如火,既上声之象;秋霜凝木落,去根离本,既去声之象;冬天地闭藏,万物尽收,既入声之象:以其四时之中,合有其义,故不标出之耳。"①文章诗歌的四声竟然是合于自然草木的四时生长的。

在文学理论领域,刘勰《文心雕龙》最先注意到草木发声与文学声律的同一关系,其"原道"篇曰:"林籁结响,调如竽瑟;泉石激韵,和若球锽。故形立则章成矣,声发则文生矣。"在刘勰看来,自然界中风吹林木发出的声音、泉石相激产生的声音是悦耳动听的,文章的声律美就应该这样纯然和谐。其"声律"篇又云:"声得盐梅,响滑榆槿。"盐梅是古代调羹烧菜必备的调味品;榆、槿,树名,榆果实可食,槿花朵可吃,其树皮皆有滑汁,古代常用作使菜肴滑润的调味品。这里,刘勰以此为喻,是把声律比作调味的盐梅,文章有了声律这种"调味品",发出的音响就能像榆槿汁那样柔滑细嫩,似有美味溢出。

明代屠隆也注意到草木发声与诗文声律的天然关系,其《刘子威先生澹思集序》曰:"夫调调寥寥,飂飂谷谷,触穴为啸,遇松而簧,亦韵也。故鸿

---

① 李壮鹰主编,唐晓敏分册主编:《中华古文论释林·隋唐五代卷》,北京大学出版社 2011 年版,第 14 页。

藻之士，气韵清疏，萧旷之夫，神清朗畅，必发而文采，郁而为声歌，譬如根之有华，谷之有响，天动神来，恶得禁诸？"①不过他并非单纯地比附二者的关系，而是强调要以性情为本，进一步充实了这方面的内容。其《诗文》曰："造物有元气，亦有元声，钟为性情，畅为音吐，苟不本之性情而欲强作，假设如楚学齐语、燕操南音、梵作华言，鸦为鹊鸣，其何能肖乎？故君子不务饰其声，而务养其气，不务工其文字，而务陶其性情，古之人所以藏之京师，副在名山，金函玉箧，日月齐光者，非其文传，其性情传也。"②

清人沈德潜对草木之声与诗歌之声更是有一段生动具体的描述，其《说诗晬语·原序》云：

> 辛亥春，读书小白阳山之僧舍，尘氛退避，日在云光岚翠中，几上有山，不必开门见山也。寺僧有叩作诗指者；时坐古松乱石间，闻鸣鸟弄晴，流泉赴壑，天风送谡谡声，似唱似答，谓僧曰："此诗歌元声，尔我共得之乎！"僧相视而笑。既复乞疏源流升降之故，重却其共请，每钟残镫炧侯，有触即书。或准古贤，或抽心绪，时日既积，纸墨遂多。命曰一话，拟之试儿　盘，遇物杂陈，略无诠次也；然俱落语言文字矣。归愚沈德潜题于听松阁。③

他将"古松乱石"、"鸣鸟弄晴"、"流泉赴壑"及"天风之谡谡声"直接称作"诗歌元声"，认为自然草木发出的声响是诗歌最为优美曼妙的声律，聆听不尽，感动不已，故将其书舍题名为"听松阁"，体现出文学声律和草木声响天然的同一关系。

反之，对于文学诗歌中不合声律、韵律的现象，文论家也惯于用草木象

---

①　李壮鹰主编，黄卓越分册主编：《中华古文论释林·明代下卷》，北京大学出版社 2011 年版第 135 页。

②　同上，第 130 页。

③　沈德潜撰，王宏林笺注：《说诗晬语笺注》，人民文学出版社 2013 年版，第 1 页。

喻来说明。如沈约《宋书·谢灵运传论》曰："王褒、刘向、扬、班、崔、蔡之徒，异轨同奔，递相师祖。虽清辞丽曲，时发乎篇，而芜音累气，固亦多矣。"[1]"芜"原指田不治而滋生杂草，这里以"芜音"比拟王褒等诗人的诗歌因不解调声而产生的韵律上的杂乱。

其三，结构布局。

结构布局是指组成整体的各部分的搭配和安排。草木自然生长，会呈现出千姿百态的结构布局，既有粗枝大叶，也有枝繁叶茂；既有枝叶扶疏，也有强干弱枝；既有节外生枝，也有枝节横生，而义章的结构布局也千变万化，层出不穷。刘勰《文心雕龙》"附会"篇云："凡大体文章，类多枝派，整派者依源，理枝者循干。"文章的谋篇布局，完全就像草木的结构布局一样，虽然枝繁叶茂，看似交叠纠缠，无从把握，其实有迹可循，它们都是附着主干生发出来的，所以只要抓住主干、抓住中心，就能融会贯通，既剔除多余的部分，又兼顾整体的和谐。如此，接下来要做的事情，就像大树的枝枝节节那样，"扶阳而出条，顺阴而藏迹，首尾周密，表里一体，此附会之术也"。需要明白表现的地方，就犹如树木的枝条一样向着太阳抽拔出来；应该含蓄委婉的地方，就仿佛树荫一样顺着暗处隐藏踪迹，这样，才能使得文章的结构有机而周密，流畅又自然，臻于完美的境界。此后元末明初苏伯衡《空同子瞀说》也表达了类似的看法："谨布置也。如草木焉，根而干，干而枝，枝而叶，叶而葩。曰：何也？曰：条理情畅有附丽也，如手足之有十二脉焉。"文章的结构布局就像草木的结构布局一样，由根而干而枝而叶而葩，所以只要抓住中心、根本，其他部分也就迎刃而解，这同样也是以草木之结构布局比拟文章之结构布局。

其四，文章代称。

人们阅读精美的文学作品，就像欣赏到美丽的草木花朵一样，会带来精神的愉悦和全身心的享受，故而总把这两者联系起来，于是便出现了以

---

[1]　叶朗总主编，李中华分册主编：《中国历代美学文库·魏晋南北朝卷（上）》，高等教育出版社2003年版，第479—480页。

草木象喻比拟、形容精美文章的现象，以此传达内心的喜爱和珍视之情。如班固《离骚序》中的"英华"、陆机《文赋》中的"盛藻"和"林府"、钟嵘《诗品》中的"邓林"、刘勰《文心雕龙》中的"英蕤"、李世民《晋书·陆机传后论》中的"秀实"[①]等，即为此类。与此相应，"幽芳"指代被埋没的美好作品，"前藻"形容前代前贤的文章。人们还惯以草木隐喻来题名自己的文集、诗集或选集，如惠休《翰林》、沈约《品藻》、皮日休与陆龟蒙的唱和之作《松陵集》、韦蔼《浣花集》、唐僧惠净《英华集》、芮挺章《国秀集》、北宋李昉和徐铉等编撰的《文苑英华》、后蜀赵崇祚《花间集》等均以草木的茂盛丰厚、繁富美丽形容文学作品的精华。反之，杂乱丛生的草木则被文人用来形容不好的作品或表示谦称，如元稹《上令狐相公诗启》以"刍芜"[②]（喂牲畜的丛生的草）谦称自己的作品，刘勰《文心雕龙·谐隐》以"莠言"、白居易《策林》以"粮莠秕稗"比拟丑恶的、不伦不类的、不好的语言和作品。

　　以上代称文章的草木隐喻虽然各有不同，但其实都是一种笼统的概称，随着人们对草木隐喻运用的娴熟，古代文论出现了很多特指某类文章作品的草木隐喻。这些草木隐喻与文论家复杂精深的文论思想凝结在一起，往往能够传达出独特的文论含义。如刘勰《文心雕龙·谐隐》曰：

　　　　古之嘲隐，振危释惫。虽有丝麻，无弃菅蒯。会义适时，颇益讽诫。

　　"菅蒯"即菅草和蒯草，多年生草本植物，可以做刷子或织席做绳，这里用来指代"谐隐"这种文体。当时人们都认为谐隐不如诗文赋等文体重要，好比菅蒯不如丝麻贵重，但刘勰认为谐"辞浅会俗，皆悦笑也"，隐"遁辞隐意，谲譬指事"，都既能"以广视听"，增长见识，又能"颇益讽诫"，有益于讽

---

　　①　李壮鹰主编，唐晓敏分册主编：《中华古文论释林·隋唐五代卷》，北京大学出版社 2011 年版，第 17 页。
　　②　叶朗总主编，王明居、卢永璘分册主编：《中国历代美学文库·隋唐五代卷（下）》，高等教育出版社 2003 年版，第 233 页。

刺劝诫,故不妨珍视丝麻的同时也不丢弃菅蒯,体现出刘勰"大一统"的文论观念。又如袁中道的"闲花野草"之隐喻,其《游居柿录》曰:

> 袁无涯来,以新刻卓吾批点《水浒传》见遗。予病中草草视之……今日偶见此书,诸处与昔无在异,稍有增加耳。大都此等书,是天地间一种闲花野草,即不可无,然过为尊荣,可以不必。往晤董太史思白,共说诸小说之佳者,思白曰:"近有一小说,名《金瓶梅》,极佳。"予私识之……以今识之,不必焚,不必崇,听之而已。焚之亦自有存之者,非人之办所能消除。

这里的此书是指明代长篇小说《水浒传》,为李贽所评点。我国是诗歌的国度,自古以来,诗文被文人极度推崇,有至尊的地位。而小说之流则被视为稗官野史,难登大雅之堂,屡遭文人贬弃,但袁中道认为《水浒传》禀天地元气而生,自有存在的合理性,正如草木中的闲花野草,自有其休闲娱乐之价值,故"不可无",甚至他觉得被列为禁书的《金瓶梅》也是不可或缺的,有着重要的价值。总之,从"稗官野史"到"闲花野草",体现出袁中道尊重个性、反对传统的思想观念。

与袁中道的"闲花野草"之喻相比,作为《水浒传》的评点作者,李贽则显示出不同的态度。他在《忠义水浒传序》中指出:"太史公曰:'《说难》《孤愤》,圣贤发愤之所作也。'由此观之,古之圣贤,不愤则不作矣。不愤而作,譬如不寒而栗,不病而呻吟也,虽作何观乎?《水浒传》者,发愤之所作也。"[①]李贽在这里继承了司马迁"发愤著书"的思想,指出《水浒传》乃是"发愤之所作也",并非无病呻吟,揭示了《水浒传》产生的社会根源正是封建统治集团的腐败无能,这其实秉承的正是古代文论家们一贯重视的"为情造文""不平则鸣""穷而后工"等文学创作心理,这样,李贽从文艺创作规律的

---

① 叶朗总主编,皮朝纲分册主编:《中国历代美学文库·明代卷(中)》,高等教育出版社 2003 年版,第 21 页。

角度将《水浒传》提升到一个相当的高度。不仅如此，李贽评点《水浒传》，对这部书的思想和艺术价值高度肯定和赞扬，也是他打破当时封建统治阶级将《水浒传》斥为"海盗"之书的传统偏见，这与袁中道对《水浒传》"既不可无，然不必过于尊荣"的有所保留的态度截然不同。正是基于此，明人杨定见《忠义水浒全书小引》一文这样评论李贽："吾之事卓吾先生也，貌之承而心之委，无非卓吾先生者：非先生之言弗言，非先生之阅弗阅。或曰狂，或曰癖，吾忘吾也，知有卓吾先生而已矣。先生殁而名益尊，道益广，书益播传。即片牍单词，留向人间者，靡不珍为瑶草，俨然欲倾宇内，猗欤盛哉！不朽可卜已。"瑶草是汉族神话中的仙草，东方朔《与友人书》曾曰："相期拾瑶草，吞日月之光华。"这是赞美瑶草的灿烂光华。在杨定见的眼里，李贽的文章及其思想正如瑶草一样圣洁光辉、神奇珍贵，非人间所有。

以上我们略举几例代称文章作品的草木隐喻，从中可以看出，这些草木隐喻经过文论家的精心挑选，并非单纯地代指文章作品，而是被注入独特而精美、复杂又精深的文论意义和审美内涵，充分体现出草木象喻批评的两大特征——审美性和创造性。

值得一提的是，古代文论家从形式要素将草木之文与文章之文进行比拟，形成数量众多的草木象喻批评，他们的这种比拟并非机械、呆滞的，而是具有一种敏锐的辩证意识。不管是以花之"蕤蕤"比拟语辞文采的华丽，还是以草木之清脆声响摹拟声韵格律的动听，抑或是以草木之根干布局比作文章之结构布置，再或是以草木之生长方式形容文章之写作技巧，这些纷繁不一的草木象喻批评都有一个共通特点：草木必须是活物，是根系发达的有机体，文章亦必须是充满活力、情感内容饱满丰富的有机整体，这就体现出古代文论家形式与内容辩证统一的思想观念。正如叶燮《原诗》曰："虽日诵万言，吟千首，浮响肤辞，不从中出，如剪彩之花，根蒂既无，生意自绝，何异乎凭虚而作室也？"①根蒂既无的剪彩之花，形态再怎么鲜艳多采，也是毫无生气的。

---

① 李壮鹰：《中国古代文论读本》，高等教育出版社 2008 年版，第 380 页。

以上我们从草木之文呈现出来的各种性状来谈文学之文的各种要素。从中可以看出,在古代文论家看来,草木之色彩、声响、样态、方式等正是文学之文在语辞文采、声韵格律、结构布局、文章代称等方面的绝妙呈现,这也是草木象喻批评在形式要素的具体体现。

## 第二节　情感内容:草木之情与文学之情

何谓"情"?许慎《说文解字》曰:"情,人之阴气有欲者,从心,青声。"意思是说情是人内心有所欲求而产生的隐性动力,其具体形式有喜、怒、爱、憎、哀、惧等不同的心理状态。

与西方文学传统不同,我国古代作为诗歌的国度,早已形成以抒情言志为主的文学传统。《尚书·尧典》载曰:"帝曰:'夔!命女典乐,教胄子:直而温,宽而栗,刚而无虐,简而无傲。诗言志,歌永言,声依永,律和声,八音克谐,无相夺伦,神人以和'。夔曰:'於!予击石拊石,百兽率舞。'"①这里提出的诗言志被朱自清誉为"中国诗论的开山纲领",闻一多认为这里的"志"包含三层意思,即记录、记忆、怀抱,因而是指一种偏于政治、社会的大情感。西汉《毛诗序》则第一次明确地提到了"情":

> 诗者,志之所之也。在心为志,发言为诗。情动于中,而形于言,言之不足故嗟叹之,嗟叹之不足故永歌之,永歌之不足,不知手之舞之,足之蹈之也。②

如果说"志"偏于政治、社会的大情感,大多需要经过社会秩序、伦理规

---

① 叶朗总主编,孙通海、王兴华分册主编:《中国历代美学文库·先秦卷(上)》,高等教育出版社 2003 年版,第 97 页。

② 李壮鹰:《中国古代文论读本》,高等教育出版社 2008 年版,第 49 页。

范过滤的话，那么"情"则是个人情感的自然流露，是未经太多伦理道德、社会规范过滤的。《毛诗序》明确提出诗歌是"情动于中""在心为志"的结果，诗歌就是情感的自然流露，从而真正确立了我国古代抒情言志的文学传统。后世文论大体依此展开，如陆机"诗缘情而绮靡"、刘勰"为情而造文"、白居易"诗者，根情，苗言，华声，实义"，提倡的都是以情为本的文学观念。

自古以来，人们就坚信草木有灵有情，富有生命力。《管子·五行》曰："天无疾风，草木发愤。"①"愤"为中心和满之意，认为草木内聚了各种各样饱满的情感。明代画家、画论家唐志契就明确指出："山性即我性。""岂独山水，虽一草一木，亦莫不有性情。"②在古人看来，草木的情感多种多样，并非单一，《淮南子·说林训》就曾指出："石生而坚，兰生而芳。"不同的草木天然蕴有不一样的情感。如春秋哲学家老子说："过乔木而趋，非谓敬老耶？"经过高大的老树时我们应当快步上前向其施礼问候，这里老树就像一位德高望重的老人一样，饱经风霜，却依然巍然屹立，充满了令人尊敬和崇拜的威严情感。王充《论衡·乱龙》曰："宗庙之木，以象先祖……虽知非真，示当感动，立意于象。"这里草木代表了先族宗祖，这里的草木又生发出一种宗族先祖的宗教情感。李白《独坐敬亭山》曰："相看两不厌，唯有敬亭山。"辛弃疾《鹧鸪天·博山寺作》言："一松一竹真朋友，山鸟山花好弟兄。"这是说，草木就像身边的朋友、亲人一样可以聊天，可以亲近，这里的草木又充满了亲切的认同感。所以白居易说"花开将尔当夫人"，林逋也将梅花当作自己的妻子。杨恩寿《词余丛话》（卷三）曰："汤若士居庐甚隘，鸡栖豚栅之旁，俱置笔砚。玉茗一树，高山檐际，茂而不花。谱《牡丹亭》初成，召伶人演之，是夕花大放。自是无岁不开。文章有神，声音动物，岂偶然哉！"总之，草木不是无情之物，相反情感丰富，千姿万态。清人张潮在《幽梦影》

---

① 叶朗总主编、孙通海、王兴华分册主编：《中国历代美学文库·先秦卷（上）》，高等教育出版社 2003 年版，第 14 页。

② 叶朗总主编，皮朝纲分册主编：《中国历代美学文库·明代卷（上）》，高等教育出版社 2003 年版，第 153 页。

中写道：

> 天下有一人知己，可以不恨。不独人也，物亦有之。如菊以渊明为知己，梅以和靖为知己，竹以子猷为知己，莲以濂溪为知己，桃以避秦人为知己，杏以董奉为知己，石以米颠为知己，荔枝以太真为知己，茶以卢仝、陆羽为知己，香草以灵均为知己，莼鲈以季鹰为知己，蕉以怀素为知己，瓜以邵平为知己，鸡以宋宗为知己，鹅以右军为知己，鼓以祢衡为知己，琵琶以明妃为知己。一与之订，千秋不移。若松之于秦始；鹤之于卫懿；正所谓不可与作缘者也。①

这段话的表述方式颇为奇特，耐人寻味，不说人以什么草木为知己，而说草木以什么人为知己，这正是把草木视为情感饱满的有机体的观念体现。草木与人心性互证，契合无间，有时候生发的情感是令人感动的。这里举两个现代例子为证：其一，贾平凹在《祭父》一文中写道，院子里有棵父亲亲手栽的梨树，年年都是果实累累，唯独在父亲去世的那一年，"竟独独一个梨子在树顶"。其二，章含之在回忆乔冠华的文章中也说过类似的一件事。1983 年乔冠华逝世，次年春天，院子里其他树木花草都陆续开放了，唯独他栽的老梨树光秃秃的，一朵花也不肯示人，以示深沉的哀悼之情。

总而言之，草木并非无情、无生命，反而是情感丰富、深厚无限的，能与人发生强烈的情感共鸣。如此，人、草木与文学在情感上息息相通、契合无间，所以草木之情可以作为文学之情的触发媒介和载体。陆机《文赋》曰："遵四时以叹逝，瞻万物而思纷，悲落叶于劲秋，喜柔条于芳春。心懔懔以怀霜，志眇眇而临云。"刘勰《文心雕龙》云："春秋代序，阴阳惨舒，物色之动，心亦摇焉。……是以献岁发春，悦豫之情畅；滔滔孟夏，郁陶之心凝。天高气清，阴沉之志远；霰雪无垠，矜肃之虑深。"钟嵘《诗品序》称："若乃春

---

① 张潮著，罗刚、张铁弓译注：《幽梦影》，中央文献出版社 2001 年版，第 65 页。

风春鸟,秋月秋蝉,夏云暑雨,冬月祁寒,斯四候之感诸诗者也。"文论家们纷纷注意到草木的四季变化对创作者心灵的震动是深刻而多变的,正是因着这样的情感触动,"气之动物,物之感人",他们才"摇荡性情,行诸舞咏",写出富有情感的作品。文人们甚至在诗中也多次表达这种观点,如梅尧臣《答韩三子华韩五持国韩六玉汝见赠述诗》:"因事有所激,因物兴以通。自下而磨上,是之谓国风。雅章及颂篇,刺美亦道同。不独识鸟兽,而为文字工。屈原作离骚,自哀其志穷。愤世嫉邪意,寄在草木虫。尔来道颇丧,有作皆言空。烟云写形象,葩卉咏青红。"①由外物的激发以兴情,又把情感浸透、寄托于所描写的物象中。又如黄庭坚《忆刑悖夫》:"诗到随州更老成,江山为助笔纵横。"陆游《题庐陵萧彦毓秀才诗卷后》:"君诗妙处吾能识,正在山程水驿中。"草木之情还具有亲和功能,能写出"人情之难言",互通有无。欧阳修《梅圣俞诗集序》就曾指出过这一点:"凡士之蕴其所有而不得施于世者,多喜自放于山巅水涯之外,见虫鱼草木、风云鸟兽之状类,往往探其奇怪,内有忧思感愤之郁积,其兴于怨刺,以道羁臣寡妇之所叹,而写人情之难言。"草木能"写人情之难言",大概缘于草木之兴能够生发出潜在、无限的情感吧。正如李重华《贞一斋诗说》所言:"兴之为义,是诗家大半得力处。无端说一件鸟兽草木,不明指天时,而天时恍在其中。不显言地境,而地境宛在。"②所以陈廷焯《白雨斋词话》曰:"凡交情之冷淡,身世之飘零,皆可于一草一木发之。"③刘熙载《诗概》云:"山之精神写不出,以烟霞写之;春之精神写不出,以草树写之。"④草木对文学之情的巨大表现力,历代文人多有共识。

在象喻批评上,草木之情与文学之情最为深刻、影响最大的联系便是"以情为本"说。司马迁《史记》被鲁迅誉为"史家之绝唱,无韵之离骚",具

---

①　李壮鹰主编,李春青分册主编:《中华古文论释林·北宋卷》,北京大学出版社2011年版,第180页。

②　申骏:《中国历代诗话词话选粹(下)》,光明日报出版社1999年版,第179页。

③　同上,第500页。

④　同上,第317页。

有重要的史学和文学的双重价值。他在《史记·太史公自序》中提出该书是"发愤之所为作也","人皆意有所郁结,不得通其道,故述往事,思来者"①,提出"发愤著书"说,认为发愤是创作的主要动力,这里的"发愤"一词可追溯到《管子·五行》中的"草木发愤"。如前所言,"愤"为中心和满之意。在古人看来,草木情感饱满,当积聚到饱和状态时,就要通过一定的渠道把它呈现出来,创作亦是如此,当人的情感郁结聚集到饱和状态时,也要通过一定的渠道将它发泄出来,这个渠道就是凝聚了创作主体之"愤"并外化为语言文字的文学作品,这是以草木之情比拟文学要以情为本。当然在这方面,刘勰《文心雕龙》中的草木象喻批评更加鲜明,更为明确。其"情采"篇曰:

> 夫桃李不言而成蹊,有实存也;男子树兰而不芳,无其情也。夫以草木之微,依情待实;况乎文章,述志为本,言与志反,文岂足征。

为了强调文章创作要依情待实,即以情为本,刘勰的草木之喻从一正一反两方面进行阐述。他指出,桃李不用一言,却能自成其路,因为"有实存也";而男子种植兰花,却艳而不香,因为男子"无其情也",从而强调文章创作要以情为本,要有充实的思想情感内容。他在"情采"篇里所说的"木体实而花萼振"、"镕裁"里"舒华布实"等也是以草木之情为喻,提倡这一观念。此后,白居易《与元九书》中提出的"诗者,根情、苗言、花声、实义",更是简明扼要地以草木之情为喻,提倡文学要以情为本。

明代张佳胤《李沧溟先生集序》:"诗依情,情发而葩,约之以韵。""葩"的本义是花,即草木之花,多指繁盛精美之花。《说文解字》释曰:"葩,华也。"《声类》又曰:"葩取其盛貌也。"张衡《西京赋》云:"若众葩敷,荣曜春

---

① 司马迁:《史记》,岳麓书社 1988 年版,第 945 页。

风。"这里"葩"即"花"之义。韩愈《进学解》曰："《易》奇而法,《诗》正而葩。"[1]这里将"葩"引入文论领域,成为草木象喻批评。张氏这里说"诗依情,情发而葩",正是以草木为喻,强调只有以情为本,才能开出繁盛灿烂的花朵。贺贻孙《激书》卷二《涤习》记载黄君辅在汤显祖门下求学的一个小故事,里面也运用到了类似的草木隐喻:"先生方为《牡丹》填词,与君辅言,即鄙之,每进所业,辄掷之地,曰:'汝不足教也。汝笔无锋刃、墨无烟云、砚无波涛、纸无香泽,四友不灵,虽勤无益也。'君辅涕泣求教益虔。先生乃曰:'汝能焚所为文,澄怀荡胸,看吾填词乎?'君辅唯唯。乃授以《牡丹记》。君辅闭户展玩久之,见其藻思绮合,丽情葩发,即啼即笑,即幻即真。忽悟曰:'先生教我文章变化在于是矣。若阆苑琼花,天孙雾绡,目睫空艳,不知何生;若桂月光浮,梅雪暗动,鼻端妙香,不知何自;若云中绿绮,天半紫箫,耳根幽籁,不知何来。先生填词之奇如此也……'先生喜曰:'汝文成矣,锋刃具矣、烟云生矣、波涛动矣、香泽渥矣,畴昔臭恶化芳鲜矣。'趣归就试,遂捷秋场,称吉州名士。"所谓"丽情葩发",正是以情为本之草木隐喻。而且这里的"情"不是一般的情感,而是"四友之灵",笔有锋刃、墨有烟云、砚有波涛、纸有香泽,而四友自灵,这其实就是明代公安派所宣扬的性灵说,这又进一步深化了传统上的以情为本说。

# 第三节　有机整体:文学之理与草木之理

　　草木世界,生机勃勃;文学世界,亦是活力无限。文学和草木一样,都是活的东西,钟惺就把《诗经》视为活物。既是活物,自有活物之理,它们必须都是遵循客观事物发展规律、富有生命力的有机整体,而不是机械的堆砌,所以文论家欣赏"清水芙蓉"的生机,贬斥"错彩镂金"的堆砌,心仪"水

---

　　① 李壮鹰主编,唐晓敏分册主编:《中华古文论释林·隋唐五代卷》,北京大学出版社 2011 年版,第 371 页。

流花开"的自然,不屑"烟花簇凑"的凑泊。白居易以"根情、苗言、华声、实义"建构诗的定义便是以草木的有机性论文学的有机性。

借草木之理论证文学之理,最典型的莫过于清代叶燮了。首先,他以草木的生长规律对中国诗歌发展史进行系统、整体的类比建构:

> 譬诸地之生木然:《三百篇》,则其根;苏李诗,则其萌芽由蘖;建安诗,则生长至于拱把;六朝诗,则有枝叶;唐诗,则枝叶垂荫;宋诗,则能开花,而木之能事方毕。自宋以后之诗,不过花开而谢,花谢而复开。其节次虽层层积累,变换而出;而必不能不从根柢而生者也。故无根,则由蘖何由生? 无由蘖,则拱把何由长? 不由拱把,则何自而有枝叶垂荫、而花开花谢乎? 若曰:审如是,则有其根斯足矣;凡根之所发,不必问也。且有由蘖及拱把,成其为木,斯足矣,其枝叶与花,不必问也。则根特蟠于地而具其体耳,由蘖萌芽仅见其形质耳,拱把仅生长而上达耳;而枝叶垂荫,花开花谢,可遂以已乎? 故止知有根芽者,不知木之全用者也;止知有枝叶与花者,不知木之大本者也。由是言之:诗自《三百篇》以至于今,此中终始相承相成之故,乃豁然明矣。岂可以臆划而妄断者哉!

整部诗歌发展史犹如参天大树的成长史,既有成长的阶段性、差异性,又有其内在的共通性、相似性,这形象地说明了诗歌相续相禅变化发展的道理。其次,他借草木之理论证审美客体之内在构成。叶燮论诗,注重发源,"以在我之四,衡在物之三,合而为作者之文章",系统阐述了"才、胆、识、力"之审美主体和"理、事、情"之审美客体的艺术本原论。其对审美客体的探讨正是借助了草木之喻:"譬之一木一草,其能发生者,理也;其既发生,则事也;既发生之后,夭乔滋植,情状万千,咸有自得之趣,则情也。"将审美客体的本质规律性、表现状态和特殊情状进行描绘与说明,层层深化,步步曲致。

古人注意到草木生长之理与文章的写作技艺有一定的相通性,故常用草木之理形容文章的写作技巧,以此增强读者的接受认知能力和感染力。写作技巧是指文章在具体写作时作者所采取的表现方法、艺术手段。文章的写作技巧多种多样,常见的有悬念、照应、抑扬顿挫、点面结合、烘托、渲染等。清代毛宗岗在《三国志》第九十二回回首的批语中说:"观天地自然之文,可以悟作文者结构之法。"可见,古人善于从草木世界中各植物生长、发展之理来类比文学创作之理,阐发艺术创作技巧,总结出一些富有感染力的说明文学创作表现方法、艺术手段方面的象喻。现从文体角度分别列举几种较为典型的草木象喻,首先是关于诗歌创作方面的。

## 一、"晴丝袅树,落花点水"——诗歌的断续之妙

诗歌文字高度凝练,篇幅短小精悍,本身跳跃性很强,上下之间往往陡生跌宕,但若一味跌宕跳跃,天马行空,没有内在的联系,势必会影响到诗意的完整性和自足性,所以诗歌在很多时候都是表面断内里续,看似互不相干,实则有机联系。将这种断续之妙形象地比拟为"晴丝袅树,落花点水,正于零零碎碎中有全体一气之妙"①,好比排行成树,看似各不相干,实则皆在细长柔美的阳光线下缭绕着、飘舞着;又好似朵朵落花,表面互不干扰,内里却在迢迢流动的波水纹中荡漾着、舞动着,特别生动,同时又给人以智慧的启迪。

唐代诗僧、诗论家皎然《诗式》中"明势"这一章,也是以起伏变化而气脉连属之山川的气势,比喻诗歌创作中结构上起伏跌宕断续、内在意义上则连属流转。他说:"高手述作,如登衡巫,睹三湘、鄂、郢山川之盛,萦回盘礴,千变万态:或极天高峙,崒焉不群,气腾势飞,合沓相属。或修江耿耿,万里无波,欸出高深重复之状。古今逸格,皆造其极妙矣。"

---

①　丁福保:《清诗话》,中华书局 1963 年版,第 810 页。

## 二、"花未发,香先动"——诗歌的兴体之妙

清初叶矫然《龙性堂诗话初集》指出:"近人作诗,率多赋体,比者亦少,至兴体则绝无不见。不知兴体之妙,在于触物成声,冲喉成韵,如花未发而香先动,月欲上而影初来,不可以意义求者,国风、古乐府多有之。徐文长谓今之南北东西虽殊方,而妇女、儿童、耕夫、舟子塞曲征吟,市歌巷引,无不皆然,默会自有妙处,知言哉!"①

此论道出了我国诗歌创作表现手法的一个重大问题:"兴"作为渊源于《诗歌》三大艺术表现手法中最重要的一种,正在走向消亡。我们知道,"赋""比""兴"是《诗经》的三种主要表现手法,是中国古代对于诗歌表现手法的归纳。它是根据《诗经》的创作经验总结出来的。最早的记载见于《周礼·春官》:"大师……教六诗:曰风,曰赋,曰比,曰兴,曰雅,曰颂。"后来,《毛诗序》又将"六诗"称为"六义":"故诗有六义焉:风、赋、比、兴、雅、颂。"唐代孔颖达《毛诗正义》对此解释说:"风,雅,颂者,《诗》篇之异体;赋、比、兴者,《诗》文之异辞耳。赋、比、兴是《诗》之所用,风、雅、颂是《诗》之成形。用彼三事,成此三事,是故同称为义。"汉朝人中对"赋、比、兴"的解释有较大影响的是郑众和郑玄,郑众说:"比者,比方于物……兴者,托事于物。"他把"比兴"的手法和外在世界的物象联系起来,认为"比"重在修辞学中的比喻,"兴"则偏于触物见意,抓住了"比兴"这一艺术思维和表现手法的特点。郑玄的解释则有所不同,他认为:"赋之言铺,直铺陈今之政教善恶。比,见今之失,不敢斥言,取比类以言之。兴,见今之美,嫌于媚谀,取善事以喻劝之。"把诗歌表现手法与政治、教化、美刺联系起来,不免牵强附会。值得一提的是南宋朱熹的精到解释:"赋者,敷陈其事而直言之者也。比者,以彼物比此物也。兴者,先言他物以引起所咏之词也。"基本抓住了赋、比、兴作为表现手法的基本特征。

这三种艺术表现手法中,"兴"尤其为文论家所重视,如钟嵘《诗品·

---

① 丁福保:《清诗话》,中华书局 1963 年版,第 938 页。

序》中说：

> 故诗有三义焉：一曰兴，二曰比，三曰赋。文已尽而意有余，兴也；因物喻志，比也；直书其事，寓言写物，赋也。宏斯三义，酌而用之，干之以风力，润之以丹彩，使味之者无极，闻之者动心，是诗之至也。若专用比兴，患在意深，意深则词踬。若但用赋体，患在意浮，意浮则文散，嬉成流移，文无止泊，有芜漫之累矣。

钟嵘《诗品》摆脱了经学束缚，第一次真正从纯文学的意义上研究文学，标志着诗学理论的真正独立。他颇具胆略，大刀阔斧，赋予赋、比、兴更多新的内容：首先，改变赋、比、兴的传统顺序，将"兴"提前，突显了"兴"的重要地位，引领后人重视"兴体"潮流；其次，他对赋、比、兴的解释界定，重在阐明诗歌的形象性、情感性，强调"兴"的特点是"文已尽而意有余"，应该有诗味或"滋味"，从而把艺术的特殊的感人作用与艺术的思维表现特点联系起来，这是一个明显的进步和对传统的突破。

正是如此，"兴"的缺失无疑会使诗歌的魅力大打折扣。更为严重的是，这种现象并非始于清代，实际上从唐代就开始了。唐代很多文论家早已意识到这个问题，如陈子昂《修竹篇·序》曰："仆尝暇时观齐梁间诗，彩丽竞繁，而兴寄都绝，每以永叹。思古人，常恐逶迤颓靡，风雅不作，以耿耿也。"①殷璠《〈河岳英灵集〉序》也批评齐梁诗风说："理则不足，言常有余，都无比兴，但贵轻艳。"②白居易《与元九书》更是痛心地指出："洎周衰秦兴，采诗官废，上不以诗补察时政，下不以歌泄导人情。用至于谄成之风动，救失之道缺。于时六义始刓矣。……陵夷至于梁、陈间，率不过嘲风雪、弄花草而已。噫！风雪花草之物，三百篇中岂舍之乎？顾所用何如耳。设如'北

---

① 叶朗总主编，王明居、卢永璘分册主编：《中国历代美学文库·隋唐五代卷（上）》，高等教育出版社 2003 年版，第 239 页。
② 同上，第 445 页。

风其凉',假风以刺威虐;'雨雪霏霏',因雪以愍征役;'棠棣之华',感华以讽兄弟;'采采苤苢',美草以乐有子也。皆兴发于此而义归于彼。反是者,可乎哉! 然则'余霞散成绮,澄江净如练','归花先委露,别叶乍辞风'之什,丽则丽矣,吾不知其所讽焉。故仆所谓嘲风雪、弄花草而已。于时六义尽去矣。唐兴二百年,其间诗人不可胜数。所可举者,陈子昂有《感遇诗》二十首,鲍防《感兴诗》十五篇。又诗之豪者,世称李、杜。李之作,才矣! 奇矣! 人不迨矣! 索其风雅比兴,十无一焉。杜诗最多,可传者千余首。至丁贯穿古今,觑缕格律,尽工尽善,又过于李焉。然撮其《新安》、《石壕》、《潼关吏》、《芦子关》、《花门》之章,'朱门酒肉臭,路有冻死骨'之句,亦不过十三四。杜尚如此,况不迨杜者乎? 仆常痛诗道崩坏,忽忽愤发,或废食辍寝,不量才力,欲扶起之。嗟乎! 事有大谬者,又不可一二而言,然亦不能不粗陈于左右。"①兴体的消亡就是诗道的消亡啊! 宋人葛立方也感慨道:"自古工诗者,未尝无兴也。观物有感焉,则有兴。今之作诗者,以兴近乎讪也,故不敢作,而诗之一义废矣。"②基于此,当今学者蒋寅先生在《古典诗学的现代阐释》一书中说:"'兴'到唐代就死了,因为唐人已不用'兴'的方式写诗,偶一为之不过是模仿古诗。所以从唐初开始,'比兴'就吸纳了《诗经》的美刺精神,被解释或者说'转换'为一种直面现实政治的写作态度,到宋代'兴'就成了讽刺的别名。"③于此,为了改变现状,激发起时人运用兴体的兴趣,叶矫然运用草木象喻进行生动说明:那美丽的花朵尚未开放,迎面就传来阵阵香气,令人早已陶醉。兴体的运用与此类似,它先言他物,还未正式说起主旨题意,他物就像这阵阵香气一样,已令人充满遐想,引发无穷的审美感受和美学魅力。如此,既引起时人对兴体运用的重视,也令他们体味到兴体之妙,改善作诗的不良局面。

---

① 李壮鹰:《中国古代文论读本》,高等教育出版社 2008 年版,第 221—222 页。
② 叶朗总主编,陈望衡、成立、樊维纲分册主编:《中国历代美学文库·宋辽金卷(下)》,高等教育出版社 2003 年版,第 191 页。
③ 蒋寅:《古典诗学的现代阐释》,中华书局 2003 年版,第 1 页。

### 三、"连峰互映，拔地陡起"——诗歌的变化莫测

叶燮《原诗·外篇（下）》认为杜甫《丹青引赠曹将军霸》一诗运用了草木象喻批评，对该诗的结构变化有着非常详尽的论述：

> 杜甫七言长篇，变化神妙，极惨淡经营之奇。就赠曹将军丹青引一篇论之：起手"将军魏武之子孙"四句，如天半奇峰，拔地陡起。他人于此下便欲接"丹青"等语，用转韵矣。忽接"学书"二句，又接"老至""浮云"二句，却不转韵，诵之殊觉缓而无谓。然一起奇峰高插，使又连一峰，将来如何撒手？故即跌下陂陀，沙砾石确，使人褰裳委步，无可盘桓。故作画蛇添足，拖沓迤径，是遥望中峰地步。接"开元引见"二句，方转入曹将军正面。他人于此下，又便写御马"玉花骢"矣。接"凌烟""下笔"二句：盖将军丹青是主，先以学书作宾；转韵画马是主，又先以画功臣作宾。章法经营，极奇而整。此下似宜急转韵入画马。又不转韵，接"良相""猛士"四句，宾中之宾，益觉无谓。不知其层次养局，故纡折其途，以渐升极高极峻处，令人目前忽划然天开也。至此方入画马正面，一韵八句，连峰互映，万笏凌霄，是中峰绝顶处。转韵接"玉花""御榻"四句，峰势稍平，蛇蟺游衍出之。忽接"弟子韩干"四句。他人于此必转韵，更将韩干作排场。仍不转韵，以韩干作找足语。盖此处不当更以宾作排场，重复掩主，便失体段。然后咏叹将军善画，包罗收拾，以感慨系之篇终焉。章法如此，极森严，极整暇。余论作诗者，不必言法；而言此篇之法如是，何也？不知杜此等篇，得之于心，应之于手，有化工而无人力，如夫子从心不踰之矩，可得以教人否乎！使学者首首印此篇以操觚，则窒板拘率，不成章矣。决非章句之儒，人功所能授受也。

曹霸是魏武帝曹操之后，如今却被削籍，沦为寻常百姓，但其风采绝

伦,尤其是画马技艺高超,有如神助,久负盛名,但在安史之乱后,却穷困潦倒,孤零漂泊。杜甫和他在成都相识,十分同情他的遭遇,写下这首《丹青引》。诗歌开头四句直写曹霸家道的巨大衰落与其技艺的风采绝伦,颇为突兀,有如天半奇峰,拔地而起。此后或宕开一笔,纡折其途;或连峰互映,竟至绝顶;或峰势稍平,蛇蟺游衍,总之,变化无端,任人莫测。

此外,在诗歌的其他创作技巧上还有很多的草木象喻批评,如清人张谦宜《絸斋诗谈》谈到诗歌结尾的写作时说,"诗之结,乃其到头紧要一著,如蚕作茧,如树结果,须以通身气力赴之"①,强调要以沉着有力之句结束全诗。唐代徐寅《雅道机要》则以"云雾绕山、孤峰直起"论诗势,以生动形象的比喻,给人以具体的感受,从而去领悟抽象难言的技巧。

其次在小说、戏剧上。自明清以来,随着小说、戏剧创作的繁荣,小说、戏剧理论也日臻兴盛,产生了许多典型的草木象喻批评。其中最典型的就是"同树异枝,同花异果"的草木隐喻。

"犯避"的概念是清人金圣叹提出来的,他在《评第五才子书水浒传》第十一回中说道:"将欲避之,必先犯之。"所谓"犯",是指故事情节、人物形象和前人雷同;"避"是指故意避开故事情节、人物形象的雷同。古人历来崇尚以新为奇,以异为荣。晋代陆机就高呼"谢朝华于已披,启夕秀于未振",别人用过的言辞、文意,再好也坚决弃之不用,要采用别人没有用过、说过的。陆机甚至认为,哪怕作者无意之中与别人雷同,也是"伤廉"、"愆义"、道德败坏的行为,"虽爱而必捐"。这种思想观念也得到后人如韩愈、皎然等人的支持,所以宋人黄庭坚提出的"夺胎换骨""点铁成金"的说法虽然受到江西诗派中人的吹捧,却遭到诗派之外的人的无情诟病,被斥为剽窃之举。直到清代李渔《闲情偶寄·脱窠臼》在谈戏剧创作时还是这样说:

> 古人呼剧本为"传奇"者,因其事甚奇特,未经人见而传之,是以得名。可见非奇不传。新,即奇之别名也……欲为此剧,先问

① 丁福保:《清诗话》,中华书局1963年版,第813页。

古今院本中曾有此等情节与否。①

　　只要是别人写过的，无论古今，统统不用。这种单调、机械的做法只会导致戏剧、小说创作的妖魔化。金圣叹曾说："吾观今之文章之家，每云我有避之一诀，固也，然而吾知其必非才子之文也。夫才子之文，则岂惟不避而已，又必于本不相犯之处，特特故自犯之，而后从而避之。此无他，亦以文章家之有避之一诀，非以教人避也，正以教人犯也。犯之而后避之，故避有所避也。若不能犯之而但欲避之，然则避何所避乎哉？是故行文非能避之难，实能犯之难也。"简单、一味地求避，不能见出作者才力的高妙之处。只有以犯求避，犯而不避，才是真正的大手笔。他接着以草木象喻来说明：

　　　　此书笔力大过人处，每每在两篇相接连时，偏要写一件事，而又断断不使其间一笔相犯。如上文方写过何涛一番，入此回又接写黄安一番是也。看他前一番翻江倒海，后一番搅海翻江，真是一样才情，一样笔势。然而读者细细寻之，乃至曾无一句一字偶尔相似者。此无他，盖因其经营图度，先有成竹藏之胸中，夫而后随笔迅扫，极妍尽致，只觉干同是干，节同是节，叶同是叶，枝同是枝，而其间偃仰斜正，各自入妙，风痕露迹，变化无穷也。此书写何涛一番时，分作两番写，写黄安一番时，也分作两番写，固矣。然何涛却分为前后两番，黄安却分为左右两番。又何涛前后两番，一番水战，一番火攻。黄安左右两番，一番虚描，一番实画。此皆作者胸中预定之成竹也。其夫胸中预定成竹，既已有如是之各各差别，则虽湖荡即此湖荡，芦苇即此芦苇，好汉即此好汉，官兵一样官兵，然而间架既已各别，意思不觉都换。此虽悬千金以求一笔之犯，且不可得，而况其有偶同者耶。

----

① 李渔：《闲情偶寄》，云南人民出版社 2016 年版，第 16 页。

金圣叹说,《水浒传》前写何涛剿捕,后又写黄安剿捕,这是"犯"。以草木为喻,就是同树同枝同干同节同叶。实际上,《水浒传》情节雷同之处远不止于此,如前有武松打虎,后有李逵打虎;前有武松杀嫂,后有石秀杀嫂;前有江州劫法场,后有大名府劫法场;前有林冲买刀,后有杨志卖刀。在人物性格上,这些江湖好汉又似都不脱"粗鲁""野蛮"。但金圣叹认为,《水浒传》作者能在这些相同、相似的事件中求差异,写出不同的人物个性,或在相同、相近的人物性格中,写出人物个性的独特性,衍变出不同的意味情思,从而更好地把握对象的独特、新奇。如他在《水浒传》第四十二回回首批道:"前有武松打虎,此又有李逵打虎,看他一样题目,写出两样文字,曾无一笔相近,岂非异才。写武松打虎纯是精细,写李逵打虎纯是大胆,如虎未归洞,钻入洞内,虎在洞外,赶出洞来,却是武松不肯做之事。"又如人物性格的独特性:"《水浒传》只是写人粗鲁处,便有许多写法。如鲁达粗鲁是性急,史进粗鲁是少年任气,李逵粗鲁是蛮,武松粗鲁是豪杰不受羁靮,阮小七粗鲁是悲愤无说处,焦挺粗鲁是气质不好。"这种犯后之避,用金圣叹的草木之喻来说,就是"芦苇即此芦苇","但间架各别","意思已换",这才是真正的大才子、大手笔。

金圣叹这种说法得到很多人的支持,其中稍晚于他的评论家毛崇岗更是竭力赞成,他在《读〈三国志〉法》中谈道:"作文者以善避为能,又以善犯为能,不犯之而求避之,无所见其避也,惟犯之而后避之,乃见其能避也。"他认为《三国演义》一书就很好地做到了"犯之而后避之",比如对火的描写,"吕布有濮阳之火,曹操有乌巢之火,周郎有赤壁之火,陆逊有猇亭之火,徐盛有南徐之火,武侯有博望、新野之火,又有盘蛇谷、上方谷之火",各自都写得情态万方,意趣盎然。毛宗岗也运用了类似的但更为形象的草木象喻,他在评价《三国演义》时运用了草木象喻批评说:"譬如树同是树,枝同是枝,叶同是叶,花同是花,而其植根安蒂,吐芳结子,五色纷披,各成异采。""同树异枝、同枝异叶、同叶异花、同花异果之妙。"①始于同,终于异,有时候题材相同,主题相仿,人物形象相近,但不同作者的驾驭能力不同,故而能同中显异,在许多几近雷同的题材情节里,又另辟蹊径,长出奇异的叶,开出奇异的花,结出奇异的果。

程端礼《程氏家塾读书分年日程》中有一段论述散文文法的草木隐喻,颇具代表性:

> 须反复详看。每篇先看主意,以识一篇之纲领;次看其叙述禅扬、轻重、运意、转换、演证、开阖、关键、首腹、结末、详略、深浅、次序。既于大段中看篇法,又于大段中分小段看章法,又于章法中看句法,句法中看字法,则作者之心不能逃矣。譬之于树,通看则由根至表,根生枝,枝生华叶,大小次第相生而为树,又折一干一枝看,则又皆各自有枝干华叶犹一树然,未尝毫无杂乱,此可以识文法。

篇法、章法、句法和字法的相生相成就好比树、干、枝的内在关系,既个个有别,井然次序,又相互贯穿,主意贯通,这样去解读作品,"作者之心不能逃矣"。

金圣叹《评点西厢记》对西厢记中红娘的一段唱词的评论也引入了草木隐喻,颇有趣味。唱词是这样的:

> 一个糊涂了胸中锦绣,一个淹渍了脸上胭脂。一个憔悴潘郎鬓有丝,一个杜韦娘不似旧时,带围宽过了瘦腰肢,一个睡昏昏不待观经史,一个意悬悬懒去拈针黹。一个丝桐上调弄出离恨谱,一个花笺上删抹成断肠诗,笔下幽情,弦上的心事,一样是相思。

---

① 李壮鹰主编,党圣元分册主编:《中华古文论释林·清代上卷》,北京大学出版社 2011 年版,第 385 页。

金圣叹评论道：

> 连下无数"一个"字，如风吹落花，东西夹堕，最是好看，乃寻
> 其所以好看之故，则全为极整齐却极差脱，忽短忽长，忽续忽断，
> 板板对写，中间又并不板板对写故也。

落花飘飘洒洒，悄然坠落，本身就引人入胜，美致无比，加之风吹飘扬，令落花姿态各异，更是动人心弦，"最是好看"。金圣叹以风吹落花的多姿情态形容这段含有多个"一"字的唱词，饶有情趣。

总之，古代文论家认为，文学作品不是死物，它和自然草木一样，都是活泼泼的富有生命力的有机整体。

# 第四节　美的典范：文学之美与草木之美

草木世界，绝妙无比，诸如花开花落、草荣草枯、崖畔古木、涧底幽兰、山岳摩头、绿茵遍地等，而这些，既是草木之美，也是文学之美，甚至是文学之美的最高典范和原型。

清代姚鼐《答鲁宾之书》说："夫天地之间，莫非文也，故文之至者，通于造化自然。"

天下之至文原是天地自然草木之文，所以古人既说"花者，天之诗也"，又说"诗者，天之花也"。花与诗几乎异名同实，不分彼此，花是美的，诗也是美的。二者具有同一性。古人以花草树木为喻，来形容文学之美，其阐发的要义主要有以下几点。

## 一、美在富丽

文学是语言的艺术，语辞文采、声韵格律、结构布局等这些形式要素的

美既闪耀夺目,富有光彩,又赏心悦目,沁人心脾,就像欣赏着满目灿烂的花草树木一样。最早在理论上以草木之文比作文学之文的王充认为二者类似正是基于"华叶青葱,皆有曲折",花叶的苍翠茂盛,曲折纹脉,就像文字的繁复丰丽。魏晋南北朝时期,文学的独立意识成熟,草木意象批评也开始走向成熟,春华、春花、春葩、草木贲华、朝华、夕秀、琼华、荣华、英华、英蕤等草木隐喻的频繁出现,更是通过草木隐喻突显出文学形式的美。唐宋以后,这方面的草木隐喻更为丰富,除了南北朝时期的"芙蓉"这一经典草木隐喻被时人时常引用之外,桃花、梅花、杏花、菊花、兰花、蔷薇、牡丹、芍药等草木隐喻更是频繁出现,用来形容文学的富丽美。

## 二、美在含蓄

富丽主要着眼于形式,尤其是语辞、声律等外在形式。古代文论家其实更加看重的是作品所传达的内在意蕴、风韵、情趣等,它是超越语辞、声律等具体形式要素的多重甚至无限的意蕴。谢榛《四溟诗话》引用草木隐喻进行阐释:"凡作诗不宜逼真,如朝行远望,青山佳色,隐然可爱,其烟霞变幻,难于名状。及登临非复奇观,惟片石数树而已。远近所见不同,妙在含糊,方见作手。"作品的形式要素其实很简单,有时可能只是"片石数树",但它们在烟雾变幻下,在远近高低不同的视角下,呈现出了独特朦胧的风景,这就是含蓄美。早在文学走向独立自觉的魏晋时期,文论家就有意识地运用草木隐喻表达对含蓄美的自觉追求。如陆机《文赋》中说:"石蕴玉而山辉。"山因为有玉潜藏在石头里而变得明媚动人,整篇文章也因为缀有美玉般的佳句而光彩闪耀。刘勰《文心雕龙》以草木之喻为基础提出的"隐秀"概念则更为典型:"文之英蕤,有秀有隐;秀也者,篇中之独拔者也。隐也复意为工,秀以卓绝为巧。"如前所述,英蕤指美丽的草木花,文之英蕤喻指优秀的文学作品,"秀"指突出挺拔的文句,"隐"指隐藏的文义,即言外之意。刘勰以草木花为喻,指出文章的美,不仅反映在声律、文辞的卓绝挺拔上(秀),更体现在那潜藏在秀言之外的咀嚼不尽的文外之意(隐),表现出对文学作品含蓄美的强烈追求。"镜花水月"也是比喻作品含蓄美的一个经典隐喻,它首先出自宋代严羽《沧浪诗话》:"故其妙处,透彻玲珑,不可凑泊,如空中之音,相中之色,水中之月,镜中之花,言有尽而意无穷。"①诗歌美妙不在于月、花这些实物、实体、实像,而在于水中之月、镜中之花,是月亮倒入水中的朦胧风韵,是花儿映入镜里的空灵缥缈。明代胡应麟《诗薮》说得更为具体:"譬则镜花水月,体格声调。水与镜也;兴象风神,月与花也。必水澄镜朗;然后花月宛然。"②谢榛《四溟诗话》(卷一)亦曰:"诗有可解,不可解,不必解,若水月镜花,勿泥其迹也。"这均以草木隐喻提倡超越外在形式的含蓄美。许多文论家在形容具体的文艺风格的含蓄美时,也运用草木隐喻来说明:"苍,最难言。草木初生,其色苍,兼淡而言也。山之积翠,目曰苍,兼秀而言也。人之鬓发半白曰苍,兼老而言也。古文之苍,取老,取秀,取淡,浮动于字句声调之外者是。苍非阔淡,故言苍者必秀,苍非缛采,故言苍者必古,苍又非妖艳,故言苍者必老。"③这正是以草木之美来形容文章含蓄之美。

## 三、美在自然

所谓"自然",就是自己长成的样子,不靠其他外力干预,不勉强、不造作、不呆板、不拘束。《老子》(第二十五章)说:"人法地,地法天,天法道,道法自然。"自然是宇宙存在的最高境界,古代文论家很早就开始热切推崇自然美,如庄子把宇宙的声音分为三种:人籁、地籁和天籁。他认为天籁最美,因为"人籁则比竹是也",需要人力的吹鸣;"地籁则众窍是已",需要风力的推动;只有天籁"吹万不同,而使其自己也,咸其自取,怒者其谁邪",完全自己生成,这正是一种自然美。刘勰《文心雕龙》中以草木喻象形容自然

① 严羽著,郭绍虞校释:《沧浪诗话校释》,人民文学出版社 1983 年版,第 26 页。本书关于严羽《沧浪诗话》所引内容均来自这一版本,后不再注明。

② 胡应麟著,王国安校点:《诗薮》,上海古籍出版社 1979 年版,第 100 页。本书关于胡应麟《诗薮》所引内容均来自这一版本,后不再注明。

③ 张谦宜:《絸斋论文》,转引自王水照《历代文话(第 4 册)》,复旦大学出版社 2007 年版,第 3884 页。

美的内容最为丰富："傍及万品,动植皆文……草木贲华,无待锦匠之奇。夫岂外饰,盖自然耳"("原道"篇)、"故自然会妙,譬卉木之耀英华……英华耀树,浅而炜烨"("隐秀"篇)。自然生成的就是一种最高境界的美,这种文学观念一直贯穿于文论家的脑海中,由此产生了很多摒弃机械人为而推崇自然美的草木隐喻。如宋代理学家程颐认为圣人之文"譬之化工生物,且如生出一枝花",后学之文则是"剪裁为之""看时虽似相类,然终不若化工所生,自有一般生意"。归有光批评俗人论文类似"剪纸染采之花,遂不知复有树上在生花也"①。袁中道《解脱集序》曰:"彼文人雕刻剪镂,宁不烂熳,岂知造物天然,色色皆新,春风吹而百草生,阳和至而万卉芳哉!"②这标举了文章发于自然的无限活力和魅力。魏鹤山提倡"不欲于买花担上看桃李,须木头枝底方见活精神"的读书方法。朱庭珍《筱园诗话》指出五律诗人"处处求工"的做法,"如剪彩为花,终生少韵"③。剪花再美,也是比不上生花的,哪怕它生得毫不起眼,所谓"牡丹芍药,花之至富丽者也,剪彩为之,不如野蓼山葵矣"④。论调几乎雷同,足见美在自然的观念已深入人心。

## 四、美在多样化

千花万卉,各具玲珑,文学之美,亦是变幻无穷。苏轼《答张文潜书》曰:"惟荒瘠斥卤之地,弥望皆黄茅白苇,此则王氏之同也。""黄茅白苇"是指连片生长的黄色茅草或白色芦苇,这里用来隐喻并指责王安石好人与同、千篇一律的思想意识和文学观念,提倡文学风格的多样化和生动性。此后,"黄茅白苇"之草木隐喻被历代文论家频繁引用,如宋人陈亮《送王仲

---

① 李壮鹰主编,黄卓越分册主编:《中华古文论释林·明代下卷》,北京大学出版社 2011 年版,第 27 页。

② 叶朗总主编,皮朝纲分册主编:《中国历代美学文库·明代卷(下)》,高等教育出版社 2003 年版,第 10 页。

③ 张国庆:《云南古代诗文论著辑要》,中华书局 2001 年版,第 281 页。

④ 袁枚:《随园诗话》,转引自胡经之:《中国古典美学丛编》,凤凰出版社 2009 年版,第 706 页。

德序》:"最后章蔡诸人以王氏之说一之,而天下靡然,一望如黄茅白苇之连错矣。"晚清王闿运《〈湘雨楼词〉序》:"然观其所选,汗漫如黄茅白苇,其所作乃如嚼蜡。"这都与苏轼"黄茅白苇"的隐喻大致同义。"黄茅白苇"几成作品风格单调、呆板僵化的代名词。也有以"黄茅白苇"喻指自己学识单一、见识浅薄,虽不无自谦自抑之义,但显见作者对艺术风格多样化的热切追求与殷切渴望。如宋人朱翌《次韵书事》:"朝始悟文章弊,大需首更诗赋科。白苇黄茅供一扫,英豪人物未逍磨。"宋人邓肃《哭陈兴宗先生三首》:"齑盐昔者谩儒宫,苇白茅黄处处同。十载从公烦点铁,寸毫令我稍披聋。"

早在唐代,古文家李翱《答朱载言书》就以草木隐喻提倡文学之美的多样性:"如山有岱、华、嵩、衡焉,其同者高也,其草木之荣,不必均也。"[①]这是说,正如泰山、华山、嵩山、衡山,都是高山,但是山上草木的花则是不完全相同的,文学风格的美亦是多种多样的,不必雷同。袁宗道《士先器识而后文艺》说:"诗如天生花卉,春兰秋菊,各有一时之秀。"[②]黄宗羲亦言,"春兰秋菊,各自成家",正如"木芍之艳,山桃之夭,芙蓉之澹,寒菊之秀"[③],各具天然意态。叶燮则以具体的草木象喻形容唐代诗歌不同时期的美:盛唐之诗好比"春花",即"桃李之华,牡丹芍药之妍艳",是"华美贵重,略无寒瘦俭薄之态"的美;晚唐之诗则犹如"秋花",是"江上之芙蓉,篱边之丛菊",却是"极幽艳晚香之韵"之美。唐诗美如花,但风致不一,故以不同的花来形容。又如陆时雍《诗镜总论》赞韦应物的诗如"淡淡春山""形神无间"[④],李商隐的诗如"枇杷晚翠","气韵香甘",总之,各成所长,各形其异,各为其真,也各显其美。

综上所述,由于草木与文在"文""情""理""美"四者之间存在内在的密

---

① 李壮鹰主编,唐晓敏分册主编:《中华古文论释林·隋唐五代卷》,北京大学出版社 2011 年版,第 448 页。

② 胡经之:《中国古典美学丛编》,凤凰出版社 2009 年版,第 705 页。

③ 刘绘:《答乔学宪三石论诗书》,转引自李壮鹰主编,刘方喜分册主编:《中华古文论释林·南宋金元卷》,北京大学出版社 2011 年版,第 186 页。

④ 丁福保:《历代诗话续编》,中华书局 1983 年版,第 1420—1422 页。

切关系,因而不仅形成了草木喻文的文学批评现象,而且草木喻文现象又自然地成为一种文学审美批评,成为我国文论批评中的一种典型的批评方法。加之上述四个涵盖文论主要层面和核心内容的方面,使得草木喻象批评所包含的美学内涵极其丰富。

# 第五章　草木象喻批评的四大类型

　　"象"为何物？周裕锴《中国古代阐释学研究》总结出《周易·系辞》中
"象"字用法的两条思路：一种是从相似得义，如象征、模仿、模范等。相似
的两极，为符号与哲理，具象与抽象，形而下与形而上。就此意义而言，《周
易》之"象"是指一种哲学的隐喻，一种用符号或意象体示概念的哲学表现
方式，可简称为"悬象见义"。另一种是从具象得义，如现象、意象、迹象等。
这是《周易》"形上等级制"中的一级，与意、卦、辞属同一层次概念，如"立象
以尽意，设卦以尽象，系辞以尽卦"的排列。这种意义的"象"，相当于《诗》
由"兴"的手法使用的文字所唤起的语言形象。① 要之，"象"可象征天下最
幽微深远的道理，涵括天下变动不居的万事万物，它所隐喻象征的事物并
非固定一种或几种，而是极富弹性的，由此其隐喻象征的含义也极其丰富。
古代的"象"既具有极大的包容性与开放性，又具有民族特色，如此，"象喻"
也绝非单纯的比喻或象征了。正如叶嘉莹先生指出，中国的"象喻"，"不是
西方所说的狭义的'象征'或'寓托'，它是有中国特色的，是把你的精神、感
情、志意都结合在里边的一种写作的方法"。② 孙苏也说，"如果只把这一些
（即象喻，笔者注）看作一种修辞手法，赞赏这些富有智慧的比喻，那就显得
肤浅了。这是比方，更是充溢着审美情感和哲理体验的境界"③。根据"象"

---

　　① 周裕锴：《中国古代阐释学研究》，上海人民出版社 2003 年版，第 62—63 页。
　　② 叶嘉莹：《风景旧曾谙——叶嘉莹谈诗论词》，广西师范大学出版社 2008 年版，
第 124—125 页。
　　③ 孙苏：《文学的菩提树》，大象出版社 2001 年版，第 7 页。

的实际生成发展状况及我国的思想文化意识,我们将草木象喻批评分为神性草木象喻批评、荒野草木象喻批评、世俗草木象喻批评和虚幻草木象喻批评四种审美类型。每种审美类型都折射出其思想基础、价值观念上的差异。

# 第一节　神性草木象喻批评

唯物论告诉我们,经济基础决定上层建筑,文学的发展要以社会的发展为前提。从根本上说,一个时代的文学发展状况大多由其时生产力的发展水平所决定的。

与西方的沿海而居不同,我国原始人类多生活于内陆。大自然气候恶劣、猛兽欺凌,而人类个体力量孱弱,无法应对,这促使他们形成一种相互依赖、相互依存的群体性生活。《吕氏春秋·恃君览》对此有详细的描述:

> 凡人之性,爪牙不足以自守卫,肌肤不足以捍寒暑,筋骨不足以利避害,勇敢不足以却猛禁悍,然且犹裁万物,制禽兽,服狡虫,寒暑燥湿弗能害,不惟先有其备而以群聚耶? 群之可聚也,相与利之也,利之出于群也。

与强调个体性的西方文化传统相反,我国原始时期这种群体性的生活使得中国文化一开始就显现出强烈的群体认同感和文化向心力,具有强大的生命力。如民间艺术中常见的石榴,就以其形体的饱满多籽代表了生殖繁衍和生命力,延承自今。原始器具中常见的鱼儿的形象,亦是爱情和婚媾的象征,成为不言自明的共通"隐语"。总之,由于群体性的认同,这些实物已渐渐脱离其物质特性,成为特定的意象,承载特定的文化内涵。这在我国第一部诗歌总集《诗经》中多有体现。孔子说:"诗可以兴,可以观,可以群,可以怨。迩之事父,远之事君,多识于鸟兽草木之名。"(《论语·阳

货》)《诗经》中满目的鸟兽草木并非单纯的自然实物,而是富含特定文化内
涵的自然意象。

我们重点分析《诗经·园有桃》中的自然意象:

> 园有桃,其实之肴。心之忧矣,我歌且谣。不知我者,谓我士也骄。
> 彼人是哉,子曰何其? 心之忧矣,其谁知之? 其谁知之,盖亦勿思!
> 园有棘,其实之食。心之忧矣,聊以行国。不知我者,谓我士也罔极。
> 彼人是哉,子曰何其? 心之忧矣,其谁知之? 其谁知之,盖亦勿思!

宋人说:"三光日月星,四诗风雅颂。"《诗经》的意义远不止于其为我国
第一部诗歌总集,而在于它有着无法企及的高超的艺术成就,给后人以无
限的观摩和启迪。难能可贵的是,《诗经》还零星地包含着一些具有文学理
论性质的文字,闪烁着文学理论的光彩。我们认为,《诗经·园有桃》里面
就阐发了有关文学理论的重要观点。它由桃树、棘树的果实可食想到人内
心的忧愁,进而传达情感由心生发的理论观念,这无疑是具有文论意义的。
这里的桃、棘,就艺术特征的角度而言,是"兴";而从艺术批评的角度来看,
则是"草木象喻批评"。以桃、棘的果实可食隐喻创作从内心生发的文论观
点,可以说,这是我国古代文论中较早使用的草木象喻批评了。现在我们
要分析的是,何以桃、棘会进入古人的视线,承载特定的文化内涵,成为包
孕文论意义的草木隐喻?

赵沛霖从发生学的角度探讨了这个问题。他认为《诗经》把作为客观
物象的"他物"性质的各种植物与主观情怀即"所咏之词"放在一首诗中,并
非出于单纯的艺术审美或实用功利,也"不只是一种外在形式的联系",而
是以"复杂的观念内容为本质的,这个观念内容直接渊源于原始社会的土
地崇拜和有关祭社的宗教活动","所谓树木兴象不是什么别的,恰恰是这
种长期的宗教生活所培植起来的宗教观念和宗教感情,即祖先宗族、故国
乡里以及福禄、国祚等内容"。如王充《论衡·乱龙》曰:"宗庙之木,以象先
祖……虽知非真,示当感动,立意于象。"这里的草木便是先族宗祖的象征。

要之,原始先民建立起的对植物树木的崇拜主要有以下两个方面的原因。

第一,从生存方式来讲,植物树木是原始人生存的重要载体。在居所上,原始人为避免野兽的深夜侵害,树栖是他们主要的居住方式,这在不少古籍中都有详细记载。如《韩非子·五蠹》:"上古之世,人民少而禽兽众,人民不胜禽兽虫蛇,有圣人作,构木为巢,以避群害。"《孟子·滕文公》:"下者为巢,上者为营窟。"《庄子·盗跖》:"古者禽兽多而民人少,于是民皆巢居以避之,昼拾橡栗,暮栖息木上,故命之曰有巢氏之民。古者民不知衣服,夏多积薪,冬则炀之,故命之曰知生之民。"在饮食上,原始人由于工具粗陋和经验不足,对较大动物缺乏狩猎能力,所采集到的食物还是以植物性食物为主。靳桂云《中国史前居民的食物结构》一文较为详尽地指出:中国史前先民的食物资源很丰富,粮食主要有水稻和粟,还有少量的稷、黍、麦、高粱;蔬菜瓜果类食品多种多样,有白菜、芥菜、葫芦、菱角、核桃、栗子、松子、桃等,其中多数是野生品种。[①] 在器具上,人类最早使用的器具就是木制的,木器对人类的生活、进化都有着重要的作用。如《商君书·画策第十八》:"昔者,昊英之世,以伐木杀兽。"《吕氏春秋· 孟秋记·荡兵》:"未有蚩尤之时,民用剥林木以战矣。"《周易·系辞》:"断木为杵,掘地为臼。"如此等等,都可看出史前先民对木制工具的频繁使用。

第二,在功能上,植物具有沟通君民关系、统治天下的政治功用。所谓"羿善射,奡荡舟,俱不得其死然。禹稷躬稼,而有天下"(《论语·宪问》),意思是说,羿善于射箭,奡善于水战,最后都不得好死;禹和稷都亲自种植庄稼,却得到了天下。又如《孟子·滕文公下》载商汤与葛伯为邻,为获取民心,曾"使亳众往为之耕,老弱馈食"。植物树木还具有沟通人神关系的作用。《尚书·舜典》在记述虞舜的宗教活动时指出:"正月上日,受终于文

---

①　靳桂云:《中国史前居民的食物结构》,《中原文物》1995 年第 4 期,第 49—53页。

祖,在璿玑玉衡,以齐七政。肆类于上帝,于六宗,望于山川,遍于群神。"①
《封禅书》中还完整地记载了春秋战国时期流行的"八神"神话,其神祇大多
为自然神,如"四曰阴主,祠三山。五曰阳主,祠之罘。六曰月主,祠之莱
山"。总之,可以看出,植物树木在原始先民的日常生活、社会政治乃至宗
教祭祀中都扮演着极其重要的角色,原始先民由此产生了对植物树木的
崇拜。

这也就是说,《诗经》把桃、棘等植物草木纳入文学领域,并非像我们所
想象的是由于桃花鲜艳的美感,抑或桃、棘果实的食用性等外在联系,而是
出于桃、棘所包孕的宗教观念、宗教感情与人类情感的密切联系。它首先
体现出的就是原始古人桃棘辟邪祈福的宗教意识。如《左传》早就有"桃弧
棘矢,以除其灾"的说法。另据《山海经》记载,东海度树山上有株大桃树,
蟠屈三千里,有万鬼出入其间,树上住着神荼、郁垒二神人,负责管制众鬼。
民俗遂尊桃树为仙木,以桃枝、桃木制成扫帚、桃木弓、桃人、桃符等,用以
辟邪。其次,也反映了桃崇拜的母性意识。在古人看来,作为五木之精的
桃木,由于易于繁殖成林,三年即可结实,故还蕴有孕育生命、护佑生命、延
续生命的母性意识,这样桃生果实与心生歌谣异质同构,具有内在的相通
性。总之,在文论的初始阶段,草木象喻批评往往带有神性的宗教意识。
不过,经过一段很长的历史发展过程,其神性的光环早已慢慢褪去,被赋予
更多的审美特质和哲理意味,但其发生学的意义是不可磨灭的。

# 第二节　荒野草木象喻批评

说起"荒野",我们脑海中就会闪现出一幅荆棘丛生、荒凉沉寂的荒郊
野外图景。实则不然。何谓"荒野"?《说文解字》释曰:"荒,芜也。一曰:

---

① 叶朗总主编,孙通海、王兴华分册主编:《中国历代美学文库·先秦卷(上)》,高
等教育出版社 2003 年版,第 98 页。

草淹地也。""野:郊外也。"《辞源》释曰:"荒:田地长草,无人修治。""野:动植物之不由人畜养培育者。""荒""野"二字互文同义,都是指未经由人的影响,未打上人的烙印,呈现出一种纯粹的自然状态。可见,消解人的主体性因素才是"荒野"的重要特征,对这一重要特征的强调正是为了警醒人们,自然的过度人化所带来的是自然灾害频发、生态资源流失和地球环境恶化等后果。恩格斯的名著《劳动在从猿到人转变过程中的作用》一文中早已深刻地指出:

> 我们不要过分陶醉于我们对自然界的胜利。对于每一次这样的胜利,自然界都报复了我们。每一次胜利,在第一步都确实取得了我们预期的结果,但是在第二步和第三步却有了完全不同的、出乎预料的影响,常常把第一个结果又取消了。美索不达米亚、希腊、小亚细亚以及其他各地的居民,为了想得到耕地,把森林都砍完了,但是他们梦想不到,这些地方今天竟因此成为荒芜不毛之地,因为他们使这些地方失去了森林,也失去了积聚和贮存水分的中心。阿尔卑斯山的意大利人,在山南坡砍光了在北坡被十分细心地保护的松林,他们没有预料到,这样一来,他们把他们区域里的高山畜牧业的基础给摧毁了;他们更没有预料到,他们这样做,竟使山泉在一年中的大部分时间内枯竭了,而在雨季又使更加凶猛的洪水倾泻到平原上。在欧洲传播栽种马铃薯的人,并不知道他们也把瘰疬症和多粉的块根一起传播过来了。因此我们必须时时记住:我们统治自然界,决不像征服者统治异民族一样,决不像站在自然界以外的人一样,——相反地,我们连同我们的肉、血和头脑都是属于自然界,存在于自然界的;我们对自然界的整个统治,是在于我们比其他一切动物强,能够认识和正确运用自然规律。

20 世纪以来,人们深切地感受到征服自然所带来的严重恶果,越来越意识到荒野的重要性,呼唤在人类进化过程中建立荒野意识。如美国哲学家霍尔姆斯·罗尔斯顿说:"很多低等生物留了下来,而且是生态网中很基本的成员。没有我们人类的文化,它们仍能运行。但如果没有它们,我们就无法生存。因为它们构成了我们赖以为生的生物共同体的金字塔。在荒野中,人们能学会珍视整体生命系统中的多种生命形式。"

从思想根源上来看,荒野意识出于道家的自然本真理念。道家崇尚自然无为,反对人为加工,消解人的主体因素就是道家的一个重要观念。《庄子·齐物论》载曰:

南郭子綦隐机而坐,仰天而嘘,荅焉似丧其耦。颜成子游立侍乎前,曰:"何居乎?形固可使如槁木,而心固可使如死灰乎?今之隐机者,非昔之隐机者也。"子綦曰:"偃,不亦善乎,而问之也?今者吾丧我,汝知之乎?女闻人籁,而未闻地籁,女闻地籁而未闻天籁夫!"子游曰:"敢问其方。"子綦曰:"夫大块噫气,其名为风,是唯无作,作则万窍怒呺,而独不闻之翏翏乎?山林之畏佳,大木百围之窍穴,似鼻,似口,似耳,似枅,似圈,似臼,似洼者,似污者。激者,謞者,叱者,吸者,叫者,譹者,宎者,咬者,前者唱于而随者唱喁。泠风则小和,飘风则大和,厉风济则众窍为虚。而独不见之调调之刁刁乎?"子游曰:"地籁则众窍是已,人籁则比竹是已,敢问天籁。"子綦曰:"夫吹万不同,而使其自己也,咸其自取,怒者其谁邪?"

世间万动各有不同,总的而言,有三大类:人籁、地籁和天籁。人籁指人为地通过乐器创造出来的声音,"人籁则比竹是已";地籁指风吹大地上各种孔穴发出的声音,"地籁则众窍是已";天籁指自然界在没有任何外力的作用下自然发出的声音,"夫吹万不同,而使其自己也,咸其自取,怒者其谁耶?"

一般人只能听到人籁和地籁,对于天籁则闻所未闻。那么,南郭子綦何以能听到天籁呢？庄子提到几个词语。其一，"丧其耦"，即克服物我对立的"二（耦）"，回到物我一体的"一"；[①]其二，"隐机"，指消除人的心机，悬置主体，使人复归到他在自然中所处的本来位置；其三，"吾丧我"，指消除了我的主体性、与自然齐一的我。要之，庄子认为，只有消解了人的主体性，与自然道通为一，才能体验到众声喧哗的美妙天籁之声。再看庄子"梓庆为鐻"的故事：

> 梓庆削木为鐻，鐻成，见者惊犹鬼神。鲁侯见而问焉，曰："子何术以为焉？"对曰："臣工人，何术之有？虽然，有一焉。臣将为鐻，未尝敢以耗气也，必齐以静心。齐三日，而不敢怀庆赏爵禄；齐五日，不敢怀非誉巧拙；齐七日，辄然忘吾有四枝形体也。当是时也，无公朝，其巧专而外骨消。然后入山林，观天性，形躯至矣，然后成见鐻，然后加手焉；不然则已，则以天合天，器之所以疑神者，其是与！"

所谓消解人的主体性，实际上就是这里所说的忘利（庆赏爵禄）、忘名（非誉巧拙）、忘我（四枝形体），只有这样才能以天合天（我的自然本性和天的自然本性相应合），创作出绝妙的艺术作品。

总之，荒野不是我们所想象的荒郊野岭的意思，它其实表达的是一种消解人的主体性的本原、天然的美，强调纯粹、天然、平等、和谐，自性自存，自由自在。当这种荒野意象用于文论、美学中，成为荒野草木象喻批评时，它所生发的文论观点主要有以下几点。

第一，"槁木"：强调对创作主体的主体性的消解。《庄子·达生》生动地讲述了一位佝偻老人苦练捕蝉的故事：

> 仲尼适楚，出于林中，见痀偻者承蜩，犹掇之也。仲尼曰："子

---

①　刘成纪：《自然美的哲学基础》，武汉大学出版社 2008 年版，第 20 页。

巧乎！有道邪？"曰："我有道也。五六月累丸二而不坠，则失者锱
铢；累三而不坠，则失者十一；累五而不坠，犹掇之也。吾处身也，
若厥株拘；吾执臂也，若槁木之枝；虽天地之大，万物之多，而唯蜩
翼之知。吾不反不侧，不以万物易蜩之翼，何为而不得！"孔子顾
谓弟子曰："用志不分，乃凝于神，其痀偻丈人之谓乎！"

一位驼背的老人捕蝉，居然就像拾取蝉一样容易，不仅仅在于他捕蝉
时的专注，更是由于他所说的身子像没有知觉的断木桩子（株拘），手臂像
毫无感觉的枯树枝（槁木），消除了主体性，方能与自然道通为一。

"槁木"在《庄子》中多次出现，如《庄子·外篇·山木》："孔子穷于陈蔡
之间，七日不火食，左据槁木，右击槁枝，而歌飙氏之风，有其具而无其数，
有其声而无宫角，木声与人声，犁然有当于人之心。"这里消解了主体性的
孔子唱着神农时代的曲子，虽然有打拍子的器具却没有节拍，有声音却没
有音律，凄然而动人心弦，与自然浑然统一。又《庄子·杂篇·徐无鬼》：
"南伯子綦隐几而坐，仰天而嘘。颜成子入见曰：'夫子，物之尤也。形固可
使若槁骸，心固可使若死灰乎？'"这是追求形与神两个方面的冥静沉寂。

苏轼的一首小诗《自题金山画像》也提到了"槁木"意象，其诗云：

心似已灰之木，身如无系孤舟。

问汝平生功业，黄州惠州儋州。

这首诗作于 1101 年，此时苏轼已经 64 岁了，阅尽了人生的坎坷波折。
在被放还北归途中，他经过镇江金山寺，看到当年李公麟为自己所作的画
像，抚今追昔，不由地感慨万千，写下了这首诗，两个月后苏轼就去世了。
这首小诗内涵丰富，既有对目前垂垂老矣的描述，也有对自己一生的总结，
故亦可视为他对自己一生的盖棺定论。岳希仁《宋诗绝句精华》："这是诗
人生命最后阶段的作品。精炼概括了他一生的悲惨境遇。一代文豪，英才
天纵，回首往事，唯存贬谪，其遭际之坎坷遂成千古伤心事。"诚然，从表面

上看,这首诗充满了自嘲与感慨,黄州、惠州、儋州是苏轼依次被贬的三个地方,远离京城,到处漂泊,能有什么伟大功绩可言? 但是细细体味,苏轼所说的功业并非我们寻常理解的官场功利事业,而是文学事业,那三个被贬的地方正是苏轼文学建树最高的地方,文学产量亦是最高的。在苏轼看来,创作主体只有进入"灰木""孤舟"的状态,才能创作出真正好的文学作品。"已灰之木"正出自《庄子·齐物论》:"形固可以使如槁木,而心固可使如死灰乎?"这是指创作主体消解主体性、超然物外的状态。

不仅创作如此,欣赏亦是如此。《礼记·乐记》中说道:

> 故歌者上如抗,下如队,曲如折,止如槁木,倨中矩,勾中钩,累累乎端如贯珠。

以"槁木"形容欣赏者聆听音乐时专注忘我的状态。

又如张彦远在谈到欣赏顾恺之的人物画时说道:

> 遍观众理,唯顾生画古贤得其妙理,对之令人终日不倦。凝神遐想,妙悟自然,物我两忘,离形去智,身固可使如槁木,心固可使如死灰,不亦臻于妙理哉? 所谓画之道也。[1]

欣赏者之所以能进入身如槁木、心如死灰的悟道胜境,正是由于顾恺之的画臻于妙理,"妙悟自然"。

第二,"不材之木":强调审美客体的自由超越性。《庄子·人间世》曰:

> 匠石之齐,至于曲辕,见栎社树。其大蔽数千牛,絜之百围,其高临山十仞而后有枝,其可以为舟者旁十数。观者如市,匠伯

---

① 叶朗主编,王明居、卢永璘分册主编:《中国历代美学文库·隋唐五代卷(下)》,高等教育出版社 2003 年版,第 313 页。

不顾,遂行不辍。弟子厌观之,走及匠石,曰:"自吾执斧斤以随夫子,未尝见材如此其美也。先生不肯视,行不辍,何邪?"曰:"已矣,勿言之矣!散木也。以为舟则沉,以为棺椁则速腐,以为器则速毁,以为门户则液構,以为柱则蠹。是不材之木也,无所可用,故能若是之寿。"

庄子将栎树与山楂树、梨村、橘子树和柚子树做对比,认为后者皆因存在利用价值,能够满足人类物质生活的需要而中途夭折,不能尽天年,而栎树则因为对人类"无用"倒免遭斧斤之害而得以长寿,在大自然中自由自在地成长。这就是说,真正的美是不受任何外在力量的制约和压抑的,是自由的、超越的。

为了更好地强调美的自由自在性,文论家还提出了"荒率"的草木象喻。如清代画家恽格评黄公望的画说:"痴翁画,林壑位置,云烟渲晕,皆可学而至。笔墨之外,别有一种荒率苍莽之气,则非学而至也。"(《南田画跋》)何谓"荒率",盛大士《溪山卧游录》指出:

> 作画苍莽难,荒率更难,惟荒率乃益见苍莽。所谓荒率者,非专以枯淡取胜也。钩勒皴擦,皆随手变化,而不见痕迹,大巧若拙。能到荒率地步,方是画家真本领。余论画诗有云:"粉本倪黄下笔初,先教烟火气全除,荒寒石发千丝乱,绝似周秦篆籀书。"颇能道出此中胜境。

"荒率"正是合于物性自然之后,"随手变化,而不见痕迹"的自由超越。

如果摒弃了以人为中心的功利态度,以物观物,那么,自然界各种生物都是平等的,自然本身所呈现出来的状态都代表着最高的美,都值得珍视。文学作品亦是一样,不同风格的作品代表不同的美,它们之间其实没有优胜高低,同样都需要重视。刘勰《文心雕龙》就运用荒野草木象喻批评来说明这一点。他虽然遵行"征圣、宗圣"的儒家正统和诗教观念,却也指出:

"古之嘲隐,振危释惫。虽有丝麻,无弃菅蒯。"这里的意思是说,丝麻虽然珍贵,但菅蒯(即茅草)亦有自己的存在价值,不应丢弃,喻在至尊的诗文面前,边缘化的俳谐文学也是有自己的地位和价值的。刘勰的论述,肯定了俳谐文学存在的价值意义,保有了其"备之不可以已"的文学地位,被认为是"首次客观公正地对这种具有独特风格的文学类别进行的全面观照和系统总结"。清人吴雷发的诗话题名为《说诗菅蒯》,显然受此启发。总之,万物都有其生存的合理性,都能体现出美的价值。所以"草木贲华"是一种美,"残山剩水"也是一种美。李梦阳《潜虬山人记》以苔渍古润形容《诗经》,落花丰草比拟六朝诗,微阳古松描绘中唐诗,幽岩积雪比喻晚唐诗,每种诗境都蕴有一种天然纯然的荒野气象,个中况味,耐人咀嚼。

## 第三节 世俗草木象喻批评

与荒野草木象喻批评中消解人的主体性相反,世俗草木象喻批评反而突出人的主体性,它强调人与社会的密切关联性,主要体现了儒家强调伦理道德、关注社会功能的价值观念。

具体来说,世俗草木象喻批评生发的文论观点主要有以下两大点:

第一,以世俗草木象喻批评宣扬创作主体的伦理道德精神,重在"比德"思想。

作为儒家创始人和代表人物,孔子的思想无疑是富有代表性的。《论语·雍也》中说:

> 子曰:"智者乐水,仁者乐山。知者动,仁者静。知者乐,仁者寿。"

"仁者"何以"乐山"?《尚书大传》记载孔子答子张的这种提问时说:"夫山者,岿然高……草木生焉,鸟兽番焉,财用殖焉;生财用而无私为,四方皆伐焉,每无私予焉;出云雨以通于天地之间,阴阳私合,雨露之泽,万物以成,百姓以飨:此仁者之所以乐于山也。"朱熹补充说道:"知者达于事理而周流无滞,有似于水,故乐水;仁者安于义理而厚重不迁,有似于山,故乐山。"从以上可知,先秦伊始,山(包括山之草木)就被赋予了浓厚的比德色彩,自然之美乃在于其伦理道德象征。如"松柏"之草木象喻,自孔子发出"岁寒,然后知松柏之后凋也"的感叹之后,后人便在文论作品中相继引用,如钟嵘《诗品》称扬谢灵运诗"譬犹青松之拔灌木,白玉之映尘沙,未足贬其高洁",宋祁《宋景文集》(卷五〇)提倡创作者应当"禀松柏后凋之操",①范仲淹《谢黄摁太博见示文集》赞赏谢黄摁诗"松桂有嘉色,不与众芳期"②,借松柏形象比拟诗人刚健、高洁、峻峭等节操与诗风。松柏几成此类意义的代名词,其伦理色彩极其厚重,以致皇甫湜对李生以"松柏不艳"比拟文章的做法相当不满,发出"松柏可比节操,不可比文章"的极端心声。又如树根之草木象喻,在文论批评中随处可见。如王充《论衡》中的"有根株于下,有荣叶于上",韩愈《答李翊书》中的"养其根而俟其实,……根光茂者其实遂……仁义之人,其言蔼如也",皆以树根之喻说明创作者只有具备浓厚的伦理道德修养才能写出好的文章。以此相应,那些道德修养深厚的古圣贤所著的经史就被视为文章之根、之本。刘勰《文心雕龙·序志》曰:"文章之用,实经典枝条。"经典与各式文体是根与枝的关系,具体而言,"论、说、辞、序,则《易》统其首;诏、策、章、奏,则《书》发其源;赋、颂、歌、赞,则《诗》立其本;铭、诔、箴、祝,则《礼》总其端;记、传、盟、檄,则《春秋》为根"。因此,只有禀经制式,揣摩领会五经的精神要义、创作主旨才能很好地进行创作,正所谓"根柢盘固",才能"枝叶峻茂"。刘勰此论,深入人心,后人对此多有发挥。如北宋唐庚说,"六籍者本与根也;迁、固者枝与叶也";明代茅坤曰,"故愚窃谓今之有志于为者,当本之六经,以求其祖龙";清代黄宗羲曰,"文

---

① 李壮鹰主编,李春青分册主编:《中华古文论释林·北宋卷》,北京大学出版社2011年版,第122页。

② 同上,第108页。

必本之六经,始有根本"①。又明人曾鼎《文式》云:"经似山林中花,史是园圃中花,《左传》以下,古文高者是。(似)栏槛中花,韩退之之类,次者似盆盎中花,(欧阳之类),下者(似)瓶中花无根。"②将经、史、文等不同性质的文字比作不同的生存状态、不同生命强度的花,也突显出"经"的核心地位。

总之,世俗草木象喻批评,因为儒家的比德思想,总是以其深沉浓厚的道德关怀为首位的。

值得一提的是,儒家认为,用以比德的草木象喻本身一定是要有生命力的。二程传人谢良佐《上蔡语录》云:"心者何也?仁是已。仁者何也?活者为仁,死者为不仁。今人自身麻痹,不知痛痒,谓之'不仁'。桃杏之核可种而生者,谓之'桃仁''杏仁',言有生之意。"桃杏可种而生,故谓之仁,否则即为不仁。可见,有生命力才是其根本。

第二,以草木象喻批评宣扬文艺的社会功能,标举"中和"观念。

人类的生存与自然环境息息相关,宗白华先生指出:"希腊半岛上城邦人民的意识更着重在城市生活里的秩序和组织,中国的广大平原的农业社会却以天地四时为主要的环境,人们的生产劳动是和天地四时的节奏相适应的。"③长期以来,四时更替,百物繁兴,人们日出而作,日落而息,与自然和谐相处,这是儒家生存与审美的最高理想,孔子就曾感慨:"天何言哉!四时行焉,百物生焉,天何言哉!"(《论语·阳货》)儒家将人与自然的和谐相处概括为"中和",《中庸》一书作者说:"中也者,天下之大本也;和也者,天下之达道也。致中和,天地位焉,万物育焉。""中和"即是宇宙自然万物的秩序与法则。

在儒家看来,宇宙自然万物的法则与人类社会、文艺的法则皆是相通的。《荀子·礼论》中说:"天地以合,日月以明,四时以序,星辰以行,江河

---

① 黄宗羲:《论文管见》,转引自李壮鹰主编、党圣元分册主编:《中华古文论释林·清代上卷》,北京大学出版社 2011 年版,第 100 页。

② 王水照:《历代文话(第 1 册)》,复旦大学出版社,第 1574 页。

③ 宗白华:《中国古代的音乐寓言与音乐思想》,转引自《美学散步》,上海人民出版社 2005 年版,第 334 页。

以流,万物以昌,好恶以节,喜怒以当,以为下则顺,以为上则明,万变不乱,贰之则丧也,礼岂不至矣哉!"这里将天地之序与礼义秩序相印证,从"天和"推论到"人和"。《礼记·乐记》宣称:"大乐与天地同和,大礼与天地同节。和,故百物不失;节,故祀天祭地。""乐者,天地之和也;礼者,天地之序也。和,故万物皆化;序,故群物皆别。"这是由"天和""人和"推至"乐和"。刘勰《文心雕龙》更是直接宣扬天、人、文的三者合一:"文之为德也大矣,与天地并生者何哉? 夫玄黄色杂,方圆体分,日月叠璧,以垂丽天之象;山川焕绮,以铺理地之形;此盖道之文也。仰观吐曜,俯察含章,高卑定位,故两仪既生矣。惟人参之,性灵所钟,是谓三才;为五行之秀,实天地之心。心生而言立,言立而文明,自然之道也。"天、人、文的三者合一都根源于自然之和。

《文心雕龙·征圣》中说:"然则圣文之雅丽,因衔华而佩实者也。"面对自然草木,从外在美而言,我们一般觉得它要开出艳丽的花朵方显美丽;就内在美而言,则是要结出果实。同样,对于文艺作品而言,辞采华丽、音律和谐是其外在美,而情感丰厚、富有社会现实内涵的内容才是其内在美,更加关注的是文艺的社会功能。很多文论家都有意识地运用草木象喻批评宣扬这种文论观点,形成一股强大主流。如钟嵘指出诗歌之极至是"干之以风力,润之以丹彩","干"即树的主干,强调文艺作品要有强劲的思想内容。令狐德棻认为:"原夫文章之作,本乎情性,覃思则变化无方,形言则条流遂广……考其殿最,定其区域,摭《六经》百氏之英华,探屈、宋、卿、云之秘奥,其调也尚远,其旨也在深,其理也贵当,其辞也欲巧。然后莹金璧,播芝兰,文质因其宜,繁约适其变。"这是宣扬情采合一,但要以情为本;反之,若一味追求文采,就会遭人指责,被斥为"趋末弃本"。

需要说明的是,世俗草木象喻批评所标举的中和观念,并非为和而和。它不是单调雷同的以水济水的"同",而是以他平他的"和",是众多对立因素的调和统一。《文心雕龙·原道》曰:"旁及万品,动植皆文;龙凤以藻绘呈瑞,虎豹以炳蔚凝姿;云霞雕色,有逾画工之妙;草木贲华,无待锦匠之奇。夫岂外饰,盖自然耳。"以自然草木象喻做类比,自然草木会显现出不同的色彩和形状,文章亦应为杂多因素的组合,"故立文之道,其理有三:一曰形文,五色是也;二曰声文,五音是也;三曰情文,五性是也"。苏轼《东坡题跋·评韩柳诗》云:"所贵乎枯淡者,谓其外枯而中膏,似淡而实美,渊明、子厚是也。若中边皆枯淡,亦何足道?"中边皆枯淡,便是以水济水的"同",只有外枯而中膏,枯与膏对立统一才能产生强大的审美张力。包恢的草木象喻批评更是着力宣扬了这一点,其《书徐致远无弦稿后》云:

> 诗有表里浅深,人直见其表而浅者,孰为能见其里而深者哉?犹之花焉,凡其华彩光焰,漏泄呈露,晔然尽发于表,而其里索然,绝无余蕴者,浅也。若其意味风韵,含蓄蕴藉,隐然潜寓于里,而其表淡然若无外饰者,深也。然浅者歆美常多,而深者玩嗜反少,何也?知花斯知诗矣。……夫以四时之花,其华彩光焰漏泄呈露者,名品固非一,若春兰夏莲,秋菊冬梅,则皆意味风韵、含蓄蕴藉而与众花异者。惟其似之,是以爱之。……其视桃李辈,华彩光焰,徒有余于表,意味风韵实不足于里,而反人人爱之至,以俗花为俗诗者,其相去又不亦远乎!

兰、莲、菊、梅外在的"淡然若无外饰"和内里的"含蓄蕴藉"对立统一能够产生巨大的审美空间,它绝非一味华彩光焰的桃李辈可比。

## 第四节　虚幻草木象喻批评

东汉末年,佛学东传,被中国文化融为新的宗教——禅宗。中国又是诗歌的国度,千年以来,中国诗人以诗问禅,又以禅论诗,如元好问《嵩和尚颂序》曰:"诗为禅客添花锦,禅是诗家切玉刀。"禅学和诗学双向渗透,使得他们在观照方式、审美欣赏和艺术表现方式上都发生了很多深刻的变化,产生了与中国文化传统不一样的诗论,也形成了与中国文论传统不一样的草木象喻批评。这类草木象喻批评往往比较鲜明地反映出佛禅的空幻色彩，故我们将它称为虚幻草木象喻批评。

## 一、"通拈花之妙"：即景会心的艺术观照方式

"即景会心"一词出自王夫之《姜斋诗话》："'僧敲月下门'，只是妄想揣摩，如说他人梦……若即景会心，则或推或敲，必居其一，因景因情，自然灵妙，何劳拟议哉？'长河落日圆'，初无定景；'隔水问樵夫'，初非想得，则禅家所谓现量也。"①他否定了韩愈、贾岛对诗词字句反复推敲的传统佳话，认为当下所见，一触即真，将其写出即可，无须事后思量计较，强调创作主体直接的审美观照，无须比较、推理等抽象思维，靠的是瞬间的艺术直觉。王夫之这种说法显然源自禅宗"即事而真"的思想，以个别事物（"事"）显现世界本体（"真"，即佛性）。而"花"正是这个别事物中较为典型的一种。

花（尤其是莲花）在佛禅经典中经常出现，它早已不仅是一种景物，而是洞悟佛法的一个象征符号。如大慧宗杲言："心无所之，忽然如睡梦觉，如莲花开，如披云见日，到恁么时自然万一片矣。"（《大慧普觉禅师语录》卷二十八《答宗直阁书》），在百无聊赖的心无所定中，忽然顿悟，就像莲花的绽放一样，瞬间参破天地，一碧万顷。又如汤显祖《玉茗堂诗》卷十七《读锦帆集怀李卓老》曰："都将舌上青莲子，摘与公安袁六休。"这是将李贽的禅宗思想比作舌上青莲。萧统《讲解将毕赋三十韵》言"意树登空花，心莲吐轻馥"，其诗歌意象的构造就是引入了佛教的譬喻方式，王维的"寒空法云地，秋色净居天"也是如此。尤其在宋代，这些经典譬喻更是口耳相传，颇为盛行。如《国雅品》："其（指一初禅师）为诗秀丽拔……可并净土莲花，是绰约含空之语。"无须多言，因着佛禅譬喻自有的空幻要义，一句"净土莲花"就已将诗僧"绰约含空"之态形象地揭示出来。

后起的诸种禅宗灯录一直流传着一则世尊拈花微笑的著名公案，影响巨大：

---

① 申骏：《中国历代诗话词话选粹（上）》，光明日报出版社 1999 年版，第 491 页。

世尊在灵山法会上，拈花示众。是时众皆默然。唯迦叶尊者破颜微笑。世尊曰："吾有正法眼藏，涅槃妙心，实相无相，微妙法门，不立文字，教外别传，付嘱摩诃迦叶。"……世尊临入涅槃，文殊大士请佛再转法轮。世尊咄曰："文殊！吾四十九年住世，未曾说一字，汝请吾再转法轮，是吾曾转法轮耶？"①

世尊拈花，众皆不解，在一片沉寂声中，没有滔滔不绝的辩论，也没有喋喋不休的教导，迦叶就只轻轻地破颜一笑，一瞬间明心见性，领悟到了佛法真谛。此后，这种在自然花木当下瞬间参破妙谛的记载层出不穷，几成范式，如黄庭坚的"见木樨悟道"。据《五灯会元》卷十七记载，晦堂（祖心）问黄庭坚，《论语》中的"吾无隐乎尔"一句作何解？黄庭坚诠释极精，晦堂都说"不是！不是！"，黄庭坚迷闷不已。有一天与晦堂在外游玩，当时岩桂盛放，晦堂随口问了一句："有没有闻到木樨花的香味啊？"黄庭坚说闻到了，晦堂又说："吾无隐乎尔。"这个时候黄庭坚突然大悟。②

最为典型的是灵云志勤禅师"见桃花悟道"的公案：

（志勤）初在沩山，因见桃花悟道。有偈曰："三十年来寻剑客，几回落叶又抽枝。自从一见桃花后，直到如今更不疑。"沩览偈，诘其所悟，与之符契。沩曰："从缘悟达，永无退失，善自护持。"③

这则公案此后又被后学者参究而悟道，可见影响之大。如黄龙派弟子觉海法因的悟道诗："岩石桃花开，花从何处来。灵云才一见，回首舞三

---

① 普济著，苏渊雷点校：《五灯会元》（全三册），中华书局 1984 年版，第 10 页。
② 同上，第 156 页。
③ 同上，第 239 页。

台。"杨歧派门人何山守珣的悟道诗:"终日看天不举头,桃花烂漫始抬眸。饶君更有遮天网,透得牢关即便休。"

"大抵禅道惟在妙悟,诗道亦在妙悟……惟悟乃为当行,乃为本色"(严羽《沧浪诗话》),"学诗浑似学参禅"(吴可《学诗诗》)。当诗禅渗透日益紧密之时,诗人将禅宗见花悟道的公案化入诗论、文论,形成虚幻草木象喻批评,以此提倡即景会心的艺术观照方式。如宋人赵蕃《诗法》一诗说:

> 问诗端合如何作,待欲学耶无用学。今一秃翁曾总角,学竟
> 无方作无略。
> 欲从鄙律恐坐缚,力若不足还病弱。眼前草树聊渠若,子结
> 成阴花自落。

作诗无须连篇累牍地读书学习,甚至学问见闻还会束缚诗人,故诗人只需如见草树开花结子一样,当下所见,即景会心,便能成就好诗。宋人张镃《诗本》一诗也有类似的草木象喻批评:"诗本无心作,君看蚀木虫。旁人无鼻孔,我辈岂神通! 风雅难齐架,心胸未发蒙。君虽知此理,恐堕见闻中。"参禅作诗,一如小虫蚀木,偶成文字,当下便悟。

冠九《都转心庵词序》中也运用草木象喻批评提倡即景会心的艺术观照方式,他说:

> "明月几时有",词有仙者也,"吹皱一池春水",词而禅者也。
> 仙不易学而禅可学。学矣而非栖神幽遐,涵趣寥旷,通拈花之妙
> 悟,穷非树之奇想,则动而为沾滞之音矣。其何以澄观一心而腾
> 踔万象。是故词之为境也,空潭印月,上下一澈,屏知识也。清磬
> 出尘,妙香远闻,参净因也。鸟鸣珠箔,群花自落,超圆觉也。

作者指出,词的语境有两种,一种是苏轼"明月几时有"的仙逸之境,另一种是"吹皱一池春水"的禅学之境。后者尤如拈花微笑般,没有语言,没

有黏滞，在平常的花开叶落，鱼跃鸟飞这一瞬间的具体感性时空中超越时空，参破天地，把握住永恒。正如宗白华先生说："中国自六朝以来，艺术的理想境界却是'澄怀观道'，在拈花微笑里领悟色相中微妙至深的禅道。"①这种领悟便是在即景会心的艺术观照方式下获得的。

## 二、"悟罢岂桃花"：通达透脱的艺术表达方式

杨万里《和李天麟二首（其二）》诗云：

> 句法天难秘，工夫子知加。
> 参时且柏树，悟罢岂桃花。
> ············

后两句用了两则著名的禅宗公案，其中一则便是上文所提的灵云志勤禅师见桃花而悟道的故事，另一则出自赵州从谂禅师，据《五灯会元》记载：

> （僧）问："如何是祖师西来意？"师曰："庭前柏树子。"曰·"和尚莫将境示人？"师曰："我不将境示人。"曰："如何是祖师西来意？"师曰："庭前柏树子。"②

两则公案说的都是见物当下顿悟的故事。杨万里却一反常规，将两者嫁接，来阐述创作过程中的活法精神。宋人作诗特别强调法度技巧观念，当时已出现了文法、句法、笔法等概念，特别是重法度的江西诗派的形成并且日益壮大。江西末学片面的学习和鼓吹，便得"文坛上充斥着对古人句法的膜拜，用技巧的训练和句法的模拟代替天才的创造，用文字的翻新和

---

① 宗白华：《中国艺术意境之诞生》，转引自《艺境》，北京大学出版社 1987 年版，第 155 页。

② 普济著，苏渊雷点校：《五灯会元》（全三册），中华书局 1984 年版，第 202 页。

结构的变化代替性灵的抒发",流弊丛生,遭人诟病。杨万里所处的南宋时期,其流弊更是积重难返。于此,他借用脱胎禅宗公案的草木象喻批评,宣称尤如参禅悟道不必执着于柏树或桃花一样,学诗也无须处处拘泥于江西诗派等的各种句法,诗歌的艺术表达才能不执着,不黏滞,通达透脱,活泼无碍。

### 三、"镜花水月":空灵朦胧的艺术审美境界

"镜花水月",原为佛教语汇。《维摩诘经》"弟子品第三":"诸法皆妄见,如梦如焰,如水中月,如镜中像,以妄想生。"《说无垢称经》(第四卷):"无垢称言。譬如幻师观所幻事。如是菩萨。应正观察一切有情。又妙吉祥。如有智人,观水中月,观镜中像。"佛教宣扬四大皆空,"色即是空,空即是色,色不异空,空不异色"。镜子里的花,水中的月亮,看着光怪陆离,实则空无一物,以此比喻世间万事万物的虚幻景象。之后,"镜花水月"常见于中国各典籍,如唐人裴休《唐故左街僧灵内供奉三教谈论引驾大德安国寺上座赐紫方袍大达法师元秘塔碑铭》:"峥嵘栋梁,一旦而摧。水月镜像,无心去来。"又《说岳全传》第六一回:"阿弥陀佛,为人在世,原是镜花水月。"这都是在比喻人世间的虚幻。

在以禅喻诗的宋代,严羽将佛教的"镜花水月"接引过来,意在宣扬他所崇尚的诗歌理想境界,成为典型的虚幻草木象喻批评。其《沧浪诗话》曰:

> 诗者,吟咏情性也。盛唐诸人惟在兴趣,羚羊挂角,无迹可求。故其妙处透彻玲珑,不可凑泊,如空中之音,相中之色,水中之月,镜中之象,言有尽而意无穷。

严羽所崇尚的诗歌理想境界就是如羚羊挂角、镜花水月般,既空灵虚幻,不落言荃,又富有无穷的情致与韵味,含蓄、蕴藉、朦胧。"镜花水月"之喻在后世诗论中被广泛引用,如明代李梦阳《论学·下篇》:"古诗妙在形容

之耳。所谓水月镜花，所谓人外之人，言外之言，宋以后则直陈之矣。"王廷相《与郭价夫学士论诗书》："夫诗贵意象透莹，不喜事实粘著，古谓水中之月，镜中之影，可以目睹，难以实求是也。"①谢榛《四溟诗话》："诗有可解不可解，不必解，若水月镜花，勿泥其迹可也。"胡应麟《诗薮》："譬则镜花水月：体格声调，水与镜也；兴象风神，月与花也。必水澄镜朗；然后花月宛然。"这都是以"镜花水月"的草木象喻追求一种空灵、缥缈、玄妙的诗歌境界。

　　此外，古人还以草木与月的组合意象隐喻词人的美境，如朱权《太和正音谱·古今群英乐府格势》评云："滕元霄之词如碧汉闲云，范子安之词如竹里鸣泉。徐甜斋之词如桂林秋月。吴西逸之词如空谷流泉。胡紫山之词如秋潭孤月。李直夫之词如梅边月影。王庭秀之词如月印寒潭。吴仁卿之词如山间明月。赵公辅之词如空山清啸。李好古之词如孤松挂月。"无论山中月、水中月，抑或花中月、松中月，不必去计较现实中是否真实存在，因为它们更多的是经由主观心构造的，也不必去计较其间的些微差异，因为它们重在传达出一种空灵、虚幻、洒脱、超然的意境。

---

① 叶朗总主编，皮朝纲分册主编：《中国历代美学文库·明代卷（上）》，高等教育出版社 2003 年版，第 166 页。

# 第六章　草木象喻批评的个案研究

　　若论古代文论中草木象喻批评的种类,自然是千种万样,数不胜数。但是,并不是每种草木象喻批评都能在古代文论中永葆活力,青春常驻。它们有的如昙花一现,很快消失;有的愈来愈少出现,慢慢地退居边缘;有的则是后起之秀,影响力越来越大;还有的经历了时间的冲刷,古人的拣择,常常出现于古代各种文论中,保持着旺盛的生命力,成为古代文学理论批评园地中一朵朵长开不败的鲜花,从而也成为古代文论典型的草木象喻批评。

　　下面我们选取芙蓉、竹子、梅花以及藻类四种草木象喻批评,展开个案研究,尝试分析它们各自的历史演变及其批评内涵,希望从典型的象喻批评入手,既能生动地展现象喻批评的内在特征、美学内涵,又能从中观照到不同时代的审美风尚、美学观念。

## 第一节　"芙蓉"象喻批评

　　芙蓉有木芙蓉和水芙蓉两种,我们这里所说的芙蓉一般是指后者,其实也就是荷花,别名还有莲花、芙蕖、菡萏、藕花等。

　　早在《诗经》中,荷花就进入了人们的视野,成为他们关注的审美对象。如《诗经·郑风·山有扶苏》:"山有扶苏,隰有荷花。不见子都,乃见狂且。"此诗写两位恋人约会的美好情景。山上开着茂盛的扶苏,水里长着美艳的荷花,在这个山清水秀的幽静处,姑娘"我"早早地来了。当然,这里扶苏与荷花构筑的美景虽不一定就是约会的实景，但也很好地衬托了姑娘美好的心情。可是，姑娘左等右等始终不见心上人出现，而最后终于盼来了姗姗来迟的恋人，于是娇嗔地骂了一句"你这个狂妄之徒啊"，小女人的情态在诗中被刻画得栩栩如生。又如《诗经·陈风·泽陂》：

> 彼泽之陂，有蒲与荷。有美一人，伤如之何。寤寐无为，涕泗滂沱。
> 彼泽之陂，有蒲与蕳。有美一人，硕大且卷。寤寐无为，中心涓涓。
> 彼泽之陂，有蒲菡萏。有美一人，硕大且俨。寤寐无为，辗转伏枕。

　　这首诗借荷花、香蒲、兰草等起兴，描写主人公对心上人的苦恋。波光潋滟的池水里，美艳的荷花悄然绽放，亭亭玉立，主人公目睹心感，自然而然地想起自己所思念的心上人，可是日思夜想，却见不着，于是睡不好，行不安，默默流泪，暗自忧伤。与前首相比，这首诗的基调哀伤，情感更为深沉。朱熹《诗集传》曰："兴也。此诗之旨，与《月出》相类。言：彼泽之陂，则有蒲与荷矣。有美一人，而不可见，则虽忧伤而如之何哉！寤寐无为，涕泗滂沱而已矣。"战国时期屈原长诗《离骚》也引入了"芙蓉"一词："制芰荷以为衣兮，集芙蓉以为裳；不吾知其亦已兮，苟余情其信芳！"这是说，把莲叶、芙蓉花连缀起来制成衣裳穿在身上，借芙蓉的美好、清高品质，暗喻美好、纯情的高洁形象，其表达方式更高一层，已由《诗经》的自然物象之美上升到与精神的契合了。此后，"芙蓉"就频繁地进入诗歌当中，成为诗人写景抒情的常客。如汉乐府《江南》、魏曹植《洛神赋》、晋乐府《青阳渡》、梁萧纲《采莲曲》等，不一而足。

　　"芙蓉"进入文学理论批评领域，成为象喻批评，始于梁钟嵘《诗品》（卷中）："汤惠休曰：'谢（灵运）诗如芙蓉出水，颜（延之）诗如错彩镂金。'颜终身病之。"钟嵘诗学提倡"直寻"说，所谓"直寻"，是指在感物动情中直接求得胜语佳句，而不是拼凑假借的。在钟嵘看来，颜延之的诗繁复琐杂，人工雕饰痕迹过重："尚巧似，体裁绮密，情喻渊深，动无虚散，一句一字，皆致意焉。又喜用古事，弥见拘束。"其《诗品序》中也说，"颜延、谢庄，尤为繁密"，甚至发展成"文章殆同书抄"的恶俗:"句无虚语,语无虚字,拘挛补衲,蠹文已甚。"故他以"错彩镂金"形容,把他列于中品;而谢灵运的诗虽然也"尚巧似","以繁芜为累",但"名章迥句,处处间起;丽典新声,络绎奔会。譬犹青松之拔灌木,白玉之映尘沙,未足贬其高洁也",还不失其自然生发的特点,故他以"芙蓉出水"作比喻,将其位于上品。可见,钟嵘的"芙蓉"之喻主要是提倡文章语言要在触物即景中自然生发,而非人为堆砌,在古人故纸堆里拘拘补补,生涩困踬。需要说明的是,钟嵘说"清水芙蓉"之喻是转引了汤惠休的说法,但李延寿《南史颜延之传》说这段话首见于鲍照,且说法略有不同:"延之尝问鲍照,己与灵运优劣,照曰:'谢诗如初发芙蓉,自然可爱,君诗若铺锦列绣,亦雕缋满眼'。"细味其意,鲍照确实"重在指出谢诗的自然素雅与颜诗在风格上的不同","(汤)惠休语重在与颜延之的'诗病'对比,是'错彩镂金'的人工雕饰失其真美的对立面",[①]而钟嵘写作《诗品》的目的正是"辨彰清浊,掎摭病利",故采用了汤的说法。总之,钟嵘引用"芙蓉出水"的象喻意在阐明他的触景生情、自然生发的理论观点。"芙蓉"象喻也由此成为自然美的代名词,在后世得到广泛运用,但不同时代的文论家在共通性基础上又赋予"芙蓉"象喻不同的时代特点和审美内涵。

唐代李白《经乱离后天恩流夜郎忆旧游书怀赠江夏韦太守良宰》引用了钟嵘的"出水芙蓉"之喻,摘举如下:

　　　　…………

　　　　览君荆山作,江鲍堪动色。

　　　　清水出芙蓉,天然去雕饰。

　　　　逸兴横素襟,无时不招寻。

　　　　…………

　　① 张惠民:《"清水芙蓉"之美的历史分析》,《苏州大学学报》(哲学社会科学版)1993年第1期,第54—60页。

这几句诗赞美韦太守的文章自然清新，也表示了李白自己对诗歌的见解，主张文学作品要像刚出清水的芙蓉花，纯美自然，毫无雕琢装饰，与钟嵘的观点一脉相承。不过，李白平素崇仙好道，习道经，修剑术，加之个性狂放不羁，使其诗学思想天马行空，一空依傍，带有浓厚的道学色彩，故其"芙蓉"之喻也富有道学"超逸豪放"的气息，所以李白接下来又称赞韦诗"逸兴横素襟"，自有一股豪迈冲逸之气。同样崇尚道家思想的晚唐司空图也有"芙蓉"之喻，其《二十四诗品》"高古"品曰：

> 畸人乘真，手把芙蓉，泛彼浩劫，窅然空踪。月出东斗，如风相从。
> 太华夜碧，人闻清钟。虚伫神素，脱然畦封，黄唐在独，落落玄宗。

这里的畸人，就是道家庄子心目中的理想的人物，他正驾驭着风而行，手里执着一枝带露的芙蓉，度过了人世种种劫难，升入缥渺遥远的仙境。明朗的月光照他前行，凉爽的长风习习相送，幽深的华山万籁俱寂，清脆的钟声声声入耳，畸人体现出一种超脱于尘世、与自然同化的精神境界。如此，司空图"芙蓉"之喻虽与李白的一样，都富有浓厚的道家色彩，但他是借"芙蓉"强调创作主体心处虚静，排除干扰，与天机契合，达到主观精神和自然之道的和谐统一，形成高远古雅、超脱俗韵的风俗。

中唐时期的皎然也有"芙蓉"之喻，究其含义，又略有不同。《诗式》云："谢诗真于情性，尚于作用，不顾词彩，而风流自然。彼清景当中，天地秋色……惠休所评'谢诗如芙蓉出水'，斯言颇近矣！"虽然与钟嵘一样，也是引用汤惠休所评，但钟嵘是说谢灵运的诗纯任自然，所触所发，而皎然却认为谢诗的自然是"尚于作用"，作用即为文之用心，"尚于作用"就是苦心、精心地构思文章。《诗式》（卷一）专有"明作用"一节：

> 作者措意，虽有声律，不妨作用，如壶公瓢中自有天地日月，
> 时时抛针掷线，似断而复续，此为诗中之仙，拘忌之徒，非可企
> 及也。

《诗式》还有其他地方提到"作用",如:"夫诗者……其作用也,放意须险,定句须难,虽取由我衷,而得若天授……"很显然,皎然所提倡的自然是一种经过苦心经营后的自然,是一种人工的自然,特别注重主体的精心构思,所以他特别强调:

> 又云:不要苦思,苦思则丧自然之质,此亦不然;夫不入虎穴,焉得虎子,取境之时,须至难至险,始见奇句,成篇之后,观其气貌,有似等闲不思而得,此高手也。

在皎然看来,真正的自然不是随性自得,而是经过精心构思安排但又不露人工雕琢痕迹,这与钟嵘引芙蓉之喻义在提倡直寻、追求自然真美的诗学观显然不同。

宋人对前人芙蓉象喻的改造尤为用心,使得芙蓉象喻批评的内涵又发生了很大的变化。许彦周《彦周诗话》感慨道:"世间花卉,无逾莲花者,盖诸花皆藉暄风暖日,独莲花得意于水月,其香清凉,虽荷叶无花时亦自香也。"①芙蓉之美,不独在于其外表的明丽丰艳,而是因其任性清香、一空依傍的内在精神,正如周敦颐笔下的莲花形象,"出淤泥而不染,濯清涟而不妖,中通外直,不蔓不枝,香远益清,亭亭净植,可远观而不可亵玩焉",清净纯洁,洁身自好。宋朝人在芙蓉身上注入了特有的时代精神。

基于此,宋人不再满足于芙蓉出水的常规式象喻,而是主观建构,生发出形式、形态皆为多样的芙蓉象喻。如魏庆之《诗人玉屑》评王维诗歌"秋水芙蓉,倚风自笑",就突破了清水芙蓉的既定模式,幻化成一朵迎风微笑的秋水芙蓉,不但将芙蓉人格化,而且寄寓了特定的审美趣味和诗学理想:虚通寂静、明妙安乐、萧瑟空灵、任性超脱,颇有世尊拈花微笑直臻妙境的味道。这与宋代儒释道融合的特定文化思想背景是分不开的。又如《朱子

---

① 何文焕:《历代诗话(上)》,中华书局1981年版,第401页。

语类·卷一百四十·论文》载曰：

> 或问："李白'清水出芙蓉，天然去雕饰。'前辈多称此语，如
> 何？"曰："自然之好，又不如'芙蓉露下落，杨柳月中疏'，则
> 尤佳。"①

"清水出芙蓉"，历来被人公认为自然美的典型象喻，而在朱熹看来，却比不上"芙蓉露下落，杨柳月中疏"两句所蕴藏的自然美。这两句出自北朝萧悫的《秋思》，意思是说清香的荷花在寒露的浸泡下凋零，浓绿的柳树在秋月的冷辉中稀疏，全句弥漫着一种萧瑟清冷、任物飘零的气息，同样蕴有佛禅寂寥圆融之意。

当然，前人"出水芙蓉"的经典象喻批评在宋代文化中也历历可见，但究其文论内涵，却并非陈陈因袭，照搬雷同，而是随着时代审美趣味的变化而有所突破和改变的。如葛立方《韵语阳秋》云：

> 陶潜、谢朓诗皆平淡有思致，非后来诗人怵心刿目雕琢所为
> 也。老杜云："陶谢不枝梧，《风》《骚》共推激。紫燕自超诣，翠驳
> 谁剪剔是也。"大抵欲造平淡，当自组丽中来；落其华芬，然后可造
> 平淡之境，如此则陶、谢不足进矣。今之人多作拙易语，而自以为
> 平淡，识者未尝不绝倒也。梅圣俞《和晏相诗》云："因今适性情，
> 稍欲到平淡。苦词未圆熟，刺口剧菱芡。"言到平淡处甚难也。所
> 以《赠杜挺之诗》有"作诗无古今，欲造平淡难"之句。李白云："清
> 水出芙蓉，天然去雕饰。"平淡而到天然处，则善矣。②

如果说，在骈文盛行的梁代，钟嵘以"出水芙蓉"隐喻谢灵运的诗作，

---

① 黎靖德编，王星贤点校：《朱子语类》（全八册），中华书局1986年版，第3326页。
② 何文焕：《历代诗话（下）》，中华书局1981年版，483—484页。

"出水芙蓉"因之蕴有明丽自然之意是时代使然的话,那么,到了唐代,权德舆还是在"明丽自然"的层面上对"芙蓉出水"之喻赞赏有加:"会性情者在于物象,穷比兴者在于声律。盖辩以丽,丽以则,得于无间,合于天倪者,其在是乎?彼惠休称谢永嘉如芙蓉出水,钟嵘谓范尚书如流风回雪,吾知之矣。"(《左谏议大夫韦公诗集序》)皎然依然发出"其华艳如百叶芙蓉,菡萏照水"(《诗式·品藻》)的感叹,似可说明,"出水芙蓉"含有明丽华彩便是题中应有之义。然而,到了宋代,"出水芙蓉"却呈现出一种落尽浮华、天然真淳的平淡美:淡雅、清幽,却又含蕴无限。

不过,有意思的是,宋之后,芙蓉象喻批评被文论家相继引用,其内涵又大都回复到原先的自然秀丽的意思。如沈祥龙说:"白石诗云:'自制新词韵最娇。''娇'者,如出水芙蓉,亭亭可爱也。徒以嫣媚为娇,则其韵近俗矣。试观白石词,何尝有一语涉于嫣媚。"栩庄评韦庄《菩萨蛮》"人人尽说江南好""如今却忆江南乐"云:"端己此二首自是佳词,其妙处如芙蓉出水,自然秀艳。"周济评韦庄:"端己词清艳绝伦,初日芙蓉春月柳,使人想见风度。"张实居《师友诗传录》:"古之名篇,如出水芙蓉,天然艳丽,不假雕饰,皆偶然得之,犹书家所谓偶然欲书者也。"这大多是在"自然秀丽、清新可爱"的层面上运用芙蓉象喻,也使得"出水芙蓉"一直葆有自然明丽的美学内涵,成为一种经典的草木象喻批评。

# 第二节 "竹子"象喻批评

竹子是一种高大、生长迅速、生命力旺盛的禾草类植物,茎为木质。中国是世界上研究、培育和利用竹子最早的国家。1954 年,在西安半坡村发掘了距今约 6000 年的仰韶文化遗址,其中出土的陶器上可辨认出"竹"字符号,说明在此之前,竹子就已为人们所研究和利用。此后考古学家又在 7000 年前的浙江余姚县(今余姚市)河姆渡原始社会遗址内发现了竹子的实物,可见,竹子的历史甚或可上溯到 7000 年前,几乎与人类历史进程相始终。

竹子的特点颇多,备受中国人民的喜爱。古往今来,中国文人墨客嗜竹、咏竹、赋竹、歌竹、榜竹、叹竹者纷然众多,络绎不绝。竹子被誉为"四君子"(梅、兰、竹、菊)之一,又有"岁寒三友"(梅、松、竹)之一的美称。竹子枝干挺拔、修长,四季青翠,傲雪凌霜,恰与不畏逆境、不惧艰辛、宁折不屈的品格相对应;竹子中空,有节,又与虚心、气节等情操契合。竹子因之成为文人墨客时常观照的审美对象。早在《诗经》中,就有许多对竹子的描写,如《小雅·斯干》:"秩秩斯干,幽幽南山。如竹苞矣,如松茂矣。"竹苞、松茂,是说松竹茂盛,用以比喻家族兴盛,人品高洁。人们对竹子的描写从一开始就不仅仅是作为一种景致,而是上升到精神的高度。《卫风·竹竿》:"籊籊竹竿,以钓于淇。岂不尔思?远莫致之。"这是取竹竿的修长尖锐以喻自己高洁俊逸的品格。《诗经》里咏叹竹子最著名的莫过于《卫风·淇奥》:

瞻彼淇奥,绿竹猗猗。有匪君子,如切如磋,如琢如磨。瑟兮
僴兮,赫兮咺兮。有匪君子,终不可谖兮。
瞻彼淇奥,绿竹青青。有匪君子,充耳琇莹,会弁如星。瑟兮
僴兮,赫兮咺兮。有匪君子,终不可谖兮。
瞻彼淇奥,绿竹如箦。有匪君子,如金如锡,如圭如璧。宽兮
绰兮,猗重较兮。善戏谑兮,不为虐兮。

全篇以绿竹起兴,从外貌、才能和品德三个方面对高雅君子进行极尽所能的赞颂。同时,竹子又可用来隐喻高雅君子的各个方面。外貌上,这位高雅君子相貌堂堂,仪表庄重,身材高大,衣服也整齐华美,恰如英俊伟岸的绿竹;才能上,他学问充盈,才华横溢,办事果断,交际活络,仿佛活水旁连成片的碧竹;品德上,胸怀宽广,高洁雅俊,宛如袅娜葱茏、虚心有节的竹子。

此后,历代文人墨客对竹吟咏不断,创作出大量咏竹文学作品,如江淹

《灵丘竹赋》、白居易《养竹记》、郑燮《竹石》等。随着墨竹画的问世，北宋文同、苏轼，清代郑燮等文人大量画竹，不仅大力完善了画竹艺术，而且留下许多以竹子建构的理论。此外，中国人的日常生活也离不开竹子，所谓"华夏竹文化，上下五千年，衣食住行用，处处竹相连"。竹笋早在西周时期就已成为餐中佳肴，竹子很早就被中国古人用作房屋各个部分的建筑材料，人们用竹来开路架桥、制舟做车，竹子成为交通工具的重要制作材料，同时也被用来制作成各种各样的日常生活器物，如炊饮器具、消暑用具、各式家具等等，①总之从吃穿住用行到内在精神的建构，竹子都在其中扮演着不可或缺的重要角色。可以说，竹子代表了中华民族的品格和情操，中国文化深深浸透了竹的印痕。

竹子在中国文学理论批评中自然也不会缺席。文论家以竹子为喻，借助竹子的各种特点来阐发关于各种文学活动的理论观念，形成富有中国特色的竹子象喻批评。比如竹子中空、直节、优雅的特点，文论家以此为喻，比拟文学作品的典雅风格。晚唐司空图《二十四诗品》"典雅"品曰："玉壶买春，赏雨茅屋。坐中佳士，左右修竹。白云初晴，幽鸟相逐。""左右修竹"，正所谓"何可一日无此君"（宋之问《琴曲歌辞·绿竹引》）、"宁可食无肉，不可居无竹。无肉令人瘦，无竹令人俗"（苏轼《竹》），自见其雅。清人许奉恩《文品》"恬雅"品也用到了竹子象喻："幽人独步，野鹤相从。隔溪人家，无路可通。梅花万树，互竹交松。暗香扑面，如见春风。"②又如竹子在风雨雷电等各种自然环境下会发出美妙的声响，很多文论家借此为喻，形容诗歌声律。金代王若虚《滹南诗话》曰："诗之有韵，如风中之竹，石间之泉，柳上之莺，墙下之蛩，风行铎鸣，自成音响，岂容拟议？"意思是说，诗歌押韵如同风吹竹响，本是自然而然的，无须事后计较，这是以竹响喻诗歌声韵的天然形成。谢榛《四溟诗话》中也有类似的竹子象喻，其云："或因字得

---

① 何明、廖国强：《中国竹文化》，人民出版社 2007 年版。

② 司空图、袁枚著，郭绍虞辑注：《诗品集解 续诗品注》，人民文学出版社 1963 年版，第 121—122 页。

句，句由韵成，出乎天然，句意双美。若接竹引泉而潺湲之声在耳，登城望海而浩荡之色盈目。此乃外来者无穷，所谓'辞后意'也。"清人魏谦升《二十四赋品》"声律"品："昆仑解谷，箭竹凤鸣。如珠好语，一一穿成。规重矩叠，绳直衡平。范围不过，音响自清。"①《说文解字》释曰："箭，断竹也。"《汉书·律历志》："伶伦制箭十二，以听凤鸣。"这里是以箭竹、凤鸣比拟声律的美妙和谐。明代徐上瀛《溪山琴况》则以竹声喻审美趣味，曰："吾爱此响，松之风而竹之雨，涧之滴而波之涛也。有寤寐于澹之中而已矣。"②这是说琴声犹如松风竹雨之声，若有若无，隐约清淡，这是以松竹的风雨声喻文艺的淡然之美；又如竹子头上几节被破开之后，下面各节顺着刀势就能轻而易举地分开，文论家们也抓住这一特点借以发论，明代王骥德《曲律·论咏物》说：

　　咏物毋得骂题，却要开口便见是何物。不贵说体，只贵说用。佛家所谓不即不离，是相非相，只于牝牡骊黄之外，约略写其风韵；今人仿佛如灯镜传影，了然目中，却捉摸不得，方是妙手。元人王和卿《咏大蝴蝶》："挣破庄周梦，两翅驾东风。三百座名园，一采一个空，谁道风流种？唬杀寻芳的蜜蜂。轻轻飞动，把卖花人搧过桥东。"只起一句，便知是大蝴蝶。下文势如破竹，却无一句不是俊语。③

　　这是说王和卿的《咏大蝴蝶》开头虽一句未提蝴蝶，却处处可见蝴蝶，这正如佛家不即不离，妙不可言。开头开得好，下文就有如破竹之势，能够轻而易举地展开了。李渔《闲情偶寄·冲场》曰："开手笔机飞舞，墨势淋

---

①　司空图、袁枚著，郭绍虞辑注：《诗品集解　续诗品注》，人民文学出版社 1963 年版，第 129 页。

②　转引自胡经之：《中国古典美学丛编》，凤凰出版社 2009 年版，第 576 页。

③　同上，第 92 页。

漓,有自由自得之妙,则把握在手,破竹之势已成,不忧此后不成完璧。如此时此际,文情艰涩,勉强支吾,则朝气昏昏,到晚终无晴色,不如不作之为愈也。"①其破竹之喻也是这个意思。

不过,最有名的竹子象喻批评自然是"胸有成竹"之喻,它自宋至清,历经几个朝代,被文论家不断引用、更新、演变,其美学内涵和文论意义也不断地发生变化,至今仍焕发出强大的生命力。总结来看,作为象喻批评的"胸有成竹"主要包含以下几点文论内涵。

## 一、"成竹于胸,身与竹化":提倡创作主体"物我同一"的超脱境界

"胸有成竹"之喻最先见于苏轼,他在《文与可画筼筜谷偃竹记》一文中详细描述了文与可画竹的创作状态:

> 竹之始生,一寸之萌耳,而节叶具焉。自蜩蝮蛇蚹以至于剑拔十寻者,生而有之也。今画者乃节节而为之,叶叶而累之,岂复有竹乎?故画竹必先得成竹于胸中,执笔熟视,乃见其所欲画者,急起从之,振笔直遂,以追其所见,如兔起鹘落,少纵则逝矣。与可之教予如此,予不能然也,而心识其所以然。夫既心识其所以然而不能然者,内外不一,心手不相应,不学之过也。故凡有见于中而操之不熟者,平居自视了然,而临事忽焉丧之,岂独竹乎。
>
> 子由为《墨竹赋》以遗与可曰:"庖丁,解牛者也,而养生者取之;轮扁,斫轮者也,而读书者与之。今夫夫子之托于斯竹也,而予以为有道者则非邪?"子由未尝画也,故得其意而已。若予者,岂独得其意,并得其法。

文与可是宋代画竹名师,也是苏轼的表兄。据说他为了画好竹子,在自家门前屋后种了许多竹子。不管刮风下雨,都常年在竹林子里头钻来钻

---

① 李渔:《闲情偶寄》,云南人民出版社 2016 年版,第 74 页。

去，观察竹子在春夏秋冬、阴晴雨雪中颜色、姿态的细微变化。天长日久，竹子的各种形象就都深深地印在他的心中，正所谓"先得竹于胸中"，画出来的竹子，无不逼真传神。当人们夸奖他的画时，他也总是谦虚地说："我只是把心中琢磨成熟的竹子画下来罢了。"

不过，在苏轼看来，文与可画竹并非通过细致观察就能做到，而是如解牛的庖丁、斫轮的轮扁一样，是"有道者"。《庄子·养生主》讲述说，庖丁为文惠君解牛，"手之所触，肩之所倚，足之所履，膝之所踦，砉然响然，奏刀騞然，莫不中音。合于桑林之舞，乃中经首之会"，给文惠君带来高度的艺术享受。当文惠君问起庖丁解牛的技术为何如此高超时，庖丁回答说："臣之所好者道也，进乎技矣。始臣之解牛之时，所见无非全牛者；三年之后，未尝见全牛也；方今之时，臣以神遇而不以目视，官知止而神欲行。依乎天理……彼节者有间而刀刃者无厚，以无厚入有间，恢恢乎其于游刃必有余地矣。是以十九年而刀刃若新发于硎。"这里庖厅郑重其事地指明，他这个解牛的技术并非简单的技术，而是"道"，"技进于道"，它包括成熟的解牛技术，所以需要解牛数千头，更需要把自己主观、客观的一切杂念、欲望全部排除。"未尝见全牛"，自己与牛已融为一体，没有对立之分，从而进入"以神遇而不以目视""官知止而神欲行"的境界，解牛从而游刃有余。

可见，苏轼的"胸有成竹"之喻虽然也强调对外物的细致观察，但更强调创作主体要具备"超脱于物、物我同一"的境界。所以他在《书晁补之所藏与可画竹三首》中赋诗曰：

> 与可画竹时，见竹不见人。岂独不见人，嗒然遗其身。
> 其身与竹化，无穷出清新。庄周世无有，谁知此疑神。

所谓"不见人""遗其身""身与竹化"，与庄子所说的"堕肢体，黜聪明，离形去知，同于大通，此谓坐忘"（《庄子·大宗师》）、"齐三日，而不敢怀庆赏爵禄；齐五日，不敢怀非誉巧拙；齐七日，辄然忘吾有四枝形体也。当是时也，无公朝，其巧专而外骨消"（《庄子·达生》），何其相似乃尔。总之，苏轼的"胸有成竹"之喻并不是简单地呼吁对创作客体进行细致观察,而是提倡创作主体要建立起超脱、达观、淡然的思想境界,这与前文提到的苏轼《自题金山画像》中"心似已灰之木,身似无系孤舟"的内在精神也是非常契合的。

值得一提的是,江西诗派领袖黄庭坚将文与可与道臻讲师画竹做对比,进一步印证了苏轼以胸有成竹喻创作主体"物我同一"的思想观点,其《道臻师画墨竹序》曰:

> 韩退之论张长史喜草书,不治它技。所遇于世存亡得丧,亡聊不平,有动于心,必发于书。所观于物,千变万化,可喜可愕,必寓于书。故张之书不可端倪,以此终其身而名后世。与可之于竹,殆犹张之于书也。嘉州石洞讲师道臻,刻意尚行,欲自振于溷浊之波,故以墨竹自名。然臻过与可之门而不入其室何也? 夫吴生之超其师,得之于心也,故无不妙;张长史不治它技,用智不分也,故能入于神。夫心能不牵于外物,则其天守全,万物森然,出于一镜,岂待含墨吮笔,盘礴而后为之哉? 故余谓臻欲得妙于笔,当得妙于心。①

道臻讲师以墨竹自名,但在黄庭坚看来,他与文与可的墨竹根本不可同日而语,"过与可之门而不入其室"。究其原因,在于道臻"刻意尚行"、"心不能牵于外物",做作、刻意,完全没有张旭作草书、文与可画竹的那种用智不分、凝神静气的心智状态。

有意思的是,南宋罗大经又提出"胸有全马"之喻,与苏轼的"胸有成竹"之喻遥相呼应。其《鹤林玉露》云:

> 唐明皇令韩干观御府所藏画马。干曰:"不必观也。陛下厩

---

① 转引自胡经之:《中国古典美学丛编》,凤凰出版社2009年版,第56页。

马万匹皆臣之师。"李伯时工画马,曹辅为太仆卿,太仆廨舍,御马皆在焉。伯时每过之,必终日纵观,至不暇与客语。大概画马者,必先有全马在胸中,若能积精储神,赏其神骏,久久则胸中有全马矣。信意落笔,自然超妙,所谓用意不分乃凝于神者也。山谷诗云:"李侯画骨亦画肉,下笔生马如破竹。"生字下得最妙,盖胸中有全马,故由笔端而生,初非想像横画也。曾云巢、无疑工画草虫,年迈愈精。余尝问其有传传乎? 无疑笑曰:"是岂有法可传哉? 某自少时取草虫笼而观之,穷昼夜不厌。又恐其神之不完也,复就草地之间观之,于是始得其天。方其落笔之际,不知我之为草虫耶? 草虫之为我耶? 此与造化生物之机缄,盖无以异,岂有可传之法哉?"[①]

与文与可画竹前须细致观竹一样,李伯时(公麟)画马也是终日纵观,以至无暇与客人说话,从而能够体会到马的各种精微神态,做到画马前"胸有全马"。不仅如此,罗大经又以曾云巢、无疑大师画草虫为例,认为他们在对草虫经过"穷昼夜"的仔细观察之后,进入了"不知我之为草虫耶? 草虫之为我耶"的境界,以此提倡创作主体画马、画虫乃至创作任何艺术作品时都应该建立起物我同一、凝神静虑、自然超妙的境界,这与苏轼的胸有成竹之喻是非常一致的,也可见宋人对"胸有成竹"的内在意蕴存在较为一致的共识。

### 二、"胸有成竹,意在笔先":主张临笔前通盘考虑的创作构思

到了清代,"胸有成竹"之喻更多地被文论家用来强调动笔前的精心构思、全盘考虑,褪去了宋人强调的创作主体物我同一的超脱境界的内涵,但也赋予了新的内容。如金圣叹《水浒传》贯华堂本第十九回"外书"曰:

---

① 转引自胡经之:《中国古典美学丛编》,凤凰出版社 2009 年版,第 401 页。

　　此书笔力大过人处,每每在两篇相接连时,偏要写一样事,而
又断断不使其间一笔相犯。如上文方写过何涛一番,入此回又接
写黄安一番是也。看他前一番翻江搅海,后一番搅海翻江,真是
一样才情,一样笔势。然而读者细细寻之,乃至曾无一句一字偶
尔相似者。此无他,盖因其经营图度,先有成竹藏之胸中,夫而后
随笔迅扫,极妍尽致,只觉干同是干,节同是节,叶同是叶,枝同是
枝,而其间偃仰斜正,各自入妙,风痕露迹,变化无穷也。此书写
何涛一番时,分作两番写,写黄安一番时,也分作两番写,固矣。
然何涛却分为前后两番,黄安却分为左右两番。又何涛前后两
番,一番水战,一番火攻。黄安左右两番,一番虚描,一番实画。
此皆作者胸中预定之成竹也。夫其胸中预定成竹,既已有如是之
各各差别,则虽湖荡即此湖荡,芦苇即此芦苇,好汉即此好汉,官
兵一样官兵,然而间架既已各别,意思不觉都换。此虽悬千金以
求一笔之犯,且不可得,而况其有偶同者耶。①

　　《水浒传》是金圣叹认可的"六才子书"之一,其评点小说《读第五才子
水浒传》代表了清代小说评点的主要形式和最高成就,提出了许多精辟的
小说理论。如他认为历史是"以文运事",纪实性强;小说是"因文生事",具
有虚构性。二者有着本质区别,这对小说本质特征的认识及小说本体地位
的强调有着非常重要的作用。这里他延续了苏轼"胸有成竹"之喻,强调动
笔之前作者应当先要通盘构思一番,"先有成竹藏之胸中",与苏轼的"画竹
必得先成竹于胸中"貌似一样,但仔细体会,实有差别。其一,苏轼的胸有
成竹之喻主要用于绘画、创作诗歌散文等文体,金圣叹则是用来分析小说
创作的;其二,苏轼重视创作时的一气呵成,自然灵妙,而金圣叹由于面对
的是故事情节丰富、篇幅长的小说,更加强调的是结构布置、情节安排,所
以他的胸有成竹之喻更多地体现在对小说结构的安排上,对相似情节的处

---

　　①　转引自胡经之:《中国古典美学丛编》,凤凰出版社 2009 年版,第 411 页。

理上。尤其是后者,他指出《水浒传》有许多情节极其相似,如前有武松打虎,后有李逵打虎;前写何涛捕盗,后写黄安捕盗。干节叶枝何其相同,却又不觉得雷同重复,皆因作者"胸中预定成竹",早已在临笔前盘算过多次,故读来各有不同,各自生奇,照耀生色,而且还能感受到小说技巧的犯避之妙,见出小说作者的大手笔。

此后,清代众多文论家都在这层意义上使用胸有成竹之喻,如沈德潜《说诗晬语》(卷下)曰:"写竹者必有成竹在胸,谓意在笔先,然后著墨也。惨淡经营,诗道所贵。倘意旨间架,茫然无措,临文敷衍,支支节节而成之,岂所语于得心应手之技乎?"①这里直接指出"成竹在胸"是比喻意在笔先的创作构思。汪之元《天下有山堂画艺》云:"古人谓胸有成竹,乃是千古不传语。盖胸中有全竹,然后落笔如风舒云卷,倾刻而成,则气概闲畅,大非山水家五日一石十日一水,沾沾自以为得意也。……胸中成竹,然后振笔挥毫,则婆娑偃仰,无不合度。"②又董棨《养素居画学钩深》:"作画胸有成竹,用笔自能指挥。一波一折,一曳一牵,一纵一横,皆得自如。惊蛇枯藤,随形变幻,如有排云列阵之势。"③华琳《南宗抉秘》:"初学之士,固不能如吴道子粉本在胸,一夕脱手。惟须多临成稿,使胸有成竹,然后陶铸古人,自出机轴,方成住制。不然师心自用,非痴呆无心思,即乖戾无理法。如文家之不善谋篇,虽有绮语,位置失所,翻多疵谬。"④这都是以"胸有成竹"之喻提倡创作时首先应该全盘考虑,这样才能自由顺畅,随形变幻。

## 三、"胸无成竹,自尔成局":比喻创作时的兴会神到、自由酣畅

继北宋文与可画竹之后,于清代又出现了一位痴迷画竹的高手,他就是郑板桥。叶衍兰、叶恭绰祖孙共同编写的《清代学者像传》说郑板桥一生

①　沈德潜撰,王宏林笺注:《说诗晬语笺注》,人民文学出版社 2013 年版,第 331—332 页。

②　转引自胡经之:《中国古典美学丛编》,凤凰出版社 2009 年版,第 418 页。

③　同上,第 422 页。

④　同上,第 426 页。

三分之二的岁月都在画竹、咏竹、叹竹，郑板桥自己曾作诗说："四十年来画竹枝，日间挥写夜间思。冗繁削尽留清瘦，画到生时是熟时。"郑板桥自言："凡吾画竹，无所师承，多得于纸窗粉壁日光月影中耳。"他画竹不仅自出机杼，甚至还借此提炼出一套有关创作全过程的精辟理论。其《郑板桥集·题画》云：

> 江馆清秋，晨起看竹，烟光、日影、露气，皆浮动于疏枝密叶之间。胸中勃勃，遂有画意。其实胸中之竹，并不是眼中之竹也。因而磨墨展纸，落笔倏作变相，手中之竹又不是胸中之竹也。①

这里郑板桥别出心裁，改造了苏轼以来的"胸中之竹"理论，他提炼出三种竹子形象，即"眼中之竹"、"胸中之竹"和"手中之竹"，分别指向创作的三个重要阶段。具体来说，"眼中之竹"是指观察中的竹的自然物象，比喻成为创作客体的客观外物，即陆机《文赋》中的"物"、苏轼《答谢民师推官书》中的"求物之妙"；"胸中之竹"是酝酿中的竹的审美意象，形容主体构思的心理活动，即陆机的"意"、苏轼的"是物了然于心"；"手中之竹"是指画幅上的竹的艺术形象，比拟外化为语言文字的文章，即陆机的"文"、苏轼的"了然于口与手"。这实际上就是从观察外物到艺术构思至艺术传达的创作全过程，郑板桥着重指出，这个过程看似都是以竹子形象为主体，但实际上倏忽变化，个个不同，因而需要深入细致的观察、成熟精巧的构思和充分流畅的表达（这实际上就是苏轼的"辞达说"）。郑板桥的三竹之喻，不仅巧妙地解释了陆机"意不称物、文不逮意"的个中原因，也让我们对苏轼的"辞达说"有了更为具体形象的理解与把握。

难能可贵的是，郑板桥并没有拘泥于固定的作文法则，他紧接着说道："总之，意在笔先者，定则也；趣在法外者，化机也。独画云乎哉！"②主张自

---

① 转引自胡经之：《中国古典美学丛编》，凤凰出版社 2009 年版，第 418 页。
② 同上。

然灵妙的化机。为此,他再次突破传统的"胸有成竹"之喻,提出了"胸无成
竹"。他说:

> 文与可画竹,胸有成竹;郑板桥画竹,胸无成竹。浓淡疏密,
> 短长肥瘦,随手写去,自尔成局,其神理俱足也。藐兹后学,何敢
> 妄拟前贤。然有成竹无成竹,其实只是一个道理。①

一般来说,下笔之前先整体构思一下是很有必要的,但若事事都要预
先经营,难免考虑不周,捉襟见肘,不好下笔,不如荡笔生发开去,兴到神
会,即景成文,神理俱足。所以他又说道:

> 信手拈来都是竹,乱叶交枝戛寒玉。却笑洋洲文太守,早向
> 从前构成局。
> 我有胸中十万竿,一时飞作淋漓墨。为凤为龙上九天,染遍
> 云霞看新绿。②

这里还是以竹于为喻。郑板桥指出,文与可事前的拘拘计较自然比不
上他的信手拈来、淋漓尽致。

总之,通过大半生的与竹为友的生命历练,郑板桥发出从"胸有成竹"
到"胸无成竹"的感慨,体悟到以自然为师,随心写作,才是创作的天机,为
"胸有成竹"理论最后添上绚烂的一笔。

---

① 转引自胡经之:《中国古典美学丛编》,凤凰出版社 2009 年版,第 419 页。
② 同上。

# 第三节 "梅花"象喻批评

古人赏花、品花、咏花、叹花,以花入文,在文艺园地留下诸多芬芳灿烂、意蕴丰厚的花意。其中,梅(包括梅花)是各类艺术表现较多的花卉之一,长期以来备受文人学者关注。较为瞩目的研究专著有程杰《宋代咏梅文学研究》《梅文化论丛》《中国梅花审美文化研究》,张建军、周延《踏雪寻梅——中国梅文化探寻》,王莹《唐宋国花与中国文化》等,相关性的研究论文有赵丽《中国古代文学中的梅意象》、舒红霞《梅:宋代女性文学异彩纷呈的审美意象》、于素香《乐府诗中的梅意象》,等等,不胜枚举。这带来了梅文化研究的繁荣,使我们能够透过梅文化更深刻地去理解与感悟我国的传统文化及其精神内蕴。

但是不难看出,现有研究大多集中于文学作品中的梅意象,探讨梅的象征内蕴及精神内涵,由此兼论梅与文人、梅与时代、梅与艺术、梅与工艺之间的密切关系,而很少顾及古代文论中的梅,即我们通常所说的以梅喻文。一些代表性文论家如刘勰、苏轼等以梅喻文的重要见解在上述研究中几乎未见提及,这段空白无论对梅文化研究的整体观照还是对古代文论发展进程的内在把握来说都不无缺憾。

基于此,本书以古代文论中的梅意象为研究对象,即以梅喻文现象为专题,从历时角度,对古代文论不同历史阶段的以梅喻文现象做一纵向的整体观照,既具体反映以梅喻文的历史发展过程,又清晰展现其文论内涵和美学意义的演变脉络。

## 一、"声得盐梅,和体抑扬":从实用调味到美学滋味论(先秦至六朝)

梅是我国特有的花果,在先秦文献如《尚书》《诗经》中早有记载,历史极其悠久。据程杰《中国梅花审美文化研究》中的论述,考古学家曾在1979

年河南裴李岗遗址发现梅核。裴李岗遗址是北方新石器的一个代表,距今约 7000 年。[①] 梅的栽培历史可追溯到 7000 年前,可以说涵盖了我国历史文化发展的全进程。从裴李岗遗址中梅核的发现来看,我国先民从那时起就已开始使用梅的果实,说明首先注意到的是梅子的实用价值。《尚书·说命下》载:"王曰……尔惟训于朕志,若作酒醴,尔惟曲蘖;若作和羹,尔惟盐梅。""王"指殷高宗武丁,他在位期间,渴盼圣人辅佐,复兴殷朝,三年不言,夜梦圣人,按图索骥,寻到傅说。盐梅就是咸盐和酸梅,梅子含有果酸,能够增酸味,催肉熟,是商周时期古人调制肉羹的必备调味品。这里武丁把傅说之于国家复兴比作盐梅之于肉羹调制,突显傅说的重要性,这也是梅在比喻意义上的首度运用。《诗经·召南·摽有梅》曰:"摽有梅,其实七兮。求我庶士,迨其吉兮。摽有梅,其实三兮。求我庶士,迨其今兮。摽有梅,顷筐塈之。求我庶士,迨其谓之。"这里以树上梅子已然成熟、几欲落尽,比喻自己怀春思嫁的美好愿望及急切心理,聚焦点也在梅之果实上。

春秋末期晏子提出的"盐梅和羹"之喻,不仅是从调味品角度将盐梅作为一个整体进行类比,而且更突出盐、梅之间对立冲突、相辅相济的特质。《左传·晏子对齐侯问》曰:

> 和如羹焉,水火醯醢盐梅,以烹鱼肉,燀之以薪,宰夫和之,齐之以味,济其不及,以泄其过。君子食之,以平其心。

在晏子看来,鱼肉之羹是需要盐、梅、醯、醢等不同调味品相互协调、中和调制而成的。"和"的思想亦是如此,它不是以水济水之"同",而是以他平他之"和",是各种不同甚至对立因素的协调。

晏子的盐梅和羹之喻直接开启了南朝刘勰在文论意义上对盐梅之喻的运用,富有重要意义。刘勰《文心雕龙·声律》曰:

---

① 程杰:《中国梅花审美文化研究》,巴蜀书社 2008 年版,第 5 页。

赞曰:标情务远,比音则近。吹律胸臆,调钟唇吻。声得盐梅,响滑榆槿。割弃支离,宫商难隐。

刘勰认为,诗歌语言的声律是复杂的,对复杂声律的调配更是繁复难明:"双声隔字而每舛,叠韵杂句而必睽;沉则响发而断,飞则声飏不还:并辘轳交往,逆鳞相比,迂其际会,则往蹇来连,其为疾病,亦文家之吃也。"违反声律配合的规律,念起来佶屈聱牙,就像得了口吃病一样。如何去调配它们?刘勰接着指出,"左碍而寻右,末滞而讨前","异音相从谓之和,同声相应谓之韵"。左边有了障碍,可从右边去寻找毛病;末尾阻滞不畅,可从上面做调整。这正如他所说的"声得盐梅"之喻一样,盐咸梅酸,偏于任何一端,都会导致口感不好,只有酸咸的对立因素互相中和,味道才会新鲜和谐,真正产生声律上的滋味美。不难看出,他注重的正是晏子所崇尚的对立因素协调相济以达和谐的观念。

刘勰《文心雕龙》是我国第一部文学理论专著,章学诚称之为"体之而思精"。它不仅体系庞大完整,而且论述细致严密,对文学审美本质及其创造、鉴赏规律都做了深度探讨。他将盐梅之喻首先纳入文学理论领域,标志着真正文论意义上的以梅喻文的产生,完成了从实用性的"调味"到文学上的"滋味美"的蜕变。而且,他从语言本体角度出发,论证声律美要像盐梅相济相谐才有无穷滋味一样,将盐梅之喻与诗歌滋味联系起来,触及文学的审美本质,与当时诗论主流如陆机"阙大羹之遗味"的"遗味"说、钟嵘"干之以风力,润之以丹彩,使味之者无极"的"滋味"说、刘勰"往者虽旧,余味日新"的"余味"说也是契合的,显示出刘勰盐梅之喻重要的美学意义。

## 二、"落梅芳树,共体千篇":以梅花之喻贬斥模拟之风(唐代)

随着梅花种植技术的提高、栽培范围的扩大以及审美意识的抉发,自六朝开始,梅花的审美价值越来越得到世人的关注,咏梅之作亦风生水起,洋洋大观。宋末元初陈栎《题梅庵图》云:"诗书暨春秋,于梅著其实,舍实多言花,后世富篇什。"与先秦不同,六朝以来,人们的关注点渐由梅实转向

梅花,梅花的花开花落、花色花香、花期树性、花枝花干都成了咏梅之作的
表现内容,人们交相酬唱,形成了咏梅文学的热潮。唐人苏味道《正月十五
夜诗》中的"游骑皆秾李,行歌尽《落梅》"、孙逖《咏后庭梅》中的"闻唱《梅花
落》,江南春意深"、李白《襄阳歌》中的"千金骏马换小妾,笑坐雕鞍歌《落
梅》"、白居易《送滕庶子致仕》中的"已见曾孙骑竹马,犹听侍女唱《梅花》",
等等,都如实地体现了这一现象。

　　对于这一盛况热潮,卢照邻《乐府杂诗序》却表达了自己理性的看法:
"落梅芳树,共体千篇;陇水巫山,殊名一意。"①这也是以梅喻文在唐代文论
中出现的为数不多的一次。这两句话有两层意思。一方面,咏梅之作异军
突起,数量众多,已然形成落梅体。另一方面,从当时的创作情况来看,这
些咏梅之作形式多变,有曲、辞、诗、赋,如角曲《梅花》、宋璟《梅花赋》、杜甫
《红梅》等;题名多样,有梅花落、落梅、落梅花、大梅花、小梅花等;演奏乐器
多种,有羌笛、横笛、琴、筎、角、管等;演唱者身份各异,性别不一。但是创
作内容千篇一意,无非是借梅花感伤抒怀,并没有多少创见。这种看法在
当时可谓震聋发聩。

　　卢照邻这篇文章是为时人贾言忠诗集所作的序言,文中他首先指出,
《诗经》的风雅比兴传统很早就已濒临浸亡,"四始六义,存亡播矣","王泽
竭而颂声寝,伯功衰而诗道缺",恢复诗道,迫在眉睫。接着着重指出:

　　　　其后鼓吹乐府,新声起于邺中;山水风云,逸韵生于江左。言
　　古兴者,多以西汉为宗;议今文者,或用东朝为美。落梅芳树,共
　　体千篇;陇水巫山,殊名一意。亦犹负日于珍狐之下,沈萤于烛龙
　　之前。辛勤逐影,更似悲狂,罕见凿空,曾未先觉。潘、陆、颜、谢,
　　蹈迷津而不归;任、沈、江、刘,来乱辙而弥远。其有发挥新题,孤

────────────

　　①　卢照邻:《乐府杂诗序》,转引自叶朗总主编,王明居、卢永璘分册主编:《中国历
代美学文库·隋唐五代卷(上)》,高等教育出版社2003年版,第157页。本书关于卢照
邻《乐府杂诗序》所引内容均出自这一版本,后不再注明。

飞百代之前;开凿古人,独步九流之上。自我作古,粤在兹乎!

在卢照邻看来,魏晋乐府诗稍稍兴起,东晋山水文学郁然勃兴。此后,唐代诗坛以汉魏乐府为宗,以江左齐梁诗为美,但其实际创作却几如"落梅芳树""陇水巫山",大量以梅花落、芳树、陇头水、巫山为题,仿拟旧题雕琢辞藻,眼光狭隘,见解浅陋,千篇一意,鲜有新见或实际内容。而贾言忠的乐府诗却能够发挥新题,立意新颖,超越新声,上复古道,实属难能可贵。由此可见,卢照邻文中"落梅芳树"中的"落梅"已并非单纯地指时下以梅为题材的大量仿梅、拟梅之作,而是以梅喻文,认为这些仿拟之作在内容上落入俗套,于手法上因因相袭,以此喻指当时诗坛上人云亦云、无复创举的模拟诗风,颇有白居易所说"率不过嘲风雪、弄花草""于时六义尽去矣"的意味。

值得注意的是,南朝刘勰"声得盐梅"的隐喻在晚唐司空图那里有了一定程度的继承,其《与李生论诗书》曰:"江岭之南,凡足资于适口者,若醯,非不酸也,止于酸而已;若鹾,非不咸也,止于咸而已。华之人以充饥而遽辍者,知其咸酸之外,醇美者有所乏耳。"醯即醋,鹾即盐,司空图以醋酸盐咸之味论诗,这与刘勰以梅酸盐咸之味论诗相比,其思维机制一样,体现出承传的一面,但二人又有不同,刘勰突出的是梅酸盐咸之味的对立中和因素,以此比喻声律调和臻于和谐的美境;司空图强调的则是诗文要像食物一样,不但要有咸酸之味,更要有咸酸之外的味道,即味外之味、韵外之致、景外之景、象外之象,注重的是诗歌由具体的形象暗示诱发出来的巨大审美空间和审美张力。有意思的是,司空图的醯鹾之喻到了北宋苏轼时,却又演变成了盐梅之喻,其《书黄子思诗集后》曰:"唐末司空图崎岖兵乱之间,而诗文高雅,犹有承平之遗风。其论诗曰:'梅止于酸,盐止于咸,饮食不可无盐梅,而其美常在咸酸之外。'盖自列其诗之有得于文字之表者二十四韵,恨当时不识其妙,予三复其言而悲之。"虽然主旨精神并未改变,依然强调味外之味,但司空图的具体表述,在苏轼这里却由醯变成了梅,鹾变成了盐。司空图与苏轼属于两个不同的时代,相距整整两个世纪,其间文字传播、口耳相传的具体演变情况已无从查考,但由这一小小的变化,不难看出以梅喻文在两个不同时代一冷一热的不同境遇。这主要是因为唐人的咏梅之作虽然数量众多,还形成了所谓的落梅体,但这种万人一口的现象难免招致文人反感;而宋朝人则通过对梅的重新发现,对梅之精神的树立挖掘(见下文详述),使得梅能够以一种完全正面的姿态进入文人视野,这可能也是苏轼将醯换成梅的一种无意识的体现吧。

借此观照一下《二十四诗品》中的以花喻文现象。我们发现,在所有的以花喻文当中,除了一些笼统的、指称模糊的落花、奇花之外,出现具体花名的有桃花、杏花、菊花、芙蓉,独独没有梅花,这与梅花在后世文论中的繁荣现象不相契合,却恰与唐代文论家对"梅"较为冷落、贬斥的时代精神合拍,如此似可为《二十四诗品》作者的归属问题提供一份小小的佐证。

### 三、"梅格""梅韵":以梅隐喻创作观念和审美理想(宋代)

梅花在宋代得以被重新发现并赋予全新意义,自然首先归功于"梅妻鹤子"林逋处士,其《山园小梅》中的名句"疏野横斜水清浅,暗香浮动月黄昏",被誉为千古咏梅绝唱,不仅成功刻画出梅花疏野横斜、清幽香逸的物色丰姿,更形象道出"梅"之闲静淡泊、素淡清雅的隐者意趣。梅花由此被赋予深刻的精神意义和思想价值,上升为崇高的文化象征。诚如程杰所说:"宋以前的梅花审美以自然物色特征的感应和认识为主,林逋以来则进入了品格德行意义抉发的新阶段……使它(指梅花)越来越具备超拔于春花时艳之上的精神意义,最终推到了士大夫人格理想象征的崇高地位。"①

不过,说到以梅喻文,梅的文论意义在宋代的着力挖掘,则不得不提及苏轼。前引他转述改造过的司空图的盐梅之喻,提倡诗文要有深远无穷的味外之味,这引领了当时诗坛追求外枯中膏、似淡实美的平淡美的审美风尚,意义重大。更进一步地,他由梅实转向梅花,提出"梅格"这一重要概念,又增加了以梅喻文的隐喻角度和文论形态。苏轼《红梅三首(其

---

① 转引自王莹:《唐宋国花与中国文化》,河南人民出版社2013年版,第239页。

一)》云：

> 怕愁贪睡独开迟，自恐冰容不入时。
>
> 故作小红桃杏色，尚余孤瘦雪霜姿。
>
> 寒心未肯随春态，酒晕无端上玉肌。
>
> 诗老不知梅格在，更看绿叶与青枝。

"诗老"是指宋仁宗朝著名诗人石延年，其《红梅》诗中有这样两句："认桃无绿叶，辨杏有青枝。"意思是说，与桃花相比，红梅无绿叶映衬；与红杏相比，红梅又多了份青枝条秀之美。苏轼认为，这只在形色上做文章，是浅薄拙劣的，应当由形似到神似，看到梅花所内蕴的清高而不孤介、傲岸而不怪异的品性，并将其概括提升为"梅格"一词，以此隐喻和提倡遗貌取神的文学创作理念，也为后世咏梅、画梅艺术提供了富于启迪意义的审美范式。如姚勉《黄端可诗序》有云："'吟诗必工诗，定知非诗人'，坡仙语也。诗固主于咏物，然在于自然之工，而不在于工于求似。'疏野横斜水清浅，暗香浮动月黄昏'，此真梅矣，亦真梅诗矣。'认桃无绿叶，辨杏有青枝'，梅乎哉？诗乎哉？"以梅为喻，进一步申述了苏轼由形而神的创作理念。其《梅涧吟稿序》更是将梅之神韵与古代大诗人联系起来，成为宋人从鉴赏角度以梅喻文的典型论述：

> 友人胡明可以其邑彭君仲章诗一编示予，题其编之端曰《梅涧吟稿》。未论其诗，视其编之题曰"梅涧"，清已可知矣。玉立冰臞，耐寒如铁石，不与春风桃李争艳媚，此梅之盛德事，魁百花而调羹鼎不数也。梅之在涧，其硕人之在涧乎？有诗人于此，踏雪于冻晓，立月于寂宵，无非天地间诗思。郊寒岛瘦，由浅溪横影得之；瘦新鲍逸，由疏花冷蕊得之；李太白出语皆神仙，由轶尘拔俗之韵得之；杜子美一生寒饿，穷老忠义，由禁雪耐霜之操得之。果能是，则可与言诗矣。然则求诗于诗，不若求诗于梅；观梅于梅，

不若观梅于涧。①

"求诗于诗",说到底还是"吟诗必工诗",强调形似的思维机制的具体
表露;"求诗于梅",则是以梅格观照诗格,求得梅与诗在精神意蕴、审美趣
味的相通:或是郊寒岛瘦之浅溪横影,或是瘐新鲍逸之疏花冷蕊,或是李太
白之轶尘拔俗,或是杜子美之禁雪耐霜,这正是追求神似的诗学观念的生
动体现。

在画梅艺术上,宋人也提倡从神似角度把握画理。北宋释仲仁《华光
梅谱》是流传最早的有关画梅理法的专文。据传释仲仁常住衡山华光寺,
寺内外多种梅花,咏梅画梅,不亦乐乎。某次偶见月光将梅花影子洒落于
纸窗上,其景象一如他在《华光梅谱》中所说的"临风带雪,干老枝稀,只要
墨拨,淡荡花闲",遂创造出以墨晕作梅花的画法,自成一派,注重的正是梅
之神似。他还引用苏轼"梅格"一词,进一步阐述梅在绘画上的丰富意态和
不同风姿:"学者需要审此梅有数家之格,或有疏而娇,或有繁而劲,或有老
而媚,或有清而健,岂有类哉?"

南宋理学家包恢从诗歌审美特征角度提出的梅韵之喻,则将宋人的以
梅喻义推向高潮,其《书徐致远无弦稿后》云:

诗有表里浅深,人直见其表而浅者,孰为能见其里而深者哉?
犹之花焉,凡其华彩光焰,漏泄呈露,晔然尽发于表,而其里索然,
绝无余蕴者,浅也。若其意味风韵,含蓄蕴藉,隐然潜寓于里,而
其表淡然若无外饰者,深也。然浅者歆美常多,而深者玩嗜反少,
何也?知花斯知诗矣。……夫以四时之花,其华彩光焰漏泄呈露
者,名品固非一,若春兰夏莲,秋菊冬梅,则皆意味风韵、含蓄蕴藉
而与众花异者。惟其似之,是以爱之。……其视桃李辈,华彩光
焰,徒有余于表,意味风韵实不足于里,而反人人爱之至,以俗花

① 姚勉:《梅涧吟稿序》,《雪坡集》卷三十七,转引自《文渊阁四库全书》,影印本。

为俗诗者,其相去又不亦远乎!①

"知花斯知诗",在包恢看来,对花与诗的欣赏同理互证。世间花朵姿态各异,名品不一,但有些花诸如桃李之类,外表灿然,"其里索然",经不起深度体味,唯有兰、莲、菊、梅外表淡然,其里蕴藉,具有"意味风韵",故与众花绝异。诗歌亦是如此,那种满目华彩、光芒闪耀的诗不过是在哗众取宠,绝无余蕴,只有"淡然若无外饰"却含蓄蕴藉的诗才是真正美的诗。

包恢以梅论诗所体现出来的这种论点与宋人崇尚平淡美的诗学理想极其一致,具体有二:其一,包恢认为诗像梅花一样,有表里浅深之分,贬斥外表浓艳、内里索然、无复余蕴之诗,提倡表隐里深、含蓄蕴藉之诗,认为后者通过"表隐""里深"之间的对立统一产生巨大的审美张力。这正是平淡美的重要特征,如苏轼称陶渊明、柳宗元的诗"外枯而中膏"(《评韩柳诗》)、韦应物的诗"发纤秾于简古,寄至味于澹泊"(《书黄子思诗集后》),姜夔赞陶诗"散而庄、淡而腴"(《白石道人诗说》),刘克庄标举刘诗"枯槁之中含腴泽,舒肆之中富擘敛"(《刘圻父诗序》)、称扬赵诗"擘敛之中有开拓,简淡之内出奇伟,藏大功于朴,寄大辩于讷"(《赵寺丞和陶诗序》)。诗歌的平淡美在"枯槁""粗俗""散淡"与"丰腴""高古""华滋"的对立统一中产生巨大的审美张力。反之,若表深里浅,单纯追求外在形式的华美富丽,则索然无味,毫无诗意。如吴可《藏海诗话》云,"凡装点者好在外,初读之似好,再三读之则无味……装点者外腴而中枯故也,或曰:'秀而不实'。晚唐诗失之太巧,只务外华,而气弱格卑,流为词体耳";王立之《王直方诗话》评某些诗,"初如秀整,熟视无神气";等等。这些与包恢对表深里浅、索然寡味之诗的贬斥态度绝无二致。

其二,包恢以韵观梅,又以梅韵观照诗歌,建立梅与韵在隐喻上深刻的内在关系,使得梅韵成为宋人诗歌审美理想的典型隐喻。"韵"成为美学范

---

① 李壮鹰主编,刘方喜分册主编:《中华古文论释林·南宋金元卷》,北京大学出版社 2011 年版,第 110 页。

畴,始于魏晋时代对人物风姿风貌、精神气度的品评,如刘义庆《世说新语·言语》称扬向秀有"拔俗之韵"。六朝以来逐渐用于谈文论画,如谢赫《古画品录》提出"绘画六法",首倡"气韵生动";梁萧子显《南齐书·文学传论》论及艺术构思,主张"蕴思含毫""味外之旨"。宋人论韵,遍及书、画、诗歌等各类艺术,如苏轼《论沈辽米芾书》评米芾行书"颇有高韵",黄庭坚《题摹燕郭尚书图》谓"凡书画当观韵",道潜《赠潜照月师》说贾岛、无可的诗"自然韵胜",刘攽《赠黄安期推书》称黄夫子诗"风韵淡如月"。可见,"韵"至宋代已成为具有普遍性的审美范畴,同时也得到宋人的理性观照,范温《潜溪诗眼》有这样一段对话:

> 王偁定观好论书画,常诵山谷之言曰:"书画以韵为主。"予谓之曰:"夫书画文章,盖一理也。然而巧,吾知其为巧,奇,吾知其为奇;布置开阖,皆有法度;高妙古澹,亦可指称。独韵者,果何形貌耶?"定观曰:"不俗之谓韵。"余曰:"夫俗者,恶之先;韵者,美之极。书画之不俗,譬如人之不为恶。自不为恶至于圣贤,其间等级固多,而不俗之去韵也远矣。"定观曰:"潇洒之谓韵。"余曰:"夫潇洒者,清也。清乃一长,安得为尽美之韵乎?"定观曰:"古人谓气韵生动,若吴生笔势飞动,可以为韵乎?"予曰:"夫生动者,是得其神;曰神则尽之,不必谓之韵也。"定观曰:"如探陆微数笔作狻猊,可以为韵乎?"余曰:"夫数笔作狻猊,是简而穷其理。曰理则尽之,亦不必谓之韵也。"①

盖"不俗""潇洒""生动"为韵的本质的种种流行说法,这里范温却都一举否定,并提出"有余意之谓韵",他接着说:

> 定观请余发其端,乃告之曰:"有余意之谓韵。"……且以文章

---

① 李壮鹰:《中国古代文论读本》,高等教育出版社2008年版,第268页。

言之,有巧丽,有雄伟,有奇,有巧,有典,有富,有深,有稳,有清,
有古。有此一者,则可以立于世而成名矣;然而一不备焉,不足以
为韵,众善皆备而露才用长,亦不足为韵,必也备众善而自韬晦,
行于简易闲澹之中,而有深远无穷之味,观于世俗,若出寻常……
故巧丽者发之于平淡,奇伟有余者行之于简易,如此之类是也。①

"有余意",就是众妙皆备却含而不露,外表简易闲淡,内里风味蕴藉,
从而产生深远无穷之味。这其实正是宋人审美风尚——平淡美的基本内
涵,同时也契合包恢对梅韵"表隐里深""外表淡然、内里含蓄,具有风味意
韵"的美学阐发。

总之,范温通过"有余意"的注解使得"韵"成为标志宋人审美风尚、有
特定内涵的审美范畴,而包恢则借助"含蓄蕴藉、风味意韵"的美学阐发进
一步使得"梅韵"成为宋人审美理想的典型隐喻,从此,宋代士子"人人共说
梅花好"(赵蕃《书案上三种梅三首(其一)》)。梅花成了好诗人之化身:"才
见梅花诗便好,梅花却是定诗人"(方岳《寻诗》)、"君诗妙绝端何似,不似梅
花似么生"(杨万里《和吴监丞景雪中湖上访梅四首(其二)》)。梅花是最好
的诗材:"梦回春草池塘外,诗在梅花烟雨间"(杨公远《次程斗山韵》)、"一
朵梅花直一诗,诗须情似此花枝"(陈著《折梅送友人》)。梅花是最好的诗
思:"杜小山尝问句法于赵紫芝,答之云:'但能饱吃梅花数斗,胸次玲珑,自
能作诗'"(韦居安《梅涧诗话》)、"小窗细嚼梅花蕊,吐出新诗字字香"(刘翰
《小宴》)。梅花也是最好的诗境:"不识梅花不识诗,空将色相较铢锱"(方
夔《梅花五绝(其一)》)、"诗与梅花一样清,江湖久矣熟知名"(俞桂《赓宋雪
岩韵》)②。如此等等,从中不难感受到"梅花"几乎成了宋人共同树立的审
美理想的表征。

---

① 李壮鹰:《中国古代文论读本》,高等教育出版社 2008 年版,第 268 页。
② 程杰:《中国梅花审美文化研究》,巴蜀书社 2008 年版,第 317—319 页。

## 四、梅与物遇，情动则会：以梅花之喻深化主客体双向运动（明清）

经过宋人的艺术构造与全民树立，"梅"在人们心目中愈发可亲可敬，成为千载不衰的花中至宠，咏梅之作在中国文学中高居榜首，以梅喻文现象在宋之后的文论中亦方兴未艾。如朱权《太和正音谱·古今群英乐府格势》评道："纪君祥之词，如雪里梅花。""石君宝之词，如罗浮梅雪。""罗浮梅雪"取自苏轼《再用"松风亭梅花盛开"韵》诗："罗浮山下梅花村，玉雪为骨冰为魂。"这是以梅雪洁白同色、寒心自持比喻二人词作的素雅明洁、冷艳独幽。又如胡应麟《石羊生小传》曰："隆冬盛寒，于雪中戴席帽，着高足屐，行危峰绝壑，折梅花满把咽之，当其为诗歌冥搜极索，抉肾呕心。"这是取梅花之清幽高雅、素白纯净衬托创作主体之藻雪精神、超凡绝俗，颇有南宋赵紫芝"但能吃梅花数斗，胸次玲珑，自能作诗"的味道。

明清文论中的以梅喻文不时存有借鉴古人之处，但并非拘泥守旧，而是吐故纳新，这主要体现在两个层面。其一，借梅花之喻深化创作主客体之间双向运动的理论。对主客体双向运动的辩证关系的探讨首见于刘勰《文心雕龙·物色》："写气图貌，既随物以宛转；属采附声，亦与心而徘徊。"一方面，主体受到客体方面的规定和制约，这是主体的客体化；另一方面，主体对客体又具有一定的能动性、主导性和创造性，这是客体的主体化。主客双方双向运动，相伴相生。到了明代，李梦阳借梅花之喻，进一步深化了这种理论，其《梅月先生诗序》曰：

> 情者动乎遇者也。幽岩寂滨，深野旷林，百卉既痱，乃有缟焉之英，媚枯缀疏，横斜欹崎清浅之区，则何遇之不动矣。是故雪益之色，动色则雪；风闽之香，动香则风；日助之颜，动颜则日；云增之韵，动韵则云；月与之神，动神则月；故遇者物也，动者情也。情动则会，心会则契，神契则音，所谓随遇而发者也。"梅月"者，遇乎月者也。遇乎月，则见之目怡，聆之耳悦，嗅之鼻安。口之为吟，手之为诗。诗不言月，月为之色；诗不言梅，梅为之馨。何也？

契者,会乎心者也。会由乎动,动由乎遇,然未有不情者也,故曰:
情者动乎遇者也。①

梅月先生何许人也？不详待考。李壮鹰以明人朱熊拥有梅月轩书室,
抑或为是,姑存一解。这里值得讨论的是,李梦阳以梅为喻,提出新的文论
命题,颇有新意。首先,他突出创作主体情感的主导作用,所谓"快乐潜之
中,而后感触应于外",有了内心的情感,才会生出外在的感触,主体情感是
更为根本的。其次,更为重要的是,他并非仅仅看到主客体之间单纯的双
向运动,更认识到这种双向运动的复杂样态。从创作客体来说,梅本身媚
枯缀疏、横斜嵌崎、风姿不一、情态无二,加之在"雪、月、风、云等其他因素
的干预、影响下所呈现出来的由色、香、颜、韵所组成的立体意象"②,更是昭
晰互进,层出不穷;就创作主体而言,或有身修弗庸之怀才不遇,或有独立
端行的高尚人格,或有耀而当夜之闲适旷达;如此,物与物相遇,情与情相
动,物与情又交相共感、交融契合,主体之"当时所怀的特定心态,适与眼前
的立体意象相遇合、相共鸣、相冥契"③,它们之间所生发的美感形态、情感
内蕴便是立体交叠、生动丰富的。这比之单纯的物我互动来,其理论深度
当是前进了一大步。

似从唐代开始,文人惯于在其作品中以梅命名、命题,取其丰富的象征
内蕴。如唐曹邺传奇《梅妃传》,明邓志谟寓言体小说《梅雪传奇》,汤显祖
《牡丹亭》男主人公名为柳梦梅,清人任璇《梅花缘》女主人公呼为方素梅,
人花互寓,含蕴无限。其中最典型的莫过于兰陵笑笑生的《金瓶梅》。这是
一部以家庭伦理和社会众生相为题材的长篇世情小说,小说以"金瓶梅"为
题名,最通俗的解释是它是小说潘金莲、李瓶儿、庞春梅的缩名,而这三人
"金莲以奸死、瓶儿以孽死、春梅以淫死",富有典型意义。然而一如清代才

① 李壮鹰:《中国古代文论读本》,高等教育出版社 2008 年版,第 301 页。
② 同上。
③ 同上。

子张竹坡所生之疑惑:潘金莲乃《水浒传》中原有之人,又"何以有瓶、梅哉?"故他在《批评第一奇书〈金瓶梅〉》中对该题名的阐释尤为精深。再结合今人看法,我们总结出"金瓶梅"之题名除了人名缩写之外还饱有如下含义:(一)瓶中之梅。瓶里梅花,虽芬芳灿烂,富贵奢华,却春光无几,衰朽在即;或朵朵梅花,费尽春工,当注之金瓶,流香芝室,为才子把玩,不可沦为俗人之物。(二)雪中之梅。梅雪不相下,故春梅宠而雪娥辱,春梅正位而雪娥愈辱。(三)月中之梅。月为梅花主人,月娘为月,故为正室,遍照诸花,表面温婉,实则暗藏心机。(四)金莲之梅。瓶死莲辱,零落惨淡,独有春梅,脱颖而出,争相吐艳。(五)霉变之梅。金瓶梅者,金瓶霉也。金瓶已然变质,世间何物能不变质?(六)瓶插之梅。梅乃自然化生,瓶为人为加工,金瓶梅花,全凭人力以补天工,处处以人工夺化工之巧。种种阐释,全以"金""瓶""梅"三者交错展开,杂以雪、月构境,立体交叠,含蓄深沉,意味浓厚,诚为李梦阳以梅喻文创造主客立体建构的绝佳例子。

其二,宋以后以梅喻文的创新之处还表现在审美趣味的变化上。我们知道,以林逋为发端,宋人对梅花的欣赏完全突破了物色芳菲的喜爱,而是深入其精神特质,奠定了梅花幽淡清雅、闲静高妙的审美意韵,故宋人咏梅、画梅大都重在其疏化、冷蕊、幽香、暗影的审美趣味上,如宋李光《十一月二十八日陈令分寄梅花数枝为赋两绝句》——"幽香偏许夜深闻,冷蕊从来水外村。南地恨无霜雪伴,独将孤影照黄昏",颇具代表性。元代王冕则别出心裁,重墨表现梅之枝多花繁,甚或千花万蕊,开创咏梅、画梅新格局,如其诗《题墨梅图》中的"朔风吹寒冰作垒,梅花枝上春如海"、《墨梅》中的"繁花满树梅欲放,仿佛罗浮曾见时",吟咏较多的都是梅花万树满枝怒放、春色如海的景象。又如其画作《墨梅图》,一枝折梅横贯画面,枝干劲健俊俏,枝上繁花锦簇,迎春怒放,全图设色清丽,繁花密枝,新巧别致,独具匠心。正如清人朱方霭《画梅题记》所云:"宋人画梅,大都疏枝浅蕊,至元煮石山农始易以繁花,千丛万簇,倍觉风神绰约,珠胎隐现,为此花别开生面。明时陈宪章常师其意,吾友汪巢林、金吉金继之。"由此还可看出,王冕这种独特的审美趣味在明代也产生了一定的影响,或这种审美趣味的变化亦可视为宋以后主客立体建构思维模式下的一种具体表现。

## 五、"病梅""瘦梅"："以梅喻文"的近现代传承

从梅实的品尝、梅树的培植、梅花的欣赏，至咏梅、叹梅、画梅在各类艺术门类的出现，经过几千年人们的加工栽植、精神建构、文化积淀和传统承传，梅及梅花已然成为冰清玉洁、坚毅幽雅的人格象征，传统审美理想的重要标志，以及中华民族精神的典型载体，其艺术魅力光景常新、经久不衰。以梅喻文现象在近现代文论中依然绵延不绝，葆有旺盛的生命力。如近人徐盛持《题郑向谷香雪论诗图》云："放翁愿化身千亿，一树梅花一段魂。"虽然化用爱梅入微的陆放翁《梅花绝句》中的诗句——"何方可化身千亿？一树梅花一放翁"，不过他提炼出"梅魂"一词，更凸显陆游与梅心心相印、高标绝俗的伟大人格。周澄文《和赵秋谷比部论诗绝句》曰："境到双清领略难，雪天明月久凭栏。幽香一阵风吹过，转向梅花树上看。"这是以梅花象喻雪月空明、清幽独绝的诗境。刘熙载《艺概·词曲概》曰："司空表圣云：'梅止于酸，盐止于咸，而美在酸咸之外。'严沧浪云：'妙处透彻玲珑，不可凑泊。如水中之月，镜中之象。'此皆论诗也，词亦以得此境为超诣。"这里引用经苏轼改造过的司空图的盐梅之喻，倡导词境也要有味外之味。无独有偶，郭沫若《创造十年》（十三）也引盐梅之喻表达类似的观点："外来稿件不加减一下盐梅，它是不肯入口的。"

当然，风云际会，时移势易，时代变化，思想也会相应变化。1840年，西方列强的"坚船利炮"轰开了清政府闭关自守、摇摇欲坠的封建王国大门。面对政府的腐败无能、知识分子的鹦鹉学舌，许多志士仁人拿起西方科学和民主武器，强烈要求政治、经济、文化、思想的全面改革。如龚自珍杂文《病梅馆记》便是站在启蒙思想的高度，以病梅为喻，批判封建统治思想的腐朽，提倡不受传统束缚的独立创作精神，呼吁个性的自然解放，可谓振聋发聩，给人警醒。对个性自由的追求必将带来审美趣味的多向演变，时人借梅花象喻批评表现了这一点。如这一时期出现的大量仿拟司空图《二十四诗品》的文论，人们多以梅花隐喻多样的审美风格：既有"古梅一枝"之隽

雅(顾翰《补诗品》),又有"梅花万树"之恬雅(马荣祖《文颂》);既有"梅魂兰气"之轻澹(马荣祖《文颂》),又有"老梅古愁"之孤瘦(杨夔生《续词品》);既有"老梅不睡"之瘦硬(马荣祖《文颂》),又有"老梅撩人"之闲适(马荣祖《文颂》)。①

以梅喻文,在近现代传承的一个最突出特点就是将梅花高度化,梅即人,人即梅,人梅合一,人的精神意蕴、诗学境界、文论思想甚至身世遭遇都与梅花心心契合。如近代著名僧人八指头陀一生就与梅花有着深厚的不解之缘。他酷爱梅花,写下了诸多咏梅诗,生前将出版的诗集定名为"嚼梅吟",其题名内涵丰富,意蕴深厚,既有以梅花为题材的表现内容,又有以梅花为象征的情感世界,还有以梅花为去俗的诗思媒介。太虚大师以花总结八指头陀一生的因缘:梦兰而生,睹桃而悟,伴梅而终。可见,梅花是其心灵的最后归宿。故当今学者陈望衡在评其咏梅诗的意境时,直以"前身多半是梅花"为题概之。其文章以梅论人、论诗,具体探讨了八指头陀咏梅诗中独特的梅姿及与月、雪、水的构境,借梅咏叹思念、孤洁等丰富的情感世界,认为"他的咏梅诗有他独自的情感体验,独自的境界,因而也就自成一格,"②其最大的独特之处在于其诗总体品格上"绝去尘俗,天然为真门妙谛",但封建社会的内忧外患、行将就木令其无法完全封闭自己,故时时在诗中透露"万树梅花是泪痕"(《平山堂谒史阁部墓》)的痛楚及"报国捐躯义已成"(《题孤山林典史墓》)的心愿,依然葆有一位爱国志士的洁白。文章最后总结道:"诚然,国势如此衰颓,人的生存只能是艰难的,然而虽然艰难,却绝不放弃,而且愈是艰难,愈见坚贞,亦如寒梅,傲霜迎冰。而祖国,这有着五千年历史的华夏故国,在历尽劫难之后,定然会有一个如同红梅般的灿烂的未来。"③只有傲立迎霜的寒梅,才能成就美好灿烂的红梅,这既

---

① 叶朗总主编,杨扬分册主编:《中国历代美学文库·清代卷(上)》,高等教育出版社2003年版。

② 陈望衡:《美在境界》,武汉大学出版社2014年版,第378页。

③ 同上,第388页。

是对八指头陀爱梅精神的隔世呼应，也是在倡导梅之凌寒不屈、高雅绝俗精神在现代社会的回归。

又如《文学报》于2014年7月24日载有庞然对卢前《冀野文钞》的一篇短评，题名为"谁记江南瘦梅花"。卢前，1905年生于南京诗书世家，时人号称"江南才子"，1951年病逝，年仅46岁。据资料显示，卢前生前并未以梅花自名，此文却以"江南瘦梅花"概括其一生，盖取其与梅花之相似遭遇吧。南宋杨万里曾对梅花的发迹史做过精辟总结：

> 梅肇于炎帝之经，著于说命之书、《召南》之诗。然以滋，不以象；以实，不以华也。岂古之人皆质而不尚其华欤，然"华如桃李"、"颜如舜华"，不尚华哉？而独遗梅之华，何也？至楚之骚人，饮芳而食菲，佩芳馨而食葩藻，尽掇天下之香草嘉木，以芬芬其四体而金玉其言语，文章尽远取江篱、杜若，而近舍梅，岂偶遗之欤？抑梅之未遭欤？南北诸子如阴铿、何逊、苏子卿，诗人之风流至此极矣。梅于是时始以花闻天下。及唐之李杜，本朝之苏、黄崛起千载之下而蹑籍千载之上，遂主风月花草之夏盟，而于其间始出桃李、兰蕙而居客之左，盖梅之有遭未有盛于此时者也。

卢前是一位作家，也是一位学者，对中国戏剧颇有研究。而据《冀野文钞》的出版说明介绍："在二十世纪前期的中国戏剧研究中，卢前无疑是很值得瞩目的人物之一。在整个（二十世纪）三十年代和四十年代，卢前在当时的文坛和学术界，特别是以南京为核心的江南文化圈，是一个极为活跃的人物。但近半个世纪以来，他似乎被人们渐渐淡忘了。"①庞然的该评论亦言，卢前曾"风靡一时"，英年早逝后，"文与人都不再被提起，逐渐模糊湮灭，直到五十五年后，中华书局才发掘出版了一套《冀野文钞》"②。梅花的

---

① 卢前：《冀野文钞·卢前曲学四种》，中华书局2006年版，第1页。
② 庞然：《谁忆江南瘦梅花》，《文学报》2014年7月24日。

长时遭沉寂与卢前的长久被埋没何其相似乃尔！庞然以"谁忆江南瘦梅花"道之,情辞切切,令人扼腕叹息。除此之外,亦当取梅花与卢前精神品格上的息息相通,包括十足的学识才气、丰富的人格意趣和不屈的乐观精神等。

南宋张戒《岁寒堂诗话》有云:"物类虽同,格韵不等。同是花也,而梅花与桃李异观。"[①]梅花与桃李诸花虽同为天地之精华,但梅花能早春而发,以其孤霜瘦枝、雪骨冰魂、凌寒不屈、清奇卓绝等品格高标特立,与桃李诸花绝异。要之,在我国古代文论以梅喻文的历史长流中,历代文论家对梅不断地开发、挖掘、拓展,从梅的实用性调味到美学滋味论,从以落梅体隐喻模拟之风到以梅比喻由形而神的创作观念,从以梅韵的审美理想到古梅、老梅等多样审美趣味的树立,从梅与物的立体建构到梅与人合一境界的追求,梅的意象内涵、美学范式、审美趣味及其精神内涵都得到了最大限度的丰富,遂至形成一个厚重深沉、多元灵动的"梅花"意象,成为中国古代文论中极为重要、极具典型的草木隐喻之一,生动展现了中国文论整体的人文精神和审美心态。

## 第四节 "藻类"象喻批评

"藻"泛指生长在水中的植物。藻类是隐花植物的一大类,一般没有根、茎、叶等部分的区别,有叶绿素可以自己制造养料。藻类的种类很多,目前已被人类知道的藻类有三万种左右,海水和淡水里都有,极少数可生活在陆地的阴湿地方。

藻类植物分布范围广,适应性强,它对环境条件要求不高,故在古人的生活圈里颇为常见,很早就被古人写进文学作品,成为文学领域中的一员。

---

① 李壮鹰主编,刘方喜分册主编:《中华古文论释林·南宋金元卷》,北京大学出版社 2011 年版,第 185 页。

早在《尚书·益稷》中就已出现:"宗彝、藻、火、粉米、黼黻、绨绣,以五采彰施于五色,作服。"孔颖达作疏曰:"宗彝也,藻也,火也,粉米也,黼也,黻也,此六者絺以为绣,施于裳也。"意思是说,宗彝、藻等六种是织在大夫官服上的花纹,这里的"藻"即为藻类形态的花纹。此后又频繁出现在《诗经》里,如《诗经·鲁颂·泮水》:"思乐泮水,薄采其藻。鲁侯戾止,其马蹻蹻。"《诗经·召南·采苹》:"于以采藻,于彼行潦。……于以奠之?宗室牖下。"这里的"藻"不单单用作起兴,应当还是实指,指采摘水藻作为祭品,准备祭祀。《左传·隐公三年》载:"苹蘩蕴藻之菜。"这里的"藻"也是指祭品。《诗经》中的"藻"含蕴丰厚,已呈现意象化的趋势,如《诗经·小雅·鱼藻》:

> 鱼在在藻,有颁其首。王在在镐,岂乐饮酒。
>
> 鱼在在藻,有莘其尾。王在在镐,饮酒乐岂。
>
> 鱼在在藻,依于其蒲。王在在镐,有那其居。

这首诗赞颂周武王饮酒的平和安乐,有颂古讽今之意。全诗三章,每章四句,都是以鱼戏藻间或依于蒲草起兴,由特写至全景,描写周武王在镐京安乐饮酒的情景,构成了一组极具情节性和象征意味的鱼藻情趣图——"以在藻依蒲为鱼之得所,兴武王之时民亦得所"(郑笺),借喻百姓安居乐业的和谐气氛,揭示了"藻"意象的多重意蕴。

大约从汉代开始,藻类植物开始进入文学理论领域,多用来指华美的文辞、文采,具有一定的美学意义。如班固《答宾戏》中说:"虽驰辩如涛波,摛藻如春华,犹无益于殿最也。""摛","铺陈、散布、详细地叙述"的意思。"摛藻"即铺陈辞藻之义。古人为何多以"藻"喻文采、文辞?首先,藻类体型多样,有单细胞、群体(由许多单细胞聚集而成,细胞没有紧密的生理联系)、多细胞的丝状体及叶状体;其次,藻类色素多种,主要有四大类,即叶绿素、藻胆蛋白、胡萝卜素和叶黄素。所以,无论是成群的体态分布还是浓烈多样的色素,都会给人造成强烈的视觉冲击,故古人多用来比喻同样浓烈的、给人视觉冲击的文采、文辞。如班固《答宾戏》下文中的"近者陆子优游,《新语》以兴;董生下帷,发藻儒林"、曹植《七启》中的"华藻繁缛"、左思《蜀都赋》中的"幽思绚道德,摛藻掞天庭",等等,都是以藻象喻文辞、文采。此后,藻类象喻批评在古代文论中越来越常见。唐代皇甫冉《寄江东李判官》:"时贤几沮谢,摛藻继风流。更有西陵作,还成北固游。"宋代叶适《陈民表墓志铭》:"平生著书甚工,然每一篇就,辄重箧累缄,不欲以辞藻竞于时也。"如此等等。总结来看,以藻类比喻文学理论批评主要包含以下几层意义。

其一,特指华丽的辞藻。

《三国志·魏志·高贵乡公传》载:"'传首京都'南朝宋裴松之注:'璠撰《后汉纪》,虽似未成,辞藻可观'。"《晋书·后妃传上·左贵嫔》:"帝重芬辞藻,每有方物异宝,必诏为赋颂。"《北齐书·魏收传》:"昕风流文辩,收辞藻富逸,梁主及其群臣咸加敬异。"《南史·萧子显传》:"追寻平生,颇好辞藻,虽在名无成,求心已足。"宋陈善《扪虱新话·文章以气韵为主》:"文章以气韵为主,气韵不足,虽有辞藻,要非佳作也。"明胡应麟《诗薮·古体中》:"至'十九首'及诸杂诗,随韵成趣,辞藻气骨,略无可采。"这里的"藻"都是华美、艳丽的辞藻的意思。

在古代文论家看来,一篇文章,如果华丽的辞藻能与缜密的思维相配合,就一定是完美的。所以多把藻与思相结合,如陆机《文赋》说:"藻思绮合,清丽芊眠。炳若缛绣,凄若繁弦。"晚清宋育仁《三唐诗品》也赞曰:"盛有时名,藻思相称。"这里的"藻"都是华丽的文辞、辞藻之义。

其二,概指文辞、文字。

与第一种相比,这一种藻类象喻更加泛化,概指文辞、文字,它通常会在前面加上一定的修饰语,如唐代冯贽《云仙杂记·粲花》:"李白与人谈论,皆成句读,如春葩丽藻,粲于齿牙,时号李白粲花之论。"柳宗元《奉和杨尚书郴州追和故李中书夏日登北楼……依本诗韵次用》:"宏规齐德宇,丽藻竞词林。静契分忧术,闲同迟客心。""丽藻"即华丽的文辞、文字,"藻"概指一般的文辞、文字。又如魏征《隋书·经籍志》:"止乎衽席之间,雕琢蔓藻,思极闺围之内。"①"蔓藻"指繁复琐杂的文辞。陈子龙《安雅堂稿·宣城蔡大美古诗序》曰:"及明远以诡藻见奇,玄晕以朗秀自喜。""诡藻"指诡异奇特的文辞。此外,诸如"恻览华藻""务掇菁藻"等,这里的"藻"都是概指一般的文辞、文字。

其三,泛指文章、诗赋。

如《南史·王僧孺传》:"司徒竟陵王子良开西邸,招文学,僧孺与太学生虞羲、丘国宾、萧文琰、丘令楷、江洪、刘孝孙并以善辞藻游焉。""善辞藻",意思是善于写文章,"藻"泛指文章。唐人吴兢《贞观政要·论任贤》:"太宗尝称世南有五绝:一曰德行;二曰忠直;三曰博学;四曰辞藻;五曰书翰。"这里"辞藻"指诗赋。又如杨炯《王勃集序》:"总括前藻。"宋人陈亮《祭妻父何茂宏文》:"以其余力,发为辞藻。"明代谢榛《四溟诗话》(卷二):"梦得亦审音者,不独工于辞藻而已。"这里的"辞藻"指的都是文章、诗赋。不胜枚举。

其四,专指华美、华丽、精妙,用作形容词。

潘岳《射雉赋》云:"摛朱冠之艳赫,敷藻翰之陪鳃。""藻"为华美的意思,"藻翰"即指华美的羽毛,此时"藻"字用作形容词。这两句描写野雉华美艳丽的形貌,画面感极强。类似的还有"藻仗"(文采华美的仪仗)、"藻幄"(美丽的篷帐)、"藻盖"(华美的篷盖)、"藻翘"(色彩华丽的羽毛),等等。可以看出,这里的"藻"虽已转换为形容词,但主要用来形容一些实物,并不具有文学理论意义,但为之后藻类象喻的转换做了很好的过渡。如刘勰《文心雕龙·宗经》论《诗经》:"摛风裁兴,藻辞谲喻,温柔在诵,故最附深衷矣。""藻辞"意为华丽的文辞。与其同时的钟嵘《诗品》评齐高常诗,亦云:"词藻意深,无所云少。"词与意相对,藻与深相举,是说文辞华丽,意蕴深厚,"藻"显然为形容词。又唐人韦应物《送刘评事》诗:"声华满京洛,藻翰发阳春。"杜甫《奉赠卢五丈参谋》诗:"藻翰惟牵率,湖山合动摇。"清代魏源

---

① 李壮鹰主编,唐晓敏分册主编:《中华古文论释林·隋唐五代卷》,北京大学出版社 2011 年版,第 36 页。

《〈诗比兴笺〉序》："自《昭明文选》专取藻翰，李善《选注》专诂名象，不问诗人所言何志，而诗教一敝。"谭嗣同《仁学》(三三)："故夫江、淮、大河以北，古所称……诗书藻翰之津涂也，而今北五省何如哉！""藻翰"均指华美、华丽的文章，其中"藻"即华美、华丽之意，为形容词。当然，古人也不会局限在"藻翰"一词上，"藻"的词性转换还进一步扩展到"藻"与其他词的搭配上，如权德舆称赞陆贽"榷古扬今，雄文藻思"。其中，"文"与"思"相对，"雄"与"藻"相对，"藻"显然作形容词，为"华美"的意思。其《奉和崔评事寄外甥刘同州……杨少尹、李侍御并见寄之作》一诗中云："藻思成采章，雅音闻皦绎。"其中，"藻思"与"雅音"对举，显然为形容词，亦为明证。唐代诗人李逢吉《送令狐秀才赴举》诗云："子有雄文藻思繁，韶年射策向金门。"这显然脱胎于权氏。

其五，指修饰，用作动词。

《文心雕龙》多次出现"藻"类用语，如"理正后而摛藻"("情采"篇)、"春藻不能程其艳"("夸饰"篇)、"魏代缀藻"("练字"篇)、所运用的"藻"有名词，有形容词，非常丰富。其中还有动词词性的，如"情采"篇："庄周云：'辩雕万物'，谓藻饰也……藻饰以辩雕。""附会"篇："然后品藻玄黄，摛振金玉。""藻饰""品藻"均为动词。"藻"作为动词在唐文中也非常常见。如房玄龄《晋书》中的"土木形骸，不自藻饰"，"藻饰"就是用华美的语词或典故等进行修饰的意思。又如崔元翰《翰林学士梁君墓志》："懿文德，重典则，以藻身，又华国。"贾至《授张孕给事中制》："文以藻身，屡得词场之隽；公而持操，更推吏道之能。誉洽礼闱，风清宪简。"于邵《送金坛韦明府序》："公文以藻身，行以励俗，道必孚于损益，名可达于家邦。醇粹居中，而英华发外。"所谓"藻身"，即修身，用浓厚的道德修行。这里的"藻"为动词。"藻身"一词也偶见于诗歌中，如宋人王洋《和沈子美梅诗》："藻身须英华，造道在经术。"又如扬雄《法言·学行》："吾未见好斧藻其德，若斧藻其木者也。"萧统《文选》："内积和顺，外发英发，斧藻至德，琢磨令范。"这里的"藻"也是动词，它与"斧"组在一起，可理解为修饰之义。

可以看出，与竹、梅等象喻批评相比，藻类象喻批评在内涵、意义上的变化其实不是很大,但它在其他方面也呈现出一些新特点,值得关注。

第一,词性变化大。

综观各式藻类象喻批评,我们发现"藻"字具有多种词性,它可以在名词、形容词、动词之间不断交替、游走,这在其他草木象喻中是很少见的。如杨炯《王勃集序》:"君以为摛藻雕章,研几之余事;知来藏往,探颐之所宗。"①其中,"藻"与"章"并列同义,为名词。"敷藻翰之陪鳃""雄文藻思"中的"藻"为形容词。又"藻饰""藻身"等中的"藻"为动词。"藻"一字集多种词性于一身,在文论丛林中构筑出一道独特的风景。

第二,构词能力强。

文论中的"藻"喻显示出强大的构词能力,其集多种词性于一身的独特性本身就能为它带来多样的搭配结构,充当多种成分。如"藻"为名词的有"春藻""才藻""彩藻""丰藻""辞藻""词藻""典藻""粹藻""翰藻""粉藻""蔓藻""文藻""黻藻""前藻""华藻""菁藻""诡藻""风藻""韵藻""辉藻""神藻""衮藻""浮藻""蕴藻""艳藻""宸藻""雄藻""高藻""弱藻""盛藻""速藻""诗藻""玄藻""龙藻""凤藻""芳藻""芬藻""光藻""洪藻""荣藻""寒藻""嘉藻""赡藻""清藻""情藻""锐藻""睿藻""葩藻""天藻""圣藻""鸿藻""逸藻""云藻""玉藻""累藻""枚藻""奎藻""禅藻""小藻"等,可作主语或宾语,其中大部分都是"华美、艳丽的文辞"的意思。"骋藻""摛藻""发藻""奋藻""品藻""雕藻""扬藻""振藻""连藻""斧藻""掞藻""敷藻""耀藻"可作谓语,为动宾结构;还有主谓结构的,如"藻拔""藻雅""藻练""藻缛""藻蔚""藻艳""藻朗""藻咏""藻密""藻厉""藻藉""藻赡""藻丽""藻秀"等。"藻"为形容词的有"藻翰""藻""雄文藻思"等,"藻"为动词的有"藻绘""藻饰""藻身"等,极其丰富。

由于词性变化大,文论中的藻类象喻在形式上特别灵活,很多词都可以颠倒运用,如"丽藻"与"藻丽"、"缛藻"与"藻缛"、"绘藻"与"藻绘"、"品

---

① 叶朗总主编,王明居、卢永璘分册主编:《中华古文论释林·隋唐五代卷(下)》,高等教育出版社 2003 年版,第 209 页。

藻"与"藻品"等。值得一提的是,有些藻类象喻形式一样,它所暗含的意思却不完全一样,如"藻思",前文所举"藻思"为华美精妙的构思的意思,而有些文论家所运用的意思却有不同。如陆机《文赋》:"或藻思绮合,清丽千眠。"这里的"藻思"应为辞藻和文思,是并列结构,意思是说华美的文辞与精妙的构思谐和相融,相得益彰。又如唐钱起《和万年成少府寓直》:"赤县新秋夜,文人藻思催。"唐人权德舆《职方殷郎中留滞江汉初至南宫,呈诸公并见寄》:"藻思烟霞丽,归轩印绶光。"刘禹锡《韩十八侍御见示岳阳楼别窦司直诗因令属和重以自述故足成六十二韵》:"兴酣更抵掌,乐极同启齿。笔锋不能休,藻思一何绮。"清人刘大櫆《〈海舶三集〉序》:"翩然而藻思翔,蔚然而鸿章著。"这里的"藻思"应是作文章的才思,"藻"为文章、诗赋之义,这与前两者有所不同。又《新唐书·李百药传》:"翰藻沉郁,诗尤其所长。"明代赵震元《为袁石寓(袁可立子)复开封太府》:"腆觍宠贲,翰藻遥颁。"章炳麟《文学总略》:"是皆名理之言,诸子之鼓吹也,而以精富才藻为目,足知晋时所谓翰藻者。"

总之,藻类象喻批评在古代文论中普遍存在,异常活跃,它几乎成为文采、华丽辞藻的代名词,具有一定的美学范畴意义。

# 第七章　草木象喻批评的建构意义
## 及其现代传承

## 第一节　草木象喻批评的建构意义

发生认识论告诉我们,人类知识的形成包括主体和外部世界在连续不断地相互作用中逐渐建立起来的一系列结构。所以在这一过程中,人类主体不是被动地适应外部世界,而是把外部世界同化于我们的认识结构。基于此,当文论家把草木世界引入文论领域时,就不会是一种单纯的比喻、说明行为,而是一种内在的、本质的、相通的同化行为,因此,草木象喻批评会对我国文论的建构产生一定的重要意义。

首先,从话语角度看,草木象喻批评大量进入古代文论语境,草木用语成为古代文论话语的重要组成部分。

从先秦开始,草木象喻批评就开始注入古代文论领域。如《老子》第三十八章中的"处其实,不居其华"、第十六章中的"致虚极,守静笃;万物并作,吾以观复。夫物芸芸,各复归其根",《荀子》中的"绥绥(通'蕤蕤')兮其有文章也",等等。此后,随着古代文论发展的日益成熟,草木象喻批评越来越频繁地用于文论中,如陆机《文赋》中所说的遍如"中原之菽豆",极为常见。草木用语由此成为古代文论话语的重要组成部分,它遍及文学创作理论、批评、文学观念等各个层面,对古代文论产生了非常重要的影响和作用。比如发起于苏轼的"胸有成竹"之喻,经过宋人黄庭坚及清人金圣叹、郑板桥等人的共同经营、改造，使得"胸有成竹"之喻既成为文学创作主要过程和客观规律的重要隐喻，又以"自然、有机、整体"等文论内涵成为阐发主要文学观念的核心隐喻，意义重大。

通过我们在前面从草木与文的内在关系论述草木象喻批评的美学内涵，可以看出，草木象喻批评在文学作品的文、情、理、美四个方面都有很多丰富、精到且深刻的隐喻，一些重要的、核心的文论范畴都由草木隐喻阐释生发出来。像刘勰以"草木贲华"阐发自然成文的文论观，以"草木之微，依情待实"说明"以情为本"的创作论，以"文之英蕤，有秀有隐"比喻余味曲包的鉴赏论；白居易以"诗者，根情、苗言、华声、实义"的树的有机构成及生长提出"情本"说；叶燮则以树的变化与生长阐释其创作客体的"理、事、情"；等等，都可以见出草木隐喻及其草木用语在古代文论中的普遍性和重要性。

草木象喻批评进入古代文论领域之后，其话语形态并非一成不变，而是不断变化的。从逻辑上看，这主要是两个阶段的演化。第一阶段，处于比喻层面。这又可分为两种情况：一是包含比喻词，一般会有"如""犹""譬""若""似""同"等比喻词标志，这是以具体的草木样态比拟形容文章的创作、批评等理论问题。如桓宽《盐铁论》卷五《遵道》中的"文繁如春华"、钟嵘《诗品》中的"丘诗点缀映媚，似落花依草"、许尹《黄陈诗注原序》中的"陶渊明、韦苏州之诗，寂寞枯槁，如丛兰幽桂"，[①]等等，一般前面会有表达理论观念的抽象文字说明，后面再接上具象的草木象喻，这样的好处是读者对于对象先有个概括的理性印象，然后以生动的象喻去领悟。也有先出示象喻，再表达理论观点的，如欧阳修《水谷夜行寄子美圣俞》中的"初如食橄榄，真味久愈在"。这类好处是避开枯涩难解的抽象观念，直接进入鲜活、生动的具体象喻中去感受领悟，若能与作者所表达的理论观念相合，还会有一种惺惺相惜的欣喜。这些一般都是单个、单句的比喻，有些批评会

---

① 许尹：《黄陈诗注原序》，转引自祝尚书：《宋集序跋汇编（第 2 册）》，中华书局 2010 年版，第 729 页。

出现三个甚至三个以上连续的草木象喻,我们称之为博喻,如金圣叹《水浒传》第八回《柴进门招天下客 林冲棒打洪教头》回评:

> 今夫文章之为物也,岂不异哉!如在天而为云霞,何其起于肤寸,渐舒渐卷,倏忽万变,烂然为章也!在地而为山川,何其迤逦而入,千转百合,争流竞秀,窅冥无际也!在草木而为花萼,何其依枝安叶,依叶安蒂,依蒂安英,依英安瓣,依瓣安须,真有如神镂鬼簇、香团玉削也!在鸟兽而为翚尾,何其青渐入碧,碧渐入紫,紫渐入金,金渐入绿,绿渐入黑,黑又入青,内视之而成彩,外望之而成耀,不可一端指也!凡如此者,岂其必有不得不然者乎?夫使云霞不必舒卷,而惨若烽烟,亦何怪于天?山川不必窅冥,而止有坑阜,亦何怪于地?花萼不必分英布瓣,而丑如槁柮;翚尾不必金碧间杂,而块然木鸢,亦何怪于草木鸟兽?然而终亦必然者,盖必有不得不然者也。至于文章,而何独不然也乎?自世之鄙儒,不惜笔墨,于是到处涂抹,自命作者,乃吾视其所为,实则曾无异于所谓烽烟、坑阜、槁柮、木鸢也者。呜呼!其亦未尝得见我施耐庵之《水浒传》也。

接连运用"在天而为云霞""在地而为山川""在草木而为花萼""在鸟兽而为翚尾"四个意象,连缀排比,气势雄厚,说明好的作品必然要遵循文艺内在发展的客观规律,它会有情节的曲折起伏,审美形态的多姿多彩。若不遵循艺术的客观规律,文艺作品将会变成"烽烟、坑阜、槁柮、木鸢"般丑陋的事物,说服力极强。

有时候虽然出现多个草木象喻,但它们是分别比喻不同作家的,我们称之为排喻,这种情况在唐宋之后比较多。如《诗人玉屑》引敖陶孙评魏晋以下名诗人:"魏武帝如幽燕老将,气韵沉雄;……王右丞如秋水芙蕖,倚风自笑;韦苏州如园客独茧,暗合音徽;孟浩然如洞庭始波,木叶微脱……山谷如陶弘景祇诏入宫,析理谈玄,而松风之梦故在;梅圣俞如关河放溜,瞬息无声；秦少游如时女步春，终伤婉弱；后山如九皋独唳，深林孤芳，冲寂自妍，不求赏识。"又如朱权《太和正音谱·古今群英乐府格势》中的草木象喻："王实甫之词，如花间美人。""白无咎之词，如太华孤峰。孑然独立，岿然挺出，若孤峰之插晴昊，使人莫不仰视也。""邓玉宾之词，如幽谷芳兰。""范子安之词，如竹里鸣泉。徐甜斋之词，如桂林秋月。""马九皋之词，如松阴鸣鹤。石子章之词，如蓬莱瑶草。盍西村之词，如清风爽籁。朱庭玉之词，如百卉争芳。庾吉甫之词，如奇峰散绮。杨立斋之词，如风烟花柳。杨西庵之词，如花柳芳妍。""元遗山之词，如穷崖孤松。高文秀之词，如金瓶牡丹。""薛昂夫之词，如雪窗翠竹。顾均泽之词，如雪中乔木。""不忽麻之词，如闲云出岫。""李文蔚之词，如雪压苍松。""吴昌龄之词，如庭草交翠。武汉臣之词，如远山叠翠。"一人一喻，字字珠玑，其好处是通过类比，既可感受到不同作家、诗人风格的共同点，更可领悟他们之间的不同及独特性。除了不同作家之间的比较，文论家还常以排喻的形式比较不同时代的美学观念、审美风尚。比如叶燮对唐诗的欣赏，在他看来，唐诗美如花，风致却不一，盛唐之诗好比"春花"，即"桃李之华，牡丹芍药之妍艳"，是"华美贵重，略无寒瘦俭薄之态"的美；晚唐之诗则犹如"秋花"，是"江上之芙蓉，篱边之丛菊"，却是"极幽艳晚香之韵"之美。又如胡应麟《诗薮·外编（卷五）》："宋人专用意而废词，若枯械槁梧，虽根干屈盘，而绝无畅茂之象。元人专务华而离实，若落花坠蕊，虽红紫畅熳，而大都衰谢之风。"这是以草木为喻，批评宋元在文艺创作上存在偏于用意和专攻用词这两个极端现象。

二是不带比喻词"如""譬""仿""若"等，没有任何比喻词标志的。这类草木象喻出现的位置可前可后，其长度可长可短，有时与理论观念杂糅在一起，形式非常灵活。如刘勰《文心雕龙·声律》："声得盐梅，响滑榆槿。"以梅实能调味、榆槿能润滑比喻声律对文章作品调节的审美作用。又如李白《经乱离后天恩流夜郎忆旧游书怀赠江夏韦太守良宰》云："清水出芙蓉，天然去雕饰。"以清水芙蓉类比文章作品的自然清丽之美。有些草木象喻会显得比较长，如王充《论衡》："有根株于下，有叶荣于上；有实核于内，有皮壳于外。文墨辞说，士之荣叶、皮壳也。实诚在胸臆，文墨著竹帛。"先以根盛叶荣为喻,再指出文辞好比叶,情感尤如根,只有情感浓厚,才能写出好作品。

第二阶段,草木象喻进入抽象层面,成为专门的文论术语,有的甚至上升为文论概念、范畴。

一些草木象喻经过不同时代的文论家的交相使用,在长期的历史演化过程中,慢慢地从象喻本体剥离出来,渐至抽象,不断为文论家所用,成为专门的文论术语,有的还上升为文论概念或范畴,从而形成独特的文论话语系统。这一类型的草木象喻一般采用人们较为熟悉、常用的草木象喻。如裴子野《雕虫论》:"后之作者,思存枝叶,繁华蕴藻,用以自通。若悱恻芳芬,楚骚为之祖,靡漫容与,相扣其音。由是随声逐影之俦,弃指归而无执。"①这里"枝叶""芳芬"等取象,人们都耳熟能详,在文论中经常出现,且意思较为稳定。此时人们已摒弃了它们作为象喻本体各自所具有的特殊性和个性,而是提取它们的共性特征,"枝叶"比喻繁缛语辞,"芳芬"形容情感或语辞的清新宜人。又如葛立方《韵语阳秋》(卷一):"大抵欲造平淡,当自组丽中来;落其华芬,然后可造平淡之境,如此则陶谢不足进矣。"②其中,"华芬"比喻繁茂华美的语辞,正是提取了这一象喻的共性。

前文所说的藻类象喻批评,其中有很大一部分都属于这一种情形,非常典型。比如南朝宋范晔《狱中与诸甥侄书》:"常耻作文士。文患其事尽于形,情急于藻,义牵其旨,韵移其意。"③这里直接以"藻"代指华丽的文辞。再如前文所列的所谓"丽藻""芬藻""蔓藻""菁藻""华藻""芬藻""葩藻"等,在古代文论中如雨后春笋般层出不穷,"藻"已然成为专门的文论术语。这些草木用语读者易于领会,文论家根本不必做过多说明。

---

① 李壮鹰主编,陈玉强、林英德分册主编:《中华古文论释林·魏晋南北朝卷》,北京大学出版社 2011 年版,第 389 页。

② 叶朗总主编,陈望衡、成立、樊维纲分册主编:《中国历代美学文库·宋辽金卷(下)》,高等教育出版社 2003 年版,第 191 页。

③ 李壮鹰主编,陈玉强、林英德分册主编:《中华古文论释林·魏晋南北朝卷》,北京大学出版社 2011 年版,第 438 页。

更进一步地,这些草木用语成为文论术语之后,有的开始上升为美学范畴或文论概念,在古代文论中产生了较大影响和作用。

下面我们以陆机《文赋》和刘勰《文心雕龙》为例,以表格形式显示一下草木象喻批评在文论中的使用情况,如表 7-1、7-2 所示。

表 7-1  陆机《文赋》中草木象喻的使用情况

| 篇目 | 比喻层面 | | 抽象层面 | |
| --- | --- | --- | --- | --- |
| | 含有比喻词 | 无比喻词 | 常见文论术语 | 概念、范畴 |
| 第 1 段 | | 操斧伐柯 | 盛藻 | |
| 第 2 段 | | | 丽藻、清芬、林府 | |
| 第 3 段 | | 谢朝华于已披,启夕秀于未振 | 芳润、浮藻 | 本 |
| 第 4 段 | | | 因枝以振叶、文垂条而结繁 | 干 |
| 第 5 段 | | | 芳蕤、青条、翰林 | |
| 第 6 段 | | | | |
| 第 7 段 | | | 彬蔚 | |
| 第 8 段 | | | | 操末以续颠 |
| 第 9 段 | | | 先条、有条 | |
| 第 10 段 | | | 藻思 | |
| 第 11 段 | | 苕发颖竖、石韫玉而山辉、彼榛楉之勿翦,亦蒙荣于集翠 | | |
| 第 12 段 | | | 徒靡言而弗华 | |
| 第 13 段 | | | | 朴 |
| 第 14 段 | 若中原之有菽 | | 玉藻 | |
| 第 15 段 | 兀若枯木 | | 威蕤 | |
| 第 16 段 | | | | |

表 7-2 刘勰《文心雕龙》中草木象喻的使用情况

| 篇目 | 比喻层面 | | 抽象化层面 | |
|---|---|---|---|---|
| | 含有比喻词 | 无比喻词 | 常见文论术语 | 概念、范畴 |
| 原道 1 | | 草木贲华、无待锦匠之奇、林籁结响 | 斧藻、藻绘 | 实、华、英华、秀 |
| 征圣 2 | | 辞富山海 | 华辞 | 华实、秀、雅丽 |
| 宗经 3 | | 根柢盘深、枝叶峻茂、太山遍雨、仰山铸铜 | 条流、藻辞 | 本、根 |
| 正纬 4 | 鸟鸣似语,虫叶成字 | 丝麻不杂,布帛乃成 | 篇条滋蔓、葳蕤、雕蔚 | 英华 |
| 辨骚 5 | | | 妙才、英杰、耀艳 | 丽雅、华、华实 |
| 明诗 6 | | | | 本、英华、妍 |
| 乐府 7 | | | 树辞为体 | 艳 |
| 诠赋 8 | | 繁华损枝、辞剪美稗 | 蔚、英杰 | 枝干、本、末、丽 |
| 颂赞 9 | | | 情采芬芳、品藻、发藻、细条 | |
| 祝盟 10 | | | | 本末、华实 |
| 铭箴 11 | | | 体芜 | |
| 诔碑 12 | | 辞多枝杂 | | 华实 |
| 哀吊 13 | | 苗而不秀 | | 华实 |
| 杂文 14 | | | 藻、枝派、枝辞 | 华、末 |
| 谐隐 15 | | 虽有丝麻,无弃菅蒯 | 荛言 | |
| 史传 16 | | 农夫见莠,其必锄也 | | |
| 诸子 17 | | | 枝附、荣、枝条 | 本体、华实、秀 |

续　表

| 篇目 | 比喻层面 | | 抽象化层面 | |
| --- | --- | --- | --- | --- |
| | 含有比喻词 | 无比喻词 | 常见文论术语 | 概念、范畴 |
| 论说 18 | 论如析薪，贵能析理 | | 枝碎 | 本 |
| 诏策 19 | | | | 本、华 |
| 檄移 20 | | 草偃风迈 | 植义 | |
| 封禅 21 | | | 辞成廉锷 | 丽、英 |
| 章表 22 | | | 英 | 浮华、华实、本、丽 |
| 奏启 23 | | | 深峭 | 干末 |
| 论对 24 | | | 枝繁、舒藻 | 华、本、丽 |
| 书记 25 | | 如叶在枝 | 条、浮藻、文藻 | 华、实、末 |
| 神思 26 | | 视布于麻，虽云未贵 | 思隔山河、萌芽比兴 | |
| 体性 27 | | | 藻密、枝派、沿根讨叶、文辞根叶 | |
| 风骨 28 | | | 辞为肤根 | 华 |
| 通变 29 | 譬诸草木，根干丽土而同性，臭味晞阳而异品矣 | | 藻耀 | |
| 定势 30 | | | | 华、酝藉 |
| 情采 31 | | 木体实而花萼振、桃李不言而成蹊；男子树兰而不芳，舜英徒艳 | 藻饰 | 本、华实 |
| 熔裁 32 | | 榛楛勿剪 | 芜秽不生、刚柔 | 本、华实 |
| 声律 33 | | | 声得盐梅、响滑榆槿 | |
| 章句 34 | | | 跗萼相衔、清英、萌 | 振本末从 |

| 篇目 | 比喻层面 | | 抽象化层面 | |
|---|---|---|---|---|
| | 含有比喻词 | 无比喻词 | 常见文论术语 | 概念、范畴 |
| 丽辞 35 | | | 条 | 华 |
| 比兴 36 | | | | 华 |
| 夸饰 37 | | | 萎绝、春藻、发蕴 | |
| 事类 38 | 郁若昆邓 | 姜桂因地,辛在本性 | 文梓 | 华实 |
| 练字 39 | | 状貌山川 | 缀藻、字林 | |
| 隐秀 40 | 若远山之浮烟霭 | 根盛颖人峻 | 英蕊、英 | 秀、华、鲜秀 |
| 指瑕 41 | | | | 根 |
| 养气 42 | 同乎牛山之木 | | | 华 |
| 附会 43 | | 扶阳而出条,顺阴而藏迹 | 枝派、品藻、更草、荣华、疏条布叶、枝干 | |
| 总术 44 | | | 芜、芬芳 | 华、根 |
| 时序 45 | | | 轶材、结藻清英、才英秀发、蔚 | 华实 |
| 物色 46 | | 山沓水匝,树杂云合 | 英华、葳蕤 | 华 |
| 才略 47 | | 非群花之萼也 | 品藻 | 华实、秀、本 |
| 知音 48 | | 阅乔岳以形培塿 | 服媚弥芬、国华 | 酝藉 |
| 程器 49 | | | 清英 | 华实、干 |
| 序志 50 | 形同草木之脆 | 振叶以寻根 | 文章之用,实经典之条、藻绘 | 本 |

从表 7-1、表 7-2 可以看出,几乎每段或每篇都有草木隐喻,草木隐喻在古代文论中还是较为普遍的。再进一步看,由晋代陆机《文赋》到南朝刘勰《文心雕龙》,那种含有比喻词的草木隐喻已经比较少,较多的是已抽象化了的成为常用文论术语的草木用语。相较之下,刘勰《文心雕龙》在这方面的草木用语的使用更加频繁些,而且出现了较多的已上升为文论范畴、概念的草木用语,如华实、本末、秀、酝藉。从使用情况看,这已经非常成

熟了。

　　总之，草木象喻批评在古代文论中确乎有广泛的存在，对古代文论话语的生成有着重要的影响。加之，一些使用频率高的草木用语，构词能力强，在古代文论中极其活跃，有的甚至具有美学范畴或文论概念的意义，从而丰富了古代文论话语的构成，成为其重要组成部分。兹举几例加以佐证。

　　"秀"：从禾，从乃；"禾"指"五谷"，"乃"意为"再""重"。"禾"与"乃"联合起来表示"谷物第二次抽穗扬花"，故"秀"的本义为谷物再度抽穗扬花，也有释为"谷物抽穗扬花"，没有"再度"之义。如《诗经·大雅·生民》"实发实秀，实坚实好"中的"秀"即指谷物开始抽穗，长势喜人，后泛指草木之花。《尔雅》指出："荣而实者谓之秀。"《广雅》亦释曰："秀，出也。"这里"秀"均被解释为开花之意。汉武帝《秋风辞》"兰有秀兮菊有芳，携佳人兮不能忘"中"秀"又指兰花。总之，"秀"已不再特指谷物之花。先秦之时，"秀"一词就已抽象化，用来指事物、人的容貌或品德的美好、优秀、特异等。如《礼记·礼运》："五行之秀气也。"《楚辞·屈原·大招》："容则秀雅，稚朱颜只。"到了南北朝，"秀"一词大量进入文学理论领域，《文心雕龙》"隐秀"篇中的"句间鲜秀，如巨室之少珍"，"秀"为形容词，是秀美、华丽之意；"原道"篇中的"（人）为五行之秀，实天地之心"，指作为三才之一的人的美好、特异，为名词。"诸子"篇中的"丈夫处世，怀宝挺秀"，也是类似之意。"征圣"篇中的"至夫子继圣，独秀前哲"、"物色"篇中的"若夫珪璋挺其惠心，英华秀其清气"，其中，"秀"为动词，"比……更为优秀、特异"的意思。最具代表性的是"隐秀"篇，全篇以"隐"和"秀"为主线，探讨文学审美观念的基本问题，留待下文论述。与刘勰几乎同时期的钟嵘《诗品》也多次使用了"秀"一词，他评价王粲的赋"文秀而质羸"，说谢朓"奇章秀句，往往警遒"，这里的"秀"都是"文辞华艳、美丽"的意思；在"宋参军鲍照"条下，他说"嗟其才秀人微"，这里的"秀"用于形容人的文才。他评范云和邱迟的诗时说："故当浅于江淹，而秀于任昉。"这里的"秀"则是动词，与刘勰的用法一样。此后，"秀"一词就常见于文论之中。如明徐泰《诗谈》："时武进谢应芳，江阴王逢、孙大雅,俱名家大雅,后下荣亦秀逸。""后琼山丘浚,词虽丰腴,警秀则少矣。""时若危德华,名亚子羽,格调秀俊……不知何许人,亦秀俊。""钱塘钱惟善,钟湖山之秀而发于诗,故多秀句。""海南陈献章,根据理学,格调高古,当别具一目观之。江浦庄杲同调,海南江北,双峰并秀。"袁中道《中郎先生全集序》:"(中郎先生)无一语不生动,无一篇不警策。健若没石之羽,秀若出水之花。"①王世贞《艺苑卮言》:"陆士衡翩翩藻秀,颇见才致。"沈璟《致郁兰生书》:"音律精严,才情秀爽,真不佞所心服而不能及者。"②顾起元《锦研斋次草序》:"读者谓君诗风韵秀出,润以丹彩。"③胡应麟《诗薮》:"优柔敦厚,周也;朴茂雄深,汉也;风华秀发,唐也。"吕天成《曲品》:"《彩毫》此赤水自况也。词采秀爽,较《昙花》为简洁。""《红梨花》元人有《三错认》剧,此稍衍之,词亦秀美。""事鄙俚,而以秀调发之,迥然绝尘。"④顾起纶《国雅品》:"王司马子衡,学古才辩。其为文章,多汉晋人语。特闲于古体,如阙里孔桧,泰岳秦桧,苍秀挺郁。""其(指元明)为文章平易质实,诗词颇酝藉逸秀。"傅山《字训》:"润秀圆转,尚属正脉。"⑤傅山《杂记》:"虽带森秀,其实无一笔唐气杂之于中。"⑥金圣叹《读第五才子书法》:"花荣自然是上上人物,写得恁地文秀。"从以上所举例子可以看出,南北朝之后,"秀"既有在原来意义层面上的运用,如"秀美""秀句"等,也可和新的词搭配,如上例中的"秀爽""秀逸""秀俊""苍秀""森秀""逸秀"等,显示出其强大的构词能力。此外,与"秀"搭配成词的还有"秀颖""秀简""秀活""秀奇""秀挺""秀茂"

① 叶朗总主编,皮朝纲分册总编:《中国历代美学文库·明代卷(下)》,高等教育出版社2003年版,第5页。

② 叶朗总主编,皮朝纲分册总编:《中国历代美学文库·明代卷(中)》,高等教育出版社2003年版,第83页。

③ 同上,第416页。

④ 叶朗总主编,皮朝纲分册总编:《中国历代美学文库·明代卷(下)》,高等教育出版社2003年版,第213页。

⑤ 叶朗总主编,杨扬分册总编:《中国历代美学文库·清代卷(上)》,高等教育出版社2003年版,第57页。

⑥ 同上,第80页。

"秀越""秀骨""秀艳""秀刻""秀曼""秀彻""秀雅""秀粹""秀英""秀绝""秀大""秀峙""秀朗""秀上""秀峙""秀润""秀旷""秀妙""秀野""秀达""秀洁""秀劲""秀特""秀蔚""秀耸""秀婉""秀异""秀峻""秀整""颖秀""幽秀""倩秀""秾秀""瑰秀""隐秀""静秀""标秀""荣秀""疏秀""整秀""峭秀""夭秀""朴秀""孤秀""明秀""神秀""姝秀""擢秀""毓秀""沈秀""迥秀""英秀""条秀""迈秀""灵秀""雄秀""伟秀""新秀""通秀""端秀""精秀""豪秀""腾秀""诡秀""妍秀""巉秀""濯秀""出秀""朗秀""清秀""挺秀""韶秀""雄秀""纤秀""竦秀""警秀""松秀",等等。从中可以看出,后人对"秀"的理解并不限于文辞的华美丰丽,而是或秀丽与豪爽的统一,或秀丽与峻峭的融合,或秀丽与苍劲的合一,等等,"秀"已呈现出新的美学内涵,显示出后人多元辩证的审美观念。从词性来看,"秀"也多在名词、形容词和动词之间游离转换,也为其强大的构词能力奠定了基础。

"华"(華):从艸,从芎;"華"的本字,上面是"垂"字,象花叶下垂形植物的花朵。《说文解字》释曰:"华,荣也。"《尔雅·释草》亦云:"木谓之花,草谓之荣。"可见,"华"同"花"。《诗经·周南·桃夭》:"桃之夭夭,灼灼其华。"《乐府诗集·长歌行》:"焜黄华叶衰。"这里,"华"为植物之花,为名词。《淮南子·时则训》:"桃李始华。""华"是植物开花的意思,作为动词。先秦时,"华"还引申出"浮华"之义,并且很早就与"实"相对举,如《老子》(第三十八章):"大丈夫,处其厚,不居其薄,处其实,不居其华。"意思是大丈夫要选择淳厚而不应当轻薄,选择朴实而不崇尚虚华。先秦时,"华"就体现出一定的文论意义,如《韩非子·难言》:"臣非非难言也,所以难言者:言顺比滑泽,洋洋缅缅然,则见以为华而不实。"这里"华"是指语言的华丽,有文采。魏晋以来,"华"大量进入文学理论领域,成为文论常用术语。总体来看,"华"的文论意义主要有以下几点。其一,喻指文辞华丽的文采,作为名词。可单用,也可与其他词结合。如《文心雕龙》"诠赋"篇中的"繁华损枝","祝盟"篇中的"凡群言发华","杂文"篇中的"班固《宾戏》,含懿采之华""既不当行，其华可撷"①，王世贞《艺苑卮言》(卷五)中的"喜华者敷藻于景龙，畏深者信情于元和"，吕天成《曲品》(卷上)中的"既不当行，其华可撷"。古人常将"华"与"实"对举，表达文章既要有华丽的文采，又要有浓厚的情感内容，达到"华实相胜"(《文心雕龙·章表》)、相互促进的美学效果。这在《文心雕龙》中非常常见，如"征圣"篇中的"圣文之雅丽，固衔华而佩实者也"、"辨骚"篇中的"玩华而坠其实"、"明诗"篇中的"华实异用，惟才所安"、"祝盟"篇中的"凡群言发华，而降神务实"、"诸子"篇中的"览华而食实"、"封禅"篇中的"华不足而实有余矣"、"章表"篇中的"虽华实异旨，并表之英也"、"镕裁"篇中的"舒华布实"，等等，不一而足。在"华"与"实"的对举中，刘勰特别看重情感真实的可贵，指出有些文章情感上似乎非常深厚，但其实并未发自内心，如"哀吊"篇中的"至于苏慎、张华，并述哀文，虽发其情华，而未极心实"，这是值得注意的。其二，喻指文章的精华，作为名词。如清代傅山《家训》："文者，情之动也；情者，文之机也。文乃性情之华，情动于中而发于外。"②袁中道《淡成集序》："至于今，而才子慧人，蜚英吐华，穷其变化。"③如此等等。"华"常与"英"连用，表达文章精华之义，如钟嵘《诗品》中的"然其(指陆机)咀嚼英华，厌饫膏泽"、《文心雕龙》中的"《雅颂》所拔，英华日新"、"正纬"篇中的"后来辞人，采摭英华"、"镕裁"篇中的"心术既形，英华乃赡"、"物色"篇中的"英华秀其清气"，等等，此外，唐人于邵《送金坛韦明府序》中的"醇粹居中，而英华发外"。其三，作为形容词，有"华丽""华美"的意思。钟嵘《诗品》中评曹植"词采华茂"、论张华"其体华艳"、说安道诗"为华绮之冠"，《文心雕龙》"辨骚"篇中的"《招魂》《招隐》，耀艳而深华"、"哀吊"篇中的"夫吊古义，而华辞未造，华过韵缓，则化而为赋"、清

---

① 叶朗总主编，皮朝纲分册总编：《中国历代美学文库·明代卷(下)》，高等教育出版社 2003 年版，第 174 页。

② 叶朗总主编，杨扬分册总编：《中国历代美学文库·清代卷(上)》，高等教育出版社 2003 年版，第 55 页。

③ 叶朗总主编，皮朝纲分册总编：《中国历代美学文库·明代卷(下)》，高等教育出版社 2003 年版，第 8 页。

人归庄《玉山诗集序》中的"他日玉山之诗，或与革人竞爽而增华，未可知也！"。若过于追求文辞的"华丽"，失去情感的真实，"华丽"则变为"浮华"，指文辞的虚浮空泛，如"定势"篇："桓谭称，'文家各有所慕，或好浮华而不知实核，或美众多而不见要约。'"意思是说，桓谭认为作家都各有爱好，有的爱好虚浮华丽而不懂得朴实扼要，有的爱好烦冗杂多而不追求简约明练。又如徐祯卿《谈艺录》："崇文雅之致，削浮华之风。"①王世贞《艺苑卮言》(卷三)："子建天才流丽，虽誉冠千古，而实逊父兄。何以故？材太高，辞太华。"项穆《书法雅言》："流丽者，复过浮华。"②施闰章《蠖斋诗话》："诗如其人，不可不慎。浮华者如浪子，叫嚣者如粗人。"如此等等，极为常见。其四，光彩。陆机《文赋》："或寄辞于瘁音，徒靡言而弗华。"这是说，语言一味地华丽，没有光彩。又《文心雕龙》"风骨"篇中的"篇体光华"中的"华"，也是"光彩"的意思。此外，与"华"搭配用于文论术语的词语有："苍华""纤华""妍华""贲华""灵华""虚华""丹华""雄华""条华""衮华""葩华""丰华""颜华""冲华""绿华""撷华""标华""鲜华""秾华""妙华""荣华""侈华""疏华""素华""轻华""芬华""翠华""倩华""华彩""华衮""华藻""华馥""华靡""华密""华旷""华净""华婉""华灿""华滋""华艳""华荣""华茂""华绮""华腴"等，非常丰富。

　　"枝"：由植物主干上分出来的茎条，通常是细长的从树主干或大枝上长出的细茎或者由植物芽苞长出的嫩茎或部分。《说文解字》释曰："枝，木别生条也。"《诗经》引申出嫡长子以外的宗族子孙之义，如《左传·庄公六年》："《诗》云：'本枝百世。'"意思是子孙昌盛，百世不衰。魏晋以后，"枝"开始被用于文学理论，呈现出一定的文论意义。在我国第一部文学理论专著《文心雕龙》中就使了很多"枝"类象喻。"枝"作为象喻在文论上主要有

---

　　①　叶朗总主编，皮朝纲分册总编：《中国历代美学文库·明代卷(上)》，高等教育出版社 2003 年版，第 177 页。

　　②　叶朗总主编，皮朝纲分册总编：《中国历代美学文库·明代卷(中)》，高等教育出版社 2003 年版，第 302 页。

四层意思。其一,分支、流派。由树干分支引申出来,作为名词。如《文心雕龙》"杂文"篇:"凡此三者,文章之枝派,暇豫之末造也。"这是说宋玉的对问体、枚乘的七发体和扬雄的连珠体其实都是文章的分枝和支流,只是闲暇时用来作乐的作品罢了。"诠赋"篇曰:"《诗》有六义,其二曰赋。赋者,铺也;铺采摛文,体物写志也。昔邵公称公卿献诗,师箴赋。传云:'登高能赋,可为大夫。'诗序则同义,传说则异体。总其归涂,实相枝干。刘向云明不歌而颂,班固称古诗之流也。"这是说,诗和赋作为两种文体,虽说有所不同,但从其根源上看,赋是由诗派生出来的支流,类似于枝与干的密切关系。显然,这里的"枝"都是指文章的支流。其二,派生、衍生,作为动词。如白居易《苏州南禅院〈白氏文集记〉》:"其间根源五常,枝派六义,恢王教而弘佛道者,多则多矣。"宋人无名氏《〈小畜外集〉序》:"至公特起,力振斯文,根源于六经,枝派于百氏。"这里的"枝"与"派"结合,为派生之义。其三,指文章中较为次要的部分或细枝末节。如"议对"篇曰:"理不谬摇其枝,字不妄舒其藻。"这里的"枝"即细枝末节的小问题。又《文心雕龙》"附会"篇云:"凡大体文章,类多枝派,整派者依源,理枝者循干。"意思是说,文章的谋篇布局,类似于草木的结构布局,虽然枝繁叶茂,交叠纠缠,看似无从把握,其实有迹可循,它们都是附着主干生发出来的,所以只要抓住主干,就能很好地处理细枝末节的部分,融会贯通,实现整体的和谐。前引《空同子瞽说》中有云:"'谨布置也。如草木焉,根而干,干而枝,枝而叶,叶而蕰。'曰:'何也?'曰:'条理情畅有附丽也,如手足之有十二脉焉。'"所谓"条理情畅"也是说只要抓住文章中心,由中心而末节,就能达到纯一而通达的效果。当然,事物都是相对而言的,"枝条"相对于"根干"来说,当然属于次要部分,但若将"枝条"与"枝上开的花"相比,"枝条"就显得很重要,相应地用来比喻的事物的性质也会发生变化。如"诠赋"篇曰:"然逐末之俦,蔑弃其本,虽读千赋,愈惑体要,遂使繁华损枝,膏腴害骨,无贵风轨,莫益劝戒。"这是说,文学作品应当追求内容与形式的完美统一,就像一枝花,枝壮大花才会繁茂,如果不顾枝条而过于追求花朵繁茂,枝条反而受到损害,花也易枯萎凋落。这里的"枝"显然喻指文章内容,不再是文章的细枝末节或次要部分的意思。其四,繁复的文辞,多指多余、无关紧要的文辞。刘勰所处的梁代是个重骈丽、重华藻的时代,他将其文论著作题名为"雕龙",意思是说像雕刻精美的龙纹那样雕刻语言,可见他对语辞文采的欣赏,但这并不意味着他对华丽文采的过度追求,为此他特意提出了"繁华损枝"的观念,还借用"枝"类象喻反对那种一味追求繁复华丽形式的做法。如"诸子"篇中的"辞忌枝碎"、"章表"篇中的"属辞枝繁"、"祝盟"篇中的"辞多枝杂"、"杂文"篇中的"枝辞攒映",等等。明代王世贞《艺苑卮言》中说:"何仲默取沈云卿'独不见',严沧浪取崔司勋《黄鹤楼》,为七言律压卷。二诗固甚胜,百尺无枝,亭亭独上,在厥体中,要不得为第一也。"这里的"枝"亦是指多余繁复的文辞。总的来看,"枝"的文论意义较为稳定,使用色彩也较为明朗化,一般而言,以"枝"喻文辞的繁复华丽或文章无关紧要的部分时多带贬义色彩,但也时有例外,如明末清初戏曲家将其戏曲理论题名为《制曲枝语》。所谓"枝语",自是指旁出的、非主流的、细枝末节的论述的意思,但此书他从戏曲创作的角度,探讨作品的题材选择、审美意趣、依律守韵、写作难易之处等戏曲创作的核心问题,绝非细枝末节,而且颇有独得之见。可见"枝语"实为自谦之意。此外,成为文论术语的常见草木象喻用语还有:英、蕙、香、枯、松、苍、荒、芜、峭、峻、芳、萎、柔、茂、萧、朴、慧、艳,等等,不一而足。

"枯淡":"枯"字从木、从古古亦声。"古"本意即为"老",故"木"与"古"联合起来表示"古老的树木""年久的树木"。在古代,"枯"还表示数字"八十"。因年老而枯萎,"枯"为"枯朽的树木"。如《说文解字》曰:"枯,朽木也。"《礼记·月令》:"草木蚤枯。"《国语·晋语二》:"人皆集于苑,已独集于枯。"又"枯"因年老枯萎而失去水分,引申出"干枯"之义,如《荀子·劝学》中的"渊生珠则崖不枯"、《庄子·外物》中的"曾不如早索我于枯鱼之肆"、《淮南子·原道训》:"今夫徙树者,失其阴阳之性,则莫不枯槁",等等。先秦之时,"枯"一词已被抽象化,用来形容人形貌上的憔悴无生气,如《庄子·知北游》中的"形若枯骸,心若死灰"、《楚辞·渔父》中的"形容枯槁"。"枯"进入文论领域之后,"干枯""无生气""无趣味"等词义叠加,用来形容诗文的枯燥无味,如严羽《沧浪诗话》:"孟郊之诗,憔悴枯槁,其气局促不伸。"在严羽看来,孟郊的诗歌风格穷愁苦寒,格局狭小,是"硁硁之音"(翁方纲《石洲诗话》),表现手法含蓄不足,"一发于胸中而无吝色"(高棅《唐诗品汇·五言古诗序目》),没有回味,了无生气,故严羽用"枯槁"二字形容比喻。又林纾《国朝文序》:"经生之文朴,往往流入于枯淡;史家之文,则又豗突恣肆,无复规检:二者均不足以明道。""枯淡"也是平淡无味的意思,吴趼人《二十年目睹之怪现状》第四十二回:"那文章的魄力之厚薄,气机之畅塞,词藻之枯腴,笔仗之灵钝,古文时文,总是一样的。""枯"与"腴"对举,指文章词藻的贫乏或丰满。但"枯淡"更多地用来指一种特殊的具有新的美学内涵的审美风格,这得力于北宋苏轼的挖掘。他在《东坡题跋评韩柳诗》中说:

> 柳子厚诗在陶渊明下,韦苏州上,退之豪放奇险则过之,而温丽情深不及也,所贵乎枯淡者,谓其外枯而中膏,似淡而实美,渊明、子厚之流是也。若中边皆枯淡,亦何足道也!佛云:"如人食蜜,中边皆甜。"人食五味,知其甘苦者皆是,能分别其中边者,百无一二也。

苏轼所说的"枯淡"显然不再是"枯燥无味、了无生气"的意思,而是"外枯中膏,似淡而实美",是一种很美的诗歌意境。所谓"外枯",是指其意境外在形式上质朴平淡;所谓"中膏",是指其意境在内涵意义上丰富充实,故有不尽之意深藏其中,而愈嚼愈有味,令人回味无穷,故而这也是一种很高的诗歌意境。刘克庄《癸水亭观荷花一首》标榜自己:"余诗纵枯淡,一扫时世妆。"许尹《黄陈诗注原序》评曰:"陶渊明、韦苏州之诗,寂寞枯槁,如丛兰幽桂,可宜于山林,而不可置于朝廷之上。"胡仔《苕溪渔隐丛话前集·五柳先生下》:"予观古今诗人,惟韦苏州得其清闲,尚不得其枯淡。"清人黄宗羲《〈吕胜千诗集〉题辞》:"古者才人逸士,或寄傲於山川,或移情於花鸟。向使逐物而流,中藏汩然,其诗必中边枯淡。"从中可以看出,他们都把"枯淡"

视为一种内涵丰富且高超的审美境界。从其内涵来看，这里的"枯淡"与宋人所说的"平淡"同质同义，既是宋人特殊的审美趣味和美学风尚，也是后世文人所追求的诗歌美学境界，"枯淡"（平淡）由此成为文论中重要的美学范畴。

"蕴藉"："蕴"的原意是"积累、收藏"。《说文解字》："蕴，积也。"《广雅》："蕴，聚也。"从而引申为"包藏、包含"，含义深奥。先秦时期，"蕴"就具有文论意义，如《庄子·齐物论》："万物尽然，而以是相蕴。"庄子认为宇宙万物都是这样，互相凭借蕴含而生，指出事物存在的对立统一性。"蕴"在古代文论中是个能量很大的词，搭配性很强，可前可后，如"蕴涵""蕴含""蕴藏""蕴聚""蕴结""蕴蕴""蕴和""蕴意""蕴酿""蕴积""蕴奥""蕴藻""包蕴""余蕴""义蕴""意蕴""遗蕴""温蕴""底蕴""内蕴""精蕴"。可以说，"蕴"也是古代文论中的一个常用术语。"藉"的原意是"草垫"，有依托之意，《说文解字》曰："藉，祭藉也。"《易·大过》中的"藉用白茅"，指用茅草垫祭品，表示对神的敬意，后引申为"含蓄、包藏"之意。"蕴藉"合起来就是包藏在其内，隐藏而不外露的意思，也有写作"酝藉"或"缊藉"的。"蕴藉"一词完整出现，最早是在汉代。《后汉书·恒荣传》中的"荣被吸儒衣，温恭有蕴藉"、《汉书·薛广德传》中的"广德为人，温雅有酝藉"，都用来比喻宽和有涵容、潇洒有致的君子风度。此后，以"蕴藉"形容含蓄内秀的君子风范就极为常见，如南朝沈约《伤庾杲之》中的"蕴藉含文雅，散朗溢风飚"、《隋书·儒林传·元善》中的"善之通博，在何妥之下；然以风流蕴藉，府仰可观，音韵清朗，听者忘倦"、唐人薛用弱《王维》中的"维风流蕴藉，语言谐戏，大为诸贵之所钦瞩"、明末凌濛初《初刻拍案惊奇》（卷二十五）中的"他见院判风流蕴藉，一心待嫁他了"、清代田兰芳《皇清太学生信菴袁公墓志铭》中的"君温克蕴藉，而有超然绝于世俗之操"，等等，不一而足。"蕴藉"不仅指人体形貌气度的潇洒有风范，也兼有吐辞表达、文学作品的含蓄温婉，具有一定的文论意义。如晋代葛洪《抱朴子·尚博》也运用"蕴藉"一词："若夫翰迹韵略之宏促，属辞比事之疏密，源流至到之修短，蕴藉汲引之深浅，其悬绝也，虽天外毫内，不足以喻其辽邈，其相倾也，虽三光熠耀，不足以方其巨细。"其中的"蕴藉"既指人的修养的涵容温和,也指其作品的委婉有韵味。不过,"蕴藉"一词富有文论意义是在唐代,据《资治通鉴·唐则天后久视元年》载:"太后尝问仁杰:'朕欲得一佳士用之……'仁杰对曰:'文学蕴藉,则苏味道、李峤固其选矣'。"狄仁杰垂垂老矣之际,武则天问其谁能接班,狄仁杰就向她推荐了苏味道和李峤。这二人诗才颇高,名列文章四友。尤其苏味道,他的《正月十五日》写得韵致流溢,绮而不艳,清末学者丁仪《诗学渊源》评其用事典雅,蓄意含情。故狄仁杰以"蕴藉"一语形容他们的诗歌风格,是说他们的诗歌文章含而不露,富有意蕴。这使"蕴藉"富有了文论意义。"蕴藉"的文论意义在后代得到了文论家的大量运用,如宋代吴曾《能改斋漫录记文》:"前辈文采风流,蕴藉如此。"元代辛文房《唐才子·传殷尧藩》:"今有集一卷传世,皆铿锵蕴藉之作也。"其中,"蕴藉"都是指作品含蓄富有意蕴,具有纯粹的美学范畴意义。从而,"蕴藉"跃升为常见的文论范畴。至明清时期,"蕴藉"更是铺天盖地席卷而来,如明代袁中道《淡成集序》:"天下之文,莫妙于言有余而意无穷……举业文字,在成弘间,犹有含蓄有蕴藉。至于今,而才子慧人,蜚英吐华,穷其变化,其去言有余而意不尽者远矣。虽然,由含里而披敷,时也,势也。惟能言其意之所欲言,斯亦足贵已。楚人之文,发挥有余,蕴藉不足。然直摅胸臆处,奇奇怪怪,几与潇湘九派同其吞吐。"①这里一连用了两个"蕴藉"表达文章应该臻于言有余而意无穷的妙境。明代祁彪佳《远山堂曲品》:"此记传朝君平非不了彻,但其气格未高,转入庸境,益信《玉合》之风流蕴藉,真不可及也。"清人沈谦《填词杂说张世文词警策》:"张世文《新草池塘》、《紫燕双飞》二首,风流蕴藉,不减周秦。"以上虽然将"蕴藉"与"风流"连在一起,但这里并不是说人的形态风度,而是形容文艺作品的潇洒含蓄有韵味。明代陆时雍《诗镜总论》也指出:"少陵七言律,蕴藉最深,有余地,有余情,情中有景,景外

---

① 叶朗总主编,皮朝纲分册总编:《中国历代美学文库·明代卷(下)》,高等教育出版社 2003 年版,第 8 页。

含情，一咏三讽，味之不尽。"①这可以视为古人对"蕴藉"这一文论范畴的较有代表性的理论观照，主要有三点：其一，有余地。有言外之意，话不能说得太满太死，要留有余地，给读者留下空间。其二，有余情。要景外含情，情外还有情。其三，有回味。读后要耐人咀嚼，回味无穷。

　　"本末"："本"，原是草木的根或靠根的茎干。《说文解字》曰："本，木下曰本。"《诗经·大雅·荡》："本实先拨。"先秦古人很早就意识到"本"于树之生命的重要性，《国语·晋语》曰："伐木不自其本，必复生。""本"在这一时期还引申出本源、根本、根源的意义，如《论语·学而》中的"君子务本"、《孟子·梁惠王上》中的"盖亦反其本矣"。"本"与"根"基本上同义。"末"，原义是指树梢，《说文解字》释曰："木上曰末。"《左传·哀公十一年》："末大必折。""末"后泛指事物的端、梢、尖端。如《庄子·秋水》中的"秋毫之末"、《孟子》中的"明足以察秋毫之末，而不见舆薪"。先秦时期，"末"引申出非根本的、次要的或者轻微的、不足道的意义，与"本"相对，并经常连在一起使用。"本末"相连使用，主要体现出两层意义。第一，表示事物的起始和结局，体现出先后的关系。如《礼记·大学》中的"物有本末，事有始终"，《左传·庄公六年》中的"夫能固位者，必度其本末，而后立衷焉。"第二，表示事物的主要和次要，体现出主次的关系。如《孟子》中的"不揣其本，而齐其末"、《荀子·富国》中的"故禹十年水，汤七年旱，而天下无菜色者，十年之后，年谷复熟，而陈积有余，是无它故焉，知本末源流之谓也"。汉末魏晋以来，"本末"开始进入文学理论领域，成为典型的象喻批评，并表现出较为丰富的文论内涵，主要表现在以下三个方面。第一，曹丕《典论·论文》："夫文本同而末异。"这里，"本"指文章的基本创作原则相同，"末"指文章的具体表现手法及其风格不同。所谓"奏、议宜雅，书、论宜理，铭、诔尚实，诗、赋欲丽"，其"本末"之喻并非针对文学的个别情况而发，他探讨的是文学的基本创作规律和原则问题，具有普遍性，因而显示出更为纯粹的文论意义。第二，"本"指创作主体的道德修养，"末"指文艺作品。其思想大多

_____

①　丁福保：《历代诗话续编（下）》，中华书局1983年版，第1416页。

源于儒家,如徐干《中论·艺纪》中的"艺者,德之枝叶;德者,人之根干也。斯二物者不偏行,不独立",葛洪《抱朴子·外篇·循本》中的"巍峨岩岫者,山岳之本也;德行文学者,君子之本也。莫或无本而能立焉。是以欲致其高,必丰其基;欲茂其末,必深其根"。如此种种,不胜枚举。循此思路,有人把儒家古圣贤所著的经史喻为文章之本,如北宋唐庚:"六籍者本与根也;迁、固者枝与叶也。"明代茅坤:"故愚窃谓今之有志于为者,当本之六经,以求其祖龙。"①清代黄宗羲:"文必本之六经,始有根本。"②第三,"本"指充实的情感内容,"末"指语言文辞。宋人韩拙《山水纯全集·论用笔墨格法气韵之病》:"实为质干也,华为华藻也。质干本乎自然,华藻出乎人事,实为本也,华为末也。自然体也,人事用也。岂可失其本而逐其末,忘本体而执其用?"③

可以看出,成为文论术语的草木象喻用语一般都词性变化大,可作名词、形容词和动词,构词能力强,有些词甚至可以左右颠倒,如"华衮"与"衮华"、"振藻"与"藻振"、"藻品"与"品藻"、"秀逸"与"逸秀",等等,其意义总体上较为稳定,变化不是很大。这些也正是草木用语成为文论术语的先决条件,因为词性变化大,构词能力强,所以草木用语才得以频繁地以各种形式被用于文论中,同时,又因其意义变化不大,较为稳定,才能够较好地被读者所理解,不会因为频繁的使用而引起读者理解上的混乱,从而成为古代文论话语的重要构成部分。

其次,丰富和深化了中国古代文学理论。

现代语言学的隐喻理论成果表明,隐喻是个自调节的动态系统,主要体现为三种典型操作状态——创新、巩固和死喻(也有人称为新创、磨损和

---

① 茅坤:《复唐荆川司谏书》,转引自李壮鹰主编、黄卓越分册主编:《中华古文论释林·明代下卷》,北京大学出版社 2011 年版,第 16 页。

② 黄宗羲:《论文管见》,转引自李壮鹰主编、党圣元本册主编:《中华古文论释林·清代上卷》,北京大学出版社 2011 年版,第 100 页。

③ 李壮鹰主编、李青春分册主编:《中华古文论释林·北宋卷》,北京大学出版社 2011 年版,第 96 页。

死的）的转换生成。以此观照草木象喻批评在古代文论内部的演化方式，我们发现其也大致相应地经历了这样三个阶段。当古人首次把草木现象与文论观念相联结时，既能有效地传达其所要表达的文论观念，又能通过不相干事物因连通而产生的巨大的新奇感给读者以心灵上的震撼与回味，故而引起人们对草木隐喻的争相效仿与运用，如芙蓉之喻、藻类之喻、竹子之喻、梅花之喻，被文论家们交相辗转运用。这便是第一阶段的创新时期。到了巩固阶段，草木隐喻的过程路径由于早已被激活，其隐喻的文论内涵大多稳定，文论家对此都已熟悉并接受，成为隐喻的主要显现域。如一说起华实之喻，一般是指文学作品中华丽的语言文辞与充实的情感内容的关系；一说到本末，或者指内容与形式，或者指创作主体的修养与文辞；一说到藻，大致指语辞形式。草木隐喻在最后的死喻阶段则有所不同，在这一阶段，草木隐喻大多会死而复生，而不像一般隐喻通常的有的消失，有的存活。它们一般会自动去适应文论语境的变化，不断更新其原有的文论内涵，生发出新的文论内涵从而存活下来，展现出强大的生命力。如"本末"概念，袁宗道《士先器识而后文艺》："本不立者，何也？其器诚狭，其识诚卑也。故君子者，口不言文艺，而先植其本。凝神而敛志，回光而内鉴，锷敛而藏声。其器若万斛之舟，无所不载也；其识若登泰巅而瞭远，尺寸千里也。"[①]虽然还是传统的本末之喻，但这里的"本"不再简单地指深厚的道德修养和充实的情感内容，而是重在眼光的坚定开阔，心志的淡定静寂，这就将儒家传统所要求的立身、为文之根本的"道德"拓展为格局更为开阔广大的"器识"，深化了传统的"本末"概念，使其展现出新的生命力。

又如贺贻孙《答友人论文二》曰：

　　世有至真之文疑于假者，《国策》设辩，有同系影；漆园著论，譬诸画风；龙见鸟澜，初无定质；波诡云谲，难以形求。然此幻笔空肠，皆因真相实体。假即"似真"，真则至真，为文必于朴诚，而

---

　　①　胡经之:《中国古典美学丛编》,凤凰出版社 2009 年版,第 705 页。

后随意所触,随笔所之,旁见侧出,主客变幻,恍惚离奇,鬼神莫测,譬如镜中的西施,身影皆丽,雪夜梅花,香色难分,以是为文,则"假"乃"真"之谓,非"反真"之谓也。①

"真"就是指符合客观现实,与"假""伪"相对。在传统观念里,"真"与"假"对立不相容,不可调和。何文焕《历代诗话》曾记载道,有人对杜牧《江南春绝句》中"千里莺啼绿映红"不以为然,认为过于失真,"千里"要改为"十里"。另一人说"十里"也未必听得见,应该改成"二里"。沈括《梦溪笔谈》记载他曾经半夜来到寒山寺,只为验证张继《枫桥夜泊》中"夜半钟声到客船"是否属实。这些其实都混淆了艺术真实和生活真实的本质区别,对艺术本质的认识存在很大误区,闹了笑话。贺贻孙这里将"真"与"假"统一起来,认为通过奇特的想象、浪漫主义的幻笔,也可达到艺术的"真"。他运用隐喻进行阐释:镜中的西施,身影异常美丽;雪夜里的梅花,香色分外迷人。不拘泥于生活的真实,注意到奇幻的艺术手法能更好地达到艺术的真实,这是对艺术真实论的深化。

# 第二节　草木象喻批评的现代存活

滥觞于先秦时期的草木象喻批评经过两千多年的思想浸润,在中国古代文论的历史长河中依然朝气蓬勃,茁壮成长,成为颇具生命力的传统批评。近代以来,时运巨变,我国古代文论发生了现代转型,但草木象喻批评在近、现、当代文论中依然屡见不鲜,比如现代文学家、文学理论家周作人先生在1923年评论集《自己园地》中提出具有开创意义的文艺观念——自己的园地。当时的文学思想潮流较为复杂,我国五四新文学运动中产生的影响较大的两大新文学团体,即创造社和文学研究会,前者提出"为艺术的

---

① 胡经之:《中国古典美学丛编》,凤凰出版社 2009 年版,第 171 页。

艺术"，主张强烈地表现自我，较少客观描绘，具有鲜明的浪漫主义色彩；后者提出"为人生的艺术"，主张关注社会，关注底层，面向大众，文学态度和创作实践都倾向于现实主义。两种文学观念方枘圆凿，都具有一定的教条主义、宗派主义的倾向，在"革命文学"论争中都表现出偏激的情绪，对当时文学的健康发展相当不利。在这种情形下，周作人以草木为喻，提出"自己的园地"这一全新的文艺观念。他说："所谓自己的园地，本来是范围很宽，并不限定于某一种；种果蔬也罢，种药材也罢——种蔷薇地丁也罢，只要本了他个人的自觉，在他认定的不论大小的表面上，应了力量去耕种，便都是尽了他的天职了。在这平淡无奇的说话中间，我所想要特地申明的，只是在于种也是耕种我们自己的园地，与种果蔬药材，虽是种类不同而有同一的价值。"显然，"果蔬药才"隐喻文艺的社会功能，是一种功利主义文学观，即"为人生的艺术"，与文学研究会的理念一致。"蔷薇地丁"隐喻文艺的审美功能，是一种审美主义文学观，即"为艺术的艺术"，与创造社的精神相契合。周作人在这里指出，不管我们种植什么，关键是要有属于自己的园地，强调文艺要尊重创作个性，抒发表达作者真正的情思："依了自己的心的倾向，去种蔷薇地丁，这是尊重个性的正常办法，即使如别人所说各人果真应报社会的恩，我也相信已经报答了，因为社会不但需要果蔬药材，却也一样迫切的需要蔷薇与地丁——如有蔑视这些的社会，那便是白痴的，只有形体而没有精神生活的社会，我们没有去顾视他的必要。"这其实是对新文学日益膨胀的功利性的一种清醒制约，但他又并非由此反对功利、反对人生，滑向对艺术无功利性的绝对强调。他说：

> "为艺术的艺术"将艺术与人生分离，并且将人生附属于艺术，至于如王尔德的提倡人生之艺术化，固然不很妥当；"为人生的艺术"以艺术附属于人生，将艺术当作改造生活的工具而非终极，也何尝不把艺术与人生分离呢？我以为艺术当然是人生的，因为他本是我们感情生活的表现，叫他怎能与人生分离？"为人生"——于人生有实利，当然也是艺术本有的一种作用，所以既不

必使他隔离人生，又不必使他服侍人生，只任他成为浑然的人生的艺术便好了。"为艺术"派以个人为艺术的工匠，"为人生"派以艺术为人生的仆役；现在却以个人为主了，表现情思而成艺术，即为其生活之一部，初不为福利他人而作，而他人接触这艺术，得到一种共鸣与感兴，使其精神生活充实而丰富，又即以为实生活的基本；这是人生的艺术的要点，有独立的艺术美与无形的功利。我所说的蔷薇地丁的种作，便是如此：有些人种花聊以消遣，有些人种花志在卖钱，真种花者以种花为其生活——而花亦未尝不美，未尝于人无益。

周作人认为艺术即人生，人生也是艺术，即如种植蔷薇、地丁甚至任何一种花一样，有些人聊以消遣（为艺术），有些人志在卖钱（为人生），但花未尝不美（审美价值），未尝于人无益（功利价值），兼具审美和功利双重性质，这就打破了为艺术创造与为人生现实之间的对立和藩篱，显示出一种以情为本的通达圆融的文艺观念。这在当时的文艺界产生了不小的影响。

之后，鲁迅为其散文诗集题名为《野草》，赋予草木隐喻更多的情感思想和理论内涵。

《野草》是现代文学家鲁迅创作的一部散文诗集，收 1924 至 1926 年间所作散文诗 23 篇。这一时期鲁迅生活在北洋军阀统治下的北京，处境极度艰难，心境极度颓唐，但对理想的追求仍未幻灭，在孤独寂寞中继续战斗，在彷徨无助中探索前进。其时法国的象征主义思潮涌入中国，许多诗人、作家如刘半农、周作人等积极翻译屠格涅夫、波德莱尔的散文诗，并给予介绍和讨论，影响广泛。鲁迅就是在这样的文化氛围和政治高压下把发表的 23 篇散文诗编成《野草》，以呼吁一种野草般的生命哲学：其一，韧性战斗的哲学。鲁迅在文中说："我自己是什么也不怕的，生命是我自己的东西，所以我不妨大步走去，向着我自以为可以去的路：即使前面是深渊、荆

棘、峡谷、火坑，都由我自己负责。"①这正是野草的精神，野草的战斗，不管
是石头的重压还是风雨的侵袭，都坚韧地、一往无前地生长。《野草》中的
《过客》不就是刻画了一位具有韧性战斗精神的勇士吗？其二，反抗绝望的
哲学。野草注定是寂寞、孤独、卑微的，但它又是倔强、抗争与不屈的，它不
是一个封闭世界的孤独者自我精神的煎熬与慰藉，而是坚持反抗中感受寂
寞孤独时灵魂的自我抗战与反思。《野草》中《影的告别》大肆宣告最痛苦
的也是最痛快的选择，是在黑暗中无声地沉没。《乞求者》表达了对奴隶式
求乞行为的不屑与憎恶。总之，《野草》将草木野喻和社会现实、哲理思想
有机结合，赋予草木隐喻丰富的象征内涵，从而开创了现代文学中的象征
主义道路，使中国现代散文诗开始走向成熟，具有开创意义。

　　1927 年，鲁迅先生再续草木隐喻批评方法，将他在 1926 年 3 月到 12
月所写的 10 篇散文汇成的集子更名为《朝花夕拾》，原名《旧事重提》，此次
更名，顾名思义，以生动的草木隐喻提示文集的性质——回忆性散文。当
然，这一隐喻蕴含的意义不仅于此，还兼有更加丰富、更加深刻的意蕴：其
一，芜杂心绪中开出的心灵之花。鲁迅在文集小引中说道："我常想在纷扰
中寻出一点闲静米，然而委实不容易，目前是这么离奇，心里是这么芜
杂。"②其时社会依旧动荡不安，人心烦躁郁寂，但是，"书桌上的一盆'水横
枝'，是我先前没有见过的：就是一段树，只要浸在水中，枝叶便青葱得可
爱。看看绿叶，编编旧稿，总算也在做一点事"，正是草木，正是绿色，能够
让鲁迅先生在死水般的芜蔓日子里静下心写写东西，能感受到那一点点微
弱的生命之光，体悟到一点点生命的跳动。其二，浓郁的抒情色彩中饱含
的美感之花。由草到花，鲁迅自己说："带露折花，色香自然，要好得多。"
《朝花夕拾》以纪事为主，但其间饱含着浓烈的抒情色彩，中又夹以议论，做

---

　　①　鲁迅：《华盖集·北京通信》，转引自鲁迅先生纪念委员会编：《鲁迅全集（第三
卷）》，鲁迅全集出版社 1938 年版，第 56—57 页。
　　②　鲁迅：《朝花夕拾》，转引自鲁迅《朝花夕拾》，中国言实出版社 2016 年版，第 3—
4 页。

到抒情、叙事和议论融为一体,形象生动、优美和谐,朴实感人,富有诗情画意,体现出强烈的美感特征。如其中的《阿长与山海经》,通过论述作者儿时与阿长相处的情景,深情地表达了对她的怀念感激之情。其三,遥远回忆中绽放的温情之花。很多时候,我们对沿途见到的花花草草总是不以为意,而一旦回忆起来,却充满了亲切和温情,因为我们此时的回忆,已不单是把花花草草当作物理性的存在,而是会说话、会带有情感、富有人情味的花花草草,会让你觉得亲切、温馨。鲁迅以"朝花夕拾"题名自己的回忆性散文正意在揭示这样的一层意蕴,他说:"我有一时,曾经屡次回忆儿时在故乡所吃的蔬果:菱角,罗汉豆,茭白,香瓜。凡这些,都是极其鲜美可口的,都曾是使我思乡的蛊惑。后来,我在久别之后尝到了,也不过如此,唯独在记忆上,还有旧来的意味留存,他们也许要哄骗我一生,使我时时反顾。"回忆总是美的,不管往事快乐或辛酸,回忆起来总是蒙着浓浓的温情与无尽的怀念。

草木象喻批评在当今的文论批评中也时常出现,如汪曾祺《又读〈边城〉》评沈从文的语言说:"《边城》的语言是沈从文盛年的语言,最好的语言。既不似初期那样的放笔横扫,不加节制;也不似后期那样过事雕琢,流于晦涩。这时期的语言,每一句都'鼓立'饱满,充满水分,酸甜合度,像一篮新摘的烟台玛瑙樱桃。"①耿林莽《语言札记——寒堂诗话之四》说:"诗与散文诗的言语是漂浮的思想在纸上的固定,一种灵感、顿悟,模糊性诗感、情思的浮动,因语言而成型。其始初或不完整,点滴、片段,在语言中生成,发展,逐渐发育为一棵枝叶俱全的树了。""语言是诗的花朵自然生成的果实。或者说,是鲜嫩果子自身长出的。"以"树""花"的有机生成隐喻诗歌生成的有机性。不独散见于文论中的片言只句,很多论著都直接以草木象喻为题名,作为贯穿全书的理论核心,表达作者的整体思想观念。如江湖夜雨《昨夜闲潭梦落花——唐诗中被尘封的诗句》截取张若虚《春江花月夜》中的诗句,以落花之喻隐喻唐诗中被人遗忘的好句,表达对它们的惋惜与

---

① 汪曾祺:《又读〈边城〉》,《读书杂志》1993 年第 1 期,第 3—9 页。

欣赏。吴怀东《诗国花开——唐诗美感的流变》直接以繁花盛开形容唐诗及其发展演变，让我们未读即能感受到唐诗扑面而来、芳香四溢的美感。作者对古代诗歌的发展历程，也以草木隐喻来精心建构："如果说《诗经》《楚辞》的出现只是花开两朵，那么，从汉乐府到魏晋南北朝的五言诗才是迎春花开，而唐代的诗坛，真如百花齐放，万紫千红，云霞蒸蔚，异彩纷呈——诗国花开！"①这与清代叶燮对我国古代文学发展流变所用的草木隐喻颇为类似，但用"百花齐放"隐喻唐诗，更加突出了唐诗繁盛成熟的风采。又以著名的三峡风光形容唐诗："唐诗发展如三峡风光，山重水复，移步换形，引人入胜。"此外，洪丕谟《留得枯荷听雨声——唐诗中的人生喟叹》，亦歌解析、纳兰性德著《落尽梨花月又西——纳兰词绝色与情韵赏析》，王德威《落地麦子不死——张爱玲与"张派"传人》等，都精心设计精致华妙的草木隐喻以表达丰富的美学内蕴和思想情感。

　　草木隐喻在诗文集题名中尤为常见，生发的情感内容和美学内涵也更加丰富。如上文提及的《野草》《朝花夕拾》即是如此。作家诗文集题名中的草木隐喻的来源形式多样，有的出自作家某一首诗或某篇文章的题名，如《漫步荷塘月色·无边：朱自清文集精选》，显然脱胎于朱自清著名散文《荷塘月色》，赞美其散文如荷风清韵、清新雅洁；张晋阳诗集《老槐集》，开篇第一首诗即《我是一棵老槐》；王国华散文、短篇小说集《野草莓与小姑娘》中收有文章《野草莓与小姑娘》；迟子建中短篇小说、散文经典集《寒夜生花》中也收有《寒夜生花》一文。有的来自作家喜欢或有感触的草木，如杨河山《残雪如白雏菊》中的隐喻，是由于作者"某年3月的一个傍晚，我在东大直街散步，看见街头的残雪在暮色中闪光。有那么一刻，我感觉它们多么像白雏菊。生命或许如残雪一样简陋、粗鄙，但我希望，因为有了诗歌，它也能泛出奇妙的光线，并且散发出花朵的芳香"②，暮色中残雪发出的光就像白雏菊那样美，诗人感悟到诗歌也会像白雏菊那样给人们简陋的生命带来

①　吴怀东：《诗国花开——唐诗美感的流变》，安徽文艺出版社2017年版，第2页。
②　杨河山：《残雪如白雏菊》，黑龙江大学出版社2015年版，第222页。

闪亮的光彩,这既是生命的领悟,也是艺术的感悟。同时,诗人以白雏菊之残隐喻自己写诗已届 50 岁,年岁已大。韩永学《花梨集——诗词曲六百首》为诗词曲集,约有 500 首,是作者近年来按照唐诗、宋词、元曲的格律创作的大量诗词曲的精选本,以"花梨"为题名,其缘由是"笔者此生最爱黄花梨,坐的椅子是花梨椅,带的佛珠是花梨珠,故此书名曰《花梨集》,并且还写了一首《花梨周围》以注释:'花梨椅兮,两只相依。我坐这只,那只空兮。花梨珠兮,一珠一佛。我拈佛珠,寂兮寥兮。花梨集兮,大诗小词。我来吟诵,谁肯听兮?"①充分体现出作者对人生空禅的体悟和诗艺境界的感悟。小湖《桐花碎雨》是一册诗集,之所以题名"桐花碎雨",正是由于作者与桐花的不解之缘:"又记得小时候的一年春天,在黄土高坡的山洼处,我见过一树开得淡然却温暖的繁花,究问之下,才知此花叫桐花,是一种淡香隐约而不起眼的泡桐树的花朵。大学时,读过席慕蓉有关桐花的诗作,又想起了记忆里儿时遇着的那树繁花。前两年,不经意中得知我出生的阴历三月正是'桐始华'的时节。这一切让很宿命的我觉得林林总总的际遇间必是什么无法言传的玄机关联着,于是,我去寻找桐花的花语,知晓:桐花是春季里晚开的花朵,其花语是坚贞不渝,桐花就像情窦初开的一段感情,即使不会有任何的结果,也能成为生命中最重要的美好记忆,可以伴随心中有爱的人度过一生。"②桐花淡然却温暖,不起眼而又余香飘然,平凡而又坚贞不渝,深深触动了作者。也有的题名中的草木隐喻是来自作者主观的改造建构,如晓雪的诗集《茶花之歌》,其题名"茶花之歌"是以其中一组"献给2012 在楚雄举办的第 27 届茶花大会、茶花协会 50 周年暨第 8 届中国茶花博览会"的"茶花之歌"命名的,但其实又富有深意。其诗集中"茶花颂"诗曰:"鲜红浓艳胜过玫瑰,却从来不带刺,不会伤害任何人;硕大富丽不逊牡丹,却没有那么娇气,开遍了千山万岭。在大雄宝殿前,显得有些庄严神圣;在寻常百姓家,却那么亲和平易。她超凡出众的美,属于神灵,也属于

① 韩永学:《花梨集——诗词曲六百首》,浙江工商大学出版社 2014 年版,第 293 页。

② 小湖:《桐花碎雨》,复旦大学出版社 2015 年版,第 354 页。

我和你。"①茶花是愈老愈勇,愈老愈光彩焕发的,蔡毅在为该诗集所作的序中说:"一个人若是一朵花,这朵花能开多久?"②放眼当今文坛,有多少人年纪稍大些,才思就衰退了;高峰一过去,便跌落下来,他还特别举了作家马原的例子——"他曾是先锋作家中最骁勇的一员大将。早在 35 岁时,他便极为颓然地承认自己的创作'开始走下坡路'"。相形之下,作者晓雪 78 岁高龄,仍然笔耕不辍,显得难能可贵。茶花又亲和平易,不害人,不伤人,品质高洁神圣。这样的茶花,其实与客观自然界中的茶花特性有着些许不同,正如蔡毅所说:"茶花本是云南最普通的一种花,睹花思浮,如何描绘,如何诉说,赋予它什么性格品质,完全由诗人随心所欲,自作裁决。"茶花已经被对象化,拟人化,成为诗人自己心性的某种折射。又如柴祥群的诗集《不惑草》:"自然界中,不知是否有这种植物? 不管是沉醉于春风,沐浴于夏雨,还是挺立于秋霜,抑或是倾卧于冬雪,它都能保持一种清醒不惑的状态。我想一定有这种神奇的草。因为大千世界,无奇不有,上苍会让这种奇迹在世界上的某一个角落默默地绽放。这株草,对每个时节,都有自己的命运选项,对每种天气都有自己的适应状态。经历了春芽,成长为夏绿,成熟于秋天,在冬雪的裹抱中,以新的姿态酝酿于春天。她从不抱怨,从不气馁,也从不与自然抗争,保持着与之和谐共处的谦逊,体现着生命的尊严与价值,也展现着对自然的敬畏与律从。人到了 40 岁就称作不惑了。惑与不惑,不是刻意地去寻求答案,而是一种人生态度。我这株草,对于天地来讲,40 多春秋无非是白驹一跃的间隙。生活着,思索着,思想的分泌结成了文字,我命名为《不惑草》,既是对自然的赞美,又是对诗歌的尊重。"③这种主观建构的不惑草同时还含有对生命理想和精神境界的不懈追求。

　　要之,草木象喻批评在现当代文论中有着广泛的存在。内容上,从作

---

　　①　晓雪:《茶花之歌》,云南人民出版;社 2013 年版,第 17 页。本书关于晓雪《茶花之歌》所引内容均来自这一版本,后不再注明。

　　②　蔡毅:晓雪《茶花之歌·序》,云南人民出版;社 2013 年版,第 1—6 页。

　　③　柴祥群:《不惑草》,长江文艺出版社 2013 年版,第 124 页。

品语言风格的赏析、主题思想和人生哲理的领悟到结构艺术技巧的阐释、文学观念的建构;形式上,从单篇论文到学术论著再到作家诗文集题名,都不乏草木象喻批评的身影。可以说,草木象喻批评在现当代文论中已成为一个重要部分,展示出既传统又独特的美感,从而生发出深刻的影响。

## 第三节　草木象喻批评的传承特点

如前所述,作为一种传统的文学批评方法,草木象喻批评在现当代文学批评中依然频繁出现,但它并不是亦步亦趋的墨守成规的仿效,而是在新的文化语境中进行创造性的转化,体现出新的特点,在新的文化土壤中获得了新的生命,焕发出新的光芒与力量。

首先,从喻象的选择上看,现、当代文论中的草木喻象更加生活化,也更加有个性。梳理现、当代文论中的草木象喻批评,一些日常生活化的草木喻象跃入眼帘。如陈冰《伴读在中国》:"作品通过叙述一对夫妇在伴读生活中所经历的酸甜苦辣,披露中国教育不可忽视的问题。作者没有添加任何下饭的佐料,就像一杯没有经过任何加工的原味芹菜汁,以苦的味道,病的药理,爱的责任,直面中国现代化教育中的种种问题,希望父母和老师们少一点累,减一份成本,为孩子们的明天创造更好的教育环境。"江湖夜雨评张子容的诗,"写的是天涯羁旅中守岁时的愁绪,像杨柳青年画一般,以广阔的视角写出寻常百姓过年时的情景,透着强烈的农家风味,乡间的烟火泥土气息,如同田间新剪的春韭一样清新","我觉得孟浩然的诗就是唐诗中的'炒白菜'、'蒸豆腐'"[①]。这里,芹菜、韭菜、白菜等,多么熟悉多么生活化的植物,一经出示自然就会引起更多人的共鸣。

古代文论家动辄以桃花、梅花、菊花、松柏、竹子、橄榄等,或植物共名

---

① 江湖夜雨:《昨夜闲潭梦落花:唐诗中被尘封的佳句》,天津教育出版社 2008 年版,第 28 页。

如朝华、夕秀、藻、本、末、根、枝等,注重的是植物草木的共性特征,并且吸取的主要是这些植物已为人熟知、经由人们共同塑造的共通的经典内涵。如一说到桃花,就想到它艳丽的色彩、丰腴的花形,正所谓"桃之夭夭,灼灼其华",故常以桃花隐喻作品语言风格的浓烈与艳丽。如司空图《二十四诗品》以"碧桃满树、风日水滨"形容其"纤浓"品,谢榛《诵孙中丞山甫全集赋得长歌寄赠》以"丽如丛桃蒸晓霞"比喻黔南词人词作的艳丽美。梅花则是内敛坚贞、含蓄深沉的化身,故宋人包恢以梅花隐喻其含蓄蕴藉的诗学理想,"若春兰夏莲,秋菊冬梅,则皆意味风韵,含蓄蕴藉而以众花异者";明代朱权则以"雪里梅花"比喻纪君祥之词,以"罗浮梅雪"比作石君宝之词,是对他们词作的坚贞无畏、凛然勇毅的礼赞。总之,古代文论家的草木隐喻大多带有集体记忆的烙印,注重的是其共性特征,而现当代文论中的草木象喻或来自自己故乡的甜蜜回忆,或出自自己偶然的相遇感情,或缘自日常生活的品尝体验,因而其草木象喻会呈现出独特的充满个人魅力与个性的美感,更加强调植物草木的个性特征。

更难能可贵的是,这些草木象喻的价值并不仅仅在于其形式上的独特与个性,而是它们一般有着更为深切的情感体验和思想感悟。如小湖诗集《桐花碎雨》,温馨的记忆、坚贞不渝的性格、平凡而又不平凡的人生信条汇集成"桐花"喻象,向世人倾诉,道出自己的心声。又如王梵志,有人说:"王梵志风格和其他诗人很不一样,读来像吃了一粒怪味豆,他的诗里,没有典故,也不讲究典雅、工整,更不推崇含蓄矜持的名士派头、闺门风范。他的诗看似信口而出,语不惊人,但笔调朴直犀利,剔肤见骨,直指人心。王梵志的诗中谈生死的很多,让人读来,会在警悚中深思。我们在欣赏流行歌曲时,听腻了嗲声嗲气的娇娇女后,偶尔听上段雪村的'翠花上酸菜',也觉得挺开胃的,王梵志的诗,我想也会有此功效。"①"怪味豆"和"翠花上酸菜"实在是平常不过的草木喻象,且带有调侃意味,作者以"怪味豆"突出王氏

---

① 江湖夜雨:《生儿不用多,了事一个足——唐代的"计划生育"宣传诗》,转引自《昨夜闲潭梦落花:唐诗中被尘封的佳句》,天津教育出版社,2008年版,第18页。

的诗不随大流，不用典故，不讲究典雅含蓄，而是信口而出，这是创作上的隐喻批评；"翠花上酸菜"则是鉴赏上的隐喻批评，意在凸显王诗不流世俗、非同一般的独特美感。再如杨河山《残雪如白雏菊》，"白雏菊"既暗示自己创作时间的晚，即真正开始诗歌创作时已 50 岁，更重要的是以此强调自己"简陋而富有生命力之美"的人生感悟。①

在现代文论家的精心经营下，一些传统的草木象喻批评也能老树长新枝，焕发出新的生命力。如陈思和的《海藻集》是他的一部"2003 至 2006 年间的编年体文集"，题名中的"海藻"隐喻属于藻类象喻批评。前文已述，藻类象喻批评发源于先秦，在两千多年的文论史中被广泛引用，繁盛不衰，是典型的传统象喻，一般用来指"华丽的辞藻""华丽的诗文"，或直接指辞藻、诗文。这里陈思和以"海藻"为题名，却生发出完全不一般的意味和含义。他说："海藻者，并非要发'海上品藻'之类的雅兴，而是指普普通通的海里的草。有位小朋友特意从网上查询海藻的功能——从好处说，它营养丰富，既可以用来当食物，还能治疗大脖子（瘿）病；从坏处说，海里的草容易腐烂，经常成为海水腥臭的来源。有时候看水底世界的电视片，见到美丽的鱼在婆娑起舞的海藻中游来游去，好不自在，但心思总会转到另外一幅图景：假如潜水者不谙海底状态，身子又笨重，一旦被细软、柔和的植物牵攀着、缠绕着，使你筋疲力尽挣脱不开去，那将是怎样的处境？所以海藻的意象，给我带来的就是这样一种复杂的感觉。这也是我 3 年来所感受到的自由与缠绕的印象。"②"其实'藻'也是草，我的文章本来就不值钱，如同草灰，只是每一篇都与现实的土壤联系在一起，有一点活力而已。"③2003 年至 2006 年，作者不仅要在大学任教，还担任大型文学刊物《上海文学》的主编，其间遭受各种风雨。要之，作者以"海藻"为题名，以海藻可以食用、药用的功效隐喻文章的教化功能，以海藻在水里婆娑起舞隐喻文章的审美功能，

---

① 杨河山：《残雪如白雏菊》，黑龙江大学出版社 2015 年版，第 134 页。
② 陈思和：《海藻集》，广西师范大学出版社 2017 年版，第 1 页。
③ 同上，第 3 页。

以海藻的缠绕与挣脱隐喻作家在社会现实中的束缚与自由，又以海藻在现实土壤中富有生机隐喻文章获得生命力之源泉。一株小小的海藻，生发的内涵却何其丰富！又如玉裁、鲁丹专论宋词的合著《宋词是一朵情花》，以花喻词，屡见不鲜，已无新意。但他们别出心裁，赋予这朵花隐喻出新的美学内涵。他们指出这不是一朵一般的花，而是一棵长在悬崖边的大树上开的花。他们说："如果非要为宋朝的历史寻找一个可以匹配的标本，应该就是曾卓的那首诗，'一棵悬崖边的树'，她被历史的风吹到悬崖边。"①宋词这朵情花就是开在悬崖上的花朵！多么形象生动的隐喻！崖边的晚照、晴空、小溪给予花朵丰富的滋养，使得宋词的这朵情花开得格外悱恻芬芳、激情含蓄，她占尽悬崖风情，将"尘世的浮名、仕途的追逐、江湖的杀气、女子的娇艳、爱情的甜美"都汇集在词人的笔下，给人无尽的体味与芳香。但毕竟这是悬崖边上的花朵，它的自由放任、它的飘忽无定使得宋词这朵情花蒙上一层朦胧的空无色彩，在光华灿烂的繁华外表下，藏着一种人去楼空、海市蜃楼、泡沫般的虚无落寞。宋词这朵悬崖树上的情花由此传达出无限的审美意味。

其次，从喻象的表现手法上看，现当代文论中的草木喻象涵盖性极强，兼具隐喻语言、结构、审美情感等多重内涵，有时甚至是全方位的。如前引野莽以马桑树泡的草木喻象评论柏东明诗集《樱桃》，他说："小诗人的字是用碳素墨水写在 300 个红格子一页的稿纸上的，每个都一般大，像我们家乡生长的一种马桑树上结的深紫色的桑子，俗称马桑树泡。"②这是以桑子的小巧形状和深紫颜色喻诗人写在稿纸上的诗的字形美和清丽婉约的句子美，又联想到"采桑子"词牌来隐喻女诗人类似李清照的诗风美。刘涛对金宇澄小说《繁花》的评论文章《花繁花衰——〈繁花论〉》堪称经典，他以"繁花"为中心隐喻意象对其进行全方位批评。其一，以花起花落隐喻金宇澄复杂的人生经历。之后，金宇澄境遇再变，他赴黑龙江插队，从大城市到

---

① 　玉裁、鲁丹：《宋词是一朵情花》，北京联合出版公司 2016 年版，前言第 1 页。

② 　柏东明：《樱桃》，长江文艺出版社 2010 年版，第 21 页。

了农村,一待 8 年,且成分又不好,期间经历了什么,有什么感想与体悟,外人不得而知。然后,金宇澄返城,在上海当过工人,混迹于上海市井之中。1988 年起,金宇澄任职于《上海文学》,一直到今天。2012 年,《繁花》发表、出版,引起了极大的反响。金宇澄遂被推到媒体风口浪尖之上,功成名就。"①综观其一生,大起大落,浮浮沉沉,就好似花开花落,繁盛而衰,沉潜之后,复起开花。其二,以如花如梦喻人生空幻的人生体悟。刘涛说:"繁花之名极大提升了小说的品质,其名不空,其中有着实实在在的内容,写出了金宇澄的人生体悟。繁花、梦云皆言于一时之得失不可执着,一切如花如梦。"既然花繁花衰为自然规律,那么对于人生得失大可不必拘泥执着,皆可淡然接受。其三,花之繁多喻小说众多交杂的人物形象。关于小说题名的来源,金宇澄自述道:"2011 年给《收获》投稿,发表要等隔年的 9 月,暂名《上海阿宝》,可以换。想过用《花间一壶酒》,也觉得轻率,如简化为《花间》,这词在上海(20 世纪)30 年代,是纺织厂棉花车间的意思。我因为比较勤劳,小说某些人物服装,都会查 ELLE 或某某时尚杂志,看里面怎么说。专业杂志有好句子,比如'千鸟格''单肩设计''一双电眼胜衣衫'。梅瑞出席重要活动,穿什么? 翻开 ELLE,就看见'繁花似锦'四字。这么熟的成语我怎么没想到? 上海里这么多人物、颜色、内容……'繁花'都能涵盖。"小说人物确实繁杂众多,其核心人物是沪生和阿宝,由他们又分别牵出小毛、姝华、蓓蒂、阿婆、小珍、雪芝等,四面八方不断辐射衍伸开去。其四,繁花之各自生长形态喻小说众声喧哗、各自呈现的人物存在形式。《繁花》虽以沪生和阿宝为核心,但每个人物的出场都具有一定的独立性,没有主旋律,正如张定浩先生所说:"《繁花》是由很多的人声构成的小说,每个人都在言语中出场,在言语中谢幕,在言语中为我们所认识,每个人在他或她的声音场中,都是主导性的。他或她的说话不是为烘托主人公,也不是

---

① 刘涛:《花繁花衰——〈繁花论〉》,转引自金理、周明全:《"80 后"批评家年选(2014)》,云南人民出版社 2015 年版,第 193 页。本书关于刘涛《花繁花衰——〈繁花论〉》所引内容均来自这一版本,后不再注明。

为了交代情节。"其五,繁花之缓慢生长与落败隐喻对细节精心铺陈、节奏异常缓慢的书写方式。刘涛指出:"《繁花》写日常琐事,节奏异常缓慢,譬如《繁花》开篇沪生和陶陶相遇,二人谈话,东家长西家短,有一搭没一搭,尤其陶陶给沪生讲那对野鸳鸯的故事,更是缓慢,甚至拖沓。"没有说教,没有空谈,也不讲所谓的大人生、大道理,就这样津津乐道于对生活流水细节的精心铺陈,不厌其烦。这告诉我们生活在于平淡,生活的意义即在于看那缓缓开又缓缓败的繁花,从中去领略生活存在的质感和生活无常的人生规律。其六,繁花之多声部交汇,喻小说多种语言交融的语言形式。小说在叙述上运用普通话,在人物对话上却用上海方言,中间又夹以半文半白的语言,且多用短句,令人耳目一新,读来颇具韵味,颇有辨识度,试看其中一段:

> 小毛说,四个人扑过来呢。师父说,记得,盯牢一个人用力,懂了吧,人多,不管的,拳无正行,得空便揎,盯牢一个人揎,一直揎到对方吓为止,即使头破血流,也要揎,要搬,拳头出去,冰清冰冷,掇到北斗归南。小毛不响。师父说,宁敲金钟一记,不打破鼓千声。小毛想到班级的场面,血涌上来。

要之,刘涛以花喻象为核心,以花繁花衰为纵向贯线,不断辐射来隐喻作家个人经历、心理体验、人生感悟、作品主题思想、人物形象、表现手法、结构特点及语言形式等,几乎遍涉所有的文论层面,繁花隐喻涵盖性之强可见一斑。

再看周越然的文集《夹竹桃集》,题名"夹竹桃",其象征意义同样也十分丰富,周越然是民国时期负有盛名的藏书家、编译家和散文家。在二十世纪上半叶,钱海一《现代海内藏书家》一文将他与李盛铎、傅增湘、董康、刘承干等并列,足见其盛名,可以说是无人不知,无人不晓。但在1945年抗日战争胜利后,他的名字就再也未见诸书报杂志,从而消失在人们的视线之中,为此甚至有人以为他已辞世。其实不然,因其政治观念、藏书理念和文学观念等原因，他不再著文撰稿，想以此埋没余生，喘息余年。周越然在上海沦陷时期依附日伪文化势力，不但在"汪记"报刊上大量发表作品，还出席拼凑的"第二届大东亚文学者大会"，确实有亏民族气节，周氏自己也深深愧悔，痛改前非。因不同于传统的藏书理念和文学观念而招致谩骂，于他内心深处是颇为不平、难受且不能接受的，他致力于搜藏大量涉及性学的词曲小说，如《金瓶梅》版本多达十数种，以及一再被禁存世极稀的《痴婆子传》《灯草和尚》《空空幻》《浪史》以至明刻残本《素娥篇》《昭阳趣史》之类。不仅收藏，他还著文议论，如《性知性识》《性变》《西人之性》《女同性爱》《说乳》等，从其题名就可以见出其论述观点的前卫，尤其在当时相对保守的社会风气下，更是显得异常大胆。周越然自己也颇生感慨："北平某报讥余专藏淫书，南京某报骂余专译淫书，其实，余所藏所译皆名著也。"①其中的辛酸、悲愤、不平可以想见。半个多世纪过去，他的文章得以重拾付梓，实为不易，编者为他的集子题名自然也十分慎重。在编后记，编者写道："至于将本编命名为'夹竹桃集'主要还是受周越然文章的启发。他在《六十回忆》自序中曾说：这本书'内容的混合，内容的夹凑，一望而知。评论大家，或将以'夹竹桃'之名，讥我的书。但我幼时长入'异'途，文既不文，白又不白——桃不成桃，竹不成竹——恐怕还不能收受这个雅俗兼具的花名。'夹竹桃的题名最初竟是深受周越然本人的启发，这样，于泉下的他而言，亦是一种慰藉。"此外，以夹竹桃题名还有着更丰厚的蕴意：其一，多元混搭、雅俗兼具的文化趣味。夹竹桃是一种原产西域的长绿灌木，中国广有栽培，其花似桃，其叶如竹，故而桃不成桃，竹不成竹，竹桃混生，以"夹竹桃"为名，恰巧象征周越然中西混融、雅俗兼备的文化趣味。其二，利弊共生、益害兼具的阅读效果。夹竹桃一方面性味苦寒，毒性甚强，另一方面又具有较高的药用价值和观赏价值。从读者接受角度看，周氏作品，尤其涉及性的作品，一方面有着重要的参考价值和史料价值，对女性地位、精神心理的认识有一定的现实意义。如他的《女同性爱》一文说："据医学家

---

① 周越然：《夹竹桃集周越然集外文》，中央编译出版社 2013 年版。

言,女同性爱,大概因受欺于男子而起。所谓受欺者,如染花柳病是也。"但是,另一方面也会使读者产生不好的联想。其三,三片一组、个个独立的形式编排。编者将收受的文章篇目按照体裁、题材及发表情形分成三辑:第一辑《文史杂记》,收录作者的几篇书序和发表在《小说月报》《古今》《天地》等刊物上的文章;第二辑《〈晶报〉随笔》,收录作者于 1933 年至 1940 年间发表在上海《晶报》的部分"游戏"文字;第三辑《修身小品》,主要收录作者于1944 年 4 月至 1945 年 7 月间在上海《新中国报》的《学艺》栏目中连载的105 篇说教、言志性质的短文。体式各异,相互独立,恰似夹竹桃的披针形叶子,三片一组,累累分明。以"夹竹桃"为题名,既能与文集的编排形式相暗合,又能生出别样的美感,实在意味浓厚,美不胜收。

最后,从喻象的内容来看,近代、现代及当代文论中的草木喻象所映射的情感色彩既丰富多样又深沉厚重,尤其以草木隐喻生态批评模式,更是体现出非同一般的意义。有以草木喻象表达欣赏与喜爱之情的,如南宋女词人李清照词开婉约一派,语言清丽,崇尚典雅,强调协律;也有一些感时咏史、情辞慷慨之作,颇能震撼人心,曾著有《词论》的理论文章,提出"词别是一家"的观点,确立词独立自足的本体地位,显见卓见。当今学者撰书论述时,多以草木之花隐喻李清照及其诗文,表达对她的喜爱与欣赏。如梁俊仙《此花不与群花比——易安词与词学思想研究》,王远国、余克勤《自是花中第一流——细品李清照词》,皆以花中上品隐喻李清照和她的词。吴怀东专著《诗中花开——唐诗美感的演变》则以草木喻象比拟唐诗,以草木隐喻建构唐诗的美感形态。也有以草木隐喻映射社会政治情感的,如茅盾早期短篇小说集《野蔷薇》。其题名"野蔷薇",一是以"野蔷薇"的"刺"隐喻当时复杂且激烈的社会政治斗争。野蔷薇是蔷薇属植物,攀援灌木,又名白残花、刺蘼、买笑,其茎带刺,较锋利,茅盾以野蔷薇的刺隐喻当时激烈的矛盾斗争,以表达自己坚定的斗争信念。他在《写在野蔷薇的前面》一文中说:"挪威现代。"二是以"野蔷薇"的"野"隐喻文艺作品的强大生命力。野蔷薇性强健,耐瘠薄,对土壤要求不高,常生于路旁、山坡、荒地、田边或丘陵地的灌木丛中,在黏重土中也可正常生长,且萌蘖性强。茅盾将他的短篇小说集题名为"野蔷薇",一则暗喻其时政治环境的复杂险恶,人之生命力的强大;二则隐喻其小说蕴有的强大生命力与战斗力。又野蔷薇晒干可作药用,具有清暑化湿、顺气和胃、止血的功效,进一步加深其隐喻的小说生命力和战斗力的内涵。三是以花隐喻艺术之美。野蔷薇花色很多,有白色、浅红色、深桃红色、黄色等,花朵往往密集丛生、满枝灿烂,且具芳香,以此隐喻小说的艺术之美。又野蔷薇枝小叶小,小巧玲珑,极其契合短篇小说的特质。与此类似的还有史文先的文集《野酸枣》,野酸枣生长于海拔1700米以下的山区、丘陵或平原、野生山坡、旷野或路旁,对土质要求不高,作者以"野酸枣"为题名,隐喻自己不媚流俗、不畏险恶、自强自立的精神,颇有白居易的讽喻意味。陆坚《芳草集》是一部带有自传性质的散文集,作者曾在新四军高级将领身边担任过警卫工作,以其亲身经历和生动事例描述和反映了革命战争年代新四军广大指战员学习、战斗和生活的轨迹,以及坚持不懈、勇于奉献的精神。作者以"草"为题名,颇见用心:"正如一棵沾上露水的小草,同样足以反射出太阳的光辉。"①"本书原题名'杂草集','杂草'虽不是上品的东西,但它可以转化为肥沃的土壤,为农作物生长结果提供有用的养料。万紫千红的百花园,也需要很多绿油油的小草来衬托满园春色,故用此名。"②草可以化为肥料,草可以衬托满园春色,这和新四军战士的无私奉献精神是相契合的,而由"杂草"更名为"芳草",则富有特定的政治感情色彩。"杂"本义"次小"(低于主流),如"杂树"指"次小的树","杂务"意为"次小的事物",还引申出"不正""不纯""混合"的意思,较有贬义色彩,如陶渊明的《桃花源记》是这样描述他理想的世外桃源的:"夹岸数百步,中无杂树。"而"芳"的本义则是"香",花卉草木之香,《说文解字》释曰:"芳,草香也。"从而引申出"美好的德行、美好的名声"等含义。如汉代蔡邕《刘镇南碑》:"昭示来世,垂芳后昆。"司马迁《史记·屈原贾生列传》:"其志洁,故其称物芳。"这都富有浓厚的褒义色彩,而陆坚该书意在继

---

①　陆坚:《芳草集》,浙江大学出版社 2013 年版,第 2 页。
②　同上,第 318—319 页。

承和弘扬爱国主义精神,激励人们将这一精神代代相传,为早日建成小康社会而努力奋斗,故由"杂草"更为"芳草",对于主题的领悟和开展更加适合些。雷抒雁的诗集《花雨——唱给共和国的抒情诗》同样富有政治色彩,该诗集是献给中华人民共和国六十华诞的力作。"雨"隐喻祖国曾经经历的苦难、挫折,"花"则隐喻祖国的生机和强大,以及作者对祖国的热爱。作者说:"我热爱我祖国,虽然也曾为她经历过的挫折和苦难哀叹过,也为她迟缓的起步呐喊过,但我的共和国是我心中的神祇,是我眼中最美的花朵。我为她而歌,把诗献给她,永远无悔!"①

值得注意的是,在当今的草木隐喻批评中,有大量的草木隐喻用来象征隐喻生态自然的文学批评思想,这其实不仅是现代人对于自然的精神回归,更是对抗现实的急切回归。如远人主编的文集《重回生命之树》在扉页上写道:"进入 21 世纪以来,全球生态环境已日益严峻,尤其目前水土流失、气候变暖、雾霾肆虐等现实,无不驱使一种直接面向生态的文学出现。基于此,深圳市光明新区文化艺术发展中心策划这套'当代中国生态文学读本文库',旨在为读者和当代文坛提供一种面对自然、接近自然、回归自然的文学样式,并分卷编辑出版。"②正是有感于当今生存环境之恶劣,致力于表现人对大自然的回归,作者感慨道:"在今天,'明月松间照,清泉石上流'的画面早已从我们生活中远离,实际上也就是大自然从我们生活中远离。远离大自然的生活其实是远离生活的重要部分。"③同时,作者极力去挖掘文学作品中潜含的或浓或浅的生态意识:"中国文学进入现代以来,还似乎没有谁在全力以赴地实践'生态文学'这一主题,但从'新月派'的部分诗歌、冰心的著作、沈从文的小说等文本来看,其中的生态思想实际上已经萌芽和生长。"④作者希望以此实现越来越多的人重新认识人与自然的关

① 雷抒雁:《花雨——唱给共和国的抒情诗》,宁夏人民出版社 2009 年版,第 236 页。
② 远人:《重回生命之树》,花城出版社 2016 年版,扉页。
③ 同上,序第 1 页。
④ 同上,序第 2 页。

系,重建健康、平衡的生态观念,共同保护我们的生存之地和精神家园。骆家诗集《青皮林》同样别有意味。青皮林是海南万宁石梅湾旅游度假区里的植物保护区,旨在保护一级优良贵重木材青皮树。青皮树是常绿乔木,不怕旱,不怕浸,不畏寒,天旱不枯,水漫不腐,生命力极强,其身姿挺拔,枝木高耸,树高可达 30 米,胸径可达 1.2 米,树身圆锥形,树皮青灰色,故得名。青皮树在世界上只有中国、马来西亚、印度才有,而中国海滨,仅石梅湾海滨才有纯青皮树,且其生长土壤为滨海白砂土,营养含量明显低于其他青皮林生长的中红壤类型的土壤,这使石梅湾青皮林成为世界植物区系中一个热带雨林标志种,具有独特的研究价值。因为珍贵和稀有,保护青皮林才显得格外重要。光绪二十七年(1901)正月二十九日,当地县府就曾立碑保护这片林子:"环居乌石一乡海之滨正赖海山以为前案并赖海山以为皮毛……如有坟墓之山,不准乱砍树木;即无坟墓之山,凡在海滨者亦无准乱伐树木。倘有恃强砍伐,一经该图呈控,立即拿案究惩,各宜禀遵,毋违特示。"1980 年又成立了"海南省万宁县(今万宁市)青林自然保护区管理站"。如今,人们对森林保护的举措越来越完善,生态保护意识也越来越强。2009 年,骆家来到海南石梅湾工作,成为当地开发区的负责人。碧绿的大海、银色的沙滩、蔽天的青皮树、绿幽幽的大森林,石梅湾半海半天的绝美风光和原生态的自然气息一下子激荡起作者沉寂多年的诗心,诗作源源不断地涌出,于是有了这本《青皮林》。[①] 诗作虽然多是对自然万物的观察和描述,但完全不拘泥于此,而是将其与自然生态、人类命运、生命感悟相关联,展现诗人自然与人文兼具的诗歌情怀。如诗歌《青皮林》,骆家写道:"夜色如洗,星星跑出来庆祝/青皮林周围绰约的灯火/是我燃着的雪茄,烟雾缭绕。"《青皮》诗则云:"一大清早/诗人钻进了青皮林/像个孤魂。"正是在对自然风物的观察和描述中,诗人真切地表达自己的生命体悟和诗意生活,体现对自然保护和生态美学的热切向往与追求。

---

① 骆家:《青皮林》,长江文艺出版社 2015 年版,第 2 页。本书关于骆家《青皮林》所引内容均来自这一版本,后不再注明。

此外,中国台湾著名文学研究者李有成先生的散文集《荒文野字》,其题名本身就透出一股鲜明的生态意识,正如他自己所言:"(《荒文野字》的题名)独立来看,多少也表示我对文字的基本要求,希望能够返璞归真,自然通达;而对文字背后的许多想法与看法,我更期勉自己避免矫饰,有话实说。"①这体现出追求自然和生态美学的文学理念与文学立场。有意思的是,作者"荒文野字"的题名实则来自该书中他评论张贵兴小说《群象》一文的题名,而张贵兴又以"荒文野字"形容余家同小说《猎象札记》,虽然评论对象和角度不同,但其文学理念其实是一致的:"(张贵兴)以'荒文野字'形容余家同《猎象札记》前半部的某些叙述文字,因为里头'栖息着鸟禽鼠类';《群象》中由民族和家族际遇所交织构成的雨林世界其实也充满了'鸟禽鼠类',张贵兴以其诡异、陌生、浓密的荒文野字重建这样的一个世界,对他而言,这无疑是诚挚地折返家园,批判地搜寻民族集体记忆的文化历程。"②从思想内容到艺术表现,都体现出追求原始自然和生态美学的文学立场,这也反映出草木象喻批评中隐含的生态美学意识越来越普遍。

## 第四节　草木象喻批评的当代意义

毋庸置疑,草木象喻批评在现、当代文论中仍有广泛的存在,体现出对传统文论的继承。可贵的是,如前所述,现当代文论中的草木象喻批评绝非亦步亦趋的因因相陈,而是在继承中发展,更好地促进了我国现当代文论的发展。具体而言,草木象喻批评的当代意义主要体现在两个方面。

第一,鲜明地继承且更好地发展了有中国特色的文学批评。

当今世界是全球化时代,各国之间的联系越来越紧密,多元对话,相互交融,不仅可以实现资源优势互补,也可以更好地解决环境资源、人口、

①　李有成:《荒文野字》,广东人民出版社 2016 年版,自序第 1 页。

②　同上,第 153 页。

文化等人类共同面临的问题,从而大大推进各国文化的创新与发展,但其前提是必须保障本土文化的独立性和自主意识,不至于被全球化大浪淹没。我们中国的文论正是如此,要保证中国文论在全球化、一体化热潮中屹立不倒,就必须建成有中国特色的文论体系,赋予其独特且独立的学术品格。当然,要建成有中国特色的文论体系,既不能全盘照搬传统文论,也不能全盘西化,而应吸收我们传统文论中的精华,实现古代文论的现代转换,为建成有中国特色的文学批评提供强有力的前提和基础。前已屡述,我国现当代文论中的草木象喻批评不仅继承了古代文论中的草木象喻批评,而且在现当代文论的现实土壤中有变革、创新与发展。概括而言,就是现当代文论中的草木象喻批评更多地融入作者主体的感情色彩、生命感悟和对诗文艺术的领悟,实现生命世界、人生境界和诗艺世界的三位合一,具有无限的审美意蕴。如张晋阳的诗集《老槐集》题名中的"老槐"既是比况自己的诗歌生涯,作者积劳成疾,声带发炎受损,手术后恢复欠佳,情绪一落千丈,难复激昂。失意中不甘心就此沉沦,"想起了在家乡读小学时校园的一棵老槐以比自况"①,决心以老槐精神激励自己振作起来,投身写作。同时又以老槐比附自己的诗艺世界和人生境界:"我是一棵老槐,从不期盼春暖花开。每当夏风徐来,也能花开洁白,香飘楼台。/我是一棵老槐,从未学会故作姿态。每当烈日曝晒,总是密叶如盖,荫人开怀。无欲最爱,大海胸怀;壮心犹在,直面未来。"无欲最爱、大海胸怀,表现其淡泊名利、无私奉献的精神和情怀。

在草木世界中,草木的凋零无疑最能触动人的情思,引发人的哀情。在现当代文论中的草木象喻批评中,也有很多以落花、落叶为喻象的,很好地做到了生命世界、人生境界和诗艺世界的三位合一。如黄晓芹的诗集《落叶飘灵》以飘零的落叶作为隐喻,生发出丰富的内涵。其一,喻生命的凋零。作者于2001夏天开始罹患癌病,经历多次化疗、放疗、手术,生命走向倒计时:"2001年夏天,我被确诊为'恶性淋巴瘤',做了脾切除手

---

① 张晋阳:《老槐集》,西北大学出版社2012年版,第240—241页。

术,数十次的化疗、放疗,让我饱尝了病痛之苦。2004,癌魔再次复发,并转移到胃左血管,再次的化、放疗让我苦不堪言……2007年初,身体又感不适,出现血尿后又被确诊为'肾盂癌'。又一次大手术摘除了右肾,我成了'双癌人'。"①其二,喻凋零后的新生,对生命的礼赞,对诗歌的礼赞。作者受尽了癌病的疼痛和折磨,但她并没有就此自暴自弃,自甘沉沦,而是愈渐坚强,走向新生。一方面,人们的关爱让作者备感温暖:"赵老师坦荡清澈的心灵犹如一泓清泉,洗涤我征尘的疲惫,让我获得永恒的宁静。他就是我生命中风雨后那道绚丽的彩虹,使我孤寂的心灵在万里苍穹下,在蓝天的洁净和白云的舒展中卸去我所有的伤痛……";另一方面,诗歌为作者打开新的世界,"诗心的萌动点亮了我生命的不熄之火,诗歌创作是我生命回望的坐标,更是我生命前行的动力。写作让我缺憾的人生更丰满。虽然,病痛带给我一份生命的暗调色彩和抑郁,生活中的不幸遭遇带给我阴霾的天空。但诗歌却开阔了我的视野,陶冶了情操。更让我面对磨难时不再沮丧,带给我精神上的慰藉和心灵的宁静。""在冰冻的日子里,是诗歌在我的心植就了一片新绿……诗歌是滋润我心田的雨露。它常常会在我的眼前展现出五彩斑斓的世界,让灵魂在诗情画意中获得安宁和沉静。"其三,喻生命感悟。经历身体病痛的折磨和走进诗艺世界的新生之后,作者领悟到感恩和无为精神的可贵与伟大,她说:"在经历了一次次生与死的考验中,是人间大爱给了我温暖,是亲情陪伴我穿过生命中的风雨。我的心里常常涌现一股暖流,而这种暖流又变成一种力量,让我的人生厚实而坚固,让我的心中充满清纯善意和感恩,让我更开阔、淡定、从容、明朗。"总之,作者的落叶飘零涵盖了生命世界、人生境界和诗艺世界的多重内蕴。此外,萧红文集《离落残红——萧红精选集》和石评梅文集《流水落花一瞥中》不仅以落红、落花的草木喻象隐喻悲凄、残病、苦楚的人生经历和生命无常的人生况味,而且在艺术形式上还有新的突破。如前者将

---

① 黄晓芹:《落叶飘灵》,光明日报出版社2012,第384—386页。本书关于黄晓芹《落叶飘灵》所引内容均来自这一版本,后不再注明。

文集编成四部分,即小说篇——离曲、散文篇——落影、诗歌篇——残思、书信篇——红书,显然是以离、落、残、红来结构的。① 后者全书分为三部分,即上篇——落花晓梦、中篇——流云掠影、下篇——曲水留伤,这与前者的编排思路是一样的。② 像这种以题名中草木隐喻来结构全书章节,使得该草木隐喻贯注全书,这在古代文论的草木象喻批评中是很少见的,体现了草木象喻批评在现当代文论中的突破和发展,从而有力地促进了有中国特色的文学批评的建设。

第二,有力地促进并完善了触及文学本质的生命化文学批评范式的建构。

牟宗三说:"中国文化的核心是生命的学问。"中国古代文论体现出浓厚的生命化特征,即将"生命"作为"美"的范式来参照和评论文学,这就是生命化文学批评,它是一种更能触及文学本质的文学批评。早在 20 世纪 30 年代,钱锺书先生就已注意到这一点,他在《中国固有的文学批评的一个特点》一文中指出,中国古代文学批评有"把文章通盘的人化或生命化""把文章看成我们自己同类的活人"③的特点,此后,经过蒲震元、吴承学、吴建民、朝湖初、白寅等多位学者的多角度探讨和精到论述,生命化批评的内在特征、美学内涵得到充分的挖掘,但仍存有不够完善的地方,即上述研究包括钱锺书先生一般都是把生命局限于"天、地、人"三才中的"人",其实自然界万物又何尝不是"生命",不具有生命的活力和特征? 草木象喻批评正是通过草木世界的有机整体性和生命力来隐喻文学艺术,从而有力地突破了"天、地、人"三才中"人"的局限。应当说,这种特质从古代文论中的草木象喻批评就开始了。如唐代白居易《与元九书》云:"诗者,根情、苗言、华声、实义。"明代胡应麟《诗薮·外编》亦云:"诗之筋骨,犹木之根干也;肌肉,犹枝叶也;色泽神韵,犹花蕊也。筋骨立于中,肌肉荣于外,色泽神韵充溢其

---

① 萧红:《离落残红——萧红精选集》,崇文书局 2013 年版,目录第 1—2 页。
② 石评梅:《流水落花一瞥中》,陕西师范大学出版社 2007 年版,目录第 2—4 页。
③ 钱锺书:《中国固有的文学批评的一个特点》,《文学杂志》1937 年第 1 卷第 4 期。

间,而后诗之美善备。犹木之根干苍然,枝叶蔚然,花蕊烂然,而后木之生意完。斯义也,盛唐诸子庶几近之。宋人专用意而废词,若枯卉槁梧,虽根干屈盘,而绝无畅茂之象。元人专务华而离实,若落红坠蕊,虽红紫嫣嫚,而大都衰谢之风。"这都用自然草木的生命比拟艺术生命,典型地体现出不限于人的大宇宙生命化批评的特质。现当代文论中的草木象喻批评同样延续了这种特质,前文屡言,现当代文论中的草木隐喻涵纳生命世界、人格境界和诗艺世界的三位一体,这其实正是草木隐喻在草木—人—文之间的贯穿流转、生气流注,体现的是生生不息、积极蓬勃的大宇宙生命观。林其天在其小说、散文和剧本的结集《霜叶》的后记中说:"我把文集定名为'霜叶',那是我收拾起来的,一路追寻文学之树的片片落叶;它们汇集在金秋,凝结着岁月的风云和生命的血汗,包容着质朴的灵魂与虔诚的寻觅。"①杏林在其诗集《雪落 花 树》的后记中指出:"能让我的作品成长为诗歌谷地上的一株花树,映衬黄昏里的丝缕晚霞,这就是我追求的目标。"②这都以草木隐喻表达对自己作品生命力和艺术魅力的不懈追求。

　　《散花集》系南京大学文学院知名教授吴翠芬古代文学评论与鉴赏的结集,"散花集"这一题名出自吴老师爱人王立兴老师之手,其含意是"这些评论和鉴赏文章只是飘洒在大地上的一朵朵散花"③。这其实正是吴老师本人的想法,据王立兴老师回忆说:"吴老师曾谦称自己写此类文章是'栽培一些小花小草娱情悦性'。"吴老师把评论文章与鉴赏文字比作小花小草,虽然不无谦虚之意,但也体现出草木生命的美与文学艺术的美同构相通的思想观,反映出的正是生命化的文学批评范式。莫砺锋教授继续引用草木隐喻对吴老师鉴赏评论文字的意义着意强调:"其实,如果把古代文学研究界比如一座气象万千的大花园,那些篇帙浩繁的学术巨著就像浓阴匝

　　①　林其天:《霜叶》,厦门大学出版社 2011 年版,第 407 页。
　　②　杏林:《雪落 花 树》,中国青年出版社 2010 年版,第 169 页。
　　③　吴翠芬:《散花集——古代文学评论与鉴赏》,南京大学出版社 2015 年版,莫砺锋序第 4 页。本书关于吴翠芬《散花集——古代文学评论与鉴赏》所引内容均来自这一版本,后不再注明。

地的参天大树,而短小灵活的鉴赏文字就是姹紫嫣红的百草千卉,两者缺一不可。"最后进一步指出:"吴老师终生喜爱画梅,《散花集》中的朵朵散花,应是特指梅花。因为梅花冬开春谢,百花中只有她当得起清人龚自珍的诗句'落红不是无情物,化作春泥更护花。'谨引此语以纪念在古典文学的研究、普及工作中辛勤一生的吴翠芬老师。"如此,"散花"的生命不仅是艺术的生命和意义,更有吴老师的人格魅力和艺术精神的闪现。

笔者认为,余光中诗集《白玉苦瓜》中的题名隐喻最为真切、最为浓烈地体现触及了文学本质的生命化文学批评范式的完美建构。"白玉苦瓜"是诗人的第 10 本诗集,收有 50 多首诗,包括同名诗"白玉苦瓜"。诗人的这只苦瓜饱含了世间最为浓烈深沉的情感、深邃厚重的思想及精到的艺术观念。首先,以"真苦瓜"象征生命的现实,此生命不仅是个人的,更是国家的、民族的,正如苦瓜的苦,我们国家、民族在成长路上遭受过无数的磨难、侵凌,"皮鞋踩过,马蹄踏过/重吨战车的履带踩过/一丝伤痕也不曾留下"①。其次,以"假苦瓜"象征艺术的境界,具体可生发出三层内涵:其一,丰盈的艺术美感。"白玉苦瓜"诗名源于台北"故宫博物院"珍藏的白玉雕琢而成的苦瓜,"滑不留指的莹白玉肌下,隐隐然透现一片浅绿的光泽,是我最喜欢的玉品之一"。这晶莹剔透、细滑温润的白玉苦瓜象征富有巨大魅力的诗艺美。其二,不朽的艺术源泉。"一首诗,曾经是瓜而苦/被永恒引渡,成果而甘。"生命的苦瓜成了艺术的正果,生命的现实正是艺术的来源。余光中先生说,之所以以"白玉苦瓜"为诗集题名,"也许是因为这一首诗比较接近前面所悬'三度空间'的期望吧"。这"三度空间"指的是"诗的历史感、横的地域感,加上纵横相交而成的现实感构成了诗的三度空间",而作者所说的白玉苦瓜在五千年的时光中不屈成长,负载着浓烈的地域乡愁,"钟整个大陆的爱在一只苦瓜",可以说正熔铸了悠悠历史、地域乡愁及不屈成长的生命现实的"三度空间",这使得艺术的源泉显得更为厚重与深

---

① 余光中:《白玉苦瓜》,北京联合出版公司 2017 年版,第 145 页。本书关于《白玉苦瓜》所引内容均来自这一版本,后不再注明。

邃。其三,永恒的艺术生命。"神匠当日临摹的那只苦瓜,像所有的苦瓜,所有的生命一样,终必枯朽,但是经过了白玉也就是艺术的转化,假的苦瓜不仅延续了也更提升了真的生命,生命的苦瓜成了艺术的正果。""《白玉苦瓜》在(中国)大地出版社已印了19版,隔了这么多年,诗人与出版人都老了,但那只白玉苦瓜仍静静地梦着、醒着,在台北'故宫博物院'里,世界在外面变了太多,但那只苦瓜应仍不改其甘吧。"白玉苦瓜经过历史的沉淀,超越时间流芳百世,这不仅是《白玉苦瓜》这部诗集生命力的不朽,也是艺术生命力的不朽。艺术之所以能永恒不朽,正在于其扎根于"生命的现实"这个艺术源泉,充满苦难的现实经过艺术的洗礼化蛹成蝶,经受住时间的冲击而成永恒。

# 参考文献

[1] 蔡钟翔.美在自然[M].南昌:百花洲文艺出版社,2001.

[2] 蔡镇楚.中国文学批评史[M].北京:中华书局,2005.

[3] 陈鼓应.庄子今注今译[M].北京:中华书局,1983.

[4] 陈良运.诗学·诗观·诗美[M].南昌:江西高校出版社,1991.

[5] 陈衍,蔡义江,李梦生.宋诗精华录译注[M].上海:上海古籍出版社,1999.

[6] 陈植锷.北宋文化史述论[M].北京:中国社会科学出版社,1992.

[7] 陈善.扪虱新话[M].北京:中华书局,1985.

[8] 成复旺.神与物游——论中国传统审美方式[M].北京:中国人民大学出版社,1989.

[9] 王充.论衡[M].陈蒲清,点校.长沙:岳麓书社,2006.

[10] 程杰.中国梅花审美文化研究[M].成都:巴蜀书社,2008.

[11] 陈望衡.美在境界[M].武汉:武汉大学出版社,2014.

[12] 方玉润.诗经原始(上册)[M].李先耕,点校.北京:中华书局,1986.

[13] 司空图,袁枚.诗品集解·续诗品注[M].郭绍虞,集解,辑注.北京:人民文学出版社,2005.

[14] 耿占春.隐喻[M].开封:河南大学出版社,2007.

[15] 葛兆光.思想史的写法——中国思想史导论[M].上海:复旦大学出版社,2004.

[16] 胡晓明.中国诗学之精神[M].2版.南昌:江西人民出版社,2001.

[17] 何明,廖国强.中国竹文化[M].北京:人民出版社,2007.

［18］何文焕.历代诗话（全二册）［M］.北京:中华书局,1981.

［19］洪迈.容斋随笔（全二册）［M］.上海:上海古籍出版社,1978.

［20］胡仔.苕溪渔隐丛话［M］.北京:人民文学出版社,1962.

［21］胡应麟.诗薮［M］.上海:上海古籍出版社,1958.

［22］黄宝华,文师华.中国诗学史 宋金元卷［M］.厦门:鹭江出版社,2002.

［23］蒋寅.古典诗学的现代阐释［M］.增订本.北京:中华书局,2009.

［24］江湖夜雨.昨夜闲潭梦落花——唐诗中被尘封的佳句［M］.天津:天津
    教育出版社,2008.

［25］吉川幸次郎.中国诗史［M］.上海:复旦大学出版社,2012.

［26］季广茂.隐喻视野中的诗性传统［M］.北京:高等教育出版社,1998.

［27］蒋述卓,洪柏昭,魏中林,等.宋代文艺理论集成［M］.北京:中国社会
    科学出版社,2000.

［28］姜亮夫,夏传才,赵逵夫,等.先秦诗鉴赏辞典［M］.上海:上海辞书出
    版社,1998.

［29］刘文英.陇上学人文存·刘文英卷［M］.兰州:甘肃人民出版社,2012.

［30］刘成纪.自然美的哲学基础［M］.武汉:武汉大学出版社,2008.

［31］罗宗强.魏晋南北朝文学思想史［M］.北京:中华书局,2006.

［32］李壮鹰.中国古代文论读本［M］.北京:高等教育出版社,2008.

［33］李壮鹰.中华古文论释林［M］.北京:北京大学出版社,2011.

［34］陆贾.新语·道基［M］.上海:上海书店出版社,1996.

［35］潘富俊.草木缘情——中国古典文学中的植物世界［M］.2版.北京:
    商务印书馆,2016.

［36］普济.五灯会元（全三册）［M］.北京:中华书局,1984.

［37］陆游.剑南诗稿校注［M］.钱仲联,校注.上海:上海古籍出版
    社,1985.

［38］钱锺书.管锥编［M］.北京:中华书局,1979.

［39］阮阅.诗话总龟［M］.北京:人民文学出版社,1987.

［40］四川大学中文系唐宋文学研究室.苏轼资料汇编［M］.北京:中华书

局,1994.

[41] 苏辙.苏辙集[M].陈宏天,高秀芳,点校.北京:中华书局,1990.

[42] 苏珊·朗格.情感与形式[M].刘大基,傅志强,周发祥,译.北京:中国社会科学出版社,1986.

[43] 尚永亮.唐代诗歌的多元观照[M].武汉:湖北人民出版社,2005.

[44] 陶秋英.宋金元文论选[M].北京:人民文学出版社,1999.

[45] 童庆炳.从审美诗学到文化诗学[M].北京:首都师范大学出版社,2014.

[46] 脱脱,等.宋史(全40册)[M].北京:中华书局,1977.

[47] 汪涌豪.范畴论[M].上海:复旦大学出版社,1999.

[48] 王明见.刘克庄与中国诗学[M].成都:巴蜀书社,2004.

[49] 王水照.宋代文学通论[M].开封:河南大学出版社,1997.

[50] 王水照.唐宋文学论集[M].济南:齐鲁书社,1984.

[51] 王水照.历代文话(全10册)[M].上海:复旦大学出版社,2007.

[52] 王小舒.中国文学精神·宋元卷[M].济南:山东教育出版社,2003.

[53] 王运熙,顾易生.中国文学批评史[M].上海:上海古籍出版社,1985.

[54] 王钟陵.玄学的"简约"风尚与文学的"以少总多"[G]//古代文学理论研究(丛刊·第十二辑).上海:上海古籍出版社,1987.

[55] 王莹.唐宋国花与中国文化[M].郑州:河南人民出版社,2013.

[56] 魏庆之.诗人玉屑[M].上海:上海古籍出版社,1978.

[57] 徐中玉,郭豫适.古代文学理论研究(第19期)[M].上海:华东师范大学出版社,2001.

[58] 徐复观.两汉思想史(第2卷)[M].上海:华东师范大学出版社,2003.

[59] 谢有顺.文学批评的现状及其可能性——代主持人语[J].文艺争鸣,2009(2).

[60] 许总.宋诗史[M].重庆:重庆出版社,1992.

[61] 许慎,汤可敬.说文解字今释[M].长沙:岳麓书社,1997.

[62] 萧华荣.中国诗学思想史[M].上海:华东师范大学出版社,1996.

［63］叶嘉莹.迦陵论诗丛稿［M］.北京:北京大学出版社,2014.

［64］叶嘉莹.风景旧曾谙——叶嘉莹谈诗论词［M］. 桂林:广西师范大学出版社,2008.

［65］叶朗.中国美学通史［M］.南京:江苏人民出版社,2014.

［66］伊格尔顿.文学原理引论［M］.刘峰,译.北京:文化艺术出版社,1987.

［67］余松.语言的狂欢:诗歌语言的审美阐释［M］.昆明:云南人民出版社,2000.

［68］余英时.朱熹的历史世界:宋代士大夫政治文化的研究［M］. 北京:生活·读书·新知三联书店,2004.

［69］余祖坤.历代文话续编［M］.南京:凤凰出版社,2013.

［70］袁文丽.中国古代文论的生命化批评［M］.广州:暨南大学出版社,2016.

［71］刘勰.《文心雕龙》译注［M］. 周振甫,译注.南京:江苏教育出版社,2006.

［72］周振甫.周易译注［M］.北京:中华书局,1991.

［73］张沛.隐喻的生命［M］.北京:北京大学出版社,2004.

［74］张岱年,方克立.中国文化概论［M］.修订版.北京:北京师范大学出版社,2008.

［75］张少康,刘三富.中国文学理论批评发展史［M］.北京:北京大学出版社,1995.

［76］张惠民."清水芙蓉"之美的历史分析［J］.苏州大学学报(哲学社会科学版),1993(1).

［77］宗白华.艺境［M］.北京:北京大学出版社,1987.

［78］周裕锴.中国古代阐释学研究［M］.上海:上海人民出版社,2003.

［79］周祖譔.隋唐五代文论选［M］.北京:人民文学出版社,1990.

［80］朱熹.晦庵先生朱文公文集.四部丛刊本。

［81］朱自清.宋五家诗钞［M］.上海:上海古籍出版社,1981.

［82］张潮.幽梦影［M］.罗刚,张铁弓,译注.北京:中央文献出版社,2001.

# 后　记

　　总觉得自己是有草木情结的人,一直都是,以后也是。

　　记得很小的时候,我们家的长方形小院子里,那方斑驳陆离的灰白色的墙面下,种了各色各样的花,我与草木的情缘从此曼妙开始。早上一起床就跑去把那美人蕉掰折下来,美美地吮吸它内蕴的点点甜汁;晚上迎着夜来香散发的扑鼻香气,去欣赏月光下它的悠悠独舞。我喜欢看着鸡冠花的花穗像漂亮的大公鸡一样神气地挺着脖子,斗志昂扬;也时时盯着凤仙花的种子如喷瓜一样在空中突然爆炸,四处飞翔。我总是惊奇于牡丹花那国色天香的盛世容颜,也欣喜于葡萄架上的累累果实。

　　呵呵,大自然的惊喜总是充满了无限可能。大概小学五年级的时候吧,有一次妈妈要做早饭,听她在念叨:"唉呀,昨天忘摘菜了,今早吃饭没菜了,这怎么办呢?"不一会儿,我从她后面转出来,变戏法地摆出一小堆辣椒、一小堆茄子,还有一小堆西红柿,妈妈喜出望外,不停地问:"哪来的?这是从哪来的? 还是新鲜的,特别新鲜。"我自豪地把妈妈领到厨房后门一个拐角处,旁边是邻居家的一个用篱笆围起来的大菜园,我指着那个拐角正对着的篱笆内的一块小小的三角形菜地,神气地说:"看,这就是我的菜地,厉害吧?"只见菜地黑黑的土里长满了植物,白色的辣椒花对着太阳微笑,下面缀着的红的绿的大的小的辣椒在翩翩起舞,紫色的茄子在空中微微摇晃,仿佛在轻轻地荡着秋千,橙色的西红柿也朝我们点点头,仿佛在说:"欢迎光临!"最奇妙的是那丝瓜藤,绿得发黑的大叶子沿着粗壮的根茎攀着篱笆一路向上生长,开满了大大小小的黄得灿烂的花朵,在阳光下闪耀。"真是懂事的孩子啊,"妈妈突然眼圈红了,"都不知道你什么时候种的,也太难为你了。我记得这块小三角上长满了荆棘的,你什么时候收拾的? 还收拾得这么好! 不容易啊。以后啊,丝瓜不用加这么多肥料,光长叶、光开花,不结果了。"我憨憨地笑了,认真地点点头。那段时间我天天都在观察丝瓜,总在想:"天天给丝瓜加肥料,可为什么花开完就落,开了这么多的花,却没一个结果的?"现在我总算找到问题的答案了。

如今,我在学术的道路上也结出了一枚小小的果实,很庆幸也是与草木相关的,希望这枚小小的或酸或苦、或甜或辣的果实,能给生命涂抹一点点色彩吧。是为记。

王顺娣

2019 年 10 月 31 日